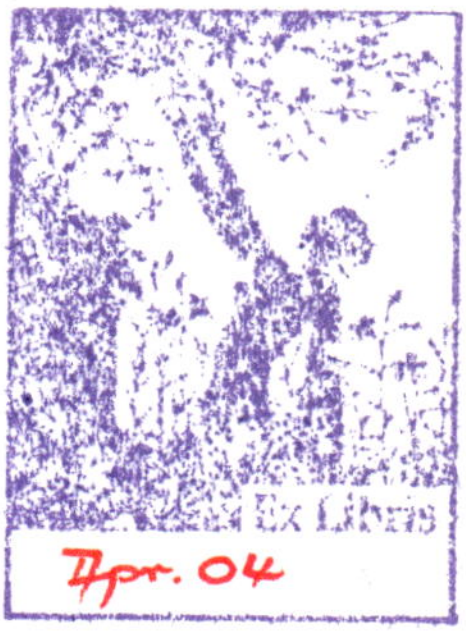

AtV

VIKTORIA PLATOWA ist ein neuer Star am Himmel der russischen Kriminalliteratur. Die Autorin hat das Filminstitut in Moskau absolviert und als Szenaristin für verschiedene Studios gearbeitet. Ihre Bücher erreichen Millionenauflagen in Rußland, ihre Serie um die rothaarige Eva läuft äußerst erfolgreich im russischen Fernsehen. Viktoria Platowa lebt in St. Petersburg. Bisher im Aufbau Taschenbuch Verlag erschienen: »Die Frau mit dem Engelsgesicht« (2002); »Ein Püppchen für das Ungeheuer« (2003) und »Die Diva vom Gorki-Park« (2003).

Wer sich auf diesem Robbenfänger eingeschifft hat, der erwartet das ganz besondere Urlaubserlebnis. Und das bekommt die illustre Gesellschaft Neuer Russen auch geboten für ihr vieles Geld, wenngleich ganz anders als erwartet. Denn nicht Robben werden getötet, sondern die Reiseteilnehmer selbst. Einer nach dem anderen fällt dem geheimnisvollen Schiff zum Opfer. Doch Eva, die mit ihrem Kameramann die Reise zu Werbezwecken dokumentieren soll, vermutet keine mystischen, sondern sehr menschliche Abgründe hinter den grauenvollen Ereignissen.

Viktoria Platowa

Die letzte Zeugin

Kriminalroman

Aus dem Russischen
von Ganna-Maria Braungardt

Aufbau Taschenbuch Verlag

Die Originalausgabe unter dem Titel
»Корабль призраков«
erschien 2000 bei EKSMO-Press, Moskau.

ISBN 3-7466-2015-5

1. Auflage 2004

Umschlaggestaltung Torsten Lemme
unter Verwendung eines Fotos von PICTUREPRESS
Druck Nørhaven Paperback A/S, Viborg
Printed in Denmark

www.aufbau-taschenbuch.de

Für Wolodja Tanakow, in Liebe

Alle Ereignisse und Personen dieses Romans sind frei erfunden, jede Ähnlichkeit mit realen Personen ist zufällig.

Die Autorin

Wer beten gelernt hat, der fahre hinaus auf die See.

George Herbert

ERSTER TEIL
Die Jäger

Natürlich erkannte ich sie sofort.

Ein rassiges Gesicht, auf allen Musiksendern präsent; die Tätowierung von der linken Schläfe bis zum Ohrläppchen – ein kleiner schwarzweißer Lemur, der an einen halbvergessenen braungebrannten Aztekengott erinnerte. Life war sie noch attraktiver als im Fernsehen, zudem strömte sie einen schwachen Vanilleduft aus, dessen Herkunft ich etwas später begriff.

Etwas später.

»Verdammt, sie ist es wirklich! Clio«, flüsterte mein Kameramann Wadik Lebedew mir ins Ohr, ein heimlicher Verehrer von Sartre und Jorge Louis Borges. Ich hätte nie gedacht, daß dieser glühende Verfechter des Underground sich für Popstars interessierte. Und Clio war ein Popstar: Zwei coole Videoclips im Herbst, zahllose Interviews im Winter und schließlich Auftritte in elitären Nachtklubs der Hauptstadt im Frühjahr. Im vertraulichen Gespräch mit Journalisten wirkte sie nicht so krankhaft blöd wie die anderen Bewohner des Unterhaltungsolymps, jedenfalls legte sie immerhin eine Art bewußte Selbstironie an den Tag und eine ungefähre Kenntnis der Einsteinschen Relativitätstheorie.

»Paß auf, daß du dir nicht den Hals brichst«, riet ich Wadik. »Oder sonst irgendwas.«

»Oder sonst irgendwas« war eine unverhohlene Anspielung auf die gut getarnte Männlichkeit des hageren, betont asexuellen Intellektuellen Wadik Lebedew. Die Popikone Clio war bekannt dafür, daß sie, ganz wie das ungehemmte Flittchen Sharon Stone, allein durch ihre Gegenwart alle Männer in Erregung versetzte. Selbst auf eine unschuldige politische Frage zum Thema: »Ihre

Haltung zu ethnischen Minderheiten?« äußerte sie sich so, als wolle sie sämtliche ethnischen Minderheiten, einschließlich Tutsis und Nambikwaras, in ihr Bett zerren. Oder sie antwortete gar nicht, schlug nur die Beine übereinander und verwies die aufdringlichen Journalisten an ihren Bassisten (einen unglaublich gutaussehenden Schwarzen, der, bis er Clios Produzenten traf, ein kümmerliches Dasein als Doktorand an der Moskauer Uni gefristet hatte). Oder an ihren Schlagzeuger (einen unglaublich gutaussehenden Philippiner, der, bis er Clios Produzenten traf, in einem Café am Platz der drei Bahnhöfe geschuftet hatte).

Ein Schwarzer, ein Philippiner, zwei Mulattinnen als Backgroundsängerinnen, zwei Latinos als Backgroundtänzer, gut arrangierte und gut präsentierte Folkmusik, zweideutige Äußerungen, zweideutige Texte, nebulöse Theorien über die Schädlichkeit von BHs – kurz, Clio war kein Kind von Traurigkeit. Ihr Fernsehflirt mit dem ganzen Land war träge, ohne jede Aggressivität, zugleich aber so unverhüllt, daß sie ernsthaft Anspruch darauf erheben konnte, das letzte russische Sexsymbol des ausgehenden Jahrhunderts zu werden.

Und dieses Sexsymbol war uns nun gefährlich nahe, auf dem versifften winzigen Flughafen einer kleinen Stadt ganz im Osten des Landes, wo man von VIPs solchen Ranges noch nie gehört hatte. Clio war aus Jushno-Sachalinsk eingetroffen, mit dem Privatjet ihres Boyfriends, eines Ölmagnaten.

»Was für ein Weib, Donnerwetter!« stöhnte der für den Empfang der Moskauer Berühmtheit abkommandierte Erste Offizier. »Allein für den Anblick sollte man Geld nehmen. Da wird man ja ganz juckig.«

»Du solltest dich öfter waschen«, reagierte Wadik mit unerklärlicher Eifersucht und hob die Videokamera.

Ich aber dachte, daß uns wohl zwei fröhliche Wochen

auf offenem Meer bevorstanden. Wenn diese Sexbombe Clio über die Decks lief, würden sich die Kerle mit den firmeneigenen Karabinern gegenseitig abknallen, womit die Bezeichnung Extremtörn zweifellos gerechtfertigt wäre.

Der Kameramann Wadik und ich hingen schon seit zwei Tagen in dem fernöstlichen Kaff herum. Zwei Idioten, von einem kaum bekannten Reiseunternehmen angeheuert, um einen Videofilm über eine neue Tour zu drehen. Die Tour lief unter dem romantischen Namen »Das traurige Schweigen der Robben« und kostete ein Heidengeld. Ein Sommerurlaub in den Schweizer Alpen, ein Winterurlaub auf den Seychellen und eine Weihnachtswoche Paris mit Vollpension wären die übersättigten Neureichen wesentlich billiger gekommen. Auf sie nämlich zielte die kühne Idee der beiden Chefs des Reiseunternehmens, die sich mir und Wadik als Peter und Paul vorgestellt hatten, zwei Brüder mit dem Blick unredlicher Vizepräsidenten einer Aktienbörse.

Die Idee hatten Peter und Paul von Kenia-Safaris abgekupfert. Sie stellten sich das Ganze so vor: In einem kleinen Hafen wartet auf die Kreuzfahrtinteressenten ein Schiff, das sie zu den Robben bringt. Besonders wichtig war den beiden »Aposteln« die Betonung auf »extrem«. Extrem war die Jahreszeit, zu der die Kreuzfahrt stattfand (im April herrschten im Ochotskischen Meer starker Eisgang und Minusgrade); kein entspannender beheizter Pool auf dem Oberdeck, kein Unterhaltungsprogramm bis vier Uhr früh, keine teuren Huren mit den Manieren ausgebildeter Psychologinnen; kein Striptease, weder Männer noch Frauen.

Das klang ziemlich unerquicklich, aber Peter und Paul versicherten uns, bald würden sie sich vor Interessenten kaum retten können, das sei schließlich mehr als nur ein Urlaub, das habe auch etwas von Psychotherapie, der

Clou dabei sei das Know-how. Und für die erste Partie verrückter Millionäre sei eine Überraschung geplant. Mehr ließen uns die Apostel nicht wissen, wir würden alles an Ort und Stelle erfahren. Unsere Aufgabe sei es, gewissenhaft alles zu filmen und anschließend ein Zehn-Minuten-Video über das traurige Schweigen der Robben zusammenzuschneiden. Dafür versprachen uns Peter und Paul das runde Sümmchen von tausend Dollar pro Filmteamnase, kostenlose An- und Abreise und eine eigene Kabine an Bord.

Ich willigte ein.

Wadik auch. Was blieb ihm übrig – zu Hause warteten seine arbeitslose Frau (»mein Piranha« nannte Wadik sie melancholisch) und seine Jungs, Zwillinge, die ihren Papa ständig mit Betteleien um Kinderüberraschungen nervten.

Kurz vor der Abreise traf ich im Antiquariat auf der Kusnezki-Brücke Hauptmann Lapizki, meinen dämonischen Verführer. Ganz zufällig. Vor langer Zeit, zu Beginn meiner mißglückten Laufbahn als Superagentin, hatte ich ihn zu meinem ersten geheimen Treff genau in dieses Antiquariat bestellt.

»Moskau ist offenbar zu klein für uns beide, Eva«, bemerkte Lapizki, kein bißchen erstaunt über unsere Begegnung. »Dauernd laufen wir uns über den Weg. Wie geht's?«

Ich hatte ihm einiges zu verdanken. Die Papiere, mit denen ich jetzt lebte und mit denen ich zu sterben gedachte, hatten seine Leute ausgestellt. Ein königliches Geschenk, aber mich zu dressieren hatte Lapizki nicht vermocht. Oder nicht gewollt.

»Ich lebe noch. Trotz allem.«

»Ich hab gehört, du hast dich ins Dokumentarfilmstudio eingeschleust? Willst deinen Beitrag leisten zum Ruhm des russischen Dokumentarfilms?«

»Du hast das gehört oder du weißt es?«

»Okay, okay!« Er hob kapitulierend die Hände. »Ich weiß es natürlich. Ich muß doch auf dich aufpassen, damit du nicht wieder in irgendwelche Geschichten reingerätst. Davon hattest du eigentlich genug.«

»Finde ich auch.«

»Wollen wir vielleicht mal zusammen essen gehen? Wie wär's nächsten Dienstag?«

»Leider nein. Nächsten Dienstag bin ich schon ganz woanders. In einer anderen Zeitzone.«

»Ein Job?«

»So was Ähnliches.« Ich wollte mich nicht näher darüber auslassen, zumal der FSB-Mann Lapizki mich allzu deutlich an meine Vergangenheit erinnerte, die ich so gern losgeworden wäre.

»Paß auf dich auf«, sagte er zum Abschied zu mir und schob mir eine Ausgabe von Montaignes »Essays« aus dem Jahr 1884 unter den Arm.

Und nun empfing ich zusammen mit Wadik Lebedew und dem Ersten Offizier Wassja auf einem Flugplatz im Fernen Osten eine Popikone. Clio war die vorletzte in der Liste der dreizehn Personen, die sich auf das Abenteuer im Ochotskischen Meer einlassen wollten – warum wurde ich bei dieser Zahl nicht gleich stutzig? Wahrscheinlich, weil Wadik und ich ja Nummer vierzehn und fünfzehn waren.

Clio stand bezaubernd einsam auf der Gangway des Privatjets, in einem knöchellangen Polarfuchsmantel und mit einer Sonnenbrille – keine Leibwächter, nur eine Reisetasche aus edlem Leder und ein Gewehr.

Die Idee, Clios Ankunft zu filmen, stammte von Wadik. Diese Ehre war bisher keinem der in den letzten Tagen angereisten Urlauber zuteil geworden, obwohl deren Liste durchaus illuster war und sowohl mit dem Wirtschaftsforum in Davos als auch mit einem Gipfeltreffen der Unterwelt hätte konkurrieren können. Zu den Teilnehmern der Kreuzfahrt gehörten der Chef einer großen Privatbank, erfolgreiche Geschäftsleute, die das Zeug zu Rohstoffkönigen hatten, einige Typen mit kriminellem kantigem Kinn, ein berühmter Eishockeyspieler, ein Politiker auf Staatsebene und eine Ausländerin, ich glaube, aus der Schweiz. Und sogar ein Kind. Ein etwa dreizehnjähriges Mädchen, die Tochter des Bankiers. Ihren Namen wußte ich noch nicht, ich hatte nur einige Male gehört, daß ihr Vater sie »Karpik« nannte. Karpik war unverhohlen häßlich, und obendrein hinkte die arme Kleine auch noch auf dem linken Bein.

Während mir solche Gedanken durch den Kopf gingen, war Clio die Gangway heruntergestiegen und wurde sogleich von zwei Flugplatzhunden angebellt, außer uns den einzigen Zeugen ihrer Ankunft. Wirklich ein würdiger Empfang für den Popstar – ich empfand sogar eine flüchtige Zärtlichkeit für die beiden struppigen Köter. Doch Clio sorgte sofort für Ordnung; sie hob einen Stein auf und warf ihn nach den Hunden. Ihre Kindheit in der Provinz hatte sie gelehrt, für sich einzustehen. Die Hunde verkrochen sich mit eingezogenem Schwanz unter einem vor sich hin rostenden Agrarhubschrauber, und Clio wandte ihren Blick endlich denen zu, die sie erwarteten.

»He, Baby«, sprach sie Wadik im Kommandoton an, »komm mal her.«

Wadik, die eingeschaltete Kamera auf der Schulter, stürmte unverzüglich zu ihr. Der Erste Offizier Wassja und ich folgten ihm.

»Also, folgendes, Baby«, Clio hob die schweren Lider, »du drehst jetzt gleich deinen Rüssel weg und filmst in meiner Gegenwart keinen Meter mehr. Ich hab die Lizenz zum Abschuß solcher Hornochsen wie du. Und für die Zukunft merk dir: Die Exklusivrechte für Filmaufnahmen mußt du dir von meinem Produzenten holen.«

Nach dieser Tirade lächelte Clio charmant. Wobei der kleine Brillant in eine ihrer oberen Schneidezähne aufblitzte. Was für ein Weib, dachte ich begeistert.

»Was für ein Weib!« sprach der Erste Offizier Wassja meinen Gedanken aus. »Die verdreht jedem den Kopf.«

Der dahinschmelzende Wadik murmelte widerwillig die nötigen Entschuldigungen und packte die Kamera ein. Clio machte sich nicht die Mühe, ihn zu Ende anzuhören, betrachtete gleichmütig unser farbloses Trio und ließ ihren Blick auf Wassja ruhen.

»Und, wo ist denn nun euer alter Pott?« fragte sie.

»Bitte?« Wassja war ganz entgeistert ob der Respektlosigkeit gegenüber dem Schiff, das er vertrat.

»Mein Gott noch mal! Wo ist der schwimmende Untersatz? Oder wollen wir bis zum Jüngsten Tag in diesem Kaff bleiben?«

Starke Worte, wenn man bedachte, daß Clios Flugzeug erst vor wenigen Minuten gelandet war.

»Eigentlich warten alle nur auf Sie.« Ich hielt es für nötig, mich einzumischen; der Ton dieser eingebildeten russischen Möchtegern-Madonna nervte mich.

Sieh mal an, wer da Laut gibt – genau diese Gefühle spiegelten sich auf Clios gepflegtem Gesicht, selbst der eintätowierte Lemur hob hochmütig den Schwanz, doch sich mit der Person im abgewetzten Hundepelz anzulegen (den Pelz hatte der Erste Offizier mir gegeben, entsetzt über mein leichtsinniges Moskauer Mäntelchen) hielt die Sängerin für unter ihrer Würde.

»Na, dann fahren wir.« Clio lief mit dem Gewehr in der Hand zu dem einsam am Rande des Flugfeldes stehenden Jeep. Ihre Tasche blieb auf der desolaten Betonbahn zurück.

Diesmal war der Erste Offizier flinker als der Kameramann. Im Nu griff er nach Clios Gepäck und folgte ihr. Auch Wadik und ich gingen zum Jeep. Clio erwartete uns schon neben dem Auto. Kapriziös stieß sie mit der Spitze ihres blankgeputzten Stiefels gegen einen Reifen und sagte vorwurfsvoll zu Wassja: »Nicht gerade eine Luxuslimousine.«

Das ist noch gar nichts, meine Liebe, dachte ich mit stiller Schadenfreude, warte, bis du erst den »Fliegenden Holländer« siehst, mit dem wir aufs Meer hinausfahren wollen, glaub mir, er ist auch nicht ein Viertel von dem Geld wert, daß der Ölmagnat für deine Kreuzfahrt geblecht hat. Übertrieben geschäftig öffnete der Erste Offizier die hintere Tür des Jeeps und breitete einladend die Arme aus.

»Bitte sehr!«

Clio lachte spöttisch, stieg aber ein. Ich ließ mich neben sie fallen, bemüht, sie mit meinem allzu derben Pelz nicht zu beleidigen, und zog die Beine an. Wadik nahm notgedrungen auf dem Beifahrersitz Platz.

»Fahren wir weit?«

»Höchstens fünfundzwanzig Minuten«, antwortete Wassja und startete den Wagen.

Fünfundzwanzig Autominuten entfernt von dem versifften Flugplatz befand sich in einer kleinen Bucht voller Eisschollen ein ebenso versiffter Hafen: Scheußliche Kutter und Trawler, ein paar klobige, schwerfällige Robbenfänger, ein selig ruhender Schiffskran und eine Bruchbude, die sich stolz als Hauptdirektion titulierte. An den Zufahrtswegen zum Hafen türmten sich Halden aus steifgefrorenen Innereien. Wassja hatte uns erklärt, die Verarbeitungsbetriebe weigerten sich seit zwei Jahren, sie anzunehmen.

Eine Zeitlang war es still im Auto. Doch Clio konnte offenbar nicht lange schweigen.

»Wie wär's, wenn wir uns bekanntmachen?«

»Eva«, sagte ich bescheiden. »Und das ist Wadim, unser Kameramann.«

Wadik nickte bereitwillig, und ich fuhr fort: »Wir wollen die ganze Kreuzfahrt filmen, für ein Werbevideo.«

»Sehr schön«, quittierte Clio gleichgültig unser Vorhaben. »Was dagegen, wenn ich rauche? Oder würde das die religiösen Gefühle von irgend jemandem verletzen?«

Diesen Satz hatte ich von ihr schon einmal gehört, in einer der pseudoanalytischen Musiksendungen, die ich hartnäckig zu ignorieren suchte und mir dennoch immer wieder ansah. Ich wußte sogar, was nach diesem Satz folgte: Sie würde eine Pfeife herausholen, eine kleine Schatulle und einen Pfeifenstopfer. Dafür würde sie höchstens dreißig Sekunden brauchen.

»Aber bitte, rauchen Sie ruhig«, sagte der Erste Offizier, der Tabakrauch nicht ausstehen konnte.

Sofort förderte Clio aus den Tiefen ihres Polarfuchses die rituellen Utensilien zutage und absolvierte die nötigen rituellen Handlungen – das Ganze dauerte in der Tat nur dreißig Sekunden. Dann lehnte sie sich zurück, sog an der Pfeife und blies durch die Nase die erste Portion Rauch aus, der intensiv nach Vanille duftete. Daher also dieser Geruch! Er vermischte sich sofort mit Clios starkem Parfüm und übertönte alle Gerüche des alten Jeeps: nach ausgelaufenem Benzin, nach dem kaltem Kunstleder der Sitze und nach hartnäckigem Männerschweiß.

Der Erste Offizier grunzte nur, verkniff sich jedoch jeden Kommentar. Ich aber dachte, er würde nicht nur gegrunzt haben, sondern auch vielsagend gegrinst, hätte er gesehen, was ich sah. Clios Pfeife – sie beschäftigte meine Phantasie die restliche Fahrt bis zum Hafen. Die Pfeife selbst stellte einen kunstfertig geschnitzten stoischen Indianer dar, der dem Rauchenden das Gesicht zuwandte, das Pfeifenrohr aber war nichts anderes als … Ein unbefangener Sexualtherapeut hätte es einen erigierten Penis genannt.

Ein hübsches Stück, o ja, eine Ohrfeige für den öffentlichen Geschmack.

Die Sängerin nahm die Pfeife kaum aus dem Mund, und das wirkte wie eine offene Provokation. Ich stellte mir diesen amüsanten Gegenstand in der engen Schiffsmesse vor, in der aktiven, waffenstrotzenden und mit dem Geruch von Robbenblut getränkten Männergesellschaft, und verzog das Gesicht.

Die Scheinwerfer unseres Jeeps rissen die Lagerstätte der gefrorenen Innereien aus dem Dunkel. Und unzählige Möwen, die darin wühlten.

»Ein lebensfroher Ort«, kommentierte Clio. »Zumindest weiß ich jetzt, wie das Vogelparadies aussieht.«

Kurz darauf bogen wir ab zum äußersten Kai, an dem unser Schiff lag, das für die nächsten zwei Wochen unser Zuhause sein würde.

»Na dann – wir sind da«, verkündete Wassja und stellte den Motor ab. »Herzlich willkommen auf der ›Excalibur‹.«

Wie immer stolperte er über den für einen Russen schier unaussprechlichen Namen des Schiffes.

»Na so was – ›Excalibur‹!« Sie schlüpfte aus dem Jeep, reckte den Kopf und musterte skeptisch das über dem Kai thronende Schiff: Die Konturen des Oberdecks verloren sich in der Finsternis. »Geben Sie es zu, den Namen haben Sie sich eben erst ausgedacht, oder?«

Damit lag Clio gar nicht so falsch: Noch vor kurzem, vor der Modernisierung und den kosmetischen Reparaturen, war unsere Kreuzfahrtyacht ein Robbenfänger der Eisbrecherklasse gewesen, hatte ein Dutzend Jahre redlich der Sowjetmacht gedient und hieß »Sbrujewo«.

»Hm, na ja. Wie's aussieht, nicht gerade die ›Titanic‹. Und auch nicht die ›Georges Philippar‹. Ich werde mich beschweren«, äußerte sie schließlich ihr Urteil.

»Ich hoffe doch, daß das nicht die ›Titanic‹ ist«, erklärte

Wassja. »Aber daß es keine Eisberge gibt, dafür kann ich nicht garantieren.«

»Na schön, gehen wir«, sagte Clio seufzend.

Dann lief sie als erste die Gangway hoch, und wir trotteten hinterher.

Ich lag in der Koje und versuchte, den aus Moskau mitgebrachten Melville zu lesen (»Moby Dick« schien mir die passendste Lektüre für diese Gelegenheit), und Wadik tigerte von einer Ecke in die andere. Die verdammte Clio hatte zweifellos einen unauslöschlichen Eindruck auf ihn gemacht – kein Vergleich zu seiner arbeitslosen Frau, die ich auf dem Flughafen flüchtig gesehen hatte (sie wirkte ganz und gar nicht wie ein Piranha, eher wie ein dickfelliger Paarhufer).

Schließlich hielt ich es nicht mehr aus. »Kannst du nicht mal aufhören mit dem Hin- und Hergerenne?«

Auch Wadik hielt es nicht mehr aus. »Wie findest du sie?«

»Wen?«

»Na Clio!«

«Nichts Besonderes.« Ich lächelte rachsüchtig. »Eine ganz gewöhnliche Schlampe.«

»Meinst du?«

»Wadik, sehen wir den Tatsachen ins Auge: Du hast nicht die geringste Chance.«

Wadik seufzte und stürzte zum Spiegel über dem Waschbecken. Der Spiegel, aus unerfindlichen Gründen in einen prätentiösen verschnörkelten Rahmen gefaßt, war das Schmuckstück unserer spartanischen Kajüte. Abgesehen von einer mittelmäßigen Reproduktion des Gemäldes »Die Schiffbrüchigen« – ein unverzichtbares Attribut für eine Kreuzfahrt, das muß ich schon sagen.

»Die Schiffbrüchigen« hingen direkt über dem Merkblatt für Passagiere. Das schlichte fotokopierte Blatt mit seinen Anweisungen für den Katastrophenfall stand in krassem Gegensatz zu den eichengetäfelten Wänden und den Gobelins mit heiteren Paradiesvögeln.

Wadik hatte die obere Koje belegt, ich die untere. Außer dem Doppelstockbett, aus demselben Eichenholz gefertigt wie die Wände, und einem Waschbecken paßten in die enge Kabine nur noch ein Wäscheschrank sowie ein kleiner Tisch und zwei Stühle, am Boden festgeschraubt. In einer flachen Vase auf dem Tisch standen Orchideen mit glänzenden rosa Blütenblättern – ein Abschiedsgruß aus Moskau, ein Winke-Winke des Reiseunternehmens, das uns hergeschickt hatte. Und eine als Wecker dienende Uhr in Form eines Steuerrades.

Wadik betrachtete im Spiegel wütend sein Gesicht.

»Nicht die geringste Chance also«, wiederholte er meine Worte, die er nicht einmal mit einem Fragezeichen versah. »Außerdem hab ich auch noch meine Zahnbürste vergessen.«

»Ich hab eine zweite dabei«, beruhigte ich ihn.

»Du hast die Manieren einer alten Jungfer.«

»Du bist doch verheiratet, Wadik, ein vorbildlicher Familienvater«, sagte ich sanft. »Was weißt du schon über alte Jungfern?«

»Alles.« Wadik schüttelte den Kopf. »Ich bin schließlich mit einer alten Jungfer verheiratet.«

»Ach was! Wer hätte das gedacht!«

»Das kannst du mir ruhig glauben. Alte Jungfer, das ist eine Weltanschauung. Eine Lebensweise. Wollschlüpfer im Winter und Baumwoll-BHs im Sommer. Meine Frau kommt gar nicht auf die Idee, sich die Fußnägel zu lackieren. Du lackierst dir doch auch nicht die Fußnägel, stimmt's?«

»Stimmt.« Leugnen war sinnlos, er brachte es fertig, in der Nacht mit einer Taschenlampe bewaffnet unter meiner Bettdecke nachzusehen.

»Na siehst du!« Wadik starrte erneut in den Spiegel, als der kleine Lautsprecher am Kopfende unserer Kojen nieste und krächzend die Stimme des Kapitäns zu Gehör brachte: »Meine Damen und Herren! Der Kapitän und die Crew begrüßen Sie an Bord der ›Excalibur‹ und laden Sie zu einem festlichen Abendessen ein. In vierzig Minuten in der Schiffsmesse.«

»Gilt das auch für uns oder nicht?« Wadik kratzte sich nachdenklich das Kinn.

In den ersten Tagen unseres Aufenthalts auf dem Schiff hatten wir in der Mannschaftsmesse gegessen, dabei allerdings nur einen der drei Steuermänner kennengelernt, den phlegmatischen Esten Heino, den Deckmatrosen Gena und den Maschinisten Arkadjitsch. Heino reichte mir dauernd beflissen Salz, Pfeffer oder eine Serviette, was Wadik als raffinierte finnische Art zu flirten auslegte. Gena und Arkadjitsch aber hatten so abschreckende Räubervisagen, daß ich befürchtete, sie könnten womöglich eines Tages eine Meuterei anzetteln. Wir wußten noch immer nicht genau, wieviel Mann Personal an Bord waren. Der Erste Offizier Wassja hatte uns gesagt, außer den Passagieren seien dreizehn Mann Besatzung auf dem Schiff, gerade das Minimum, das nötig war, um die »Excalibur« am Laufen zu halten.

Jemand klopfte an die Kabinentür – sehr diskret.

»Es ist offen!« quiekte Wadik, ohne sich vom Spiegel wegzurühren.

Die Tür wurde weit aufgerissen, und auf der Schwelle stand ein junger Mann, den ich bis dahin noch nie gesehen hatte. Seine breiten Schultern waren eingezwängt in eine Gala-Uniformjacke mit blankgeputzten Knöpfen, und der Stehkragen stieß gegen das schroffste, männlichste Kinn, das mir je begegnet war. Der junge Mann trug ein Tablett, auf dem ein langes, schmales Kuvert lag.

»Post für uns?« fragte Wadik.

Der Matrose verzog die Lippen zu einem Lächeln und salutierte wortlos.

Wadik war mit einem Satz an der Tür, wobei er das umwerfende Kinn für einen Moment verdeckte, und nahm das Kuvert vom Tablett.

»Sie können gehen, mein Bester«, sagte er im Ton eines verarmten Aristokraten zu dem jungen Mann.

Der Matrose salutierte erneut und gestattete sich ein noch breiteres Lächeln. Seine Augen verwirrten mich: Sie paßten so gar nicht zu dem einfältigen Lächeln und dem selbstzufriedenen Kinn – sie waren allzu aufmerksam, allzu klug, im Nu erfaßten sie den Titel des Buches in meiner Hand und das kleine Loch im Strumpf, das ich völlig vergessen hatte. Ich zog die Beine an und erwiderte das Lächeln des Matrosen. Wo mochten sie wohl ihre Crew rekrutieren, wenn schon die Laufburschen so hübsche junge Männer waren? Doch ich konnte diesem Gedanken nicht weiter nachgehen – Wadik schlug die Tür zu und studierte den Inhalt des Kuverts.

»Wir sind auch eingeladen«, sagte er schließlich. »Tisch drei.«

»Eine Glückszahl.«

»Und die Kleiderordnung?« fragte Wadik plötzlich besorgt. Neben seinen sonstigen Mängeln erwies er sich auch noch als klassischer Umstandskrämer. »Man hat uns nichts gesagt über die Kleiderordnung.«

»Na, was meinst du? Das erste Abendessen an Bord, zwei Frauen, mich nicht mitgerechnet, eine davon Ausländerin, die andere schlimmer als eine Ausländerin. Plus die dreizehnjährige Tochter eines Bankiers. Große Gala natürlich, mein Lieber. Hast du was Angemessenes dabei?«

»Und du?«

»Ich hab zuerst gefragt. Aber für alle Fälle sage ich dir gleich: Ich kann dir nur mit meiner zweiten Zahnbürste aushelfen.«

Von festlichen Abendessen an Bord hatten Peter und Paul uns nichts gesagt, deshalb waren die Sachen in meiner Tasche dafür wenig geeignet: Zwei Pullover, Jeans und ein Jogginganzug – die Ausrüstung für die Robbenjagd sollten wir auf dem Schiff bekommen. Während ich noch darüber nachsann, klopfte erneut jemand zaghaft an die Kabinentür.

»Schon wieder Sie?« empfing Wadik den Matrosen.

»Der Kapitän bittet dringend darum, sich nicht zu verspäten«, sagte der Besitzer des männlichen Kinns schüchtern, wobei er weiter dreist das Innere unserer Kajüte musterte. »Er kann Verspätungen nicht leiden. Disziplin ist für ihn oberstes Gebot.«

»Gut. Danke für die Warnung.«

Der Matrose salutierte und schloß nun selbst die Tür.

»Ein unverschämter Kerl«, konnte Wadik sich nicht verkneifen.

»Du bist nur neidisch. Auf sein Kinn.«

Wadik hielt es für besser, meine Bemerkung zu ignorieren.

»In der Schiffsmesse sollten wir am besten in neununddreißig Minuten auftauchen. Also eine Minute vor der verabredeten Zeit«, sagte Wadik belehrend. »Damit verschaffen wir uns gleich Respekt.«

Ich betrachtete Wadik zweifelnd: Nicht unbedingt.

»Ich gehe ein bißchen spazieren«, sagte ich.

»Also denk dran: In genau neununddreißig Minuten«, rief er mir hinterher.

Ich verließ die Kabine im Pullover – darin gedachte ich vor der Highsociety des Schiffes zu erscheinen.

Die Geographie des Schiffes war für mich ein Buch mit sieben Siegeln, einen Augenblick dachte ich sogar, ich hätte mich in den verschlungenen Gängen verlaufen. Aber fragen konnte ich niemanden – die »Excalibur« wirkte wie ausgestorben. Natürlich, es war ja nur gerade soviel Personal an Bord, wie unbedingt gebraucht wurde. Ohne einer Menschenseele zu begegnen und auf den steilen Treppen mehrmals stolpernd, gelangte ich nach oben.

Es war ziemlich kalt. An Deck brannten mehrere trübe Schiffslaternen, wodurch die Dunkelheit um uns herum noch hoffnungsloser wirkte: Den Himmel über uns und das Wasser irgendwo tief unter uns konnte man nur erahnen. Im Bauch der »Excalibur« spielte sich ein mir unbekanntes Leben ab, ich meinte das Herz des Schiffes schlagen zu hören, ruhig und schwer.

Es begann zu schneien, und ich hielt mein erhitztes Gesicht in die Schneeflocken.

In einer halben Stunde würde ich sie alle sehen. Dreizehn Passagiere, Wadik und mich nicht mitgerechnet. »Dreizehn Mann auf des toten Manns Kiste, johoho, und 'ne Buddel voll Rum.«

Ich hatte diese Worte wohl laut ausgesprochen und erschrak ein wenig über meine Stimme – so unnatürlich kam sie mir in dieser absoluten Stille vor. Darum beendete ich die Strophe des Piratenliedes nur in Gedanken: »Trink, und der Teufel besorgt dann den Rest, johoho, und 'ne Buddel voll Rum.«

Aber offenbar war ich nicht die einzige, die sich vorm Abendessen noch ein wenig Bewegung verschaffen wollte. Ganz in der Nähe vernahm ich gedämpfte Stimmen. Ich wollte auf keinen Fall in meiner Abgeschiedenheit gestört werden, darum trat ich in den Schatten eines Rettungsbootes. Dann erst wurde mir klar, daß ich für die Redenden ohnehin unsichtbar bleiben würde, genau wie sie für mich – es war ja stockfinster. Übrigens redete nur einer, die Stimme des zweiten bekam ich nicht zu hören. Es war ein ziemlich seltsames Gespräch. Den Anfang hatte ich, in Gedanken versunken, verpaßt.

»Ich habe Sie nämlich erkannt.« Klar, das war der Erste Offizier Wassja, in den zwei Tagen hatte ich mir seine leicht heisere Stimme gut eingeprägt. »Natürlich nicht sofort, aber immerhin. Ich habe ein paar Fakten verglichen ... Aus unserem gestrigen gemeinsamen Zeitvertreib. Aus unserem ausführlichen freundschaftlichen Gespräch. Was sagen Sie dazu?«

Wassjas Begleiter schwieg, offenbar hatte er dazu nichts zu sagen. Der Erste Offizier sprach gedämpft, er flüsterte fast, doch dank der Stille und des nahen Wassers verstand ich jedes Wort. Die Worte klangen beinahe zärtlich, doch ich spürte die versteckte Drohung darin.

»Ich war nämlich als erster dran an der Sache, seinerzeit in Petersburg, zweiundneunzig ... Sagt Ihnen das etwas? Ich sehe, das sagt Ihnen etwas. Dann wurde er uns natürlich weggenommen, Sie wissen ja, solche Fälle wurden auf anderer Ebene bearbeitet. Aber ich habe mich damals ziemlich engagiert, sogar, als ich vom Dienst ... Als ich aufgehört hab. Ich habe noch lange Material gesammelt, mir alle Zeitungsartikel ausgeschnitten. Sie erinnern sich bestimmt an die Resonanz in der Öffentlichkeit. Bei dem letzten haben Sie sich damals verrechnet, doch keine Angst, er konnte Sie nicht einmal genau beschreiben. Das hätte niemand gekonnt ... Aber einiges hat er doch erzählt. Ein Detail zum Beispiel, das sich nicht verstecken läßt. Ihre Fassade haben Sie bestimmt retuschiert, dabei ist die nebensächlich, an die erinnert sich sowieso niemand. Aber dieses Detail, das ist wichtig. Natürlich haben Sie auch daran gedacht. Sie haben das sogar ziemlich elegant gelöst, das kann man nicht anders sagen. Selbst wenn man danach sucht, findet man es nicht so leicht. Dafür braucht man einen besonderen Riecher. Man muß es spüren. Also, ich hab es gleich gespürt. Ganz ruhig, nicht aufregen, sonst könnte ich Ihnen aus Versehen die Fassade verderben.«

Ich hätte nie gedacht, daß der sympathische Wassja jemanden so ungeniert bedrohen konnte. Sein Gesprächspartner (obwohl das wohl kaum das richtige Wort war) schwieg noch immer.

»Dieser Fall hat mich damals sehr fasziniert. Vier Jahre lang haben Sie uns alle an der Nase rumgeführt, sind nie erwischt worden, ich bewundere Sie einfach«, redete Wassja weiter. »Außerdem, ehrlich gesagt, ich bin ganz auf Ihrer Seite. Eine ziemlich radikale Methode, aber ...«

»Wieviel?« ließ sich der andere endlich vernehmen. Seine Stimme klang wie das Rascheln von Laub, verwaschen und ohne jede Intonation.

»Gute Frage.« Wassja lachte spöttisch und wurde mir furchtbar unsympathisch. »Darüber reden wir, wenn wir wieder zurück sind. Wir wollen uns doch die Reise nicht verderben, oder? Ich werde eine ziemlich große Summe brauchen, aber ich denke, für Sie sind das nur Kopeken. Für mich dagegen ein Vermögen. Ich muß zurück aufs Festland und eine Familie gründen, sozusagen den Stamm erhalten. Ich bin nämlich irgendwie in diesem Loch hängengeblieben, ohne den geringsten Lichtblick. Ich wäre glatt hier krepiert, wären wir uns nicht zufällig jetzt begegnet. Worüber ich sehr froh bin, wie Sie sich vorstellen können.«

Der unsichtbare Gesprächspartner schwieg.

Ohne eine Antwort abzuwarten, nahm Wassja seinen Monolog wieder auf. Nun drohte er nicht mehr versteckt, sondern ganz offen. »Ich bin zwar ein kultivierter Mensch, aber ich trenne mich nie von meiner Waffe. Fünf Jahre bei den Robenfängern, da hab ich mich daran gewöhnt, wissen Sie. Ich hab auch noch meine Dienstwaffe, die hab ich seinerzeit behalten. Zu Recht. Sie wissen ja, wie die Zeiten sind. Ich lege sie immer unter mein Kopfkissen. Aber das nur nebenbei. Sie haben von mir nichts zu befürchten – ich schweige wie ein Grab. Ich denke, wir können einander helfen. Und dann vergessen wir das Ganze für immer. Das ist für Sie doch das Allerwichtigste, bei Ihrer Stellung und bei Ihrem Geld, hab ich recht?«

Wieder begnügte sich Wassjas Visavis mit dumpfem Schweigen.

»Na schön, also abgemacht. Und jetzt trennen wir uns, ich denke, ich sehe Sie beim Abendessen wieder, wir haben heute ein ausgezeichnetes Menü. Und wenn Sie Lust haben, vorm Schlafengehen noch ein wenig frische Luft zu schnappen, in ungezwungener Atmosphäre ein Gläschen Wodka zu trinken, dann würde ich mich freuen, Sie hier wiederzusehen, so gegen elf.«

Kurz darauf vernahm ich leichte Schritte – der Erste Offizier verließ das Oberdeck. Die Schritte des anderen hörte ich nicht.

Es mußte einer der Passagiere gewesen sein. Eine schöne Überraschung, noch bevor die Kreuzfahrt überhaupt angefangen hatte! Einer der dreizehn Passagiere war im Besitz eines beschämenden, vielleicht sogar schrecklichen Geheimnisses. Und allem Anschein nach bereit, ein rundes Sümmchen dafür zu zahlen, daß es nicht publik wurde. Jedenfalls sollte ich mich aus dieser schmutzigen Erpressungsgeschichte raushalten – das ging mich schließlich nichts an.

An Bord der »Excalibur« war gewissermaßen die Creme der Gesellschaft versammelt, keiner der Passagiere würde seine Karriere und seine gesellschaftliche Stellung aufs Spiel setzen. Mir war egal, um welche Summe einer von ihnen erleichtert wurde, ich hatte hier nur einen kleinen Job, lumpige tausend Dollar wert: Ich würde diese verdammte Robbenjagd filmen und sie dann für immer vergessen. Einer der dreizehn war also in der Vergangenheit nicht ganz gesetzestreu gewesen. Ich hätte ihm gern mal ins Gesicht gesehen – außer dem undeutlich genuschelten »Wieviel?« hatte er sich ja durch nichts zu erkennen gegeben. Ich mußte darauf achten, um wen sich der Erste Offizier heute beim Abendessen besonders kümmern würde, mußte versuchen, den Mann herauszufiltern – bloß so, für mich. Als Training für meine psychoanalytischen Fähigkeiten.

Erst jetzt merkte ich, daß ich auf dem kalten Oberdeck völlig durchgefroren war. Ich lauschte noch ein paar Minuten auf die Stille der »Excalibur«, bemüht, auch die kleinste Bewegung an Deck zu erfassen. Nichts Verdächtiges. Nur der gleichmäßige mechanische Herzschlag des Schiffes. Schließlich wagte ich mich aus meinem Versteck hervor, ging zur Reling und berührte das Geländer. Die Kälte, die meine Hände durchdrang, ernüchterte mich sofort. Und rückte alles an seinen Platz. Zeit, hinunterzugehen, zum Abendessen. Bis elf war noch jede Menge Zeit. Irgendwie war ich sicher, daß Wassjas geheimnisvoller Gesprächspartner seiner Einladung folgen würde.

An der Tür zur Schiffsmesse stieß ich mit Wadik zusammen. Er sah mich wohlwollend an: Ich kam nicht zu spät. Mein eigener Blick war weniger wohlwollend: Ich verstand nicht, warum Wadik die Videokamera dabei hatte.

Es waren fast alle Passagiere versammelt. Der erste, den ich sah, war der Matrose, der uns das Kuvert gebracht hatte. Ich lächelte ihm zu wie einem alten Bekannten, und er lächelte ebenso höflich zurück.

»Tisch drei«, sagte Wadik zu dem Matrosen, und der führte uns hin, noch immer lächelnd. Am Tisch saßen bereits der Bankier und seine dreizehnjährige Tochter Karpik, um deren Hals die Kopfhörer eines Walkman baumelten.

»Guten Abend«, sagte ich freundlich und lenkte mein Lächeln von dem Matrosen auf das Mädchen.

»Guten Abend«, antwortete der Bankier, der die gestärkte Serviette in seinen kräftigen Fingern hin und her drehte und uns keines Blickes würdigte.

»Wir sind offenbar Tischnachbarn.« Schweigen wäre

ziemlich dumm gewesen, zumindest peinlich, also versuchte ich, eine Brücke zu schlagen. »Ich heiße Eva.«

Der Bankier reagierte darauf gar nicht, und das Mädchen bedachte mich mit einem derart erwachsenen ironischen Blick, daß ich mich innerlich straffte.

»Frauen stellen sich nicht zuerst vor«, sagte sie belehrend, »kennen Sie etwa die Regeln der Etikette nicht?«

»Larissa!« tadelte der Bankier seine Tochter sanft. »Ich habe dich doch gebeten …«

»Schon gut, schon gut. Sie hat recht«, verteidigte ich Karpik, die mich und meinen Kameramann ungeniert musterte.

»Sie sehen nicht gerade aus wie Eva«, sagte sie schließlich.

»Ach nein?« Mir fiel nicht gleich eine passende Antwort ein. »Wie sehe ich denn aus?«

»Kann ich noch nicht sagen. Und das ist mein Papa, und Sie gefallen ihm nicht besonders, das habe ich gleich gemerkt.«

»Larissa!« sagte der Vater schon strenger, schlug sogar leicht mit der Faust auf den Tisch. »Hör sofort auf. Nehmen Sie es ihr nicht übel, um Himmels willen … Eva, nicht wahr?«

»Ja.« Der gedämpfte Ton der alles verzeihenden Salonlöwin fiel mir schwer, am liebsten hätte ich das Mädchen am kleinen rosa Ohr gepackt. »Und das ist Wadim, unser Kameramann. Wir werden die ganze Kreuzfahrt filmen. Für eine Art Werbeclip.«

»Sehr angenehm. Valeri Adamowitsch Sokolnikow«, stellte der Bankier sich nun auch vor. »Und das ist meine Tochter Larissa.«

»Du siehst nicht gerade aus wie Larissa«, sagte ich mit einem leichten Triumphgefühl, weil ich ihr die freche Bemerkung heimzahlen konnte.

»Ich weiß«, sagte sie und schob die Unterlippe ein

wenig hoch, so daß sie für einen Augenblick die Oberlippe verdeckte. Da begriff ich, warum ihr Vater sie »Karpik« nannte: Mit hochgeschobener Unterlippe sah sie tatsächlich aus wie ein Karpfen. Kein besonders schöner Fisch.

Die Männer unterhielten sich, um sich irgendwie zu beschäftigen, über die Vorzüge von Profikameras und speziell von Wadims Kamera, Karpik und ich aber wandten kein Auge voneinander. Noch zwei, drei Jahre, und du wirst unter deinem Aussehen leiden, da werden dir auch die Millionen deines Vaters nicht helfen. Eine zu schroffe Stirn, zu kleine Augen – nicht mal ihre Farbe läßt sich genau bestimmen – zu schmale, zu erwachsene Lippen – nichts Kindlich-Molliges. Doch seltsam, je länger ich Karpik betrachtete, um so mehr wollte ich sie ansehen. Man traf in der Natur selten auf eine so herausfordernde, so kompromißlose Häßlichkeit. In ihrem Alter war ich ebenfalls häßlich gewesen, auch später, als Erwachsene noch. Aber meine Häßlichkeit war völlig unspektakulär gewesen. Bei Karpik war das ganz anders. Das Mädchen fixierte mich mit einem ausgesprochen provozierenden Blick, den sie offensichtlich nicht abzuwenden gedachte. Ich kapitulierte, gab mich geschlagen und senkte die Augen. Glücklicherweise genau in dem Augenblick, als die gefüllte Kalbsbrust serviert wurde, der erste Gang des festlichen Abendessens.

Es waren insgesamt fünf Tische für je vier Personen, an dem Abendessen in der Schiffsmesse sollten also zwanzig Personen teilnehmen: fünfzehn Passagiere und fünf Mitglieder der Crew, die Creme der Besatzung: der Erste Offizier Wassja, der Kapitän, der Zweite Offizier, der Navigationsoffizier und der Obermaschinist. Den Zweiten Offizier und den Navigationsoffizier fand ich nichtssagend, dafür sah der Kapitän aus wie ein richtiger Seewolf: ein ordentlich gekämmter grauer Bart wellte sich auf dem von der Wintersonne bronzefarbenen Gesicht, buschige Brauen, tiefliegende Augen und eine große Nase.

Den Ersten Offizier entdeckte ich auch sofort. Er wirkte seelenruhig. Verdammt, er sah überhaupt nicht aus wie ein Erpresser; auf jeder Bühne wäre er der Einfaltspinsel. Er saß an einem Tisch mit dem Gouverneur eines Gebiets im Nordwesten (der sich Wadim und mir gestern als Nikolai Iwanowitsch vorgestellt hatte), der naiven Schweizerin und ihrem Begleiter, einem urrussischen Burschen, der eine Kette von Schokoladenfabriken irgendwo in Mittelrußland besaß. Den Namen der Schweizerin wußte ich noch nicht, ihren Begleiter nannte sie liebevoll auf französische Art André. Also vermutlich Andrej.

»Mein Gott, was ist das für ein schwermütiges Zeug? Da kriegt man ja keinen Bissen runter«, äußerte Wadik seine Mißbilligung für den Musikgeschmack des Kapitäns.

»Das ist Chopin«, sagte Karpik hochmütig. »Andante spianto et Grande polonaise brillante. Gespielt von Vladimir Horowitz. Gefällt Ihnen das wirklich nicht?«

Wadik errötete schlagartig und vertiefte sich in seinen Salatteller. Ich versetzte ihm unterm Tisch einen Fußtritt – da hast du's, du cooler Intellektueller, bei diesem Mädchen muß man auf der Hut sein. Wadik trat nicht weniger heftig zurück – halt dich raus, ich komme schon zurecht.

»Chopin ist nicht mein Fall, Kindchen.«

»Ihr Fall ist wohl eher Pop, so Arkadi Ukupnik«, mutmaßte das kleine Biest.

Wadik lachte spöttisch und blickte hilfesuchend zu Karpiks Vater. Der sprang ihm auch prompt bei.

»Wie oft muß ich dir das noch sagen, Lara, du sollst mit Erwachsenen nicht so reden. Du bist hier nicht in deinem Internat.«

»Gut, Papa. Bitte, Papa«, sagte das Mädchen zahm,

lehnte sich zurück und verschränkte die Arme über der Brust.

»Iß doch, du siehst, es ist reichlich da. Und es schmeckt alles sehr gut.«

»Danke, ich habe keinen Hunger. Aber das Dessert esse ich, wenn es eins gibt.« Karpik setzte sich demonstrativ die Kopfhörer auf.

»Sehr amüsant, Ihre Tochter«, sagte ich zu dem Bankier.

»Seien Sie ihr um Himmels willen nicht böse«, antwortete der Bankier leise. »Das ist alles meine Schuld, ich habe einfach keine Zeit, mich um das Kind zu kümmern. Ich ziehe sie nämlich allein groß, ihre Mutter ist vor zehn Jahren gestorben. Wir verbringen zum ersten Mal soviel Zeit zusammen.« Er senkte die Stimme. »Lara ist einige Jahre in England zur Schule gegangen. Ich wollte, daß sie eine gute Ausbildung bekommt, davon hat ihre Mutter immer geträumt. Aber Lara wollte nicht dort bleiben, sie hat gesagt, es sei langweilig und die Engländer gefielen ihr nicht.«

»Sie gefallen mir immer noch nicht.« Das sagte Karpik so laut, daß wir alle zusammenzuckten. »Und überhaupt, Papa, du mußt nicht gleich jedem erstbesten alles über mich erzählen.«

Valeri Adamowitsch wurde flammendrot. Er ist viel zu sensibel und wird mit seiner Tochter überhaupt nicht fertig, stellte ich fest. Wie mag er mit dieser Empfindsamkeit seine Bank leiten?

»Ich finde, wir sind nicht die erstbesten.« Ich bemühte mich, sachlich zu bleiben. »Wir sind jetzt Tischnachbarn und werden uns die nächsten zwei Wochen lang häufig sehen. Vielleicht werden wir sogar Freunde. Was hältst du davon?«

»Papa, tu mir bitte etwas Salat auf.« Karpik ignorierte meine Tirade völlig.

Der Bankier kam der Bitte seiner Tochter nach, und die nächsten Minuten widmeten sich alle dem Essen. Und ich schaute mir weiter die übrigen Gäste an.

An einem Tisch neben der Musikanlage thronten zwei Typen, die ziemlich kriminell aussahen; ich konnte sie mir gut auf einem Fahndungsplakat vorstellen. Oder als Beteiligte des Gesprächs, das ich belauscht hatte. Sie waren beide gestern angekommen und hatten für die Robbenjagd ein ganzes Waffenarsenal mitgebracht, über das eine kleine Verbrecherbande überglücklich gewesen wäre. Ihre Gesellschaft wurde ein wenig aufgelockert durch Viktor Meschtscherjakow, den blutjungen Stürmer der Eishockey-Nationalmannschaft, Spitzname »Moskauer Torpedo«, und Arsen Lakkai, den Chef einer der winzigen liberal orientierten hauptstädtischen Parteien. Lakkai war einige Male in der Sendung »Presseklub« im Fernsehen aufgetreten und hatte sich einen Namen gemacht als Befürworter liberaler Reformen. Sein angenehmes, eher westlich wirkendes Gesicht und seine schlanke Figur bildeten einen vorteilhaften Kontrast zu den verfetteten Leibern der Demokraten der ersten und zweiten Generation – vielleicht bekam Lakkais Partei in letzter Zeit deshalb immer mehr Stimmen von Universitätsprofessoren, Managern von Computerfirmen und Direktoren großer Bibliotheken.

Am interessantesten aber fand ich den letzten, noch nicht ganz vollständigen Tisch. Der leere Platz gehörte bestimmt Clio, die gar nicht daran dachte, pünktlich zu erscheinen.

Die drei imposanten Männer am Tisch waren in der Nacht angekommen, ich sah sie zum ersten Mal. Zwei von ihnen kannten sich offenbar und redeten leise miteinander. Der eine war etwas älter, um die fünfundfünfzig – im besten Mannesalter. Ohne den willenlosen Mund hätte man ihn sogar gutaussehend nennen können: eine üppige graue Mähne, ein gepflegter Bart und ein ordentlich gestutzter Schnurrbart. Sein Begleiter wirkte neben ihm wie ein Kind; ein typischer Orientale aus guter Familie, mit edlem Stammbaum: geschwungene Brauen, große Mandelaugen, olivfarbener Teint und feingeschnittene Lippen. Und ein kleiner, beinahe weiblicher Leberfleck auf der Wange. Doch zugleich strahlte der junge Mann etwas zutiefst Lasterhaftes aus.

Na ja, absolute Schönheit ist immer lasterhaft, beruhigte ich mich und lenkte meinen Blick auf den dritten am Tisch. Sein Anblick war eine Labsal für das Auge des anspruchslosen Vorstadtbewohners: ein dicker, gutmütiger, vollkommen kahlköpfiger Mann von absolut unspektakulärem, aber sympathischem Äußeren. Die fehlenden Kopfhaare kompensierte ein Popen-Vollbart. So sahen Anwälte aus, Immobilienmakler oder Frauenärzte. Auf jeden Fall mußte dieser Pope ziemlich wohlhabend sein, sonst wäre er nicht an Bord der »Excalibur«.

Clio erschien erst zum Kaffee – sie konnte sich das erlauben. Sie erreichte, was sie wollte: Nun waren alle Blicke auf sie gerichtet. Der Orientale sprang sogar auf und schob ihren Stuhl zurück. Clio dankte mit einem majestätischen Blick und nahm ebenso majestätisch Platz. Niemand war empört über die Verspätung der unverschämten Mitreisenden, niemand bis auf den Kapitän und den grauhaarigen Begleiter des Orientalen, die beide ein mißmutiges Gesicht machten. Der verhaltene Zorn des Kapitäns war verständlich (»Disziplin ist für ihn oberstes Gebot«, hatte der Matrose gesagt), aber die Reaktion des wohlerzogenen Grauhaarigen ... Vermutlich war sein Verhältnis zu dem schönen Orientalen komplizierter, als es auf den ersten Blick aussah.

Clios Gegenwart ärgerte mich irgendwie, und ich atmete erleichtert auf, als das Abendessen beendet war und der Kapitän alle in den Billardraum einlud. Um einander näher kennenzulernen, wie er sagte.

Als erste ging Clio, begleitet von den beiden Kriminellen und dem »Moskauer Torpedo« Viktor Meschtscherjakow. Karpik, die träge in ihrem Teller mit Quarkspeise rührte (»Speziell von unserem Cook für Ihre Tochter«, hatte der Matrose gesagt), sah der Sängerin gleichgültig nach.

»Beast«, kommentierte sie Clios Abgang leise. »Fuck you!«

»Weißt du, Mädchen« – ich stützte die Ellbogen auf den Tisch und beugte mich zu Karpik –, »du mußt nicht Englisch sprechen, auf Russisch klingt das viel saftiger, glaub mir.«

»Belauschen Sie immer, was andere sagen?« Meine Bemerkung hatte das Mädchen nicht im geringsten in Verlegenheit gebracht.

»Manchmal belausche ich sogar, was andere denken.«

»Und woran denke ich gerade?« fragte sie mit brennender Neugier.

Auf einmal waren Karpik und ich Komplizinnen – Clio mißfiel ihr ebensosehr wie mir. Ich war acht Jahre älter als Clio, Karpik acht Jahre jünger. Aber wir hatten alle beide keine Chance gegen sie, nicht die geringste. Der häßliche kleine Hinkefuß und die erwachsene, bereits grauhaarige Frau, die ihre frühere Schönheit gänzlich eingebüßt und sich endgültig aufgegeben hatte.

»Woran du gerade denkst? An diese Sängerin. Ein anständiger Tritt in den Arsch, dann würde sie sich nicht so aufblasen«, äußerte ich laut meine Gedanken.

»Falsch geraten. Du irrst.« Ich hatte Karpiks Erwartungen nicht erfüllt, und darum wechselte sie zum geringschätzigen »Du«.

»Ja?« Ich war aufrichtig erstaunt.

»Ich hab an die Schwulen gedacht.«

»?!« Ich war sprachlos. Als ich mich gefaßt hatte, fragte ich höflich: »Schwule? Wer soll das sein?«

»Die beiden da. Der junge Bursche und der Grauhaarige. Der Grauhaarige hält ihn aus. Hast du gesehen, wie er ihn anschaut? So sieht nicht mal mein Papa mich an, und mein Papa liebt mich sehr. Wirklich, er liebt mich«, sagte Karpik herausfordernd. »Und er tut alles für mich. Er arbeitet nur sehr viel … Komm, Eva, wir gehen. Darf ich Eva zu dir sagen?«

»Ja, natürlich«, antwortete ich mechanisch.

»Und du kannst Karpik zu mir sagen. So nennt mich Papa.«

»Gut, Karpik.«

Wir verließen zusammen die Messe. Karpik, das linke Bein leicht nachziehend, ging souverän voran. Ich betrachtete ihren schmalen Rücken und dachte, daß Karpiks Scharfsinn mir wohl noch so manche Überraschung bescheren würde. Bestimmt hatte sie recht mit dem Orientalen! Genau so sahen professionelle Gigolos aus.

Das Abendessen war nett und normal verlaufen. Aber um elf würde einer der braven, freundlichen Passagiere aufs Oberdeck gehen. Wer wohl?

Karpik und ich kamen als letzte in den Billardraum, und niemand bemerkte unser Kommen, ganz im Gegensatz zu Clios Auftritt in der Messe. Die beiden Kriminellen schoben elegant die Kugeln und blickten verstohlen zu Clio, bemüht, sie zu beeindrucken.

Clio rauchte ihre Pfeife und hörte mit herablassender Miene dem finster kichernden Popen zu. Offenbar erzählte er der Sängerin einen Witz und fühlte sich auf dem Gipfel der Seligkeit. Ich setzte mich in einen tiefen Ledersessel in der dunkelsten Ecke des Billardraums.

»Was sagst du zu diesem Kerl?« fragte Wadik, der zu mir getreten war, und nickte wutschnaubend zu dem Dicken hinüber.

»Wieso?«

»Willst du behaupten, er hat mehr Chancen als ich?«

»Hängt ganz davon ab, wer er ist.«

»Ein Winkeladvokat, das weiß ich von Wassja.«

»Was du nicht sagst!« staunte ich träge.

»Albert Wenediktowitsch heißt er – was für ein Name!«

»Klingt wesentlich überzeugender als ›Wadik Lebedew‹, findest du nicht?«

»Geh zum Teufel«, knurrte Wadik und stapfte entschlossen zu Clio und Albert Wenediktowitsch.

Mir selbst überlassen, sah ich mich aufmerksam im Billardraum um, der viel eher die Bezeichnung Schiffsmesse verdient hätte. Die Wände waren mahagonigetäfelt und mit einigen ganz akzeptablen Seestücken dekoriert. In der Ecke mir gegenüber hing über dem matt leuchtenden Fernseher das Modell eines Segelschiffes, das von meinem Platz aus ziemlich eindrucksvoll wirkte. Genau wie das bescheidene Klavier und die große Standuhr.

Der Billardraum war relativ groß, und den zentralen Platz darin nahm nicht der Billardtisch ein, sondern eher der riesige Schiffsglobus, vor dem Karpik sich gerade mit dem Orientalen unterhielt. Sie waren so nah, daß ich mühelos verstand, worüber sie sprachen.

»Such mir mal bitte Brighton«, bat Karpik den jungen Gigolo.

»Brighton Beach oder was?« Der junge Mann schien nicht sonderlich intelligent.

»Nicht doch« – Karpik war die Sanftmut in Person – »Brighton, Grafschaft East Sussex. Ich bin dort zwei Jahre zur Schule gegangen.«

»Na so was! Und wie fandest du East Sussex?«

»Ein scheußlicher Ort. Ich heiße Larissa.«

»Und ich Muchamedshan.« Der Inhaber dieses exotischen Namens schenkte Karpik sein bezauberndstes Lächeln; im sanften Halbdunkel blitzten seine großen, umwerfend weißen Zähne auf.

»Sehr angenehm, aber schwer zu merken«, sagte Karpik sachlich.

»Dann nenn mich einfach Mucha. Das tun alle.«

»Dein Freund auch?«

»Mein Freund?« Mucha spürte den Hinterhalt und war auf der Hut.

»Na, der Grauhaarige. Mit dem du am Tisch gesessen hast.«

»Boris?«

»Hmhm.«

»Aber du solltest ihn Boris Iwanowitsch nennen, das wäre richtiger.«

»Und warum nennst du ihn Boris? Er ist doch schon ziemlich alt.«

Mucha runzelte die makellose Stirn.

»Weil wir Kompagnons sind und in derselben Firma arbeiten. Bürotechnik und Computerzubehör. Aber das sind Erwachsenendinge, nichts für ein nettes Mädchen wie dich.«

»Ach ja?« Die kluge Karpik lächelte wissend und dachte vermutlich dasselbe wie ich: Wenn Mucha irgendein Gewerbe betrieb, dann nur ein ganz bestimmtes.

»Genau.«

»Meine Freunde nennen mich eigentlich alle Karpik. So kannst du mich auch nennen, Mucha.« Das Mädchen hatte offenbar beschlossen, nicht nur mit mir Freundschaft zu schließen. »Ich wohne in Kabine zwölf. Und du?«

»In der dreiundzwanzig. Das ist rechts.«

»Zusammen mit diesem Boris Iwanowitsch?« Karpik war die Unschuld in Person.

Darauf antwortete Mucha nicht, er versetzte Karpik nur einen leichten Nasenstüber für ihre Neugier.

Die Stimme des Kapitäns ließ mich hochschrecken. Er teilte mit, daß wir morgen um elf Uhr vormittags den Anker lichten und aufs offene Meer hinausfahren würden.

Vor dem Ablegen würde eine Grenzkontrolle auf die »Excalibur« kommen, das sei nun einmal Vorschrift. Alle an Bord befindlichen Feuerwaffen würden eingesammelt und in die Waffenkammer gebracht, die versiegelt bliebe, bis das Schiff das Planquadrat für die Jagd erreicht habe (bei diesen Worten sah der Kapitän besonders eindringlich die Kriminellen an, die noch immer seelenruhig die Billardkugeln schoben und ab und an einen Schluck Kubarum nahmen.) Die Fahrt werde zwei Tage dauern, über die Sicherheitsvorschriften auf dem Schiff gebe es noch eine extra Belehrung. Der Navigationsoffizier werde uns nach dem Frühstück bei einem Rundgang durch die wichtigsten Teile des Schiffes führen. Frühstück gebe es laut Schiffsplan punkt acht, er bitte dringend, sich nicht zu verspäten (diesmal galt ein vielsagender Blick des Kapitäns Clio, die noch immer ihre Pfeife paffte und zwischendurch an einem Gin-Tonic nippte). »Zum Frühstück werden Sie per Schiffsfunk eingeladen. Und jetzt bitte ich, mich zu entschuldigen, meine Herrschaften.«

Der Kapitän verließ den Billardraum, gefolgt von den Passagieren mit dem geringsten Durchhaltevermögen. Bald waren nur noch wenige Personen im Raum, darunter Clio und die Schweizerin. Auch Karpik brach mit ihrem Vater auf – ein richtig braves Kind. Zum Abschied zwinkerte sie mir zu und sandte Mucha einen Handkuß.

»Le capitaine est magnifique!« vernahm ich dicht neben mir eine tiefe Stimme und zuckte vor Überraschung zusammen. »Oui?«

Die geheimnisvolle Ausländerin, in einen einmaligen, sackartigen Overall gehüllt, reichte mir einen tiefen Kognakschwenker. Ich lächelte sie so strahlend an, wie ich nur konnte.

»Sie sagt, der Kapitän ist einfach großartig«, dolmetschte der hinter der Ausländerin aufgetauchte Schokoladenfabrikant sogleich.

»Ja, ja, natürlich.«

»Annika«, stellte die Schweizerin sich fröhlich vor und tippte sich mit dem Finger an die Brust.

»Sie heißt Annika. Mit Betonung auf der letzten Silbe«, mischte sich der Schokoladenkönig erneut ein. »Das hier ist unsere Hochzeitsreise.«

»André!« Annika lachte und legte ihrem Begleiter ihre schlanken Finger auf die Lippen.

»Eva, sehr angenehm.«

»Oh! Eva! C'est magnifique! Ich serr schlecht spreche Russisch, oui ? André mir versprochen wilde Tier, Jagd très magnifique! Ich will mit Sie sprechen Russisch ....«

Wir stießen an. Die Schweizerin Annika gefiel mir auf Anhieb, ganz im Gegensatz zu Clio. Annika war offenherzig wie alle Ausländer, und schon nach zehn Minuten wußte ich mit Hilfe ihres Angetrauten alles über sie. Oder fast alles. Sie stammte aus Montreux, studierte an der Sorbonne Slawistik und war letztes Jahr zu einem Auslandssemester nach Moskau gekommen, wo sie ihren jetzigen Mann kennengelernt hatte. Sie mochte den Kognak auf dem Schiff nicht, sie bevorzugte heurigen Wein (vin nouveau), reinen Schnaps (l'eau-de-vie) und halbtrockenen Wein (demi sec). Das Abendessen war großartig (magnifique), nur hätte ein Krabbensalat gefehlt (une salade de crevettes). Und eine Spargelsuppe (un potage aux aspergese).

Annika war wirklich bezaubernd, selbst der unförmige Overall stand ihr und die drei dicken Pullover, die sie übereinander trug. Wir trennten uns beinahe als Freunde, und zum Abschied schenkte Annika mir noch einen winzigen Schlüsselanhänger aus Sandelholz, einen kleinen Elefanten (»Wir waren in Thailand, das Elephant wir âben dort gekauft!«), und versprach, mir Bridge beizubringen.

Nach einer halben Stunde waren im Billardraum nur noch Männer im wehrfähigen Alter, nämlich alle, die scharf waren auf Clio. Nur Boris Iwanowitsch und Mucha zeigten kein Interesse (sie kamen auch ohne die Sängerin aus) und ebenso der an harte Sportlichkeit gewöhnte Hockeyspieler Meschtscherjakow. Die übrigen spreizten das Gefieder und mühten sich nach Kräften, Clio zu beeindrucken.

Mich hielt nur der Gedanke an den Erpresser Wassja und sein geheimnisvolles Opfer im Billardraum. Ich mußte abwarten, bis einer der wahrscheinlichsten Kandidaten für die Rolle des Kriminellen den Raum verließ.

Die Bewohner der Passagierkabinen des »Excalibur« gefielen mir im großen und ganzen. Besser gesagt, ich fand sie interessant. Fast alle, mit Ausnahme der beiden Kriminellen, des Gouverneurs Nikolai Iwanowitsch und des Liberalen Arsen Lakkai (deren politisches Engagement war mir zutiefst fremd). Clio nahm ich als Naturkatastrophe und beschloß, sie zu ignorieren. Karpik und Mucha waren zwei amüsante kleine Tierchen, Karpiks Vater ein netter Mensch, Muchas Begleiter ebenfalls. Annika zweifellos bezaubernd, und ihr gebrochenes Russisch würde den strengen Schiffsalltag bestimmt auflockern. Ihr Mann war zwar ein bißchen zu süß (ein Schokoladenkönig eben, eine Berufskrankheit!), aber auch ganz nett. Der Hockeyspieler hatte eine entzückende Narbe über der Braue, und der erfolgreiche Anwalt Albert Wenediktowitsch einen sehr netten Bart. Lauter nette Menschen.

Komisch, wie konnten sich all diese netten Menschen darauf einlassen, unschuldige Robben zu töten? Und mit wem von ihnen hatte Wassja gesprochen?

Frauen und Kinder konnte ich ausschließen, genau wie Muchamedshan, denn vor sieben Jahren – Wassja hatte irgend etwas von sieben Jahren erwähnt – war er höchstens vierzehn. Zu jung waren auch mein Kameramann Wadik und der Hockeyspieler, der vielleicht nicht im gleichen

Alter war wie der zierliche Mucha, aber bestimmt nicht älter als Clio. Blieben also noch acht Personen.

Drei Minuten vor elf verließ ich den Billardraum, in dem nur noch die beiden Kriminellen zurückblieben, die meinen Abgang gleichmütig hinnahmen. Aber warum war ich eigentlich so sicher, daß der Unbekannte aufs Oberdeck kommen würde? Schließlich hatte er zu Wassja weder ja noch nein gesagt.

Er hatte überhaupt nichts gesagt.

Auf dem Deck war niemand. Ich blieb eine Weile im Schatten eines Rettungsbootes stehen, an derselben Stelle, von wo aus ich das Gespräch belauscht hatte. Erst nach einer Viertelstunde, völlig durchgefroren, entschloß ich mich, mein Versteck zu verlassen. Bemüht, möglichst harmlos auszusehen (ein bißchen frische Luft schnappen, was war schon dabei?), trat ich an die Reling.

Jemand legte mir eine Hand auf die Schulter. Vor Überraschung knickten mir die Knie ein. Ich zuckte zusammen, mir entfuhr sogar ein unterdrücktes Stöhnen.

»Verzeihung, habe ich Sie erschreckt?« Hinter mir stand Karpiks Vater, der erfolgreiche Bankier Valeri Adamowitsch Sokolnikow.

»Nein, nein.« Ich schämte mich für meine Ängstlichkeit und zog fröstelnd die Schultern zusammen. »Ich hätte nicht gedacht, daß es Ende April noch so kalt sein kann.«

»Sind Sie schon lange hier?«

Die scheinbar harmlose Frage des Bankiers traf mich unvermittelt, und ich klammerte mich fest an die Reling. Warum fragte er das? Was ging es ihn an, wie lange ich schon hier an Deck stand?

Oder ...?

Oder war er der geheimnisvolle Unbekannte? Und wartete nun auf Wassja, genau wie ich? Und wie lange wartete er schon? Ich hatte Sokolnikow nicht kommen gehört – und das bei meinem unfehlbaren Gehör. Um hierher zu gelangen, mußte man eine schwere, hydraulisch schließende Tür öffnen, und das war gar nicht so einfach. Das Rasseln der Türschnapper konnte einen Toten aufwecken. Aber ich hatte nichts dergleichen gehört. Was, wenn Sokolnikow der Mann war, mit dem Wassja gesprochen hatte, und wenn er mich verfolgte? Wenn er ahnte, daß ich gelauscht hatte? Und nun nur seinen Verdacht bestätigen wollte? Immerhin war ich punkt elf an Deck aufgetaucht, keinen Augenblick früher oder später.

»Nein, nein«, log ich den Bankier feige an. »Ich bin erst vor ein paar Minuten hochgekommen, ein bißchen frische Lift schnappen. Diese Türen hier sind die reinste Plage. Und die Schiffstreppen auch. Ich fürchte, damit werde ich Probleme haben.«

»Ich will hoffen, nur damit«, sagte Sokolnikow schlicht.

Ich zog den Kopf ein und klammerte mich noch fester an die Reling – schließlich war niemand davor sicher, in den gähnenden schwarzen Abgrund des Wassers unter uns zu fallen und für immer dort zu bleiben.

»Hier hält man es kaum länger als eine Minute aus, und dann noch dieser Wind ... Der geht einem durch Mark und Bein. Ich glaube, ich gehe lieber.«

»Mir gefällt das Klima hier. Ich bin eben auf dem Achterdeck spazierengegangen und habe daran gedacht, wie schön es wäre, für immer hierzubleiben, in Moskau alles stehen- und liegenzulassen und auf einem Seiner oder einem Trawler als Matrose anzuheuern. Eine tolle Perspektive, finden Sie nicht?«

Ich fand meine eigene Perspektive, angenommen, Sokolnikow war der geheimnisvolle Unbekannte, nicht eben rosig. Es kostete mich große Willenskraft, nicht Hals über Kopf wegzurennen.

»Ich möchte mit Ihnen etwas besprechen, Eva.« Sokolnikow zog seinen Mantel aus und hängte ihn mir über die Schultern. »Gestatten Sie?«

Ich wußte nicht recht, ob er das Gespräch meinte oder den Mantel, den er mir so elegant übergeworfen hatte, nickte aber vorsichtshalber.

»Ja, bitte. Ich höre, Valeri Adamowitsch.«

»Sehen Sie ... Es geht um meine Tochter ... Sie haben sich ja schon«, er schnippte mit den Fingern, um das passende Wort zu finden, »sich ja schon mit ihr angefreundet.«

»Na, ich weiß nicht. Sie ist ein sehr eigenwilliges Kind. Sie gefällt mir.«

»Eigenwillig ist wahrscheinlich nicht ganz das richtige Wort. Sie ist ein erstaunlicher kleiner Mensch ... Wissen Sie, ich habe sogar ein wenig Angst vor ihr.«

»Daß sie ihrem Alter weit voraus ist, sieht man auf den ersten Blick«, schmeichelte ich dem Bankier.

»Ich liebe sie sehr ... Karpik ist alles, was mir von ihrer Mutter geblieben ist. Ich habe nach Ingas Tod nicht wieder geheiratet, obwohl das nun schon zehn Jahre her ist. Haben Sie bemerkt, daß Karpik hinkt? Die Folge eines Geburtstraumas. Ich würde jede Summe zahlen, aber ... Da ist nichts mehr zu machen.«

»Das entstellt sie kein bißchen ...«, sagte ich diplomatisch.

»Aus Ihnen spricht die kluge, erwachsene Frau. Genau so eine Frau fehlt Karpik. Eine ältere Freundin. Verstehen Sie?«

»Noch nicht«, log ich erneut. Ich verstand sehr wohl, worauf er hinauswollte.

»Ich möchte gern ... Da Sie ihr gefallen ... Ich möchte gern, daß Sie die Patenschaft über meine Tochter übernehmen. Das klingt lächerlich, nicht wahr?«

»Aber warum denn?«

»Widmen Sie ihr einfach ein wenig Aufmerksamkeit, soweit es geht. Karpik ist ein sehr liebes, sehr kluges Mädchen, man muß bei ihr nur natürlich sein. Sie hatte nie jemandem, mit dem sie reden konnte. Alle Kindermädchen hat sie nach drei Tagen vergrault, ein einziges hat es eine ganze Woche ausgehalten, aber auch nur, weil sie studierte Psychologin war. Aber Sie haben ihr Interesse geweckt, das habe ich gesehen.«

»Und warum können Sie nicht selbst ... Warum kümmern Sie sich nicht selbst um Ihre Tochter? Zumal sie Sie sehr liebt.«

»Das ist eine schwierige Frage.« Valeri Adamowitsch stockte. »Sie war zu lange sich selbst überlassen, und als sie aus England zurückkam ... Das erzähle ich Ihnen ein andermal, nicht jetzt. Sie liebt mich, ja, aber im Moment braucht sie eine Freundin, verstehen Sie?«

»Für eine Freundin bin ich ein bißchen zu alt ...«

»Nein, nicht doch!« Sokolnikow drückte vor Aufregung heftig meinen Arm. »Ich sehe, daß Sie ein hochanständiger Mensch sind.«

»Ich bin geschmeichelt.« Ich lächelte unwillkürlich. »Nur noch eine Frage: Warum fahren Sie mit ihr auf diese blöde Robbenjagd?«

»Sie hat darauf bestanden. Sie hat sogar ein paar Nächte nicht geschlafen, nachdem wir den Brief vom Reisebüro und den Prospekt bekommen hatten. Wir haben viele Varianten erörtert – Polynesien, Disneyland Paris, Jamaika ...«

Selbst in Sokolnikows Mantel war ich langsam bis auf die Knochen durchgefroren. Zeit, in die Kabine zurückzukehren, wie ich den Bankier wissen ließ.

»Ich begleite Sie«, erbot er sich.

»Nicht nötig.« Ich traute dem braven Schaf Sokolnikow noch nicht recht, und die Aussicht, mit ihm in den dunklen Fluren des Unterdecks allein zu sein, war nicht gerade verlockend. »Ich komme allein zurecht. Außerdem muß ich noch wohin ...«

Er bestand nicht weiter darauf, half mir nur, die schwere Tür zu öffnen. Sie gab mit gewaltigem Rasseln nach, was mich erneut davon überzeugte, daß man unmöglich unbemerkt auf das Oberdeck gelangen konnte.

»Welche Kabinennummer haben Sie, Eva?« fragte Sokolnikow zum Abschied.

»Darauf habe ich gar nicht geachtet«, log ich, zum dritten Mal in zehn Minuten. »Ich sage es Ihnen morgen.«

»Dann bis morgen. Ich gehe noch ein wenig spazieren.«

Erst als Sokolnikow im Dunkel der Nacht verschwunden war, atmete ich erleichtert auf.

Plötzlich überfiel mich eine solche Angst, daß ich mich nicht mehr beherrschen konnte und auf den weichen Teppich sank.

»Was ist mit Ihnen?« hörte ich Clio fragen und zuckte zusammen.

»Alles in Ordnung.« Ich stand rasch auf und sah erst jetzt, daß Clio nicht allein war. Hinter ihr stand der Matrose, der mir so gefiel – das aufregende launische Kinn, die verblüffend klugen Augen.

»Eva, nicht wahr?« Die Sängerin offenbarte ein erstaunliches Gedächtnis.

»Genau«, bestätigte ich matt.

»Ist Ihnen schlecht?«

»Ich bin nur erschöpft. Zu viele Eindrücke.«

Clio kicherte: Wir wissen schon, von welchen Eindrücken du zuviel hattest, das kommt davon, wenn man mit exaltierten Schweizerinnen zuviel Kognak säuft!

»Wenn Ihnen unwohl ist, bringt Roman Sie zu Ihrer Kabine.«

»Selbstverständlich«, bestätigte der Matrose mit Samtstimme.

»Nicht nötig. Danke.«

Ich wollte schon in die entgegengesetzte Richtung verschwinden, als mir eine kühne Idee kam. Ich drehte mich zu Clio um und winkte sie heran.

»Kann ich Sie mal einen Augenblick sprechen, Clio?«

Sie wunderte sich über meinen ungenierten Ton, kam aber zu mir.

»Ja?« Vanillerauch wehte mir ins Gesicht.

»Sagen Sie, lackieren Sie sich die Fußnägel?«

Meine Frage verblüffte Clio. Ein paar Sekunden lang starrte sie mich mit offenem Mund an. Ich musterte sie: Nicht der geringste Makel, nur Daumen und Zeigefinger waren gelb vom Tabak, wahrscheinlich hielt sie damit immer die Pfeife zu, um den nötigen Sog zu erzeugen.

»Ich lackiere mir nie die Fußnägel«, sagte sie hochmütig. »Ich kann mir diesen Luxus erlauben. Und überhaupt – die Nägel müssen atmen.«

»Keine Fragen mehr.« Das erstemal seit einer halben Stunde lächelte ich ungezwungen. »Nur noch ein kleiner Rat: Kaufen Sie sich einen kleinen Deckel für die Pfeife, dann werden Ihre Finger nicht gelb. Gute Nacht, Clio!«

Wadik war offensichtlich beim Warten auf mich eingeschlafen, er lag vor der Tür unserer Kabine, den Kopf auf der Kamera. Ich rüttelte ihn wach und beobachtete eine Weile vergnügt, wie er sich die schlaftrunkenen Augen rieb.

»Na, du machst Sachen!« Doch er klang nicht beleidigt. »Da kann man ja glatt krepieren, wenn man auf dich wartet.«

»Deine Theorie über alte Jungfern ist übrigens unter aller Kritik. Clio haßt Pediküre und lackiert sich nie die Fußnägel … Laß uns schlafen gehen, du blöder Psychoanalytiker!«

Am einundzwanzigsten April, pünktlich um elf Uhr vormittags, verließ die »Excalibur« die Reede und nahm Kurs auf die Nordspitze des Ochotskischen Meeres. Über diese Gegend wußte ich nur, daß Eis und Treibeis sich dort von Oktober bis Juni hielten.

Bevor wir ausliefen, hatten wir noch einige anstrengende Prozeduren zu absolvieren; die harmloseste davon war eine Führung durch das Schiff. Danach hatten die Passagiere eine ungefähre Vorstellung von Bug und Heck des Schiffes, wußten, wo die einzelnen Decks lagen und daß es eine Minibäckerei gab, eine ärztliche Ambulanz (die Funktion des Schiffsfeldschers erfüllte in Personalunion der Schiffsmechaniker Juri Susdalew) und sogar Saunen. Jeder Passagier bekam einen Platz in einem der Rettungsboote zugewiesen (Karpik, die keinen Schritt von meiner Seite wich, erkundigte sich sogleich melancholisch, wie man denn mitten im Eis ein Rettungsboot benutzen sollte). Alle Waffen wurden abgegeben, die Waffenkammer nach der Grenzkontrolle versiegelt.

Anschließend konnte, wer wollte, die Kühlkammern besichtigen. Während der Führung wurde ich den Gedanken nicht los, daß wir nicht einmal den hundertsten Teil des Schiffes zu sehen bekamen. Aber der Rest war wohl ohnehin nichts für unbeleckte Landratten.

Den ganzen Tag machte das Schiff flotte Fahrt – das Packeis verschwand, eine Stunde nachdem wir ausgelaufen waren.

Die Passagiere verkürzten sich die Zeit im Sportsaal oder im Billardraum oder gingen an Deck spazieren und verbeugten sich höflich, wenn sie einander begegneten. Ich wollte eigentlich in die Schiffsmesse, um mir von der euphorischen Annika das Bridgespielen beibringen zu lassen, kam aber den ganzen Tag nicht dazu.

Der Paukenschlag erfolgte in der Nacht, als hartnäckig an unserer Kabinentür geklopft wurde.

»Was ist passiert?«

»Machen Sie bitte auf!« Ich erkannte die Stimme des Mechanikers Susdalew.

Ächzend und sich kratzend schloß Wadik auf und fragte noch einmal: »Was gibt es denn um drei Uhr nachts?«

»Sie haben doch eine Kamera, oder?«

»Wieso?«

»Wir müssen etwas festhalten.« Susdalew drängte Wadik in die Kabine, schloß die Tür und sagte mit gedämpfter Stimme: »Es ist nämlich jemand umgekommen.«

»Was?« fragte Wadik.

»Ich bitte Sie, Ruhe zu bewahren. Ein Unfall. Wir brauchen Sie.«

»Gut, in drei Minuten bin ich soweit. Könnten Sie bitte solange draußen warten?«

»Verstehe.« Susdalew salutierte mechanisch. »Ich erwarte Sie in drei Minuten.« Er ging hinaus.

Wadik, die Hände vorm Gesicht, stand eine Weile nachdenklich mitten in der Kabine. Er erwachte erst aus seiner Erstarrung, als ich ohne die geringste Scham meinen Schlafanzug abwarf, um mich hektisch anzuziehen.

»Du hast ja eine ganz passable Figur«, stellte mein Kameramann mit plötzlichem Interesse fest.

Ich überhörte seine Bemerkung. Das fehlte mir gerade noch – ein Flirt unter Kollegen. Umgekommen, umgekommen, umgekommen – das Wort hüpfte in meinem Kopf hin und her wie ein Pingpongball – ein Unfall ...

»Ich hab gar nicht mitgekriegt – wer ist tot?« Wadik war endlich wach. »Hast du vielleicht meine Hose gesehen?«

»Die liegt unterm Tisch.« Ich war bereits angezogen und saß auf meiner Koje, die Hände zwischen die Knie gepreßt.

Ja, wer war eigentlich tot? Ich verdrängte den Gedanken an das zufällig belauschte Gespräch an Deck. Susdalews Versicherung, es handele sich um einen Unfall, beruhigte mich keineswegs. Dieser Tod kurz vorm großen Packeis war auf keinen Fall ein gutes Zeichen.

»Bist du fertig?« fragte ich Wadik, sobald er seine Hose zugeknöpft hatte.

»Wo willst du denn hin?« Ihm fiel rechtzeitig ein, daß nur er mit seiner professionellen Kamera gerufen worden war.

»Ich komme mit, mein Lieber. Schließlich sind wir beide ein Team. Oder verweigerst du mir das Recht auf menschliche und berufliche Neugier? Was würdest du denn an meiner Stelle tun?«

»Ich würde auf jeden Fall mitkommen«, sagte Wadik nach kurzem Nachdenken.

»Na siehst du. Also, verlieren wir keine Zeit. Zumal wir bereits erwartet werden.«

Zu Susdalews großem Erstaunen traten wir zusammen aus der Kabine. Er musterte mich kritisch, und um unnötigen Fragen vorzubeugen, sagte ich: »Verzeihen Sie bitte, aber ich bin die unmittelbare Vorgesetzte unseres Kameramannes und leite außerdem die gesamten Dreharbeiten ...«

»Das ist kein Picknick, Madam«, sagte Susdalew streng, eindeutig unzufrieden mit dieser Erweiterung des Zeugenkreises. »Die Sache ist ernst.«

»Ich verstehe«, sagte ich friedfertig. »Ich verspreche, mich entsprechend zu verhalten.«

Susdalew äußerte keine weiteren Einwände.

»Ist es weit?« fragte Wadik. Er hatte noch immer nicht ganz begriffen, was Susdalew gesagt hatte.

»Wie man's nimmt ... Nein, es ist ganz in der Nähe.«

Die Anordnungen der Kabinen auf unserem Deck war denkbar einfach: Der Flur bildete ein Rechteck, an dessen Außenseiten rechts und links die Kabinen lagen. Außerdem gab es backbord und steuerbord, jeweils gegenüber einer Kabine, je eine Tür, die in den Schacht des Maschinenraums führten. Auf die auf unserer Seite, also backbord, gelegene Tür ging Susdalew zu. Wir folgten ihm schweigend.

Nach zwei Minuten standen wir bereits auf einer Plattform im Maschinenschacht. Die Schiffsmotoren machten einen unglaublichen Krach, und es roch stark nach Öl und erhitztem Metall.

Der Abstieg in den Maschinenraum dauerte einige Minuten – wie sich herausstellte, hatte mein Kameramann Höhenangst. Mehrmals blieben wir auf Plattformen stehen, und Wadik wischte sich den Schweiß von der Stirn. Susdalew sah ihn mitleidig an, wie einen Schwerkranken.

Endlich waren wir unten angelangt. Hier war der Lärm ohrenbetäubend. Ich hob den Kopf: Eine ganz schöne Höhe! Wie ein vier- oder fünfstöckiges Haus, mindestens. Ich wußte bereits, daß sich der Maschinenschacht durch das ganze Schiff zog, vom Steuerhaus bis zum Laderaum, und daß man jederzeit ungehindert hineingelangen konnte, genau wie wir eben.

»Kommen Sie«, trieb Susdalew uns an. »Und Sie, junger Mann, halten Sie die Kamera bereit.«

Der erste, auf den wir trafen, war der Maschinist Arkadjitsch. Offizielle, dem Vorfall angemessene Trauer, leichtes Entsetzen und brennende Neugier kämpften um die Vorherrschaft auf seinem Räubergesicht.

»Bring sie hin, Arkadjitsch«, sagte Susdalew zu ihm. »Ich gehe den Anwalt holen. Wir brauchen wenigstens einen Vertreter des Gesetzes.«

»Erklärt uns endlich mal jemand, was eigentlich passiert ist?« fragte Wadik den Maschinisten.

»Er ist abgestürzt«, sagte Arkadjitsch sanft. »Vom Oberdeck abgerutscht, direkt in den Schacht, und hops … Aus war's mit dem Ersten Offizier.«

Der Maschinenraum verschwamm vor meinen Augen. Ich hatte genau das gehört, was ich erwartet hatte: Er war tot, der Erste Offizier Wassja, der Hobby-Erpresser, ein kleiner Gauner, der plötzlich gefährliche Spiele hatte spielen wollen. Ich bemühte mich, die bösen Gedanken und schlimmen Vorahnungen zu verdrängen; doch auch dem Dümmsten mußte klar sein, daß ein Seemann, der seit Jahren zur See fuhr, zumal als Erster Offizier, nicht einfach so in den Maschinenschacht fiel ... Außerdem war jeder Treppenabsatz mit Sicherungsnetzen versehen.

Das Bild, das sich uns bot, verdrängte schlagartig alle Gedanken aus meinem Kopf. Mehrere Personen, unter denen ich den Kapitän erkannte, einen der beiden Kriminellen und den Gouverneur Nikolai Iwanowitsch, umringten im Halbkreis einen Körper und entzogen ihn so unseren Blicken. Ich sah nur die Schuhe des Ersten Offiziers.

»Hier, ich bringe den Kameramann«, sagte Arkadjitsch zum Kapitän und starrte den Leichnam an.

»Gut. Aber Sie hätten nicht herkommen sollen, Fräulein.«

»Ich bin kein Fräulein, ich bin Regisseur des Aufnahmeteams.«

»Hier brauchen wir keine Regie.« Der Kapitän konnte seine Wut kaum beherrschen.

Ich hielt es für besser, jede Diskussion zu vermeiden, und schwieg.

Der Vorfall hatte auf alle einen bedrückenden Eindruck gemacht. Nur der Kapitän sprach. Genauer gesagt, er brüllte. Anders konnte man sich hier unten nicht verständigen.

»Nun, was sagen Sie, Doktor?« wandte er sich an den Kriminellen, der neben dem Toten hockte.

Der Erste Offizier Wassja lag neben einem der laufenden Schiffsmotoren, die Arme ausgebreitet. Seine Kleidung war an mehreren Stellen zerfetzt: Er mußte im Fallen gegen die Ventile, Rohre und Armaturen geprallt sein, die den gesamten Maschinenraum wie ein Spinnennetz durchzogen. Wassjas Füße waren unnatürlich gespreizt, und der Körper, in dem sämtliche Knochen gebrochen waren, erinnerte an Gelee. Ja, er war offensichtlich aus großer Höhe gefallen. Auch mein Freund Iwan, der aus dem Fenster des Wohnheims gestürzt war, hatte so dagelegen. Damals, vor vielen Jahren, hatte ich beim Anblick seines Körpers nichts empfunden als rasende, unerträgliche Kopfschmerzen. Nun aber packte mich die nackte Angst.

Um sie irgendwie zu betäuben, wandte ich mich an den Gouverneur und fragte ihn leise: »Wer ist dieser Mann?«

»Der Erste Offizier«, erklärte Nikolai Iwanowitsch ebenso leise. »Verdammt, die Reise fängt ja gut an ... Das ist ein böses Omen ... Ein sehr böses. Ich weiß gar nicht, was ich machen soll ...«

»Nicht doch, ich weiß, daß das der Erste Offizier ist. Ich meine den Mann, den der Kapitän mit Doktor angeredet hat.«

Der Gouverneur wandte sich um und sah mich mißbilligend an: Unglaublich, diese steinharte Lady, diese herzlose Emanze; gleich fragst du noch, was für eine Uhr der Tote am Handgelenk trägt.

Verdammt, warum stieß ich mich am kleinsten Detail, zum Beispiel am offenen Schnürsenkel des Ersten Offiziers? An dem ordentlichen Flicken auf seiner Uniformjacke, direkt neben der Brusttasche?

»Dieser Mann«, wiederholte ich stumpfsinnig, »wer ist das?«

»Angeblich ein berühmter Neurochirurg. Leitet eine Klinik irgendwo bei Petersburg.«

Na so was, ein berühmter Neurochirurg! Und du, Eva, du bist eine beschissene Psychologin – hältst eine medizinische Leuchte für einen Banditen, für einen Schutzgelderpresser, für den Besitzer einer Stripteasebar! Wer mochte dann wohl der zweite Kriminelle sein – ein Spezialist für Shunt-Operationen, ein Orthopädie-Professor ...?

»Was sagen Sie, Doktor?« fragte der Kapitän noch einmal.

»Was soll man da sagen!« Der Doktor hob den Kopf. »Ich bin schließlich kein Gerichtsmediziner. Ich kann nur den Tod feststellen …«

»Warten Sie, Doktor.« Der Kapitän wandte sich an Wadik. »Nehmen Sie erst einmal alles auf, was der Doktor sagt, und … den Körper auch. Alles muß festgehalten werden. Sie verstehen doch, daß der Körper hier nicht lange liegenbleiben kann. Die Kassette geben Sie dann mir. Alles klar?«

»Vollkommen, Kapitän.« Wadik richtete das Objektiv auf den Neurochirurgen, und die Kamera surrte los.

Der Doktor, noch immer mit dem Leichnam befaßt, fuhr fort: »Also, der Tod ist um zwei Uhr siebenundzwanzig eingetreten. Das heißt, vor fünfundfünfzig Minuten …«

»Sie können die Zeit so genau bestimmen?«

»Anhand der Uhr, Kapitän.« Der Neurochirurg hob vorsichtig den Arm des Ersten Offiziers an und zeigte auf das Handgelenk: »Es ist eine mechanische Uhr, darum ist sie stehengeblieben, sie ging bei dem Sturz kaputt. Was noch? Außer den durch den Sturz verursachten typischen Verletzungen konnte ich keine weiteren feststellen.«

»Was meinen Sie damit?«

»Schußwunden beispielsweise«, sagte der Neurochirurg schlicht. »Oder Stichwunden.«

Der Kapitän runzelte die Stirn und sah den Doktor aufmerksam an.

»Sie wollen sagen …«

»Ich würde auch Mord nicht ganz ausschließen.« Der Neurochirurg lächelte plötzlich und entblößte dabei ungleichmäßige, große Zähne. »Obwohl …«

»Das würde ich doch gern ausschließen«, beharrte der Kapitän.

»Nun ja, es spricht nichts dafür. Der Tote war ziemlich kräftig. Einen solchen Körper ohne Kampf hinunterzuwerfen dürfte ziemlich schwierig sein. Und dann – er hat allem Anschein nach vor seinem Tod einiges getrunken. Er stinkt wie ein Schnapsfaß, verzeihen Sie das anschauliche Detail ...«

Der Neurochirurg kam nicht zu Ende: Der Anwalt Albert Wenediktowitsch, einen Samtkittel überm Schlafanzug, betrat in Begleitung von Susdalew den Maschinenraum. Aus den Schlafanzughosen sahen seine angeschwollenen, mit rötlichen Stoppeln bedeckten Waden heraus, der gepflegte Bart saß schief. Der dicke Anwalt keuchte und wischte sich immer wieder mit einem Taschentuch die schweißnasse Glatze. Augenscheinlich hatte Susdalew ihn bereits in den tragischen Vorfall mit dem Ersten Offizier eingeweiht, und Albert Wenediktowitsch machte sich gleich an die Arbeit.

»Treten Sie beiseite, nicht so dicht an den Leichnam«, zwitscherte er, ganz aufgeplustert vom Gefühl der eigenen Wichtigkeit. »Und überhaupt sind hier viel zu viele Leute.«

Das arme Dickerchen Albert Wenediktowitsch hatte wohl schon immer vom Ruhm eines Mordermittlers geträumt. Vom Ruhm eines Kommissar Maigret. Ächzend und schnaufend hockte er sich vor dem Leichnam des Ersten Offiziers auf alle viere und untersuchte ihn eingehend.

»Wer hat ihn gefunden?« fragte er schließlich.

Der Kapitän stieß den Maschinisten Arkadjitsch aus der Menge. »Er!«

»Wann war das?«

»Eben erst ... Genauer kann ich das nicht sagen. Ich habe nicht auf die Uhr gesehen.«

»Schade, schade.« Der Neurochirurg trat zu Albert Wenediktowitsch und flüsterte ihm etwas ins Ohr. »Aha, verstehe.«

Nachdem durch die Uhr des Toten der Todeszeitpunkt geklärt war, beruhigte sich der Anwalt ein wenig.

»Haben Sie den Aufprall des Körpers gehört?« wandte er sich wieder an den Maschinisten. »Haben Sie gesehen, wie es geschah? Haben Sie überhaupt irgend etwas bemerkt? Ein verdächtiges Geräusch zum Beispiel?«

Der völlig verwirrte Arkadjitsch war zu seiner totalen Überraschung auf einmal zur Hauptperson geworden. Nach langem, angestrengtem Nachdenken brachte er hervor: »Sie sind ja verrückt ... Hier ist so ein Krach, selbst wenn die eigene Frau unter Qualen gebären würde, nicht einmal das würde man mitkriegen ... Sie hören ja selber. Ich bin überhaupt nur zufällig ...«

»Sie sind also zufällig auf den Körper gestoßen?«

»Na ja. Wir sitzen ja nicht hier, wir sind oben, auf dem Leitstand. Wir gehen nur einmal die Stunde runter, nach den Maschinen sehen, falls was ist ... Na ja, und als ich wieder mal runter bin, da hab ich ihn gefunden. Ich hätte mich vor Schreck beinah danebengelegt.«

»Sind Sie sofort hinaufgegangen zum Kapitän?«

»Nein, bin ich nicht ... Ich muß doch bei den Maschinen bleiben ...Ich hab ihn vom Kontrollpunkt aus angerufen, gesagt, was los ist, und da ist er runtergekommen.«

»Hat der Maschinist Sie in Ihrer Kabine angerufen?«

»Ich war auf der Brücke«, antwortete der Kapitän militärisch kurz. »Unser Maschinist hat mich dort angerufen.«

Das Gespenst eines möglichen Mordes huschte über die Gesichter der Anwesenden, und alle verstummten. Der Anwalt setzte die improvisierte Zeugenvernehmung fort. Er wandte sich erneut an Arkadjitsch. »Sie haben also wirklich nichts gehört?«

»Ich hab doch schon gesagt ...«

»Hm, hm ... Ja, hier ist es wirklich ziemlich laut.« Um seine neuerliche Ungeschicklichkeit wettzumachen, fragte Albert Wenediktowitsch nun noch einmal den Neurochirurgen: »Können Sie etwas sagen über die Höhe, aus der ... nun ja, aus der der Körper gefallen ist?«

»Also, den äußeren Verletzungen nach zu urteilen, aus etwa achtzehn, zwanzig Metern. Aber dafür kann ich mich nicht verbürgen.«

Albert Wenediktowitsch blickte nach oben. Alle anderen ebenso.

»Hm, ja«, murmelte er, »eine höchst unangenehme Situation ... Wir müssen alle Gänge untersuchen, sämtliche Treppen und Treppenabsätze ... Vielleicht bringt das Licht in die Angelegenheit.«

Der erste vernünftige Gedanke des dicken Anwalts. Eine Gruppe Freiwilliger, angeführt vom Schiffsmechaniker Susdalew, brach sogleich auf, um den Maschinenraum von oben bis unten durchzukämmen. Beim Leichnam blieben nur der Kapitän, der Anwalt, dessen Statur ihm nicht erlaubte, auf der Suche nach der Wahrheit steile Treppen hochzukraxeln, der Gouverneur, Wadik und ich.

Wadik hatte die Kamera längst ausgeschaltet, der Tote war mit Segeltuch zugedeckt worden, und die Männer sahen mich unfreundlich an: Ich war ein überflüssiges Element, ein Fremdkörper, eine neugierige Hochstaplerin.

Aber es juckte mich nicht, was diese Leute von mir hielten. Mich interessierte im Augenblick nur eine Person.

Der Erste Offizier Wassili Mitko.

Woran hatte er vor seinem Tod gedacht? Hatte er noch mitbekommen, was geschah? Und wen hatte er als letzten gesehen, bevor er aus der Höhe eines fünfstöckigen Hauses in die Tiefe stürzte?

Vielleicht den Mann, den er leichtsinnigerweise erpressen wollte? Sie haben sich also offenbar doch getroffen. Nicht um elf, sondern später. Das fremde Geheimnis, das ich belauscht hatte, brannte mir auf der Seele und erfüllte mich mit bleierner Angst. Tu einfach gar nichts, niemand wird je erfahren, daß du gestern abend auf dem Oberdeck warst.

»Was ist mit dir, Eva?« Wadiks Stimme riß mich aus der Erstarrung.

»Das ist alles so furchtbar ...«

»Ja, schlimmer geht's kaum.« Wadik spielte auf etwas an, woran alle Anwesenden dachten: Ein Verunglückter auf einem Schiff, das war das schlimmste Omen, das man sich vorstellen konnte.

Ich starrte unverwandt auf das Segeltuch, unter dem der Erste Offizier lag, und spürte, daß ich am liebsten sofort von diesem Schiff verschwinden würde, um das alles zu vergessen wie einen bösen Traum, einschließlich der Nummer meines Rettungsbootes.

Lieber Gott, mach, daß der Kapitän den Befehl gibt umzukehren!

Nach einer Viertelstunde war einiges klarer. Susdalew und der Neurochirurg (inzwischen wußte ich, daß er Anton hieß) hatten mühelos den Treppenabsatz gefunden, von dem Wassja gestürzt war. Er befand sich direkt an der Tür zum Maschinenraum. Und die Kabine des Ersten Offiziers, die steuerbord lag, befand sich genau gegenüber dieser Tür. Merkwürdig war nur ein Umstand: Die Lampe auf dem Treppenabsatz brannte nicht. Die einzige Beleuchtung war das trübe Licht, das aus der Tiefe des Maschinenraums drang. Und die Absperrgitter waren kaputt, daran hing ein völlig überflüssiges Schild »Vorsicht« mit einem Totenschädel und gekreuzten Knochen. Irgend jemand von der Crew war zu faul gewesen, die Absperrgitter zu schweißen, und hatte sich auf das Schild beschränkt, ein Seil anstelle der fehlenden Sprossen gespannt und im übrigen auf das Sicherheitsnetz gehofft, das Wassjas Körper bei seinem Fall unerklärlicherweise ignoriert hatte.

»Verletzung der Sicherheitsvorschriften«, stellte der Anwalt fest. »Dafür gibt es einen Paragraphen ... Im übrigen ist das Bild nun klar: Der stockbetrunkene Erste Offizier verwechselte die Tür zum Maschinenraum mit seiner Kabinentür, und da kein Licht brannte, suchte er nach dem Schalter ...«

»Richtig«, bestätigte Susdalew, »Wassja konnte Deckenlicht nicht ausstehen, er hat sich schon vor langer Zeit die Augen verdorben, gleich im ersten Jahr bei der Jagd im Eis. Wenn er in seine Kabine kam, hat er immer die Schreibtischlampe angemacht, das hat ihn beruhigt. Das hat er mir selbst erzählt ...«

»Na sehen Sie«, unterbrach der Anwalt Susdalew, »nun ist alles klar. Der Erste Offizier machte einen Schritt nach vorn, um, wie er glaubte, die Schreibtischlampe anzuschalten ... Nun, und dann ... letaler Ausgang, Sie verstehen ... Ein tragischer Unglücksfall, aber ich sehe darin nichts Kriminelles. Der Kapitän muß die Kabine des ... hm, des Toten versiegeln und sich um den Leichnam kümmern. Und darum, daß die Sache nicht unnötig publik wird ...«

An dieser Stelle der ausführlichen Rede des Anwalts sahen alle vielsagend mich an. Ich war das schwarze Schaf in der Männerherde, ich konnte den Tod des Ersten Offiziers herumtratschen und das Ganze auch noch in den schlimmsten Farben schildern. Ich lächelte den Kapitän an und legte die Hand auf die Brust.

»Sie können sich auf mich verlassen.«

Die Nacht ging zu Ende, doch wir saßen bereits eine Stunde im Billardraum und berieten die Frage: Wie weiter?

Der Leichnam des Ersten Offiziers war in den Kühlraum gebracht worden. Nun lag er dort, wo sich normalerweise das wertlose durch den Wolf gedrehte Fleisch der enthäuteten Robben türmte, um später an Pelztierfarmen geliefert zu werden. Bevor wir ausgelaufen waren, hatte Sdanowitsch, der für die Jagd zuständige Offizier an Bord, alle, die es wollten, mit dem Jagdobjekt bekannt gemacht und sogar einen ganzen Haufen Fotos gezeigt. Ich hatte von all dem nur behalten, daß das einzig Wertvolle an den Robben das Fell und die Stoßzähne waren, der Rest wurde auf Pelztierfarmen verfüttert – die unvernünftigste Jagd, die man sich vorstellen konnte.

»Ich schlage ein einheitliches Herangehen vor«, nahm der Anwalt die Leitung der Diskussion in die Hand.

»Ein richtiger Gedanke zur rechten Zeit«, erwiderte der Neurochirurg Anton, »vor allem, wenn man bedenkt, daß bis zum Frühstück in der Schiffsmesse nur noch zweieinhalb Stunden bleiben.«

»Ich habe den Vorfall bereits dem Hafen gemeldet«, informierte uns der Kapitän.

»Wir können nicht einfach umkehren«. Albert Wenediktowitsch schluckte krampfhaft den Rest seines Kognaks hinunter. »Wir haben den Weg durch das ganze Land gemacht, und wir haben schließlich einen Haufen Geld bezahlt! Niemand darf unter der Nachlässigkeit Ihrer Mannschaft zu leiden haben! Irgendein Rindvieh ist aus Unachtsamkeit gestürzt ...«

»Albert Wenediktowitsch«, versuchte Anton den Anwalt zur Räson zu bringen, »über die Toten entweder Gutes oder gar nichts ... Wahren Sie den Anstand!«

»Ach, hören Sie doch auf, Anton!«

»Halten Sie lieber den Mund, Herr Anwalt!« rief der Kapitän, und selbst sein grauer Bart schien vor Zorn errötet. »Einer meiner Leute ist verunglückt. Und den bringt mir Ihr ganzes Geld nicht wieder zurück!«

»Eben.« Der Anwalt schraubte seinen Ton ein wenig zurück. »Wir sind Gott sei Dank noch am Leben und wollen die Kreuzfahrt fortsetzen. Ich denke, alle Anwesenden werden mir zustimmen. Wir können die Reise doch wirklich nicht wegen eines dummen Zufalls abbrechen!«

Der Kapitän schwieg.

»Ich weiß, diese Tragödie ist nicht der beste Auftakt für eine Kreuzfahrt, aber es gibt schließlich auch außerordentliche Umstände zu berücksichtigen. Unter uns sind Frauen und ein Kind ...« An dieser Stelle der leidenschaftlichen Rede des Anwalts blickten alle zu mir. »Ich denke, die Nachricht vom Tod eines Mitglieds der Mannschaft würde einen bedrückenden Eindruck auf sie machen. Vielleicht ... Vielleicht sollten wir dieses traurige Ereignis lieber verschweigen? Um wenigstens die Uneingeweihten zu schonen?«

Der Neurochirurg Anton stieß einen fröhlichen Pfiff aus.

»Interessant, wie stellen Sie sich denn das vor, Kollege? Die Sache zu verheimlichen wird nicht gelingen, das ist klar. Selbst wenn alle hier Anwesenden auf die Bibel schwören, werden Gerüchte durchsickern und mit den unglaublichsten Details ausgeschmückt werden. Ich denke, man sollte den Passagieren alles ehrlich mitteilen und dann vom Hafen einen Hubschrauber anfordern. Billardkugeln zu schieben, wenn man weiß, daß ein paar Meter tiefer ein eingefrorener Toter liegt, ist ein zweifelhaftes Vergnügen. Zu dem Leichnam legen wir meinen medizinischen Bericht und den Bericht unseres hochverehrten Anwalts. Und die Kassette, die unser hochverehrter Kameramann aufgenommen hat. Ich denke, damit dürfte es keinerlei Probleme geben. Niemand wird ein Strafverfahren einleiten, angesichts der Umstände des Todes. Und diejenigen, die die Kreuzfahrt nicht fortsetzen möchten – ich nehme an, die wird es geben –, können mit demselben Hubschrauber das Schiff verlassen wie der arme Erste Offizier. Unter der Bedingung, daß sie nicht gegen das Reiseunternehmen klagen. Ich finde, das ist die einzige für alle akzeptable Lösung.«

»Bravo, Anton Wjatscheslawowitsch!« Der auf die geringsten Regungen der Volksseele sensibel reagierende Gouverneur kam mir einen Sekundenbruchteil zuvor: Ich wollte dem Neurochirurgen gerade Beifall klatschen. »Ich denke, das ist tatsächlich eine für alle akzeptable Lösung. Wer das Schicksal herausfordern und dem alten Seemannsaberglauben trotzen möchte, setzt die Reise fort, und die Kleinmütigen verlassen das Schiff. Zumal das Reisebüro, wenn ich mich recht erinnere, uns eine ganze Reihe von aufregenden Erlebnissen versprochen hat ...«

»Sieht so aus, als hätten sie schon angefangen, ihren Plan umzusetzen, finden Sie nicht?« sagte der Neurochirurg lächelnd.

Verdammt, er gefiel mir immer besser, dieser Anton – meine imaginäre Sammlung von Karokönigen würde offenbar Zuwachs bekommen. Von Königen, mit denen ich nicht zusammen in einem Blatt sein konnte. In relativ kurzer Zeit war ich ein häßliches Entlein gewesen, das sein nichtssagendes Gesicht satt hatte, und eine Schönheit, die ihre wunderschön geschnittenen Augen satt hatte (oh, diese teuflische Schönheitschirurgie!), nur mit Männern hatte ich nie Glück gehabt. Sie beachteten mich nicht, sie schenkten mir allzu viel Aufmerksamkeit, sie verrieten mich, sie starben meinetwegen, sie schliefen mit mir, sie weigerten sich, mit mir zu schlafen – doch noch keiner war bei mir geblieben. Nicht einer.

Ich sollte langsam zur Männerfeindin werden. Zum überzeugten Blaustrumpf. Und mir Kater anschaffen, um sie dann voller Freude in der nächsten Tierklinik kastrieren zu lassen.

»Das ist nicht sehr witzig, Doktor, das müssen Sie zugeben.« Der Gouverneur verzog das Gesicht. »Ich mag schwarzen Humor dieser Art nicht. Schließlich ist ein Toter an Bord, und dem Tod muß man mit Respekt begegnen.«

»Sie haben recht!« Der Neurochirurg hob friedfertig die Hände. »Dennoch bleibt der Vorschlag in Kraft. Nach dem Frühstück informieren wir die Passagiere, und dann fordern wir einen Hubschrauber an. Wer nimmt es auf sich, den Vorfall zu erklären?«

»Das sollten Sie tun, Anton Wjatscheslawowitsch.« Der Gouverneur betätigte sich wie selbstverständlich als Sprachrohr der öffentlichen Meinung.

»Genau.« Der Anwalt wickelte nervös die Spitze seines Bartes um einen Finger – er wirkte überhaupt verletzt, schließlich war es ihm nicht gelungen, in der entstandenen Situation zum intellektuellen Zentrum zu werden; der kräftige Neurochirurg hatte ihm die Initiative aus der Hand genommen. »Der verehrte Anton Wjatscheslawowitsch kann das bestimmt ganz hervorragend. Er hat gewiß oft Gelegenheit, sich darin zu üben, wenn er untröstlichen Angehörigen den Tod eines Patienten mitteilt, der unter seinem Messer gestorben ist.«

»Sie drücken sich sehr blumig aus, verehrter Albert Wenediktowitsch.« Der Neurochirurg zwinkerte seinem Neider zu. »Damit haben Sie wohl im Anwaltskollegium Karriere gemacht, geben Sie es zu!«

»Das geht Sie gar nichts an!«

»Noch einen Kognak, Herr Anwalt?« Anton war der geborene Diplomat.

»Zum Kuckuck mit Ihnen, gießen Sie ein.« Der Anwalt gab nach – angesichts des Toten an Bord und dem Haufen Waffen in der versiegelten Waffenkammer wollte er offenbar lieber keinen Streit riskieren.

Anton hatte seit einer Weile dem Kognak kräftig zugesprochen, doch das beeinträchtigte sein Denkvermögen in keiner Weise.

»Also, Kapitän, fordern Sie einen Hubschrauber an, alles andere klären wir dann nach dem Frühstück.«

»Ich habe bereits einen Hubschrauber angefordert«,

sagte der Kapitän seelenruhig. »Sie haben den Empfang der Nachricht bestätigt und werden morgen gegen Abend hier eintreffen. Oder in der Nacht.«

Im Billardraum wurde es totenstill. So war das also! Während alle träge diskutierten, die verschiedensten Varianten erörterten, hatte der Kapitän anschaulich klargestellt, daß er durchaus Herr der Lage war, und zwar völlig zu Recht. Egal, wer die Passagiere auch waren, über welche reale Macht und welches reale Geld sie verfügten – das Kommando auf dem Schiff hatte immer noch der Kapitän.

»Hören Sie, warum denn erst gegen Abend?« Der Anwalt wischte sich mit dem Taschentuch die Glatze ab und runzelte ärgerlich die Stirn.

»Das ist eine Frage des Treibstoffs, Sie verstehen. Und nun entschuldigen Sie mich bitte. Der Dienst ruft.«

Ohne jemanden anzusehen, verließ der Kapitän den Billardraum. Der Schiffsmechaniker Susdalew folgte ihm. In einer halben Stunde mußte er die Wache übernehmen.

Bald darauf gingen auch die anderen auseinander. Jeder der Männer hielt es für seine Pflicht, sich mit einem Handkuß von mir zu verabschieden: Im Augenblick war ich die einzige Frau in ihrem Gesichtsfeld. Auch hier gab der Neurochirurg Anton den Ton an.

Seine Lippen waren weich und kühl.

Den Abschluß machte der Gouverneur Nikolai Iwanowitsch Raspopow. Er tat es mit dem echten Schliff eines Salonlöwen, der bei Empfängen im regionalen Heimatmuseum mit ausländischen Delegationen fleißig geübt hat. Nikolai Iwanowitsch nahm behutsam meine Hand und neigte den Kopf. Dabei bemerkte ich zum erstenmal, daß ihm an der rechten Hand zwei Finger fehlten: Daumen und Zeigefinger.

Wadik, der den rituellen Handkuß ignoriert hatte, schien seinem sensiblen Äußeren zum Trotz eiserne Nerven zu haben: Er schnarchte süß in seiner Koje. Ich dagegen wälzte mich schlaflos hin und her und wartete sehnsüchtig auf die Einladung zum Frühstück. Die Angst, die im Billardraum ein wenig nachgelassen hatte, meldete sich erneut und ließ sich nicht einmal mit dem Rauch meiner geliebten Gitanes Blondes vertreiben – in der letzten Stunde hatte ich eine ganze Schachtel geraucht, dabei hatte ich mir kurz vor der Kreuzfahrt noch geschworen, das Rauchen einzuschränken.

Die Argumente der in aller Eile improvisierten Untersuchungskommission erschienen mir nun ausgesprochen lächerlich. Ein erfahrener Seemann stürzt in den Maschinenschacht, bloß weil er stockbetrunken ist und die Türen verwechselt hat? Die Türen verwechselt? Die Kajütentür und die Tür zum Maschinenschacht, das waren zwei völlig verschiedene Dinge!

Bei diesem simplen Gedanken schrak ich hoch, setzte mich auf und rieb mir mit den Fingerspitzen die plötzlich eiskalten Schläfen.

Alle Passagierkabinen auf dem Schiff sind abschließbar, ebenso die Mannschaftskajüten. Ich hatte selbst gesehen, wie jemand einen Schlüssel aus der Tasche des toten Ersten Offiziers nahm. Komisch, daß nicht einmal der in juristischen Dingen so gewiefte Albert Wenediktowitsch auf die Idee gekommen war, wenigstens eine vorläufige Befragung eventueller Zeugen durchzuführen. Zeugen, deren Aussagen vielleicht Aufschluß gaben über die letzten Stunden des Ersten Offiziers.

Wer hatte Wassja zuletzt gesehen und wann? Er war betrunken, und das wurde bei der Crew nicht gern gesehen. Manchmal wurde auf See sogar ein Alkoholverbot verhängt. Solche drakonischen Maßnahmen gab es auf der »Excalibur«, die ja mehr oder weniger ein Vergnügungsschiff war, natürlich nicht, aber dennoch ...

Die Crew war ja auf knapp ein Drittel des Üblichen reduziert, das heißt, der Wachplan mußte straff organisiert sein. Normalerweise übernahm der Erste Offizier die Wache morgens um acht und blieb bis zwölf. Sich zu betrinken, kurz bevor man die Wache auf der Kommandobrücke übernehmen mußte, war äußerst verantwortungslos, ja, das war fast ein Dienstvergehen. Doch soweit ich das beurteilen konnte, war der Erste Offizier keineswegs verantwortungslos gewesen.

Wäre ich nicht zufällig Zeugin des Gesprächs auf dem Oberdeck geworden, hätte ich mich freudig an die Arbeitshypothese »Unfall« geklammert. Er war betrunken, hat sich in der Tür geirrt, ist abgestürzt – erledigt der Fall. Schließlich kann man sogar von einem herunterfallenden Eiszapfen erschlagen werden – gegen unglückliche Zufälle ist niemand gefeit.

Ein vorsätzlicher Mord dagegen war etwas anderes. Und daß dies ein Mord war, daran zweifelte ich nicht. Oder fast nicht. Allzu offensichtlich schien mir der Zusammenhang zwischen dem nächtlichen Gespräch an Deck und dem Tod des Ersten Offiziers.

Was hatte er gesagt? Daß er Material gesammelt habe über einen geheimnisvollen Fall, der Jahre zurücklag. Und daß er sich abgesichert habe. Aber da war noch etwas – etwas, das mich stutzig machte. Irgendein Detail ...

Stop. Ein Detail. Genau dieses Wort hatte er benutzt. Ich schloß wieder die Augen und aktivierte meine gesamte nicht eben reiche, aber doch beeindruckende Erfahrung mit Geheimdienstarbeit. Nach ein paar Sekunden konnte ich Wassjas unvorsichtige Äußerung vollständig reproduzieren: »Ihre Fassade haben Sie bestimmt retuschiert, dabei ist die nebensächlich, an die erinnert sich sowieso niemand. Aber dieses Detail, das ist wichtig.« Also vielleicht irgendeine Eigenheit, eine Gewohnheit, ein charakteristisches Verhalten ... Halt, halt, das ist naiv und unter aller Kritik: Als du dich verändern mußtest, hast du alles verändert, sogar deine Stimme. Der Mensch ist ein erstaunliches Wesen, er vollbringt wahre Wunder der Verwandlung, wenn es um seine Sicherheit geht.

Was also dann?

Eine Tätowierung. Unsinn, jede Tätowierung ließ sich beseitigen, außerdem war keiner der Passagiere tätowiert (außer Clio, aber sie war eine Frau und kam darum nicht in Frage), jedenfalls an keiner sichtbaren Stelle.

Ein Loch für einen Nasenring. Auch Quatsch, das wuchs schnell wieder zu.

Angeborenes Hinken. Schwachsinn, auf dem Schiff hinkte nur Karpik, die vor sieben Jahren nichts Schlimmeres angestellt haben konnte als vielleicht die Fibel ihres Banknachbarn zu zerreißen.

Was dann?

Aus Wassjas ausführlichem Monolog war hervorgegangen, daß sein Begleiter sehr, sehr wohlhabend war und zudem eine gewisse Stellung in der Gesellschaft innehatte. Ein Hinweis, der gar nichts brachte: Außer mir und Wadik hatten alle Passagiere Geld und eine gesellschaftliche Position. Der Bankier, der erfolgreiche Anwalt, der berühmte Neurochirurg, der Inhaber einer großen Computerfirma und sein Geliebter, der Chef einer Partei. Der hochbezahlte Eishockeystar und der Gouverneur. Dem Gouverneur fehlten an der rechten Hand zwei Finger.

Ich sprang vom Bett und schlurfte zum Waschbecken, drehte den Hahn auf und hielt meinen Kopf darunter. Fehlende Finger – das war doch ein Detail, das man nicht verstecken konnte!

Nein, das konnte nicht sein. Ein honoriger Mann, der Chef eines ganzen Gebiets – der konnte doch kein banaler Mörder sein! Ich drehte den Wasserhahn wieder zu und steckte mir noch eine Zigarette in den Mund. Dann ging ich zur Koje und stieß Wadik heftig an.

»Wach auf!«

»Mein Gott«, murmelte Wadik, ohne die Augen zu öffnen. »Ich bin doch gerade erst eingeschlafen.«

»Wach auf!« Ich war unerbittlich.

»Was ist denn los?« Endlich riß Wadik seinen Kopf vom Kopfkissen.

»Du schnarchst. Und zwar unerträglich. Hätte ich das früher gewußt, dann hätte ich eine Quietschente mitgenommen und sie dir unter die Nase gehalten.« Das war kompletter Unsinn, Wadik schnarchte kein bißchen, aber ich hatte mein Ziel erreicht: Die unverdiente Beleidigung machte ihn endgültig wach, und er setzte sich auf.

»Miststück«, sagte er friedfertig. »Warum habe ich mich bloß auf dieses Abenteuer eingelassen? Da fährt man quer durchs ganze Land, muß statt der rauhen Schönheit des Weltmeeres irgendwelche Leichen filmen ... Und dann muß man sich auch noch anhören, man würde schnarchen.«

»Schon gut, sei nicht böse, wir müssen sowieso bald aufstehen. Hör zu, Wadik, was weißt du über Raspopow?«

»Über den Gouverneur?«

»Ja.«

»Nichts weiter. Ich hab ihn ein paarmal im Fernsehen gesehen, der Typ sitzt immerhin im Föderationsrat ...«

»Das ist alles?«

»Meine Liebe, ich interessiere mich nicht für die aktuelle Politik. Weißt du, ich habe genug eigene Probleme. Tut mir leid.«

Tja, mein lieber Wadik, du bringst soviel Nutzen wie ein Ziegenbock Milch gibt. Aber vermutlich wird mir da niemand weiterhelfen. Der einzige Passagier der »Excalibur«, dem ich mich anvertrauen kann, ist eigentlich Karpik.

Dieser Gedanke erheiterte mich so, daß ich lachen mußte.

»Was ist denn?« meldete sich prompt Wadik, der nicht wieder eingeschlafen war.

»Nur so.«

»Die Erinnerung an die fröhliche Nacht?«

»Ach was ...«

»Wieso fragst du nach dem Gouverneur? Willst du was mit ihm anfangen, solange die Gelegenheit günstig ist? In der Hoffnung, daß er seine Cartier-Uhr abnimmt und sie dir schenkt, weil du so ein As bist in der Stellung: ›Die Fische vereinigen die Augen‹? Kennst du die?«

»Nein, keine Ahnung.«

»Du solltest mehr lesen.«

»Ach ja, was denn?«

»›Chinesische Liebeskunst‹ zum Beispiel.«

»Ich sehe, du bist ein großer Theoretiker. Eigentlich hatte ich nicht im Zusammenhang mit Fischen an den Gouverneur gedacht, aber du bringst mich auf eine Idee ...«

Das Frühstück verlief unruhig. Das war zu erwarten gewesen. Die meisten Passagiere wußten inzwischen über den nächtlichen Vorfall Bescheid: Die Nachricht vom Tod des Ersten Offiziers hatte sich wie ein Lauffeuer auf dem ganzen Schiff verbreitet. Der gewohnte Chopin, gespielt von Vladimir Horowitz, betonte nur noch die allgemeine Trauer. Alle Blicke waren auf den Tisch geheftet, an dem der Erste Offizier noch gestern gesessen hatte. Aber es gab keinerlei Kommentare. Nur Annika verdrehte, nachdem sie mich freundschaftlich auf die Wange geküßt hatte, tragisch die Augen: Ein schlimmes Unglück! (»Un grave accident, oui?«) Ich hatte Mühe, mich zu beherrschen und nicht zu erwidern: »C'est magnifique!«

Das zweitpopulärste Objekt nach dem Platz des Ersten Offiziers war die minderjährige Karpik. Alle befürchteten, die Nachricht vom Tod eines Mitglieds der Crew könnte das Kind traumatisieren: Bis jetzt wußte noch niemand, ob der Bankier und seine Tochter über das Ereignis informiert waren.

Ich hatte vor dem Frühstück nicht mit Sokolnikow sprechen können – als Wadik und ich kamen, saßen der Bankier und seine Tochter schon am Tisch.

Während des gesamten Frühstücks herrschte in der Messe lastende Stille. Über etwas anderes reden, zum Beispiel über die Seekrankheit oder die bevorstehende Robbenjagd, mochte niemand. Karpik aß wie üblich schlecht, pickte in ihrem Auflauf herum wie ein Huhn und sah niemanden an. Doch bei der Milch (Sokolnikow hatte extra für seine Tochter heiße Milch bestellt) entschloß sie sich endlich, den Mund aufzumachen.

»Sag mal, Papa, warum ist es eigentlich so still?« fragte Karpik so laut, daß es in der ganzen Messe zu hören war. Die schreckhafte Annika ließ vor Überraschung ihre Gabel auf den Boden fallen.

»Du weißt doch, Karpik«, zischte ihr Vater kaum hörbar, »wenn ich esse, bin ich taub und stumm.«

»Ja, ja, ich weiß. Warum frühstücken heute nicht alle?«

Die Stille in der Messe wurde noch unheilvoller, und sämtliche Köpfe wandten sich unserem Tisch zu.

»Wie meinst du das – nicht alle?«

»Der Onkel, der neben dem Kapitän gesessen hat ...«

Na also, es ging los! Bei all ihrem Verstand war Karpik doch noch ein Kind – keiner konnte ahnen, wie sie auf die Nachricht vom Tod des Ersten Offiziers reagieren würde.

»Welcher denn, mein Kind?« fragte der Bankier mit falschem Ton. Natürlich wußte er Bescheid. Er wußte Bescheid und hatte seiner Tochter nichts gesagt.

»Der heute nacht gestorben ist«, sagte Karpik, beinahe singend, und trank ihre Milch in einem Zug aus. Mir wurde ganz mulmig. Von wegen sensibles Gemüt. »Ich will noch mehr Milch.«

»Woher weißt du das denn?« fragte ich.

»Ach, das hat mir Max erzählt.«

»Wer ist Max?« fragte ihr Vater besorgt.

»Max ist der Kühlmechaniker«, erklärte Karpik.

»Wer?«

»Na, der Mann, der für die Kühlkammern verantwortlich ist, Papa.«

»Larissa! Ich habe dich doch gebeten, nicht im ganzen Schiff herumzuklettern. Wann schaffst du es nur immer ...« Sokolnikow sah mich vielsagend an.

»Gut, Papa.« Karpik senkte den Kopf, und wieder fiel mir ihre schroffe Stirn auf.

Inzwischen hatte sich die Atmosphäre in der Messe ein wenig entspannt: Alle waren also über das Unglück informiert. Es gab keinerlei Hysterie, keine Panik. Lauter nette Menschen.

Nett und beherrscht.

Nach dem Frühstück versammelten sich alle, die die nächtlichen Ereignisse verschlafen hatten, im Billardraum. Anton weihte sie in die Einzelheiten ein und erläuterte die Pläne für die nächste Zukunft: Ein Toter an Bord gelte als böses Omen, deshalb könnten besonders Ängstliche, die an Poltergeister glaubten, an Seegespenster oder an den Fliegenden Holländer, das Schiff mit dem Hubschrauber verlassen, der gegen Abend eintreffen würde. Alle anderen würden die Reise fortsetzen.

Ich wollte mir das alles nicht noch einmal anhören, darum ging ich mit zwei Decken aus meiner Kabine aufs Oberdeck und machte es mir auf einer Liege bequem. Bis zum Kinn eingewickelt, hielt ich mein Gesicht in den salzigen Wind, verscheuchte alle Gedanken aus meinem Kopf und beschloß, den Anblick des rauhen Meeres zu genießen. Zum Teufel mit der ganzen Geschichte! Er war betrunken und ist gestolpert, und selbst wenn nicht – was ging mich das an? Ich wollte niemanden erpressen, also drohte mir auch keine Gefahr.

Große Albatrosse folgten der »Excalibur«, pfeifend zerteilten ihre Flügel die Luft. Noch nie hatte ich so große Vögel aus dieser Nähe gesehen.

Das Meer war unruhig (das ist auf offener See immer so, hätte der Erste Offizier Wassja gesagt), das riesige Schiff schaukelte auf den Wellen, und dieses Schaukeln schläferte mich ein. Ich wachte erst auf, als jemand mich hartnäckig am Ärmel zupfte. Noch bevor ich die Augen öffnete, wußte ich, daß es Karpik war.

»Eva!«

»Ja, was gibt's denn?«

»Darf ich mich zu dir setzen?«

»Natürlich, Kleines.« Ich mochte nicht unter meinen Kamelhaardecken hervorkriechen, doch ich dachte an mein Gespräch mit Karpiks Vater: Ich sollte seiner Tochter meine freundliche, unaufdringliche Aufmerksamkeit widmen. »Ich hole dir eine Liege ...«

»Nein, nicht nötig. Ich will zu dir.«

»Zu mir?« Ich krauste die Nase.

»Na ja. Keine Angst, ich bin ganz leicht. Ich werde dir bestimmt nicht zu schwer.«

»Dann komm her!«

Ich schlug die Decke auf, Karpik schlüpfte darunter und preßte sich fest an mich. Ein paar Minuten lang saßen wir schweigend da. Karpik war ganz nah, und mein Blick glitt träge über ihr unspektakuläres Gesicht. Das matte, dünne Haar des Mädchens roch nach einem guten Shampoo, doch auch noch nach etwas anderem: nach erhitztem Metall, nach Maschinenöl – das war der Geruch des Schiffes.

Merkwürdig.

Zu meiner eigenen Überraschung küßte ich Karpik auf den Kopf. Sofort boxte sie mich mit ihrer spitzen Faust in die Seite.

»Wag es ja nicht!«

»Was denn, Karpik?«

»Wag es nicht, mich zu bedauern!«

»Wie kommst du darauf, daß ich dich bedaure?«

»Etwa nicht?«

»Natürlich nicht.«

»Papa hat doch mit dir gesprochen, ja? Er hat gesagt, daß ich sensibel bin und daß ich eine ältere Freundin brauche ... Stimmt doch, oder?«

Ich schwieg.

»Wahrscheinlich hat er dir auch noch Geld angeboten. Damit du dich um mich kümmerst, weil er selber nicht weiß, wie er an mich rankommen soll. Stimmt doch, oder?«

»Nein, das stimmt nicht!« Ich hielt es für besser zu schwindeln. »Wie kommst du überhaupt darauf?«

»Ich kenne ihn.«

»Nein, Kleines. Du gefällst mir einfach. Ich finde es interessant mit dir.«

Karpik schmiegte sich noch enger an mich und streckte versöhnlich die Hand nach meinem Gesicht aus.

»Entschuldige, Eva. Darf ich dich was fragen?«

»Natürlich.«

»Warum hast du graue Haare? Du bist doch noch nicht alt, oder?«

»Doch, ich bin alt. Uralt.«

»Gar nicht wahr. Du bist schön.«

Ich schloß die Augen und versenkte mein Gesicht in Karpiks Haar. Na also, das erste Kompliment seit langer Zeit, und noch nie hatte ein Kompliment so kategorisch und so überzeugend geklungen. Die liebe Karpik, das bezaubernde häßliche Entlein mit einem Haufen erwachsener Gedanken im kindlichen Kopf, die hinkende Chopin-Kennerin ...

»Danke. Karpik.«

»Gefällt dir Papa?«

»Ja.«

»Du gefällst ihm auch. Sag ihm ... Bitte ihn, daß wir nicht mit diesem blöden Hubschrauber wegfliegen. Ich will hierbleiben und eine richtige Jagd sehen. Bitte ihn darum ...«

»Er will weg?« Ich horchte auf.

Auf einmal ergab alles eine interessante logische Kette: Sokolnikows Auftauchen an Deck – so überraschend, als habe er sich aus der Luft materialisiert, ausgerechnet nach dem Gespräch des Ersten Offiziers mit dem Unbekannten, und nun sein Entschluß, das Schiff mit dem Hubschrauber zu verlassen. Der eleganteste Ausweg aus der Situation. Der Täter flieht vom Tatort.

»Er sagt, ihm gefällt dieser Tod nicht.«

»Ich möchte den sehen, dem er gefällt ... Dein Vater ist wohl abergläubisch?«

»Ganz und gar nicht. Unsere Wohnung hat die Nummer dreizehn. Seine größten Geschäfte macht er immer montags. Und seine Autonummer – da kommst du nie drauf ...«

»Warum nicht?« Ich lächelte, stupste mit dem Finger auf Karpiks Nasenspitze und sagte: »Sechshundertsechsundsechzig.«

Karpik riß vor Staunen den Mund auf.

»Genau! Woher weißt du das?«

»Das hab ich nur so gesagt.«

»Du bist klug ...«

»Schön, klug – ich glaube, du willst dich bei mir einschmeicheln.«

»Ich mag dich einfach sehr.«

»So, nun haben wir uns aber gegenseitig genug Komplimente gemacht, Karpik.«

»Bin ich dir auch nicht zu schwer?«

»Nein.« Sie war tatsächlich ganz leicht, viel zu leicht für ihre dreizehn Jahre.

»Überrede ihn zu bleiben. Ich will hierbleiben.«

»Wie soll ich ihn denn dazu überreden?«

»Na ja, ich weiß nicht ... Versprich ihm irgendwas. Ich glaube, du bist sein Typ.« Karpik zwinkerte mir verschwörerisch zu.

»Verstehen dreizehnjährige Mädchen etwa schon etwas davon?«

»Und ob! Ich kenne ihn doch. Er mag ruhige Frauen, die sich nicht so aufblasen wie dieses Flittchen!«

»Von wem redest du, Karpik?« Ich wußte ganz genau, wen sie meinte, aber ich wollte es noch einmal hören.

»Diese blöde Clio. Spielt sich als Femme fatale auf, dabei ... Sie ist überhaupt kein Vamp.«

»Oho, sogar solche Wörter kennst du?«

»Ich kenne alle Wörter, alle. Sogar ›cornemuse‹. Weißt du zum Beispiel, was das ist, cornemuse?«

»Keine Ahnung.«

»Ja, das ist nämlich ein Dudelsack, war im sechzehnten Jahrhundert sehr verbreitet. Ein Blasinstrument.«

»So was!« Ich war verblüfft. »Man lernt nie aus.«

»Und stirbt dumm, hat eine von meinen ... meinen Babysittern immer gesagt. Eine von meinen Gouvernanten ...«

»Die mit dem Psychologiediplom?« neckte ich sie.

»Na also, und du sagst, du hast nicht mit Papa gesprochen. Er hat dir alles erzählt!«

»Nicht alles, aber einiges ...«

»Trotzdem ist diese Clio total bescheuert. Ich hasse sie.«

Ich drückte Karpik fest an mich. Erst jetzt wurde mir klar, wie sehr sie unter ihrer Häßlichkeit und ihrem Hinken litt. Clio war ein bildschönes Weibchen, zu schön, als daß Karpik ihr gegenüber hätte unbefangen sein können. Ich war verblüfft über das mächtige weibliche Element in diesem Mädchen und – erschrak darüber. Wer weiß, wozu

Karpik eines Tages fähig sein würde, gedemütigt durch die Unmöglichkeit, jemals wirklich geliebt zu werden. Natürlich wird sie im Laufe der Jahre ihren messerscharfen Geist noch weiter schärfen, ihn zur Vollendung schleifen. Sie wird die Männer zwingen, mit ihr zu rechnen, sie zu achten, sie zu hassen – aber nicht, sie zu lieben. Sie wird zornig ankämpfen gegen die stumpfsinnige männliche Natur, nur dumme Blondinen und verführerische Brünette wirklich zu begehren. Sie wird kämpfen, wissend, daß dieser Kampf aussichtslos ist. Und eines Tages wird sie, ohne jemandem irgend etwas bewiesen zu haben, die Waffen strecken und die Rüstung ablegen, irgendwann um die Dreißig, wenn ihre ohnehin nicht sehr schöne Haut langsam zu welken beginnt, und sich einen Mann kaufen. Ich sah ihn direkt vor mir, den künftigen Mann der kleinen Larissa Sokolnikowa – durchtrainierte Muskeln, männlicher Kehlkopf, ein knackiger Po ohne den kleinsten Pickel und ohne ein überflüssiges Haar, schön geformte Hände, ein schwerer Unterkiefer und ein Kinn, das gespalten war wie die Zunge einer Schlange. Der typische Dressman von Dolce & Gabbana, genau der Typ Mann, den Karpik mit der Zeit am meisten hassen wird. Sie wird ihn mitnehmen auf Parties und Vernissagen, zu intimen Essen des Aufsichtsrats ihrer Firma, und er wird sie still und heimlich betrügen, mit weiblichen und männlichen Geliebten und mit seinen erotischen Träumen … Mein Gott, Eva, was sind das für Gedanken? Ich schüttelte den Kopf, um sie zu vertreiben. Alles wird ganz anders sein, ich wünsche mir sehr, daß alles ganz anders wird.

»Ich hasse sie, ich hasse dieses Flittchen Clio! Sie meint, sie wäre hier die Hauptperson. Pah!«

»Haß ist ein sehr starkes Gefühl, Kleines. Zu stark, um es für solche Nichtigkeiten zu verschwenden.«

»Ich weiß.« Karpik machte ihre typische Schnute, die

Unterlippe über die Oberlippe geschoben. »Vielleicht hast du ja recht. Er hat ihn bestimmt sehr gehaßt.«

»Wer – er? Wen – ihn, Karpik?«

»Der, der den Ersten Offizier ermordet hat. Er wurde doch ermordet, nicht wahr?«

Mir wurde ganz kalt in der Brust. Sie wußte genau, wonach sie mich fragen mußte, die kleine Schelmin.

»Red keinen Unsinn, Karpik! Es war ein Unfall. Das ist natürlich furchtbar, aber nicht zu ändern ...«

»Nein, er wurde ermordet. Und du weißt das auch.«

»Hör mal ... Ich war die ganze Nacht dort. Ich habe alles gesehen. Und die anderen auch. Der Arzt, der Anwalt ... Sie haben den Hergang rekonstruiert. Es gibt keinen Zweifel daran, daß es ein Unfall war. Und jetzt laß uns nicht mehr darüber reden.«

»Das ändert nichts.« Karpik war starrsinnig. »Es ändert nichts, wenn wir nicht mehr darüber reden. Ein Mord bleibt deshalb doch ein Mord.«

Sie sah mir direkt in die Augen. Karpiks letzter Satz und dieser erwachsene Blick machten mir ernstlich angst. Nein, Karpik fürchtete sich nicht vor Mord, sie redete gern darüber, der Vorfall beschäftigte alle ihre Gedanken, soweit sie nicht mit dem Haß auf Clios Schönheit zu tun hatten. Ich hätte alles mögliche erwartet, aber nicht diese brennende Neugier. Obwohl, eigentlich – immerhin wollte Karpik lieber zur Robbenjagd als nach Disneyland ...

»Er wurde ermordet.«

»Aber nein!« Ich verlor die Geduld und stieß Karpik beinahe von mir. Doch sie schmiegte sich nur noch fester an mich.

»Sag bloß, du möchtest das nicht gern aufklären, Eva? Das ist doch so spannend ...«

»So was – ›spannend‹! ›Spannend‹, das ist genau das richtige Wort.«

»Na schön, dann ist es eben nicht das richtige Wort ... Ich habe mit Papa darüber gesprochen.«

Ich horchte auf.

»Und er?«

»Er hat mich angebrüllt. Er hat gesagt, er hat es satt bis obenhin. Er hat gesagt, ich bin ein schreckliches Kind und er fährt mit mir nirgendwo mehr hin. Und daß wir mit diesem Hubschrauber wegfliegen. Aber ich will nicht weg ... Ich will hierbleiben.«

Tja, ich konnte Karpik nur bemitleiden. Und beneiden. Zumindest wäre ich jetzt gern an ihrer Stelle gewesen. Mit einem hatte Karpik recht: Ein Mord blieb ein Mord, auch wenn man nicht darüber nachdachte. Und da brauchte ich mir gar keine Illusionen zu machen: Ich würde das nicht vergessen können.

»Und, deine Version – warum wurde er aus dem Weg geräumt?«

»Mein Gott, fängst du schon wieder an!«

»Ich sehe ja, daß du genauso denkst. Stimmt doch, oder?«

Ich schwieg bedrückt. Mein Gott, was wollte dieses Mädchen von mir, was wollte es hören? Während ich mich feige bemühte, meine Zweifel zu verbergen, ließ Karpik kein Auge von mir. Ich hielt es nicht aus und kapitulierte, genau wie beim ersten festlichen Abendessen. Ich hatte das Duell erneut verloren und wußte nun, daß ich immer verlieren würde.

»Was willst du von mir, Karpik?«

»Daß du die Wahrheit sagst.«

»Gut.« Ich kniff die Augen zusammen und platzte in wütendem Flüsterton heraus: »Ich glaube auch, daß er ermordet wurde. Bist du jetzt zufrieden?«

Mein Eingeständnis hatte eine seltsame Wirkung auf Karpik: Sie lächelte breit, umarmte mich und drückte mich fest an sich.

»Und«, sagte sie triumphierend, »was werden wir jetzt tun?«

»Wie meinst du das?«

»Jetzt, wo wir wissen, daß irgend jemand auf dem Schiff den Ersten Offizier ermordet hat.«

Irgend jemand ... Was würdest du wohl sagen, mein Kind, wenn du wüßtest, daß zum Kreis der Verdächtigen, den ich für mich ausgemacht habe, auch dein Vater gehört?

»Was können wir denn tun?« fragte ich vorsichtig.

»Wir sollten uns einigen. Wir können keinem hier vertrauen. Niemand glaubt, daß der Erste Offizier ermordet wurde, denn niemand will irgendwelche Komplikationen, nicht wahr?«

Karpik entwickelte einen für ein Kind geradezu verdächtigen Scharfsinn, und mir blieb nichts anderes übrig, als ihr zuzustimmen.

»Richtig.«

»Ich wußte, daß etwas Ungewöhnliches passieren würde, ich wußte es von Anfang an. Laß uns einen Bund schließen, Eva, laß uns selbst den Mörder finden.«

»Wie stellst du dir das denn vor?« Ich lachte skeptisch.

»Ganz einfach. Zuerst filtern wir einen Kreis von Verdächtigen heraus.«

»Und wie?«

»Wir werden alle analysieren. Verfängliche Fragen stellen. Das kann ich gut.«

»Allerdings!«

»Dann untersuchen wir alles. Seine Kabine zum Beispiel, heimlich, so, daß es keiner merkt.«

»O ja, eine vernünftige Idee«, sagte ich ironisch. »Und vergiß den Tatort nicht. Dort finden wir bestimmt irgendwelche Indizien.«

»Ich weiß. Du läßt mich ja nicht ausreden, das ist unfair.«

Ich lachte – sie war trotz allem doch nur ein Kind, ein dreizehnjähriges Mädchen.

»Schon gut, schon gut, Entschuldige.«

»Macht nichts. Schließlich wollen wir ja zusammen … Du und ich. Nicht wahr?«

»Ja!«

»Dann laß uns schwören, daß wir zusammengehören und niemandem etwas erzählen, bevor wir nicht alles herausgefunden haben.«

»Ich schwöre.« Ich mußte wieder lachen.

»Warte, ich komme gleich wieder.« Karpik wickelte sich aus der Decke und hinkte zur Treppe, die ins Schiffsinnere führte. »Aber geh nicht weg, warte auf mich!«

Ich hob die Hand: Ich gehe nicht weg, ich werde auf dich warten, treu und ergeben.

Sonderbar, die Anspannung, die ich seit dem Tod des Ersten Offiziers empfunden hatte, war plötzlich weg. In Karpik hatte ich eine überraschende Verbündete gefunden. Sie wußte nicht, was ich wußte, und das war auch nicht nötig. Für sie war es ein Spiel, ein bißchen gruselig, aber doch ein Spiel. Mochte es für sie ruhig ein Spiel bleiben. Und warum sollte ich dabei nicht mitspielen? Durch Karpik bekam ich die Möglichkeit, laut zu denken, mich zu irren und meine Irrtümer zu korrigieren. In Karpiks Vermutungen steckte durchaus ein rationaler Kern.

»Ich bin wieder da«, verkündete Karpik triumphierend und kletterte auf meine Knie.

»Toll! Ich hatte schon langsam Sehnucht.«

»Magst du einen Bonbon?«

»Einen Bonbon?«

Ohne meine Antwort abzuwarten, schob Karpik mir eine Tüte Bonbons in die Hand. Eine ziemlich merkwürdige Tüte mit abgewetzten Kanten und komischerweise voller Teer. Die Bonbons waren auch nicht besser: Eine verklebte Masse von undefinierbarer Farbe.

»Mein Gott, wo hast du die denn her?«

»Aus einem Boot.«

»Aus was für einem Boot?«

»Aus einem Rettungsboot. Die haben sie uns doch gezeigt, bevor wir ausgelaufen sind, erinnerst du dich? Und da ist alles mögliche Zeug drin: Haken, Wasser, irgendwelches Feuerwerk. Und – hier, die Bonbons.«

»Sie sehen scheußlich aus.«

»Schmecken aber gut.«

»Die stammen bestimmt noch aus dem russisch-japanischen Krieg.«

»Aber sie schmecken. Probier mal.«

»Erst du.«

»Ich hab schon eine ganze Tüte gegessen, aber ich kann noch mehr ...«

Karpik brach die braune Bonbonmasse in der Mitte durch und schob sich die Hälfte in den Mund. Ich folgte ihrem Beispiel.

»Und?« fragte Karpik, den Mund voll mit süßem Speichel.

»Wunderbar.«

»Ich wußte, daß du sie magst. Man mag immer, was man schwer bekommt.« Karpiks Philosophie war erstaunlich treffend. »Und jetzt gib mir deine Hand.«

Ich zog meine Hand unter der Decke hervor. Karpik packte sie und holte eine goldene Krawattennadel hervor, an deren Spitze ein großer Brillant funkelte.

»Was ist denn das?« fragte ich erstaunt.

»Das ist Papas Krawattennadel.«

Sie umklammerte meinen Zeigefinger und preßte ihn fest zusammen. Die Fingerspitze füllte sich sofort mit Blut. Mit einer blitzartigen Bewegung stach Karpik zu. Ich schrie vor Überraschung auf. Doch noch ehe ich recht zu mir gekommen war, hatte Karpik dasselbe mit ihrem eigenen Zeigefinger wiederholt und einen Blutstropfen herausgepreßt.

»Und jetzt gib ihn her«, sagte sie geschäftig.

»Wen?«

»Deinen Finger. Wir vermischen unser Blut, und dann sind wir so was wie Schwestern. Wir werden immer alles zusammen machen. Alles, immer. Das ist wie ein Schwur. Man schwört bei seinem Blut. Wir haben doch beschlossen, alles zusammen zu machen, nicht wahr, Eva?«

Erstaunlicherweise fügte ich mich auch diesmal. Als Karpik sich überzeugt hatte, daß das Ritual vollzogen war, preßte sie sich noch fester an mich und gab mir einen herzhaften Kuß auf die Wange.

»So. Nun müssen wir einander immer vertrauen. Und uns gegenseitig helfen.«

Karpiks so plötzlich entflammte Anhänglichkeit verwirrte mich. Auch wenn sie natürlich erklärlich war: Das Kind hatte immerhin mit drei Jahren seine Mutter verloren.

»Bist du einverstanden, Eva?«

»Gut. Ich bin einverstanden.«

»Dann laß uns jetzt über den Mord nachdenken.«

»Ich weiß nicht, wen man da verdächtigen soll.«

»Alle sind verdächtig!« verkündete Karpik und lachte.

»Alle?«

»Na ja, außer dir, mir und Papa. Und noch Mucha.«

»So geht das nicht. Warum können wir Mucha nicht verdächtigen?«

»Weil er schwul ist. Schwule bringen niemanden um. Sie sind zu sehr mit sich selbst beschäftigt und haben vor allem Angst.«

»Aber vielleicht hat der Erste Offizier Mucha abgewiesen, und Mucha hat ihn aus Eifersucht getötet?« Diesmal lachte ich.

»Nein. Ich mag Mucha.«

Ein schlagendes Argument.

»Gut, lassen wir Mucha beiseite. Aber was ist mit deinem Papa?« Das war ein verbotener Hieb, aber ich konnte mir nicht das Vergnügen versagen, das Mädchen zu reizen. Zumal ich gar nicht so überzeugt war von der Unschuld des erfolgreichen Bankiers Valeri Sokolnikow.

Meine Frage versetzte das Mädchen in Wut, so heftig, daß ihr Tränen aus den Augen spritzten.

»Wie kannst du so etwas sagen?«

»Na ja, wenn wir die Spielregeln einhalten wollen ...«

»Das ist kein Spiel!« Die Tränen trockneten ebenso schnell, wie sie gekommen waren, und Karpik war nun innerlich ganz angespannt. »Das ist kein Spiel.«

Da hast du recht, Mädchen. Die Leiche in der Kühlkammer – das ist kein Spiel.

»Ich ergebe mich. Das war nicht der beste Witz der Saison. Was tun wir jetzt?«

»Wir gehen in den Maschinenraum. Untersuchen alles an Ort und Stelle.«

»Wann?«

»Jetzt gleich. Wenn du keine anderen Pläne hast.«

»Ich habe keine anderen Pläne.«

Das war die reine Wahrheit. Ich hatte keine anderen Pläne. Nicht in bezug auf das Verbrechen und auch nicht zu seiner Aufklärung. Die ganze Angelegenheit vergessen, vergessen wie einen bösen Traum, das war es, was ich mir leidenschaftlich gewünscht hatte, mehr nicht. Doch nun war alles anders. Zu zweit konnten wir versuchen, diesen verdammten Mordfall zu entwirren. Außerdem war Karpik klug, originell und hatte eine gute Beobachtungsgabe. Und ich würde sie immer beschützen können. Mein Gott, mach, daß nicht ihr Vater der Mörder ist. Das ist doch für dich kein Problem, Herr, mach, daß nicht er ...

Es war verblüffend: In den nur zwei Tagen, seit die »Excalibur« unterwegs war, hatte Karpik das Schiff schon kreuz und quer erkundet. Ich mit meinem total unterentwickelten Orientierungssinn war überrascht, wie sicher Karpik sich in den verwinkelten Fluren bewegte, wie schnell sie die richtige Abzweigung fand, wie mühelos sie die steilen, fast vertikalen Treppen bewältigte. Diese Treppen schienen ihr Element zu sein – sie kaschierten ihr Hinken und vermittelten ihr deshalb Freude an der Bewegung. Bei mir war das schwieriger: Ein paarmal rutschte ich auf den steilen Stufen aus, einmal wäre ich beinahe abgestürzt, nur das Geländer rettete mich.

Das Unterdeck unterschied sich gewaltig von den Passagierdecks: Hier gab es keine Teppiche, die Wände waren nicht holzgetäfelt. Auf dem Weg zum Maschinenraum begegneten wir keiner Menschenseele.

»Wir sind da«, sagte Karpik. »Hilf mir die Tür aufmachen, sie ist sehr schwer.«

Gemeinsam bezwangen wir die schwere Stahltür und standen unversehens im Reich der dröhnenden Maschinen. Es war so laut, daß Karpik sich die Ohren zuhielt. Als wir uns ein wenig an den Krach gewöhnt hatten, gingen wir weiter hinein in den Maschinenraum. Auch hier fand Karpik sich wunderbar zurecht.

Rasch erreichten wir die Stelle, wo der Erste Offizier gelegen hatte, und untersuchten sie gewissenhaft. Während Karpik eifrig auf den Knien herumkroch und auf dem Boden nach eventuellen Indizien suchte, gab ich mich erneut ganz anderen Gedanken hin. Im überfüllten Maschinenraum war mir in der Nacht gar nicht aufgefallen, daß das wichtigste Indiz möglicherweise der Sturz selbst war. Das heißt, nicht direkt der Sturz, vielmehr die Flugbahn, die der Körper beschrieben hatte. Und der Abstand zur Treppe, in dem er aufgekommen war.

Um so zu fallen, hätte Wassja Anlauf nehmen, sich vom Fußboden abstoßen und dann so weit wie möglich springen müssen. Folgte man jedoch der Hypothese von Anton und dem Anwalt, der Erste Offizier sei ausgerutscht, dann war völlig unbegreiflich, warum der Körper wo weit weg von der Treppe und von der Wand des Maschinenraums gelegen hatte.

Die Lage des Leichnams sprach entweder dafür, daß Wassja tatsächlich Anlauf genommen hatte und abgesprungen war, dann sah es sehr nach Selbstmord aus, oder …

Oder er war einfach hinuntergeworfen worden.

Komisch, daß dieser Umstand niemanden stutzig gemacht hatte. Komisch, daß ihn überhaupt niemand beachtet hatte. Vielleicht hatte Karpik recht, und alle diese keineswegs dummen, respektablen Herren fürchteten das Verbrechen wie der Teufel das Weihwasser? Und übersahen darum Offensichtliches. Womit sie dem Mörder in die Hände spielten – womöglich dem respektabelsten all dieser respektablen Herren.

»Sieh mal, was ich gefunden habe, Eva!« Karpiks triumphierende Stimme riß mich aus meinen Gedanken. »Genau das, was wir brauchen. Komm her.«

Ich ging zu ihr und hockte mich neben sie. Karpik zeigte auf einen Knopf, der auf dem Boden lag, neben dem Schwungrad, das einen der Motoren mit dem Generator verband. Ich kann nicht sagen, daß dieser Fund mich sonderlich aufgeregt hätte; ich schaute ihn mir nur deshalb näher an, um Karpiks kindlichen Enthusiasmus zu unterstützen. Doch ich mußte Karpik recht geben: Der Knopf war wirklich ungewöhnlich. Ich jedenfalls hatte so etwas noch nie gesehen. Es war eine glattgeschliffene, ziemlich große Münze von über zwei Zentimetern Durchmesser.

Fünf Reichsmark aus dem Jahr 1938. Mit einem zierlichen kleinen Hakenkreuz in den Krallen eines Adlers und dem Bulldoggenprofil von Hindenburg.

An die Münze war eine kleine Öse geschweißt, die sie zu einem Knopf machte. In der Öse steckten noch Fäden und ein winziges Stückchen dunkler Stoff. Der Knopf war offenbar abgerissen worden, und zwar ziemlich heftig.

»So, nun haben wir ihn.« Karpik preßte die Münze in ihrer Hand und konnte ihre Begeisterung nicht verbergen.

»Wen?«

»Den Mörder!«

Ich beeilte mich, den Eifer des Mädchens ein wenig zu dämpfen.

»Na, das ist noch nicht gesagt.«

»Wieso nicht?« Karpik wurde vor Ärger rot. »Das ist doch ganz einfach! Sie haben gekämpft, und der Erste Offizier hat ihm den Knopf abgerissen, bevor der ihn hinunterwarf. Er lag schließlich direkt neben ihm, das willst du doch wohl nicht leugnen.«

»Stimmt. Er kann aber auch schon seit Urzeiten hier liegen.«

»Na klar. Seit 1938«, witzelte Karpik. »Das ist doch kein gewöhnlicher Knopf ... Oder meinst du, einer der Matrosen hat so was an seiner Jacke?«

»Ich weiß nicht.«

»Ein sehr auffälliges Ding.« Das Mädchen versuchte leidenschaftlich, mich zu überzeugen. »Hast du so etwas wirklich noch nie gesehen?«

»Nein«, sagte ich erneut ehrlich.

»Ich auch nicht.«

Der Aufstieg über die steilen Treppen war für Karpik ziemlich anstrengend, darum blieben wir auf einem Absatz stehen, um zu verschnaufen. Ich zündete mir eine Gitanes an, und Karpik preßte das Gesicht gegen das Sicherheitsgitter und blickte lange hinunter. Dann drehte sie sich zu mir um und fragte: »Sind das gute Zigaretten?«

»Es sind meine Lieblingszigaretten.«

»Ist das ein Unterschied?«

»Nein. Was man am liebsten mag, ist immer gut, das gilt nicht nur für Zigaretten.«

»Laß mich auch mal ziehen«, bat Karpik plötzlich.

»Sonst noch was! Das fehlte noch, daß ich einem Kind das Rauchen beibringe. Du kannst bei deinem Papa Zigaretten schlauchen, wenn du Lust darauf hast …«

»Er raucht nicht.«

»Siehst du, was für ein positiver Mensch. Du solltest dir ein Beispiel an ihm nehmen.«

Unter solchen leichten Sticheleien erreichten wir den Absatz, von dem Wassja hinuntergestürzt war. Gestoßen worden war. Die Notlampe brannte wieder, und in ihrem Licht machten wir uns an die Suche nach gewichtigeren Details als eine deutsche Münze. Doch wir wurden enttäuscht: Wir fanden nichts Interessantes. Das entmutigte Karpik ein wenig, die sich von diesem Treppenabsatz jede Menge Indizien erhofft hatte: Blutlachen, Schlagringe, Stiletts, Patronenhülsen und der Vollständigkeit halber noch eine Visitenkarte des Mörders. Doch das hypothetische Schlachtfeld war absolut steril.

Karpik gestattete mir eine weitere Zigarette, und während ich genüßlich den Rauch ausblies, überlegte sie laut: »Das Wichtigste haben wir schon. Den Knopf.«

»Ein wertvoller Fund. Und was gedenkst du damit zu tun?«

»Erst einmal herausfinden, wovon er abgerissen ist.«

»So, wie denn?«

»Wir werden jeden beobachten. Wer was anhat … Bestimmt hat er keinen Ersatzknopf mehr.«

Ich lächelte.

»Eine strittige These. Erstens, wie ich schon sagte, ist gar nicht sicher, daß der Knopf wirklich gestern nacht dorthin gelangt ist. Zweitens, wenn der Knopf tatsächlich vom Jackett des Mörders stammt, dann ist nicht gesagt, daß der Mörder den Verlust nicht bemerkt hat. Also wird er das Jackett verstecken. Das würde ich an seiner Stelle nämlich tun. Leider waren wir auf diesen Verlauf der Ereignisse überhaupt nicht vorbereitet.«

»Meinst du den Mord, Eva?«

»Ja. Der Mörder wird das Jackett kaum eigens für den Mord angezogen haben. Das heißt, er hat es auch schon früher getragen. Wir hätten ihn darin sehen können. Wir haben einfach nicht auf diese Knöpfe geachtet.«

»Ja«, bekannte Karpik seufzend. »Wenn ich das gewußt hätte! An unserem Tisch trägt niemand so ein Jackett. Und dein gräßlicher Wadik hatte einen Pullover an.«

Ich hörte das Bedauern aus Karpiks Stimme heraus: Ach, wie glücklich wäre sie gewesen, wenn sich herausstellte, daß mein Kameramann der Täter war. Oder »dieses Flittchen Clio«. Dann würde Karpik triumphieren, dann wäre ihre dumpfe Antipathie gerechtfertigt.

»Ja, Wadik hatte einen Pullover an, aber dein Vater, der trug ein Jackett.«

»Aber ein ganz anderes!« brauste Karpik auf und ballte vor Ärger die Fäuste.

»Ich weiß«, beruhigte ich das Mädchen. »Über unseren Tisch weiß ich Bescheid. Aber kannst du über die restlichen vier Tische etwas sagen?«

»Der Tisch des Kapitäns entfällt. Sie trugen alle ihre Uniform, das weißt du doch. Sie laufen überhaupt die ganze Zeit in Uniform rum. Oder halbnackt«, sagte Karpik, als ihr der Maschinist einfiel, und kicherte affektiert. »Bleiben also noch drei Tische.«

»Ja«, unterstützte ich Karpiks deduktive Übung, »wenn wir die beiden Frauen abziehen, bleiben noch neun Männer. Und ich glaube, sie trugen alle Jackett. Oder Pullover? Oder Badehosen? Oder Skaphander? Ich kann mich absolut nicht erinnern.«

Karpik seufzte. »Ich auch nicht.«

»Schöne Kriminalisten sind wir beide«, stellte ich fest.

»Vielleicht legen wir den Fall lieber zu den Akten? Was meinst du?«

»Nach dem, was wir gefunden haben?« Karpik keuchte vor Empörung. »Ich denke gar nicht daran! Und dir erlaube ich das auch nicht. Aber wenn du mich fragst – wer auf keinen Fall etwas damit zu tun hat, das ist Mucha.«

»Das habe ich von dir schon mal gehört.«

»Nein. Er läuft die ganze Zeit mit offenem Hemd und Weste rum. Er hat sie schon dreimal gewechselt! Von wegen, ich bin eine schlechte Beobachterin!«

Jetzt besann auch ich mich, daß unser charmanter Schwuler, der Ähnlichkeit hatte mit einem schönen Rassetier, tatsächlich zum Frühstück, zum Mittag und zum Abendessen (das für alle Pflicht war) sowie zum Tee zur Nacht (Erscheinen auf Wunsch) immer verschiedene Westen trug: aus Leder, aus Gobelinstoff, schreiend bunt oder klassisch schwarz.

»Prima!« lobte ich Karpik. »Aber trotzdem bleiben immer noch zu viele Leute übrig. Es wird einfach zu anstrengend, sie alle zu verdächtigen.«

»Ich finde das toll.«

»Aber Verdächtigungen haben noch niemanden der Wahrheit nähergebracht. Ich glaube, es führt zu nichts, wenn wir uns zu sehr auf den Knopf versteifen.«

»Warum?« Karpik mochte nicht aufgeben. »Einverstanden, der Mörder versteckt das Jackett vielleicht, zieht es nie wieder an. Dann durchsuchen wir eben alle Kabinen.«

»Ach ja, wie denn?«

»Ganz einfach. Einer kümmert sich um den Passagier, lenkt ihn irgendwie ab, und der andere sieht sich währenddessen seine Sachen an.«

»Und wie kommen wir in die Kabinen? Die Schlüssel sind doch alle verschieden. Die können wir schließlich nicht beim Frühstück klauen, oder?«

»Nein.« Karpik schüttelte den Kopf. »Es gibt eine andere Möglichkeit. Das weiß ich von Max.«

Schon wieder Max! Wenn das so weiterging, würde ich wohl Sokolnikows Argwohn in bezug auf diesen Max bald teilen. Aber ich beschloß, mich zunächst nicht auf Max zu konzentrieren.

»Ja, was denn für eine?« Ich bemühte mich, meine Frage so harmlos wie möglich klingen zu lassen.

»Eine ganz tolle. Du weißt doch, auf dem Schiff gibt es einen Bootsmann.«

»Ich vermute es.« Ich vermutete es nicht nur, ich hatte diesen Bootsmann sogar schon ein paarmal gesehen – ein unauffälliger Mann mittleren Alters.

»Also, der Bootsmann hat auf jedem Schiff immer einen Generalschlüssel für alle Kabinen. Toll, nicht? Auch unser Bootsmann hat so einen Schlüssel, der paßt zu allen Türen.«

»Und du willst ihn um diesen Schlüssel bitten?«

»Nein«, erwiderte Karpik schlicht. »Ich will ihn klauen.«

»Was redest du da! Ich verbiete es dir, hörst du! Das fehlte noch! Wir kommen in Teufels Küche! Ich verbiete es dir.«

»Dann mußt du ihn klauen. Sonst erfahren wir gar nichts.«

»Das werde ich nicht tun. Und dir erlaube ich es auch nicht.«

»Aus erzieherischen Gründen?«

»Unter anderem.«

»Dann kommst du zu spät. Letzten Winter, als ich noch in England zur Schule ging, waren wir mal auf einem Ausflug, von Brighton nach London. Also, da hab ich in einem Laden drei CDs stibitzt. Und ein Armband mit Glöckchen dran. Und ein Jeanshemd.«

Karpiks Stimme klang herausfordernd – na los, Eva,

halt mir eine Predigt, wie unschön Ladendiebstahl ist. Fang an, ich warte.

Daraus wird nichts, Karpik. Ich denke gar nicht daran, die Empörte zu mimen.

»Und, hat's geklappt?« fragte ich nur.

»Nicht ganz.«

»Was heißt – nicht ganz?«

»Bei dem Jeanshemd haben sie mich erwischt.«

»Aha. Und was war dann?«

»Papa hat eine hohe Strafe gezahlt, und die Sache wurde untern Tisch gekehrt. Ich bin ja noch minderjährig.«

»Hör mir gut zu, mein Kind: Du wirst dem Bootsmann keinen Schlüssel klauen.«

»Warum denn nicht?«

»Das mache ich selbst.«

»Warum?«

»Weil du schon einmal erwischt worden bist, deshalb kann ich dir eine so verantwortungsvolle Operation nicht anvertrauen.«

»Das ist toll!« Karpik klatschte in die Hände. »Eva, ich bete dich an! Gib mir dein Wort, daß wir uns nie trennen!«

»Die nächsten zwei Wochen bestimmt nicht«, sagte ich vorsichtig. »Wir müssen gehen, sonst verspäten wir uns zum Mittag, und das würde verdächtig aussehen.«

Wir stiegen wieder hinab in den Maschinenraum, um ihn auf demselben Weg zu verlassen, den wir gekommen waren. Karpik steuerte noch einmal auf die Stelle zu, an der Wassja gelegen hatte. Und da erlebten wir eine Überraschung.

Wir waren nicht die einzigen, die sich lebhaft für den Maschinenraum interessierten. Auf dem Fußboden kroch ein Mann herum, genau wie Karpik vor einer halben Stunde. Karpik boxte mich in die Seite, und ich zuckte zusammen. Karpik sah hinüber zu dem Unbekannten und legte den Finger auf die Lippen: Siehst du, was hab ich dir gesagt, er läuft ganz von selbst in die Falle. Wir beobachteten ein paar Minuten lang, wie der Mann, dessen Gesicht wir nicht sehen konnten, Zentimeter um Zentimeter gründlich absuchte. Sein Rücken bebte angespannt. Schließlich hielt Karpik es nicht mehr aus.

»Guten Tag«, flötete sie.

Der Mann zuckte zusammen, als hätten wir ihn direkt am Tatort erwischt. Aber verdammt, wieso »hätten«. Wir hatten ihn am Tatort erwischt. Er brauchte zwei Sekunden, um sich zu fassen und sich mit einem freundlichen Lächeln zu uns umzudrehen.

Es war der Gouverneur Raspopow.

»Guten Tag«, wiederholte Karpik, das wohlerzogene Kind.

»Guten Tag, Mädels.« Er stand auf und klopfte sich die Hose ab.

»So was Dummes, ich habe gestern hier meinen Ehering verloren. Es heißt, das sei ein böses Omen«, wandte er sich an mich. »Ich hab es erst heute früh bemerkt und die ganze Kabine auf den Kopf gestellt – aber er war weg. Da habe ich mir gedacht, er ist vielleicht hier.«

»Haben Sie ihn gefunden?« fragte Karpik, und ich hatte plötzlich schreckliche Angst, sie könnte ihm den Knopf hinhalten und in ihrer üblichen unbekümmerten Art fragen: »Haben Sie vielleicht das hier verloren?« Und wenn der Knopf wirklich etwas mit dem Mörder zu tun hatte … Und der Mörder vor uns stand … Mir wurden die Knie weich. Aber Karpik war klug.

»Haben Sie gefunden, was Sie gesucht haben?« fragte sie noch einmal.

»Ja, stell dir vor!« Nun gestattete er sich ein breites Lächeln und zeigte uns einen Ring, den er in der Hand hielt. »Er lag direkt neben dieser Maschine.«

»Das ist ein Dieselgenerator«, sagte die gut unterrichtete Karpik.

»Kluges Kind … Gott sei Dank, daß ich ihn wiedergefunden habe … Meine Frau ist jung und sehr eifersüchtig, wir haben erst vor zwei Monaten geheiratet. Sie hätte das nicht verstanden. Dieser Ring ist eine Sonderanfertigung. Drei Brillanten, sehen Sie?« Der Gouverneur schob sich den Ring auf den Finger und atmete auf.

»Dann hätten Sie ihr eben gesagt, daß sie ihn verloren haben«, sagte Karpik. »Ist doch kein großer Verlust. Solche Ringe haben Sie bestimmt wie Sand am Meer.«

»Wie kommst du denn darauf, Mädchen?«

»Sie sind schließlich Gouverneur. Die Staatsmacht also. Und die Staatsmacht klaut immer. Sagt mein Papa.«

»Dein Papa hat nicht ganz recht, mein Kind.«

»Doch, ich glaube schon, daß er recht hat.«

»Wie heißt du, Mädchen?«

»Larissa.«

»Also, Larissa, man darf niemals jemanden pauschal verurteilen.«

»Mache ich doch gar nicht. Papa sagt, es gibt immer Beweise, es fehlt nur am politischen Willen. Und an ehrlichen Menschen. Sie sind bestimmt kein sehr ehrlicher Mensch.«

»Ich werde mit deinem Papa reden.«

»Tun Sie mir den Gefallen.«

»Sehr originell, Ihre Kleine«, sagte der Gouverneur, der die Hoffnung aufgegeben hatte, Karpik umzustimmen.

»Wo Sie recht haben, haben Sie recht, Nikolai Iwanowitsch.«

»Augenscheinlich die Tochter eines armen Angestellten im Staatsdienst, der mit seinem kargem Gehalt kaum auskommt.« Auch der Gouverneur konnte die Zähne zeigen. »Und nun erlauben Sie, daß ich mich empfehle.«

Ohne Karpik auch nur eines Blickes zu würdigen, verließ er den Maschinenraum.

»Was hat er damit gemeint?« fragte Karpik erstaunt.

»Er hat gemeint, daß du ein reiches kleines Biest bist und daß dein Vater das Volk genauso bestiehlt wie er«, erläuterte ich Karpik die Äußerung des Gouverneurs.

»Das Schwein! Wie kann er es wagen!«

»Wieso denn nicht?«

»Bist du etwa auf seiner Seite, Eva?« Karpik nahm meine Hand, ergriff meinen Zeigefinger und legte ihn gegen ihren eigenen.

»Ich bin auf deiner Seite, Kleines. Komm weg hier. Dieser Ort gefällt mir nicht.«

»Mir ja. Ich mag solche Gerüche. Und den Geruch von Farbe. Magst du den Geruch von Farbe?«

Ja, ich hatte den Geruch von Farbe immer gemocht, wollte mich aber nicht weiter darüber auslassen, wir waren uns ohnehin erschreckend ähnlich.

Als wir den Maschinenraum verließen, atmete ich erleichtert auf. Ich wollte nie wieder hinuntergehen. Keine zehn Pferde bekamen mich noch einmal dorthin. Mit solchen Gedanken beschäftigt, bemerkte ich nicht gleich, daß Karpik ganz geknickt war.

»Was ist los? Bist du gekränkt wegen Papa?«

»Nein. Weil alles vorbei ist.«

»Was ist vorbei?«

»Unsere Ermittlung. Ich hätte nicht gedacht, daß es so einfach wird.«

»Wovon redest du?«

»Wir haben doch den Mörder gefunden. Dieser Kerl, der Gouverneur. Er hat bemerkt, daß ihm ein Knopf fehlt, und ist hergekommen, um danach zu suchen. Aber hier waren wir. Und da hat er sich die Geschichte mit dem Ring ausgedacht. Das war das erste, was ihm einfiel. Das hätte ich an seiner Stelle auch so gemacht.«

Nicht nur du, Karpik, ich hätte es an seiner Stelle genauso gemacht. Zu vieles paßte: die beiden fehlenden Finger – war das nicht ein Detail, das sich nicht vertuschen ließ?

Und warum war der Gouverneur gestern mit im Maschinenraum gewesen? Der Kapitän und der Schiffsmechniker, klar, das war ihr Job. Der Anwalt und der Neurochirurg, Wadik und ich – auf Bitte des Kapitäns. Aber was hatte der Gouverneur in dieser Mannschaft von Profis zu suchen? Übrigens konnte ich ja danach fragen, Susdalew zum Beispiel. Er hatte in der Nacht alle zusammengeholt. Das dürfte kein großes Problem sein. Sehr viel schwieriger würde es werden, den Gouverneur zu überführen. Wenn er denn der Mörder war … Und wenn er wirklich nur den Ring gesucht hatte? Ein Knopf, selbst ein so auffälliger, war ein allzu vages Indiz. Es konnte nicht einmal mich selbst überzeugen, geschweige denn ein Gericht – der Gouverneur war ein zu mächtiger und einflußreicher Mann.

»Eva! Du hörst mir gar nicht zu!«

»Doch. Was hast du gesagt?«

»Er ist es, todsicher.«

»Das läßt sich nicht beweisen. Vielleicht hat er wirklich den Ring gesucht.«

»Weißt du, wenn ich an seiner Stelle wäre …«

»Hättest du dasselbe behauptet. Und dich ganz genauso verhalten. Das hast du schon gesagt, Karpik.«

»Nein, das meine ich nicht. Wenn ich eine junge Frau geheiratet hätte und sie sehr lieben würde … Dann wäre ich nicht ohne sie verreist. Dann hätte ich sie doch mitgenommen, oder?«

Ich blieb stehen und sah Karpik erstaunt an: Das war ein glänzender Gedanke. Larissa demonstrierte mir ein weiteres Mal ihre deduktiven Fähigkeiten. Daß ich darauf nicht selbst gekommen war! Raspopow war mindestens fünfzig, und er sagt, seine Frau ist noch jung, wahrscheinlich irgendeine »Miß Kryshopol« mit tollem Busen und dem Gehirn einer Seidenspinnerraupe. Niemals würde ein alternder Mann seine junge Frau unbeaufsichtigt lassen, zumal sie erst vor zwei Monaten geheiratet hatten …

»Weißt du, du machst mir langsam angst«, sagte ich aufrichtig.

»Warum?« Karpiks Lippen zitterten.

»Weil du so klug bist.«

»Und vor Klugheit muß man sich fürchten?«

»Sagen wir, in acht nehmen. Du weißt nie, wann sich diese Klugheit gegen dich wendet.«

Karpik umfing mich mit beiden Armen.

»Niemals, niemals wird sie sich gegen dich wenden! Das schwöre ich dir!«

»Genug geschworen für heute. Komm. Ich bringe dich zu deiner Kabine. Wir müssen uns noch umziehen, um rechtzeitig zum Mittag zu erscheinen und keinen Verdacht zu erregen. Abgemacht?«

»Abgemacht!«

»Wunderbar. Nach dem Essen treffen wir uns auf dem Bootsdeck. Und zu keinem ein Wort. Absolute Konspiration.«

»Okay.«

Warum wollte er weg? Hals über Kopf, ohne Rücksicht auf das viele Geld, das er für die Jagd hingelegt hatte? Hatte der Tod des Ersten Offiziers ihn wirklich so mitgenommen? Sokolnikow besaß die gleiche schroffe, eigensinnige Stirn wie seine Tochter, er neigte nicht zu Gefühlsduseleien, er war nicht so leicht aus der Fassung zu bringen. Sokolnikow war augenscheinlich ein ziemlich großer Bankier, und das hieß Belastbarkeit, Selbstaufopferung und Selbstausbeutung. Es dürfte ihm nicht leichtgefallen sein, sich die zwei Wochen Urlaub zu nehmen, um mit seiner Tochter ans andere Ende des Landes zu reisen, auf hohe See hinauszufahren … Und nun genügte ein so nichtiger Anlaß wie ein zufälliger Unfalltod, um alle seine Pläne umzuwerfen? Das wirkte nicht sehr überzeugend. Ebensowenig wie die wortreichen Erklärungen des Gouverneurs über den Ehering. Wie auch immer: Meine persönliche Jagd war beendet, der Gouverneur hatte seinen Ring gefunden, der Bankier verließ das Schiff mit dem Hubschrauber, der Mord würde nie aufgeklärt werden …

»Eva, kommst du nun mit zum Essen oder nicht?« erkundigte sich Wadik, der sich gerade sorgfältig das ohnehin glatte, bartlose Kinn rasierte.

»Ja, gleich. Du bist in letzter Zeit verdächtig besorgt um dein Äußeres, mein Freund. Hoffst du etwa noch immer, die Sängerin zu beeindrucken?«

»Die Hoffnung stirbt zuletzt, sagt der große Homöopath Avicenna, und auf den ist Verlaß. Aber ich sehe, du vergeudest auch keine Zeit.«

»Wieso?«

»Willst du dich über den kleinen Hinkefuß an den Bankier ranmachen?«

»Wovon redest du?«

»Von deinen Methoden. Das sieht doch ein Blinder. Du gibst dich mit dem launischen Mädchen ab, tust, als hättest du Interesse an der kleinen Rotznase.«

»Ich habe Interesse an der kleinen Rotznase.«

»An ihr oder am Geld ihres Papas? Du denkst, wenn die Tochter dich mag, dann wird sich schließlich auch der Papa an dich gewöhnen?«

»So weit gehe ich nicht.«

»Ach, schon gut. Ich habe ja nichts dagegen, jeder sucht für sich die beste Variante.«

»Wenn du nicht sofort aufhörst mit dem Blödsinn, dann …«

»Was dann? Dann ziehst du in eine andere Kabine? Zu der heiligen Familie?«

»Daraus wird wohl nichts. Sie fliegen heute abend ab.«

»Zusammen mit der Leiche?« fragte Wadik zynisch. »Im selben Hubschrauber? Der Papa hat Nerven. Kein

Wunder, daß das Mädchen so ein Miststück ist. Der Apfel fällt nicht weit vom Stamm, wie man so sagt.«

»Halt bitte den Mund.«

»Ich würde niemals meine Kinder, und vergiß nicht, ich hab zwei Jungs, niemals würde ich sie mit einem Toten zusammen fliegen lassen.«

Du hast recht, Wadik. Ich auch nicht. Irgend etwas treibt Sokolnikow weg von der »Excalibur«. Aber was?

»Hör mal, Eva, kommen sie dir nicht auch komisch vor?«

»Wer? Der Bankier und seine Tochter?«

»Nicht doch, die sowieso. Nein, ein paar von der Crew ...«

»Wieso?«

»Ich finde, sie sehen nicht aus wie Matrosen.«

»Sondern? Der Kapitän ist doch ein typischer Seewolf.«

»Eben, er ist ein bißchen zu typisch. Irgendwie operettenhaft, eine Art Show.«

»Blödsinn.« Ich mochte nicht mit Wadik streiten. »Noch halten wir genau Kurs, fahren mit der richtigen Knotenzahl, benutzen Steuerrad und Kreiselkompaß, der Maschinenraum funktioniert auch einwandfrei, und die Maschinen sind alle echt ...«

»Das meine ich nicht ... Scheiß auf den Kapitän ...«

»Wen meinst du dann?«

Wadik seufzte und rieb sich energisch die Glatze.

»Diesen Steward. Dieser Wiedehopf im Jackett, dieser Pfau ... Hast du seine Augen gesehen? Und seine Hände? Hast du diese Hände gesehen?«

»Was ist damit? Hat er Schwimmhäute zwischen den Fingern?«

»Sehr witzig! Das ist kein Matrose. Gepflegte Hände wie ein Taschendieb. Er spioniert allen hinterher, beobachtet jeden ... Ein Mann mit solchen Manieren gehört in die Spionageabteilung.«

»Mein Gott, du meinst Roman?«

Ich mußte lachen. So was, die aussichtslose Besessenheit von Clio hatte dem armen Wadik schon völlig den Verstand geraubt. Womöglich hatte er sie irgendwo in der Nähe des Kesselraums bei einem leidenschaftlichen Kuß erwischt, und nun tobte er.

»Du bist einfach eifersüchtig, mein Freund.«

»Ich denke gar nicht daran.« Wadik wurde puterrot. »Gestern hat dieser Moskauer Liberale sein Notizbuch verloren. Der Steward lief gerade hinter ihm, er hat das Notizbuch aufgehoben und seelenruhig in die Tasche gesteckt.«

»Ich hoffe, du hast den Kerl überführt?«

»Wie komme ich dazu! Nicht meine Gewichtsklasse. Keine Lust, mich mit dem anzulegen. Ich wollte dich nur warnen, daß hier lauter Typen mit doppeltem Boden rumlaufen.«

»Gut, mein Lieber, ich nehme es zur Kenntnis.«

Zum Essen kamen wir doch zu spät.

Sogar später als Clio, die seit dem Tod des Ersten Offiziers eine erstaunliche Pünktlichkeit an den Tag legte. Entweder hatte die feuchte Seeluft ihr die Starallüren ausgetrieben, oder sie hatte selbst genug von ihrer romantischen Zickigkeit – jedenfalls verlangte sie keine gebratenen Wachteln in Sauce tatare, sondern löffelte brav schlichte Bouillon mit Fleischklößchen. Bedient wurde sie, zu Wadiks hellem Mißvergnügen, um die Wette von Albert Wenediktowitsch und Muchamedshan. Mucha genoß völlige Unabhängigkeit: Sein Patron war weder zum gestrigen Abendessen erschienen noch heute zum Frühstück – er war seekrank.

»Du hast recht, Karpik«, sagte ich und lächelte sie aufmunternd an, »er wechselt die Westen je nach Stimmung.«

Diesmal trug Mucha eine ganz neue Weste, die nur aus Taschen, Nieten und Reißverschlüssen bestand.

»Von wem reden Sie?« fragte Sokolnikow.

»Stimmt.« Karpik erwiderte mein Lächeln. »Genau so ist er auch drauf.«

»Von wem redet ihr?« wiederholte der Bankier seine Frage.

Karpik und ich ignorierten Sokolnikow – eine kleine Rache für seinen Entschluß abzureisen. Er kapierte und fragte nicht weiter. Erst gegen Ende des Essens griff er fest nach der Hand seiner Tochter und sagte: »Der Hubschrauber kommt um sechs. Iß schnell auf, wir müssen packen.«

»Ach, Papa!«

»Larissa, du erinnerst dich an unsere Abmachung?«

Karpik senkte den Kopf.

»Und jetzt stehst du auf, gehst zu Nikolai Iwanowitsch und entschuldigst dich bei ihm.«

Der verdammte Gouverneur hatte sich also beim Vater über die Tochter beschwert.

»Und dann bleiben wir hier?«

»Du sollst mich nicht erpressen, Larissa. Wir bleiben nicht. Aber entschuldigen mußt du dich trotzdem, das gehört sich so.«

»Gut, ich entschuldige mich.« Karpik schob das noch halbvolle Saftglas beiseite und stand auf. Soviel Gehorsam schien auch Sokolnikow zu überraschen. Karpik ging zu dem Tisch, an dem der Gouverneur Raspopow saß. Er schlürfte gerade Pilsener Bier, das er in großen Mengen auf die »Excalibur« mitgebracht hatte, und diskutierte mit Arsen Lakkai lebhaft aktuelle politische Themen. Schließlich, als er mit einer Tirade über das Privateigentum an Boden fertig war, wandte er sich Karpik zu.

»Was möchtest du, Mädchen?«

»Ich muß Ihnen etwas sagen.«

»Ich höre.«

Nicht nur er hörte. Alle Köpfe drehten sich zu Karpik

um. Ich hatte bereits bemerkt, daß sie gönnerhaft bemitleidet wurde: ein häßliches behindertes Kind unter lauter satten, erfolgreichen Erwachsenen.

»Ich wollte mich entschuldigen.«

Ich sah, wie Sokolnikow errötete: Offensichtlich hatte er sich die Entschuldigungsszene anders vorgestellt. Karpik sollte das still und unauffällig tun, ohne die allgemeine Aufmerksamkeit auf sich zu lenken.

»Entschuldigen Sie, daß ich Sie einen Dieb genannt habe, ohne dafür Beweise zu haben«, platzte das Mädchen mit zusammengekniffenen Augen heraus. »Papa hat gesagt, man muß das erst beweisen, bevor man es sagt.«

Nun wurde Raspopow rot. Aber er brachte noch die Kraft auf zu murmeln: »Es ist gut, Mädchen. Geh zu deinem Papa.«

Als erster lachte Lakkai. Ein gutmütiges, sogar irgendwie elegantes Lachen. Das mußte seinen potentiellen Wählern gefallen. An Lakkais Image arbeiteten offenbar Profis.

Anschließend lachten auch Clio und Mucha und Annika, die zwar schlecht Russisch verstand, aber gern in jede Heiterkeit einfiel. Auch ihr Mann lächelte, das skeptische Lächeln eines Unternehmers, der die Exekutive und die sie verkörpernde Steuerpolizei bis obenhin satt hatte. Selbst der Steward Roman gestattete sich sein professionelles Lächeln. Nur seine Augen blieben kalt, scharf und aufmerksam. Ich fing seinen Blick auf und dachte, daß Wadik vielleicht doch gar nicht so unrecht hatte.

Sokolnikow bot einen bedauernswerten Anblick. Er bog unentwegt einen Teelöffel krumm und wieder gerade. Karpik kam zurück und blieb ein Stück vom Tisch entfernt stehen, die Unschuld in Person.

»Ich habe getan, worum du mich gebeten hast, Papa.«

»Mehr als das«, zischte der Bankier.

»Du machst einen schiffseigenen Löffel kaputt, Papa.« Karpiks Stimme klang teilnahmsvoll.

»Und du machst mein Leben kaputt. Warum tust du das nur?«

»Ich bemühe mich, lieb zu sein, Papa. Ich will alles so machen, wie du sagst.«

»Das sehe ich. Komm jetzt.«

Sokolnikow stand auf und nahm Karpik an die Hand. Sie folgte ihm ergeben. Als sie am Tisch des Gouverneurs vorbeikamen, wollte Sokolnikow etwas sagen, doch dann winkte er ab. An der Tür drehte sich Karpik noch einmal um, zwinkerte mir zu und deutete mit den Augen nach oben.

Richtig – unsere Verabredung!

Karpik erschien erst nach einer Stunde im Rettungsboot. Ich hatte die ganze Zeit geduldig auf sie gewartet. Ich, eine erwachsene Frau um die Dreißig, die schon eine Menge erlebt, eine reiche Vergangenheit hinter sich und eine nebelhafte Zukunft vor sich hatte, wartete auf ein dreizehnjähriges Mädchen und dachte daran, wie traurig es ohne sie, wie leer das Schiff ohne sie sein würde. Schon heute abend um neunzehn Uhr dreißig würde ich mit Wadik allein am Tisch sitzen. Na schön, schließlich wollte Annika mir Bridge beibringen und ich ihr Billard.

Der feuchte Wind drang mir durch und durch, selbst meine übereinandergezogenen Pullover und der Hundepelz retteten mich nicht. Vom langen Warten wurde ich ärgerlich auf Karpik: Es war ganz und gar nicht toll, in einem mit Segeltuch abgedeckten Rettungsboot herumzuliegen, in dem es nach wer weiß was roch. Dann erinnerte ich mich an das Überlebenspaket in den Booten, von dem Karpik mir erzählt hatte. Unter der Bank fand ich, was ich suchte: eine kleine Kiste, vollgestopft mit der letzten Hoffung Schiffbrüchiger: Wasserflaschen, Tüten mit Bonbons, Leuchtraketen, Blinker und Angelhaken. Ich riß mit den Zähnen eine Bonbontüte auf und wollte die Kiste schon schließen, als ich ganz unten eine dicke, in

Zellophan gehüllte Mappe bemerkte. Bestimmt das Schiffsreglement oder ein Atlas mit Bildern zur Rettung bei Schiffbruch.

Ich schob mir eine Handvoll Bonbons in den Mund und blieb eine Weile mit geschlossenen Augen liegen. Ich gebe ihr noch eine Viertelstunde, nein, zehn Minuten. Wenn Karpik dann nicht kommt, gehe ich zu mir und überlege, wie und wo ich dem Bootsmann den Generalschlüssel abluchse. Karpiks Vorschlag, sämtliche Kabinen zu durchsuchen, fand ich wenig verlockend. Doch die Kajüte des Ersten Offiziers war etwas anderes. An dem Abend auf dem Oberdeck hatte er gesagt, er habe all die Jahre Material gesammelt über das (oder die) Verbrechen seines Gesprächspartners. Vielleicht fand ich ja dort einige Informationen. Obwohl die Hoffnung gering war: Bestimmt waren alle seine Sachen verpackt und würden zusammen mit der Leiche das Schiff verlassen. Aber trotzdem, trotzdem ...

Von den Bonbons füllte sich mein Mund mit Speichel, und ich bekam schrecklichen Durst. Auch wenn ich mich dabei fühlte wie eine Verbrecherin, die armen Schiffbrüchigen ihre Überlebensration raubt, öffnete ich eine Wasserflasche und nahm ein paar große Schlucke. Karpik kam noch immer nicht. Um mich irgendwie zu beschäftigen, zog ich die Mappe aus der Kiste, entfernte die Plastikhülle und band die Schnüre auf. Es war kein Reglement und auch keine Instruktion. Die Mappe war voller Zeitungsausschnitte. Dazwischen lagen herausgerissene Blätter aus Schulheften mit abgewetzten Rändern, vollgeschrieben in einer energischen kleinen Handschrift. Sogar das Protokoll einer Tatortbegehung fand sich. Außerdem ein Schulheft mit festem Einband, bis zur Hälfte vollgeschrieben mit derselben Schrift. Aber die Hauptsache waren die Ausschnitte aus Zeitungen und Zeitschriften, manchmal nur winzige fünf-, sechszeilige Notizen. Ich las den ersten, dann den zweiten – da erst begann mein Herz heftig zu schlagen.

Diese Mappe gehörte Wassja Mitko, dem Ersten Offizier der »Excalibur«.

Das begriff ich anhand der dritten Publikation – eines umfangreichen Zeitungsartikels. Auf der Rückseite der vergilbten Seite stand eine verblaßte Bleistiftnotiz: Mitko, Zimmer 68. Offensichtlich hatte der Erste Offizier die Zeitung in einem Wohnheim bezogen.

Ein einziger Blick in einen der Artikel genügte, um zu erkennen, daß es sich um Berichte über Verbrechen und deren Aufklärung handelte. Einige waren numeriert. Der erste Artikel begann so: »In Leningrad wird die Untersuchung einer Reihe außerordentlich grausamer und sinnloser Morde fortgesetzt ...«

Mit zitternden Händen schloß ich die Mappe und steckte sie mir unter den Hundepelz. Ich mußte zurück in meine Kabine und mich mit dem Inhalt der Mappe beschäftigen. Aber warum hatte Mitko sie hier versteckt? »Ich werde mich auch absichern«, hatte er gesagt. Er wußte vermutlich genau, mit wem er es zu tun hatte; einigen seiner Äußerungen hatte ich entnommen, daß er Kriminalist gewesen war. Übrigens – wie war er überhaupt hier gelandet, im Fernen Osten, und dann noch als Erster Offizier, einer Funktion, die mit seinem ersten Beruf recht wenig zu tun hatte? Das würde ich wohl nie mehr erfahren. Wie auch immer – er hatte sein gesammeltes Belastungsmaterial gut versteckt. Niemand würde in einem Rettungsboot danach suchen.

»Hallo!« Karpik steckte den Kopf unter die Plane und grüßte so laut, daß ich zusammenzuckte. »Entschuldige, ich konnte nicht eher ...«

»Macht nichts, macht nichts«, antwortete ich zerstreut.

»Papotschka hat mit mir eine Bartholomäusnacht veranstaltet.«

»Das kann ich mir vorstellen.«

»Er hat mich nur für eine halbe Stunde weggelassen und mir seine Uhr mitgegeben.«

»Gut«, sagte ich mechanisch.

»Was heißt – gut?« Karpik war beleidigt. »Du hörst mir gar nicht zu.«

»Gut, daß er dich weggelassen hat. Komm, verschwinden wir.«

»Warum? Es ist doch toll hier.«

»Ich habe sehr lange auf dich gewartet. Ich friere.«

»Trotzdem, laß uns noch ein bißchen hier sitzen. Soll ich schnell ein paar Decken holen?«

»Nein, nicht nötig.«

»Ach, bitte ... Ich fliege doch weg. Wir werden uns nie wiedersehen.« Das mußte man Karpik lassen – sie verstand sich auf verbotene Mittel.

»Aber wieso denn nicht? Du gibst mir deine Telefonnummer, und ich rufe dich an, wenn ich wieder in Moskau bin.« Ich wollte jetzt nicht mit Karpik sprechen; die Mappe unter meinem Pelz versengte mir die Brust. Nur schnell in die Kabine ...

»Nein«, sagte Karpik, »du wirst nicht anrufen. Du denkst ja jetzt schon an etwas anderes, während du mit mir redest. Das sehe ich doch.«

»Gut.« Ich gab mich geschlagen. »Bleiben wir ein bißchen hier sitzen und schauen aufs Meer.«

»Alles hatte so schön angefangen. Ich will nicht weg!«

»Was soll man da machen ...«

»Rufst du mich wirklich an?«

»Ja, wirklich.«

Karpik umarmte mich, sank an meine Brust und schluchzte. So etwas hatte ich doch schon einmal erlebt – ja, natürlich, Ferienlager Mitte der Achtziger, Ende des Durchgangs, Rucksack auf dem Rücken, Tränen und Umarmungen am Bus: Schreib mir, schreib mir unbedingt, ich werde dich nie vergessen, niemals ... Die leidenschaftlichste Freundschaft, die eifrigsten Schwüre sind nach einer Woche dahin. Niemand verrät und vergißt so leicht wie Kinder. Karpik war zwar anders als normale Kinder, aber trotzdem war sie nur ein kleines Mädchen.

»Ich wünsche mir, daß er abstürzt«, flüsterte Karpik leidenschaftlich.

»Wer?«

»Der Hubschrauber. Dann fliegen wir nicht weg. Dann bleiben wir hier. Ich hab mir so gewünscht, daß alles klappt. Ich hab ihn sogar schon besorgt.«

»Besorgt?«

»Na ja.« Karpik riß sich von mir los, griff in ihre Jackentasche und zog einen eigenartig geformten Schlüssel hervor.

»Was ist das?«

»Na, der Bootsmannschlüssel. Der General.«

»Du hast es doch getan? Du hast ihn gestohlen?«

»Na ja.« Karpiks Tränen trockneten im Nu, und sie lachte. »Ich hab ihn geklaut. Damit du mir nicht vorhältst, daß ich beim Jeanshemd erwischt wurde.«

»Wie hast du das geschafft?«

»Ganz einfach. Während Papa mit diesem blöden Gouverneur geredet hat. Ich muß Papa sagen, daß dieser Mistkerl auch noch ein Mörder ist. Das ist doch so gut wie bewiesen, nicht wahr, Eva?«

»Also – wie hast du es geschafft, diesen Schlüssel zu klauen, Kleines?«

»Ich hab einfach den Bootsmann gesucht und ihm gesagt, Papa sei weggegangen und hätte die Kabine abgeschlossen. Ich müßte aber unbedingt rein, weil wir ja heute wegfliegen. Er hat mir aufgeschlossen, und ich hab ihm schottischen Whisky angeboten. Papa hat ganze drei Flaschen mit ... Er trinkt gern Whisky mit Eis. Der Bootsmann auch ...«

»Und dann?«

»Dann hab ich ihm den Schlüssel aus der Tasche gezogen.«

»Einfach so?«

»Na ja. Ich weiß selber nicht, warum das so einfach geht. Das heißt, ich weiß, wann ich etwas unbedingt haben will, aber wie ich es mir nehme – das weiß ich nicht. Wenn ich mich wieder besinne, ist es schon passiert.«

»Ein klassischer Fall von Kleptomanie.«

»Nein. Stehlen macht mir keinen Spaß. Aber ich mußte es tun, weil wir es beschlossen hatten. Ich will nicht weg von hier, Eva. Rede mit Papa.«

»Das ist sinnlos. Du kennst deinen Vater viel besser als ich. Na schön, gehen wir. Deine halbe Stunde ist längst um.«

»Begleite mich nicht weiter«, sagte Karpik. Sie war plötzlich vollkommen ruhig. Was man von mir nicht behaupten konnte. Ich hielt ungeschickt Mitkos Mappe und fürchtete, sie würde jeden Moment herausrutschen.

»Gut. Ich komme an Deck, wenn der Hubschrauber da ist. Wir sehen uns noch.«

»Nein«, sagte Karpik. »Komm nicht. Sonst fange ich bloß an zu heulen.«

»Wie du meinst. Ich habe mich gefreut, dich kennenzulernen, Karpik.«

»Ich auch ... Ich habe mich auch gefreut ...«

Wieder umarmte sie mich, und ich küßte sie auf den Kopf.

»Versprich mir, daß du mich nie vergißt«, flüsterte Karpik kaum hörbar.

»Das verspreche ich dir, Kleines.«

»Und der Schlüssel? Wirst du tun, was wir vorhatten?«

»Ja.«

»Und dann erzählst du mir alles.«

»Natürlich.«

Am Ende des Flurs tauchte Mucha auf. Als er unsere malerisch arrangierte Skulpturengruppe sah, winkte er schon von weitem.

»Hallo, ihr zwei! Kommt doch mit Pingpong spielen!«

»Daraus wird nichts«, sagte ich. »Karpik verläßt uns mit dem Hubschrauber.«

»Ach so. Die Ratten verlassen das sinkende Schiff. Na ja, dann – hier, zur Erinnerung, Karpik.« Mucha griff in eine seiner zahlreichen Taschen und zog ein winziges Stück Stoff hervor, das sich bei näherer Betrachtung als kunstvoll gewebte Mütze erwies. Die bunten Blumen darauf waren überdies mit Perlen bestickt. Mucha setzte Karpik die Mütze auf, trat einen Schritt zurück und legte den Kopf schief.

»Ich finde, das sieht toll aus. Was sagen Sie, Eva?«

»C'est magnifique«, sagte ich mit Annikas Worten, und sofort überkamen mich leichte Gewissensbisse: Selbst unser Schwuler, sorglos wie ein Schmetterling, schenkte Karpik etwas zum Abschied, ich aber war gar nicht auf die Idee gekommen. Du bist schon ganz verwildert in deiner Einsamkeit, Eva …

»Gefällt sie dir?« fragte mich Karpik und rückte kokett die Mütze zurecht.

»Einfach phantastisch.«

»Danke, Mucha!« Karpik erhob sich auf die Zehenspitzen und küßte den Orientalen auf die Wange.

»Glückliche Reise, Karpik.« Mucha beugte sich respektvoll über die Hand des Mädchens.

»Ich hätte so gern Pingpong spielen gelernt«, seufzte Karpik.

Die Tür ihrer Kabine ging auf, und Sokolnikow sah heraus.

»Wie lange soll ich noch auf dich warten, Larissa! Die halbe Stunde ist längst um!«

»Ich muß los«, sagte ich, küßte Karpik noch einmal und lief, ohne mich umzudrehen, rasch den Flur entlang.

Ich ging hinunter auf mein Deck und vergaß Karpik verräterischerweise sofort. Unter meinem Hundepelz ruhte das Geheimnis des toten Mitko, in meiner Tasche lag der Schlüssel zu allen Türen auf dem Schiff – Karpik hatte mich vor ihrer Abreise königlich beschenkt.

Ich hoffte sehr, Wadik würde nicht in der Kabine sein, denn schließlich konnte ich meine Funde nicht vor ihm ausbreiten – er würde mich mit neugierigen Fragen überhäufen. In letzter Zeit war Wadik meist irgendwo dort anzutreffen, wo Clio weilte. Solche Orte gab es nicht viele – unter anderem das Bug des Schiffes, wo Clio sich gern aufhielt, umgeben von ihren Verehrern, die Arme den Fluten entgegengereckt, die sich vor der »Excalibur« teilten. Meist aber war Clio im Billardraum, wo sie ihre Pfeife schmauchte und wahllos mit jedem flirtete.

Wadik fläzte sich in der Koje herum, die Arme unterm Kopf verschränkt.

»Hör mal, Eva«, fiel er über mich her, »warum muß ich deine Arbeit machen? Wer leitet denn hier das Aufnahmeteam, du oder ich?«

Clio hatte nach dem Essen vor aller Augen liebevoll mit dem Steward gewispert – Wadiks Wut war also erklärlich, und ich war voller Mitgefühl.

»Wieso, was ist denn los? Wir sind doch noch gar nicht angekommen.«

»Ich habe mit dem Kapitän gesprochen. Morgen früh um vier sind wir da und gehen vor Anker. Wir sollen die ›Excalibur‹ vom Meer aus filmen, ein paar Panoramaaufnahmen. Der Kapitän gibt uns ein Boot, sobald die Maschinen stoppen.«

»Warum diese Eile? Wieso können wir nicht bis zum Morgen warten und dann die Aufnahmen machen?«

»Man merkt gleich, du bist keine Ästhetin.« Wadik

seufzte. »Verstehst du denn nicht, ein nur spärlich beleuchtetes Schiff bei Nacht, das ist doch viel romantischer!«

»Schön. Einverstanden. Hauptsache, wir verschlafen nicht.«

»Susdalew wird uns begleiten. Und der Bankier reist wirklich ab?«

»Ja.«

»Pech für dich«, stellte Wadik gehässig fest.

»Suche ich mir eben einen anderen«, parierte ich. »Männer gibt es ja hier Gott sei Dank viermal so viel wie Frauen, die Crew nicht eingerechnet. Ich habe also noch eine Chance.«

»So, so.«

Wadik dachte gar nicht daran, die Kabine zu verlassen; er schien bis zum Abendessen hierbleiben zu wollen. Die Papiere, die mich so brennend interessierten, so nah bei mir zu wissen und sie nicht anrühren zu dürfen, war die reinste Folter, die ich nicht einfach so ertragen wollte; also machte ich mich daran, Wadik aus der Kabine zu vertreiben.

»Warum so trübselig, Wadik? Du solltest ein bißchen rausgehen, dich zerstreuen.«

»Ach ja, wohin denn?«

»Na ja, ich weiß nicht … In den Sportraum zum Beispiel. Dort sammelt Clio gerade Kandidaten zum Pingpongspielen.«

»Ist dieser Pavian auch da?« Wadik wurde es nicht müde, den Steward Roman zu beschimpfen.

»Bis jetzt nicht. Also nutze die Gunst der Stunde …«

»Nein. Ich gehe nicht.«

»Deine Sache. Ich meinte ja nur.«

Ich seufzte, legte mich in die Koje und sah auf die Uhr. Zehn zu eins, daß Wadik in einer Viertelstunde in den Sportraum gehen würde.

Er tat es schon nach zehn Minuten.

»Ich geh mal ein bißchen spazieren, ich hab die Nase voll von diesen ›Schiffbrüchigen‹, die ich mir hier dauernd ansehen muß.«

»Du brauchst keinen Schlüssel mitzunehmen«, sagte ich so unbekümmert wie möglich. »Ich bleibe bis zum Abendessen hier.«

Kaum hatte Wadik die Tür hinter sich zugeklappt, stand ich rasch auf und drehte den Schlüssel in der Kabinentür noch einmal um. Nun würde er bis zum Abendessen nicht mehr reinkommen, da konnte er klopfen, soviel er wollte. Zumindest nicht, bevor ich mir den Inhalt der Mappe genau angesehen hatte.

Nach einer Stunde war ich so gut wie durch. Die Artikel stammten größtenteils aus seriösen medizinischen und kriminalistischen Zeitschriften. In allen ging es im wesentlichen um dasselbe: Die Psychologie von Serienmördern. Es war eine bunte Sammlung: Sexualtäter, religiöse Fanatiker, Anhänger diverser Satanssekten, Kannibalen, Pädophile, Nekrophile und andere Gräßlichkeiten, die einem das Herz erstarren ließen.

Gleich zu Anfang machte ich eine überraschende Entdeckung: Mitkos Materialsammlung war nicht auf Petersburg beschränkt. Es gab auch Ausschnitte aus Tallinner Zeitungen, Artikel auf Estnisch mit zeilenweiser Übersetzung darunter – wer mochte die für ihn angefertigt haben? Alle diese Dinge schienen Mitko außerordentlich wichtig zu sein, er hatte versucht, möglichst umfangreiches Material zu sammeln. Die Artikel behandelten in aller Ausführlichkeit die Morde an jungen Männern, meist Studenten verschiedener Kunsthochschulen mehrerer großer Städte, darunter auch Petersburg; von dort stammten die ersten Meldungen. Insgesamt waren in Petersburg drei junge Männer getötet worden: ein Musikstudent, der am Konservatorium das dritte Jahr Cello studierte, ein Diplomand der Schauspielfakultät der Theaterakademie und ein Kunststudent. An einen Artikel war ein winziger Nachruf angeheftet, ebenfalls einer Zeitung entnommen: *»Das Kollektiv der Baltischen Marine drückt seine Anteilnahme … …dem stellvertretenden Leiter der … aus Anlaß des tragischen Todes seines Sohnes Serjosha …«*

Ob Serjosha der Cellist war, der Schauspieler oder der bildende Künstler, erfuhr ich nicht.

Nun verstand ich Mitkos Bemerkung, daß der Fall nach oben weitergeleitet worden sei. Einer der Ermordeten war der Sohn eines hohen Marineoffiziers gewesen. Das Zeitungsmaterial beleuchtete den Fall ziemlich ausführlich. Alle Opfer waren Stammgäste in den damals gerade neu entstandenen Boheme-Nachtklubs gewesen. Und alle waren homosexuell. Das wurde zwar nirgends direkt erwähnt – die Artikel stammten aus der ersten Hälfte der neunziger Jahre –, stand aber deutlich zwischen den Zeilen. Die Artikel deuteten die besondere Brutalität des Täters an, eine beinahe rituelle Grausamkeit. Der Mörder tötete seine Opfer nicht nur, er verstümmelte sie auch noch, und zwar immer auf dieselbe Weise. Wie, darüber schwiegen sich die Journalisten aus; damals war die Boulevardpresse noch ziemlich keusch und schonte die Nerven ihrer Leser. Nach dem tragischen Tod des »Sohnes Serjosha« hörten die Morde in Petersburg auf. Offenbar hatte der Mörder gespürt, daß sich der Ring um ihn immer enger zog und alle zweifelhaften Etablissements unter Beobachtung standen, und war untergetaucht. Oder hatte die Stadt verlassen.

Erst nach einem Jahr erschien er wieder auf der Bildfläche.

Diesmal nicht in Petersburg, sondern in Moskau. Die Moskauer Zeitungen waren im Gegensatz zu den Petersburger Blättern großzügiger mit der Schilderung von Einzelheiten. Ich erfuhr, auf welche Weise der Täter seine Opfer verstümmelte: Er schnitt ihnen die Genitalien ab und steckte sie ihnen in den Mund. Außerdem schnitt er ein Dreieck aus dem Rücken, das er dann kaschierte – meist mit Blütenblättern. Rosen. Zartrosa in allen Schattierungen.

Als ich bis zu diesen entsetzlichen Einzelheiten gelangt war, konnte ich nicht weiterlesen. Ein paar Minuten lang lag ich entkräftet in der Koje, unfähig, mich zu rühren. Das Schlimmste war nicht das Geschilderte selbst – diese Morde waren ja in Zeitungszeilen eingesperrt wie Tiere im Käfig. Das Schlimmste war, daß der Mann, der das alles getan hatte, jetzt hier auf dem Schiff war. Ich sah ihn jeden Tag in der Messe, beim Frühstück, beim Mittag und beim Abendessen, ich sah ihn im Billardraum und an Deck. Vielleicht hatte er mir sogar die Hand geküßt …

Bei diesem Gedanken spürte ich ein Stechen im Rükken. Mühsam stand ich auf, ging zum Waschbecken und wusch mir die Hände mit Seife. Erst nach einigen Minuten war die Zwangsvorstellung vorbei, und ich lehnte das heiße Gesicht gegen den Spiegel. Nur ein einziger kleinmütiger Gedanke bohrte sich in meinen Kopf: Lieber Gott, mach, daß der Bankier Sokolnikow der Mörder ist. Der einzige, der das Schiff verlassen will.

Ich sah in den Spiegel.

Du siehst nicht besonders gut aus, Eva. Wie ein verschreckter Vogel, der ins Netz gegangen ist. Dabei droht dir überhaupt keine Gefahr. Wer immer der Mörder ist – er hat noch nie eine Frau umgebracht. Er hat Homosexuelle getötet, junge Männer, die sich prostituieren, Besucher von Boheme-Nachtklubs.

Mucha. Muchamedshan.

Verdammt, natürlich. Er war wirklich in Gefahr. Er war für den Mörder ein ständiger Reizfaktor und würde ihn womöglich am Ende zu einer unvorhersehbaren Tat provozieren. Aber wieso unvorhersehbar? Ziemlich vorhersehbar: Ein Dreieck herausgeschnittener Haut auf dem

Rücken, mit rosa Blütenblättern bestreut. Dieses Dreieck erinnerte mich an irgend etwas, und ich mußte mein Gedächtnis mobilisieren, woran genau.

Es fiel mir relativ rasch ein – aber nur, weil ich mich vor langer Zeit, noch als Studentin am Filminstitut, einmal speziell damit beschäftigt hatte.

Auf Anregung meines Co-Autors, meines geliebten Jungen, meines alter egos Iwan, der am Ende des fünften Studienjahres so dumm zu Tode gekommen war. Es war eine kurze, aber intensive Phase der Beschäftigung mit dem Dritten Reich im Kontext unkonventioneller Sexualität. Begonnen hatte es mit dem Dokumentarfilm »Triumph des Willens« von Leni Riefenstahl und dem »Nachtportier« von Liliana Cavani. Iwan erklärte nach der Filmvorführung, der Faschismus verhalte sich zu jedem anderen Staatssystem wie Sadomasochismus zu normalem Sex. Sadomasochismus und Homosexualität, ergänzte er mit gedämpfter Stimme, seien Grenzsituationen, eine Dämmerung des Bewußtseins. Auch der Faschismus sei eine solche Bewußtseinsdämmerung. Iwan verbrachte ein paar Wochen in dieser Dämmerung und zog auch mich mit hinein. Wir wälzten einen Haufen Bücher zur Geschichte des Dritten Reichs, bestellten sogar einige rare, meist übersetzte Bücher in der Leninbibliothek. Iwan war besessen von der Idee, ein Drehbuch zu schreiben über sexuellen Faschismus und faschistoiden Sex. Die Arbeit lief schon auf Hochtouren, als ein neuer Kurosawa-Film am Filminstitut gezeigt wurde. Da geschah, was bei meinem begeisterungsfähigen Freund immer geschah: Der Faschismus interessierte ihn auf einmal nicht mehr. An seine Stelle trat eine andere Idee: der Ehrenkodex der Samurai im Kontext unkonventioneller Sexualität …

Mein verrückter geliebter Iwan, mein irrsinnig geliebter Iwan – nichts hat er zu Ende gebracht. Nicht einmal sein eigenes Leben.

Aber einiges von der Geschichte des Dritten Reichs ist doch in meinem Gedächtnis haftengeblieben: Der »Bierputsch«, die »Nacht der langen Messer«, der Mord an Röhm und seinem Adjutanten und Geliebten Graf Spreti (ach, was für ein schöner Mann muß das gewesen sein, wenn man den Leuten Glauben schenken kann, die ihn erschossen!), die Parteitage in Nürnberg und die Devise der SS: »Meine Treue ist meine Ehre.«

Und das rosa Dreieck.

Nun hatte ich es – das rosa Dreieck. Eines der vielen Stigmatisierungszeichen, das die Zugehörigkeit zur homosexuellen Minderheit markierte, eine Sonderfahrkarte in die Hölle.

Noch ehe ich analysieren konnte, wieso ich gerade darauf gekommen war, fiel es mir von selbst ein: Der Knopf.

Der Knopf, den Karpik im Maschinenraum gefunden hatte. Der Knopf aus einem Fünfmarkstück von 1938. Der Knopf konnte tatsächlich vom Mörder stammen. Die naive Dreizehnjährige war den allerleichtesten Weg gegangen, und der erwies sich womöglich als richtig.

Aber wenn ich mich irrte?

Die restlichen Notizen enthielten nichts Neues, außer, daß der Aktionsradius des Mörders größer geworden war: zu Petersburg und Moskau kamen noch Perm (zwei gleichartige Morde an jungen Männern, die der Prostitution nachgingen) und schließlich Tallinn. In Tallinn hatte er sich auf eine einzige Aktion beschränkt, die zudem mißglückte. Der Ausschnitt aus der estnischen Zeitung war dick mit Rotstift umrahmt und mit Ausrufungszeichen gespickt – Mitkos Reaktion auf den ersten Mißerfolg des Serienmörders. Den ersten und letzten.

Ich las die Übersetzung der Notiz mehrmals. Das heißt, es war mehr als eine Notiz, es war ein ziemlich umfangreicher Artikel mit ausführlichen Kommentaren eines Sexualwissenschaftlers und eines ranghohen Kriminalisten. Die estnische Presse war, vermutlich aufgrund ihrer Nähe zu Skandinavien, noch liberaler als die Moskauer und beschrieb die Ereignisse genauer.

Held des Artikels war ein junger Tänzer aus dem Ensemble der Tallinner Oper »Estonija«, Kalju Tamm (Name des Opfers im Interesse der Ermittlungen geändert). Er verdiente sich in seiner Freizeit nebenbei etwas als Stripteasetänzer in einer Nachtbar im Kurort Pirita. Dort hatte er auch den Mörder kennengelernt. Über ihn konnte Kalju hinterher nichts Konkretes aussagen, außer, daß er Russe gewesen sei – der Schock war zu groß gewesen. Die Psyche hatte ein Schutzschild errichtet und das Gesicht des Täters faktisch aus dem Gedächtnis des jungen Mannes gelöscht. Tamm, in eine Falle geraten, war vom Täter physisch und moralisch gedemütigt worden, die harmloseste Folterung war dabei ein Messer (Tamm bezeichnete es beharrlich als Dolch), mit dem der Täter gefährlich dicht vor seinen Hoden herumfuchtelte. Dennoch gelang es ihm wie durch ein Wunder, sich loszureißen, als der Täter das Messer schon ansetzen wollte. Vielleicht war der Strick, mit dem seine Beine gefesselt waren, nicht stark genug, oder die durchtrainierten Beine des Tänzers waren zu stark, jedenfalls konnte Kalju dem Täter einen heftigen Tritt in die Leistengegend versetzen. Der verlor für einige Sekunden die Kontrolle, und diese Sekunden retteten das Opfer. Der Tänzer schaffte es sogar, dem Täter das Messer zu entreißen und seinen Körper damit zu streifen – wohin er gestochen hatte, wußte er anschließend nicht mehr. Er erinnerte sich an nichts, bis auf ein einziges Kennzeichen. Und das beschrieb er so detailliert, daß sogar die erfahrenen Psychiater staunten.

Ein großes Muttermal unter der linken Brust, ein nahezu ideales Oval, kunstvoll kaschiert durch eine eintätowierte Schildkröte, das heißt, das Muttermal selbst bildete den Panzer der Schildkröte. Wie Tamm, selbst ein Tattoo-

Anhänger, aussagte, war die Tätowierung erstklassig und professionell ausgeführt. Unter der Schildkröte prangte eine Inschrift in Latein. Tamm, der nie Latein gelernt hatte, konnte sie dennoch exakt wiedergeben, was die Psychiater ein weiteres Mal von der verblüffenden Selektivität des menschlichen Gedächtnisses in Extremsituationen überzeugte.

Die Inschrift lautete: Pellit et attrahit.

Sie sagte mir nichts.

Doch die gelehrten Spezialisten, die den Artikel verfaßt hatten, fanden schnell eine Erklärung. Ins Russische übersetzt, bedeutete das: Stößt ab und zieht an. Oder, weiter interpretiert, Er stößt (das Böse) ab und zieht (das Gute) an. Genausogut konnte es nach Meinung der Spezialisten aber auch bedeuten: Er stößt (das Gute) ab und zieht (das Böse) an.

Die Suche nach dem Mörder blieb ohne Erfolg. Aber in Tallinn wurden keine weiteren Überfälle dieser Art auf Homosexuelle registriert.

Als ich die Übersetzung des Artikels beiseite legte, klopfte jemand hartnäckig an die Tür.

Der verdammte Wadik. Vielleicht sollte ich den Kapitän wirklich um die frei werdende Kabine von Sokolnikow und Karpik bitten? Während ich noch träge darüber nachsann, wurde das Klopfen wiederholt. Ich hätte aufmachen sollen, aber Mitkos Heft, das ich noch nicht gelesen hatte, war zu verlockend.

Ich erstarrte.

Ein paar quälende Sekunden lang bebte die Tür unter dem Gehämmer, dann wurde es wieder still. Komisch, daß Wadik mich nicht wüst beschimpfte, er hatte nicht einmal meinen Namen gerufen ... Doch dieser flüchtige Gedanke war vergessen, als ich Mitkos Heft aufschlug.

Die Aufzeichnungen waren eine Art Untersuchung zum Verhalten von Serienmördern. Allgemeine, der psychiatrischen und kriminalistischen Fachliteratur entnommene Thesen waren rot markiert. Der Rest war mit blauem und schwarzem Kugelschreiber geschrieben, manchmal auch mit Bleistift. Mitko hatte sich offensichtlich Monate, ja, Jahre mit dem homophoben Ripper beschäftigt. Die erste Aufzeichnung war 1993 datiert, die letzte 1997. Dabei wußte ich doch aus dem zuvor Gelesenen, daß der Mörder nach 1995 nicht mehr aufgetaucht war. Mitko äußerte sogar die Vermutung, er sei tot. In den knappen Sätzen dazu spürte ich ein leises Bedauern ob der so früh abgerissenen Verbrecherlaufbahn.

Vier Jahre lang hatte Mitko sämtliche verstreuten, äußerst spärlichen Informationen gesammelt, hatte versucht, ein psychologisches Täterprofil zu erstellen. Ohne besonderen Erfolg: Er hatte lediglich eine gewisse Regelmäßigkeit im Vorgehen des Täters herausgefunden.

Also, die ersten Morde geschahen in Petersburg. Der Tod des ersten Opfers war mit dem 30. Juni datiert. Die nächsten beiden Morde beging er im Laufe der nächsten achtundvierzig Stunden. Dann, genau ein Jahr später, folgte Moskau. Auch am 30. Juni, die gleiche Art von Opfern, ebenfalls im Laufe von achtundvierzig Stunden getötet. Diesmal waren es zwei. Wieder ein Jahr darauf Perm (erneut zwei Opfer). Und schließlich im Sommer 1995 Tallinn und der Glückspilz Kalju Tamm, der dem Schicksal der vorherigen Opfer entrinnen konnte. Warum begann die Mordsaison immer genau am 30. Juni? Warum erfolgte die gesamte Aktion im Laufe von nur achtundvierzig Stunden?

Am meisten beschäftigten Mitko die auf dem Rücken der Opfer herausgeschnittenen Zeichen. Er begriff, daß sie Teil des Rituals waren, eine Art Botschaft des Täters, sein Manifest. Doch eine logische Erklärung dafür fand er nicht.

Wenn deine eigene Theorie stimmt, Eva, dann bist du

mit deiner flüchtigen Untersuchung schon weiter gekommen als Mitko.

Aber ich war noch nicht überzeugt, daß meine Assoziation richtig war. Ich wußte nur eines: Mit genau diesem Zeichen wurden in Nazideutschland im Konzentrationslager Homosexuelle gebrandmarkt.

Hier paßte alles zusammen, und der Haß, mit dem der Mörder den Opfern die Haut herausschnitt, entsprach ganz dem Haß, mit dem in den KZs Schwule vernichtet wurden. Nur eines störte das Gesamtbild dieses allumfassenden Hasses ein wenig: die Blütenblätter in den Wunden. Hier aber war Mitko scharfsichtiger als ich; er hatte deren Bedeutung erfaßt. Ganz am Ende seiner Aufzeichnungen, datiert 1997. Doch bis zur letzten Seite mußte ich erst kommen.

Vorerst analysierte Mitko die Ereignisse in Tallinn.

Laut Tamms verworrenen Aussagen hatte der Täter, wie ihm schien, ein erfahrener Homosexueller, ihn im Stripteaseklub aufgegabelt, aber gar nicht vorgehabt, mit ihm intim zu werden. Ein vorgetäuschtes Vorspiel (um das Opfer zu verwirren, hatte der Täter sich bis zum Gürtel entblößt, deshalb hatte der Tänzer die Tätowierung auf der Brust gesehen), bedeutungslose Berührungen – mehr nicht. Schwarze Handschuhe. Das war ein weiteres Detail, an das Tamm sich erinnerte – schwarze Handschuhe. Die Handschuhe paßten zu Mitkos Homophobie-Theorie. Der Täter haßte seine Opfer nicht nur, er ekelte sich auch vor ihnen.

Irgendwann in der Mitte des Heftes reifte in mir die Erkenntnis, daß es Mitko gar nicht um die Aufklärung der Verbrechen ging, ebensowenig um die Opfer. Dem Mörder war der Prozeß der Tat wichtig, und Mitko der Mörder. Erst als ich das Heft zu Ende gelesen hatte, begriff ich die wahren Gründe für dieses Interesse: Mitko identifizierte sich mit dem Mörder! Wenn jemand wirklich homophob war, dann der Erste Offizier Mitko selbst. Auf den letzten Seiten verhehlte er das auch nicht mehr. Der Täter hatte Mitkos geheimste, schrecklichste Phantasien in die Tat umgesetzt. Die größte Enttäuschung für den schüchternen Mitko war die Einstellung des grausigen Rituals – die höhere Macht richtete nicht mehr, und das erregte den unverhohlenen Zorn des Verfassers der Notizen. Nach ausführlichen Aufzeichnungen aus dem Jahr 1995 stand auf einer Seite das Wort: wann.

Der Serienmörder hatte sich als Schwächling erwiesen. Er hatte Mitkos Erwartungen enttäuscht.

Die letzte Aufzeichnung im Heft war mit Bleistift geschrieben. Offenbar war der Gedanke, den Mitko hier äußerte, ihm ganz unversehens gekommen. Er betraf die Blütenblätter. Mitko hatte plötzlich ihre Bedeutung erkannt. Der Serienmörder war nicht homophob, Mitko hielt ihn für einen versteckten Homosexuellen. Er warf jedesmal Blumen ins Grab seiner eigenen Homosexualität, zu der er sich nicht bekennen konnte. Das Heft endete abrupt mit einem Satz in ungelenker, hüpfender Schrift: *Du hast mich verraten, du Schwein!*

Erst als ich die letzte Seite umschlug, merkte ich, wie erschöpft ich war. Fast eine Stunde blieb ich ohne einen einzigen Gedanken im Kopf liegen. Ich würde noch genügend Zeit haben, das Gelesene zu verarbeiten, aber nicht jetzt, nicht jetzt …

Ich glaube, ich schlief sogar ein.

Von einem gleichmäßigen Brummen kam ich wieder zu mir.

Der Hubschrauber.

Der Hubschrauber, der den Leichnam des Mannes abholte, dessen Aufzeichnungen ich in den letzten Stunden gelesen hatte. Das Surren des Rotors versetzte mich schlagartig in die Realität. Ich sammelte die auf der Koje verstreuten Papiere ordentlich ein, verschnürte die Mappe und steckte sie wieder in die Plastikhülle. Ich hätte in diesem Moment nicht einmal sagen können, ob ich jemals darauf zurückkommen würde. Doch ich wußte genau, daß die Mappe mir von nun an in den Händen und auf der Seele brennen, daß sie sich zu den schrecklichen Geheimnissen gesellen würde, die bereits auf dem Grunde meines Herzens ruhten. Nein, nein, jetzt bloß nicht daran denken, nicht daran denken ... Sondern an die liebe Karpik, die ich niemals wiedersehen würde – sie hatte mir nun doch nicht ihre Telefonnummer gegeben. Hatte es vergessen oder nicht gewollt. Nein, vergessen bestimmt nicht, sie machte nicht den Eindruck eines leichtsinnigen, vom Leben verwöhnten Kindes ... Wie auch immer – glückliche Reise, Karpik!

Wieder klopfte jemand an die Tür. Diesmal richtig wütend; die Tür bebte und drohte jeden Moment aus den Angeln zu springen. Wadik schien ernsthaft sauer zu sein. Ich stand auf und ging zur Tür, darauf gefaßt, gleich eine Kaskade wüster Beschimpfungen zu hören zu bekommen.

»Machen Sie auf, Eva! Machen Sie auf, ich weiß doch, daß Sie da sind! Machen Sie sofort auf!« Das war nicht Wadik.

Hektisch drehte ich den Schlüssel herum, und im selben Augenblick wurde die Tür aufgerissen.

Auf der Schwelle stand Sokolnikow. Er bot ein Bild des Jammers: das Gesicht rot und verzerrt, Schweißperlen auf den Schläfen, dumpfe Verzweiflung im Blick.

»Was ist passiert, Valeri Adamowitsch?« fragte ich erschrocken.

»Wo ist sie?« Sokolnikow schob mich grob beiseite. »Wo ist das kleine Scheusal? Wo haben Sie sie versteckt?«

»Wen?«

»Larissa!« Er hatte bereits das Bettzeug umgedreht, nun hockte er auf allen vieren und schaute unter die Koje.

»Larissa?« Ich traute meinen Ohren nicht. »Ist sie denn nicht bei Ihnen? Sie wollten doch abreisen ...«

»Komm raus, du kleines Biest!«

»Hier ist niemand.«

Er glaubte mir nicht, bevor er nicht die gesamte Kabine auf den Kopf gestellt hatte. Danach ließ er sich erschöpft auf einen Stuhl fallen. Ich goß ihm einen Wodka ein.

»Beruhigen Sie sich, Valeri Adamowitsch«, riet ich sanft.

»Beruhigen?« Er lächelte bitter. »Das Gepäck steht an Deck, der Hubschrauber wartet seit zehn Minuten. Und sie ist noch immer nicht da ... Wissen Sie wirklich nicht, wo Karpik ist?«

»Ich habe keine Ahnung. Was ist denn passiert?«

»Wir hatten gepackt. Alles war in Ordnung. Karpik hatte sich beruhigt. Mein Gott, ich kenne meine Tochter überhaupt nicht ...«

Das sollten Sie aber, dachte ich, Sie hätten wissen müssen, daß dieses zarte kleine Ungeheuer am Ende machen würde, was es für richtig hielt.

»Sie hat selbst ihre Sachen gepackt. Sie war so lieb. Und dann hat sie gesagt, sie hätte vergessen, Ihnen ihre Telefonnummer zu geben.«

»Sie hat mir ihre Nummer tatsächlich nicht gegeben«, bestätigte ich. »Allerdings glaube ich jetzt eher, daß sie es nicht vergessen hat. Sie hatte von Anfang an vor, zu bleiben.«

»Das ist unmöglich«, sagte der Bankier. »Wir reisen ab.«

»Offensichtlich denkt sie darüber anders.«

»Es ist mir egal, was sie denkt.«

»Valeri Adamowitsch, warum wollen Sie unbedingt weg?« fragte ich und bedauerte es sofort. Ich glaubte in den Augen des Bankiers für einen Moment Angst zu erkennen.

»Mir gefällt es hier nicht.«

»Ach nein? Schon lange?«

»Seit die Leiche aufgetaucht ist ...«

»Mit der Sie sich zusammen in einen Hubschrauber setzen, verzeihen Sie den Zynismus.«

Ein paar lange Sekunden schwieg der Bankier. Dann sagte er ganz leise: »Wissen Sie, warum ich es zu meiner heutigen Position gebracht habe?«

»Sie haben alle Konkurrenten aus dem Weg geräumt.«

»Ihr Humor gefällt mit nicht, Eva. Nein, viel simpler und völlig unblutig: Ich habe einen ausgezeichneten Riecher.«

Das mit dem Riecher hatte ich doch schon einmal gehört. Das war gar nicht lange her.

»Nennen Sie es Riecher, Gespür, Intuition, wie Sie wollen ... Jedenfalls spüre ich es, wenn etwas nicht stimmt.«

»Natürlich.« Ich bemühte mich, gefaßt zu bleiben. »Die Organisatoren der Kreuzfahrt haben Ihnen doch aufregende Erlebnisse versprochen. Vielleicht haben sie nur ein bißchen eher damit angefangen als geplant ...«

»Das hat nichts mit der Kreuzfahrt zu tun ... Ich will jedenfalls nicht länger hierbleiben.«

»Sieht so aus, als läge die Entscheidung nicht bei Ihnen.«

»Ich finde das kleine Biest ... Wir bleiben sowieso nicht.«

»Sieht so aus, als wäre Ihre Tochter genauso entschlossen wie Sie.«

»Sie wissen wirklich nicht, wo sie ist?«

»Ich weiß wirklich nicht, wo sie ist.«

Sokolnikow stand auf.

»Na dann – ich gehe sie suchen.«

»Ich will Sie nicht entmutigen, Valeri Adamowitsch ... Hier gibt es einen Haufen versteckte Winkel, zumal für eine Dreizehnjährige. Sie können nichts tun. Wann fliegt der Hubschrauber?«

»Sie haben mir fünfzehn Minuten gegeben«, sagte Sokolnikow finster. »Höchstens zwanzig. Inzwischen sind es schon weniger.«

Ich hob eine Braue und lächelte ironisch.

»Und Sie hoffen, damit auszukommen? Ich denke, Sie werden hierbleiben müssen. Das traurige Schweigen der Robben ist noch nicht angebrochen.«

Er sah mich aufmerksam an. Als sähe er mich zum erstenmal.

»Sie sind ein ungewöhnlicher Mensch, Eva. Kein Wunder, daß Karpik so an Ihnen hängt. Schade, daß wir keine Zeit hatten, uns näher kennenzulernen.«

»Wir werden noch Zeit haben.«

»Ja, ja.« Sokolnikow zog eine dicke Brieftasche hervor, nahm eine Visitenkarte heraus und reichte sie mir.

»Rufen Sie mal an. Ich denke, Karpik würde sich freuen.«

»Ich hoffe, Sie beim Abendessen zu sehen«, sagte ich lammfromm, und Sokolnikow verzog das Gesicht zu einer Grimasse.

Als er die Tür hinter sich geschlossen hatte, wußte ich bereits, daß er nicht abreisen würde. Keine fünf Minuten später kam Wadik mit der Miene der gekränkten Unschuld in die Kabine gestürmt.

Natürlich flog Sokolnikow nirgendwohin. Karpik hatte von Anfang an auf eine todsichere Taktik gesetzt. Sie hatte rechtzeitig begriffen, daß mit kindlichen Tränen bei ihrem Papa nichts auszurichten war, also hatte sie seine Wachsamkeit eingeschläfert und ihm im letzten Moment den Dolchstoß versetzt. Ich konnte mir das Bild lebhaft vorstellen: Der Bankier steht mit zwei soliden, edlen Lederkoffern an Deck der »Excalibur« und verwünscht die eigene Tochter mit wüsten Flüchen.

Doch auch zum Abendessen erschien Karpik nicht.

Als Wadik und ich die Messe betraten, saß der Bankier mit zerrauftem Haar und verrutschter Givenchy-Krawatte mutterseelenallein an unserem Tisch. Sein finsteres Gesicht stand in krassem Gegensatz zur Atmosphäre in der Schiffsmesse. Der Leichnam war nicht mehr an Bord, mit einiger Phantasie konnte man sich sogar einbilden, er wäre nie dagewesen, das ärgerliche Hindernis war beseitigt, nun konnte die Reise in Ruhe weitergehen. So dachten wohl die meisten Passagiere. Jedenfalls waren alle erleichtert, und es herrschte gedämpfte Fröhlichkeit.

»Sie sind nicht abgereist?« flötete ich, und Wadik lachte spöttisch: Du bist mir ein schöner Vater, du wirst ja nicht einmal mit einer dreizehnjährigen Rotzgöre fertig!

»Doch, bin ich, sehen Sie das nicht?«

»Und Karpik ist noch immer nicht aufgetaucht?«

»Wenn sie auftaucht, bringe ich sie um«, versprach der liebende Vater düster.

»Na, na, nicht gleich so extrem. Schließlich – für wen haben Sie denn diese Reise organisiert? Für sich oder für sie?«

»Für sie«, räumte der Bankier ein. »Aber ich möchte nicht, daß diese ganzen ... diese unangenehmen Vorfälle ... meiner Tochter irgendwie Schaden zufügen.«

Du Ärmster, du Ärmster, dachte ich, du hättest sehen sollen, mit welchem Feuereifer deine Tochter über den Mord geredet hat, wie sehr er sie beschäftigte ... Doch ich äußerte mich nicht weiter über die Feinheiten der launischen kindlichen Seele, ich sagte nur: »Dann lassen Sie sie doch tun, was sie will.«

»Wenn ich ihr erlaube zu tun, was sie will, dann fliegen wir alle hier in den nächsten achtundvierzig Stunden in die Luft.«

Ich zuckte zusammen: Nach der Lektüre von Mitkos Heft hatten sämtliche Zahlen, die darin irgendwie eine Rolle spielten, für mich einen mystischen Sinn.

»Warum gerade in achtundvierzig Stunden?« fragte ich.

»Sie haben recht. Ihr reichen auch vierundzwanzig Stunden.«

»Hören Sie auf, den Beleidigten zu spielen, Valeri Adamowitsch.«

»Sie können ruhig Valeri zu mir sagen.« Der moralisch geschlagene Bankier ließ sich zu uns gewöhnlichen Sterblichen herab.

»Und Sie können Eva zu mir sagen«, erwiderte ich, und er lächelte.

So, genug, Karpik, du kannst jetzt rauskommen aus deinem Versteck. Wie es aussieht, ist dir verziehen.

»Was meinen Sie, Eva, wo kann sie nur sein?« Der Bankier war nun nicht mehr wütend – etwas verspätet sorgte er sich um seine Tochter.

»Ich weiß es wirklich nicht. Sie sollten mal mit dem Kapitän reden oder mit irgend jemandem von der Crew, sie kennen das Schiff und haben vielleicht eine Vermutung, wo sie sich versteckt haben könnte. Aber ich glaube, es ist besser, Sie lassen es. Sie wird bald genug haben, hungrig sein und von selbst zurückkommen.«

»Sie kennen Karpik nicht.« Der Banker schüttelte niedergeschlagen den Kopf. »Einmal hat sie drei Tage lang nichts gegessen, bloß weil wir uns gestritten hatten. Wir hatten beide unrecht. Aber sie fand, daß ich mehr unrecht hatte als sie. Damals war ich mit einer Frau zusammen, die Karpik nicht ausstehen konnte, ich weiß nicht, warum. Sie war jedenfalls sehr frech zu Natalja …«

»Ihrer Geliebten?« Auch ich erlaubte mir eine kleine Frechheit.

»Wir wollten heiraten«, korrigierte mich Sokolnikow.

»Entschuldigen Sie.«

»Natalja war schon zu mir gezogen. Und Larissa machte ihr das Leben zur Hölle. Was hat sie nicht alles angestellt! Ich rede gar nicht von den kleinen Gemeinheiten wie südamerikanische Kakerlaken in Nataljas Handtasche und Fischfutter in der französischen Wäsche. Diese Würmer kaufte Karpik extra in einem Zoogeschäft. Sie zerschnitt Nataljas Lieblingskleid in schmale Streifen, goß Essig in ihr Parfüm ... Sie entzweite Natalja mit allen. Ach, was soll's, wozu noch daran denken ...« Der Bankier winkte ab. »Und dann weigerte sie sich zu essen. Sie sagte, sie würde lieber verhungern als dieses Flittchen an meiner Seite zu dulden.«

»Hat Ihre Braut denn wenigstens irgendwie versucht, einen Zugang zu Karpik zu finden?«

»Sie hatte eine Heidenangst vor ihr ...«

»Und sagte ihr alle möglichen Gemeinheiten, wenn Sie nicht da waren. Sachen wie: Ich kriege dich sowieso klein, du hinkendes kleines Scheusal«, vermutete ich laut und erschrak über meine eigenen Worte.

Doch der Bankier war nicht beleidigt, er musterte mich nur interessiert.

»Sie sind keine schlechte Psychologin, Eva. Eines Tages kam ich früher von der Arbeit und hörte, wie sie sich in der Küche stritten ... Wie haben Sie das erraten?«

»Ich habe mich einfach in alle beide hineinversetzt. Sie haben sich natürlich von Natalja getrennt.«

»Nach dem, was ich da gehört hatte, selbstverständlich. Niemand darf meiner Tochter weh tun, nicht einmal eine Frau, die ich gern heiraten würde.«

»Dann warnen Sie doch die Kandidatinnen von vornherein.«

»Es liegt nicht an ihnen ... Es liegt daran, daß Karpik es genießt, wenn sie aus unseren Auseinandersetzungen als Siegerin hervorgeht. Wenn ich kapituliere.«

»Vielleicht sollten Sie sich auf keine Kriegshandlungen einlassen? Dann brauchen Sie auch nicht die weiße Fahne zu hissen.«

»Wenn Sie sie irgendwo sehen sollten .... Wenn Sie sie sehen, sagen Sie ihr, sie soll zu mir kommen ...«

»Und daß Papa ihr nicht böse ist«, ergänzte ich.

»Gut. Sagen Sie ihr, Papa ist ihr nicht böse«, willigte er ein.

Als ich an Mitkos Kajüte vorbeikam, bemerkte ich, daß sie versiegelt war. Doch das war nun unwichtig. Wichtig war jetzt nur Karpik. Das Hin und Her um Sokolnikows gescheiterte Abreise und das Verschwinden von Karpik verdrängten Mitkos Aufzeichnungen eine Zeitlang aus meinem Kopf. Sogar den Gedanken, daß sich unter den Passagieren jemand befand, der sieben junge Männer getötet hatte. Und noch einen weiteren – den Ersten Offizier Mitko.

Ich mußte das Mädchen finden und ihr sagen, daß die Gefahr vorüber war. Und ich glaubte zu wissen, wo ich zu suchen hatte. Ich brauchte nur einen zuverlässigen Begleiter.

Ich fand den Steward Roman in der inzwischen leeren Schiffsmesse. Er hatte bereits alle Tische abgeräumt und saß nun in einem Sessel neben der Musikanlage, säuberte sich mit einem Zahnstocher die Zähne und las Ortega y Gasset. Einen eigenwilligen Geschmack haben die Matrosen auf diesem Schiff, dachte ich flüchtig.

»Suchen Sie etwas?« fragte der Steward freundlich.

»Können Sie mir vielleicht sagen, wo ich einen gewissen Max finde?«

»Sorry?« Roman starrte mich an. Nein, so was, er fragte auf Englisch zurück! Clio fand das bestimmt ganz toll.

»Den Kühlmechaniker«, erläuterte ich.

»Was wollen Sie denn von ihm?« Für einen Steward war Roman ein bißchen zu fix. »Vielleicht kann ich Ihnen auch helfen?«

Du kannst bestimmt jeder Frau helfen. Kein Wunder, daß Clio unter den ganzen Geldsäcken und geübten professionellen Charmeuren ausgerechnet dich erkoren hat.

»Ich glaube nicht. Ich brauche Max.«

»Sie haben ja einen komischen Geschmack«, beleidigte er mich mit charmantem Lächeln, nachdem er das Buch zugeklappt hatte. »Um nicht zu sagen, einen ganz speziellen.«

»Sie auch«, parierte ich.

»Sorry?«

»Ich meine das Buch, das Sie da lesen. Zu intellektuell für einen kellnernden Matrosen, finden Sie nicht?«

»Ich bevorzuge das Wort Steward.«

»Ja, natürlich. Sorry.«

»Gehen wir, ich begleite Sie.«

In völligem Schweigen durchquerten wir die Passagierdecks. Auf der Treppe zu den Matrosenkajüten stolperte ich unglücklich und wäre beinahe gefallen, hätte Roman mich nicht aufgefangen. Seine Hände verweilten auf meinem Körper nicht länger als nötig, aber dafür genau auf der Brust. Ich runzelte leicht die Stirn.

»Sorry«, sagte Roman, noch immer lächelnd, und setzte mich ab.

Roman brachte mich zur letzten Kajüte. An der Stirnseite, neben der Kajüte, befand sich eine beeindruckende Tür mit dem Schild: Spezialkleidung.

»Hier ist es.« Roman dachte gar nicht daran, zu gehen.

»Danke.«

»Soll ich anklopfen?«

»Das mache ich selbst. Nochmals vielen Dank für die Hilfe. Ich möchte Sie nicht länger aufhalten.«

Der Steward seufzte enttäuscht. Er hätte zu gern gewußt, was wohl eine Passagierin – wenngleich nicht die repräsentabelste – mit dem geheimnisvollen Kühlmechaniker verband. Wadik hatte schon recht – dieser Steward war eigenartig. Ich lehnte meine Schulter an die Wand und gab durch meine ganze Haltung zu verstehen, daß ich keine Begleitung mehr benötigte. Schließlich fand sich der Steward damit ab.

»Dann gute Verrichtung. Wenn Sie meine Dienste noch brauchen sollten ... Wenn Sie noch jemanden suchen – den Steuermann oder den zweiten Elektromechaniker – wenden Sie sich ruhig an mich.«

»Unbedingt.« Ich schenkte dem Steward mein strahlendstes Lächeln.

Ich wartete, bis Roman gegangen war, und legte mein Ohr an die Kajütentür. Ich hörte Stimmen. Ermutigt klopfte ich zaghaft an.

Die Stimmen verstummten sofort. Doch niemand öffnete. Meine Vermutung war also richtig: Karpik wartete das Donnergrollen des väterlichen Zorns bei Max ab. Nach einer Weile wiederholte ich meinen Versuch. Wieder öffnete niemand. Da flüsterte ich laut ins Schlüsselloch: »Ich weiß, daß du hier bist.«

Keine Reaktion.

»Es ist alles in Ordnung, Karpik. Ich bin's, Eva. Du kannst rauskommen.«

Wieder keine Antwort.

Ich nahm den Bootsmannschlüssel aus meiner Tasche und klopfte noch einmal an – diesmal mit dem Schlüssel.

»Was meinst du, Karpik, wenn ich jetzt mit dem Bootsmannschlüssel die Tür aufschließe, ist das dann Hausfriedensbruch?«

Ich vernahm leises Prusten, und einige Sekunden darauf wurde die Tür geöffnet.

»Kommen Sie rein«, sagte eine dumpfe, grobe Stimme, und ich wurde buchstäblich in die Kajüte gezerrt.

Die Kajüte war noch kleiner als Wadiks und mein edler Verschlag. Es paßten nur eine Koje, ein Tisch und zwei Stühle hinein; in der Ecke stand außerdem ein kleiner Kleiderschrank. Die Wände waren mit Schönheiten aus dem Playboy beklebt. Nichts Aufregendes.

Dafür verblüffte der Hausherr meine Phantasie: ein riesiger bärtiger Mann, zu braungebrannt für diese Breiten.

Schwarze Augen unter kohlrabenschwarzen Wimpern, schwarzes Haar, selbst die Lippen wirkten schwarz wie geronnenes Blut. Man hätte ihn direkt schön nennen können, wäre nicht die tiefe Narbe gewesen, die sich über die ganze linke Wange zog. Solche Narben entzünden die Phantasie und eröffnen grenzenlose Kredite bei Hafenflittchen und exaltierten Doktorandinnen geisteswissenschaftlicher Fakultäten. Max trug ein schwarzes Muskelshirt und provozierend enge Jeans, die ihn von allen Seiten vorteilhaft betonten. Besonders von vorn.

»Wie hast du mich gefunden, Eva?« Max mit seinem römischen Torso versperrte mir die Sicht auf Karpik, ich mußte den Hals recken, um sie zu sehen.

»Wir sind doch Freunde. Und Freunde wissen immer, wo sie einander finden.«

»Was macht Papa?«

»Er hat die weiße Flagge gehißt und bittet dich, zurückzukommen.«

»Und der Hubschrauber?«

»Der ist weg. Du brauchst also nichts mehr …«

»Das ist Max, Eva. Er ist auf unserer Seite. Hörst du, Eva?«

Natürlich hörte ich sie. Und jetzt, da Max sich graziös gedreht hatte, um mich zu dem spielzeugartigen Tischchen vorbeizulassen, sah ich sie auch. Karpik saß im Schneidersitz in einer Ecke der Koje. Eine starke Lampe, die direkt über ihr hing, beleuchtete sie grell. Blasse dünne Arme, rührende Schlüsselbeine, ein Schwarm Leberflecke. Auf Karpiks geröteter Schulter prangte eine noch unvollendete Tätowierung.

Eine Schildkröte.

Farbig – rot und schwarz. Eine unschuldige Schildkröte auf einer unschuldigen Kinderschulter.

Vor Überraschung wurden mir die Knie weich, und ich ließ mich schwer auf einen Stuhl fallen. Das kam mir vor wie ein böser Traum. Den halben Tag lang hatte ich über die Tätowierung auf der Brust des Mörders nachgedacht, und nun tauchte sie auf mysteriöse Weise auf der Haut eines kleinen Mädchens auf, das mit Mord nichts zu tun hatte. Was war das – eine Warnung, eine Drohung, eine Andeutung? Zufall? Doch alle Zufälle in meinem Leben waren immer fatal gewesen.

»Was ist das?« fragte ich mühsam.

»Ein Tattoo«, erklärte Karpik geduldig. »Und mach bitte nicht so ein Gesicht.«

»Du bist verrückt, Karpik!«

»Sei doch nicht wie Papa.«

»Ich kann es nicht glauben ...«

»Mußt du wohl aber. Schön, nicht? Max ist ein richtiger Meister.«

Max, unerschütterlich wie ein indianischer Gott, nickte. Irgend etwas Seltsames ging hier vor. Dieser merkwürdige Bund zwischen einem dreizehnjährigen Mädchen und einem riesigen erwachsenen Mann war mir nicht geheuer. Wenn ich nur begreifen könnte, welcher Art ihre Beziehung war. Aber das konnte ich ebensowenig wie ich meine eigene Beziehung zu Karpik verstehen konnte. Sie suchte sich die Menschen selbst aus. Und ordnete sie sich in gewisser Weise sogar unter. Vermutlich mußte ich das Bild, das ich von Karpiks Zukunft entworfen hatte, noch einmal überdenken. Aber eines wußte ich: Dieser seltsame Bund gefiel mir nicht.

»Kann ich Sie mal einen Moment sprechen, Max?« fragte ich leise. »Gehen wir kurz raus ...«

»Wenn du ihm Vorhaltungen machen willst, dann protestiere ich.« Karpik schob die Unterlippe vor.

»Ich habe nicht vor, jemandem Vorhaltungen zu machen. Ich möchte nur reden.«

»Wenn ich das nicht hören soll, dann halte ich mir die Ohren zu«, sagte Karpik, zog sich das Kissen über den

Kopf, um die Ernsthaftigkeit ihrer Absicht zu unterstreichen, und verstummte.

»Möchten Sie etwas trinken, Eva?« fragte Max gleichmütig.

»Ja.«

Er goß mir Wein ein aus einer Flasche, die auf dem Tisch stand. Der Wein war herb und hatte einen angenehmen Nachgeschmack. Ich hätte ihn jederzeit zu würdigen gewußt. Nur nicht jetzt.

»Warum tun Sie das, Max?«

»Sie hat mich drum gebeten.«

»Und wenn sie Sie bitten würde, die Botschaft von Mosambique in die Luft zu sprengen? Oder den Nachttopf der englischen Königin zu stehlen?«

»Das ist nicht real. Ich kann nur tun, was ich kann.« Er war nicht gerade gesprächig.

»Schön. Sie ist noch ein Kind ...«

»Ich bin kein Kind mehr«, rief Karpik.

»Du hast doch versprochen, nicht zu lauschen.«

»Gut.«

Ich wartete ab, bis sie sich wieder das Kissen über den Kopf gezogen hatte, und fuhr fort: »Sie ist noch ein Kind. Aber Sie – Sie sind ein erwachsener Mann ...«

»Na und? Ich kann daran nichts Schlimmes finden. Wenn es ihr gefällt ...«

»Es gefällt mir sehr, Max, mein lieber ...«, mischte sich Karpik erneut ein.

»Ich glaube nicht, daß es ihrem Vater sehr gefallen wird.«

»Es wird ihm gefallen. Er mag Tätowierungen.« Karpik pfiff auf ihr Versprechen, setzte sich auf und betrachtete mit sichtlichem Vergnügen ihre Schulter.

»Ach ja!« Das überraschte mich, und ich horchte auf. »Woher weißt du das?«

»Papa hatte drei Geliebte, und alle drei waren tätowiert.«

»Auch Natalja?« Mein Gott, warum rutschte mir nur dieser Name heraus!

Karpik wurde rot und schnaubte: »Er hat dir von diesem Miststück erzählt?«

»Wir haben uns die Zeit vertrieben beim Warten auf dich. Ich finde, du hast dich benommen wie ein Beast.«

»Ist mir scheißegal. Wenn sie die Richtige gewesen wäre ... Das merke ich sofort, wenn es die Richtige ist. Ich werde sie selber für ihn finden, die Richtige.«

»Die Richtige für dich oder für ihn?«

»Für ihn ... Für mich ... Ist doch egal.«

»Tut das weh?« fragte ich Max nach der Tätowierung, um zu signalisieren: Ich kapituliere. Schließlich war ich nicht ihre Mutter oder ihre Gouvernante. Sollte das Mädchen doch machen, was es wollte.

»Es tut sehr weh«, sagte er. Und sah Karpik voller Respekt an.

»Ganz, ganz doll!« Karpik lachte.

»Na ja, Sie müssen sich ja mit ihrem Vater auseinandersetzen.«

»Wir sagen ihm nichts davon. Ich zeige es ihm gar nicht.«

»Und wenn ihr nächstes Jahr nach Rio fahrt? Oder nach Nizza? Willst du dann die ganze Zeit im langärmligen Hemd am Strand sitzen?«

»Ich fahre nicht ans Meer. Und wenn, dann nur in den Norden«, sagte Karpik nach kurzem Überlegen. »Ein Meer darf nicht warm sein. Sagt Max. Stimmt's, Max?«

»Stimmt«, bestätigte Max. »Ein Meer muß kalt sein. Ein Meer ist nicht zum Vergnügen da, sondern zum Arbeiten.«

»Hast du gehört?« triumphierte Karpik.

»Na schön. Aber warum machst du das dann? Wem willst du es denn zeigen? Deiner Zimmernachbarin im Internat? Oder Papas Freundinnen?«

»Papas Freundinnen zeige ich nur eins: die Tür.«

»Verstehe. Du bist einfach eine schreckliche Egoistin. Aber warum eigentlich eine Schildkröte? Weil dein Papa auch so eine hat?« fragte ich unschuldig.

»Nein, am eigenen Körper mag Papa solche Sachen nicht. Er sagt, man sollte immer daran denken, wie so eine Tätowierung aussieht, wenn man fünfundachtzig ist. Kein sehr schöner Anblick, sagt Papa.«

Gott sei Dank, dachte ich. Einer der Verdächtigen fällt weg, damit ist der Kreis schon kleiner.

»Warum dann eine Schildkröte?« fragte ich noch einmal.

»Weil sie das Symbol der Ewigkeit ist.«

»Komisch. Ich dachte immer, das Symbol der Ewigkeit ist eine Schlange, die sich in den eigenen Schwanz beißt.«

Karpik runzelte die Stirn. Die Schlange, die sich in den eigenen Schwanz beißt, fesselte für einen Augenblick ihre Phantasie. Doch dann beschloß sie, ihrer schwarzroten Schildkröte treu zu bleiben.

»Die Schildkröte gefällt mir besser.«

»Hol dich der Teufel«, seufzte ich.

»Es gefällt mir, wenn du so redest.« Karpik lachte.

»Mir auch. Aber bleib bitte nicht mehr so lange. Papa macht sich Sorgen, er will nach dir suchen.«

»Ist er sehr böse?«

»Er hat das Bösesein schon über.«

»Gut. Sag ihm, ich komme bald. Und noch eins ... Gibst du mir den Schlüssel?«

Ich hob die Brauen und sah Max an.

»Keine Angst«, beruhigte mich Karpik. »Max hört nie, was er nicht hören soll. Stimmt's, Max?«

»Stimmt.«

Ich gab ihr den Schlüssel – schließlich hatte sie mehr Recht darauf als ich – und küßte sie auf den Kopf.

»Bleib nicht so lange.«

Wadik weckte mich früh um halb vier. Wir mußten los, die »Excalibur« filmen. Das Schiff stand, und es war ungewohnt still. Mühsam erhob ich mich. Ich hatte am Abend noch lange wach gelegen, und als ich dann endlich eingeschlafen war, meine Portion Alpträume bekommen. Genaugenommen war es ein einziger, sich dauernd wiederholender Alptraum: Ich lief durch die endlosen Labyrinthe des Schiffs und öffnete alle Türen mit dem Bootsmannschlüssel. Und hinter jeder Tür fand ich den Mörder. Er hatte ein Muttermal anstelle eines Gesichts.

Mein Kissen und mein Laken waren schweißnaß. Wenn das so weiterging, würde ich ganz aufs Schlafen verzichten müssen.

»Du hast gestöhnt«, sagte Wadik. »Nicht einmal nachts gönnst du mir Ruhe.«

»Entschuldige.«

»Wenn die Aufnahme was werden soll, mach schnell, zieh dich an.«

»Ja, natürlich.«

Während ich alle meine warmen Sachen aus dem Koffer holte, klopfte jemand zaghaft an die Tür. Wadik öffnete, draußen stand der Schiffsmechaniker Susdalew.

»Sind die Kollegen vom Film bereit?« fragte er.

»Immer bereit«, antwortete Wadik und beobachtete vorwurfsvoll, wie ich auf der Suche nach meinen Wollsocken unters Bett kroch.

»Dann erwarte ich Sie in einer Viertelstunde auf dem Achterdeck.«

Nach einer Viertelstunde standen wir neben dem Bootskran und sahen zu, wie zwei Matrosen unter Susdalews Anleitung ein kleines, zierliches Boot herunterließen. Es wirkte weit weniger stabil als das Rettungsboot, in dem ich Mitkos Mappe gefunden hatte. Susdalew forderte uns auf, einzusteigen.

»Ihr Boot sieht irgendwie … irgendwie unseriös aus«, stichelte ich.

Susdalew verzog das Gesicht.

»Erstens ist das ein Beiboot, und das muß leicht sein, sonst kommt es nicht durch zwischen den Eisschollen. Und zweitens, behalten Sie Ihre Meinung für sich.«

Außer uns und Wadik stieg noch der Matrose Gena ins Boot ein, der den Motor bediente. Er setzte sich ans Heck, gähnte und sah uns mit unverhohlener Antipathie an: Ihr müßt ja unbedingt früh um vier schon raus aufs Eis, verdammt, laßt einen nicht mal ausschlafen. Wir wurden sanft heruntergelassen, und bald schaukelten wir auf dem ruhigen Wasser. Von unten kroch Kälte hoch, ich zog unwillkürlich den Kopf ein und fröstelte.

»Wie weit müssen wir raus?« fragte Susdalew Wadik, der die Kamera auspackte. Mich beschloß er zu ignorieren.

»Etwa hundert, hundertfünfzig Meter. Wir machen ein paar Panoramaaufnahmen, und dann können wir zurück. Es wird nicht lange dauern.«

Mein Gott, warum bin ich bloß mitgekommen, dachte ich, Wadik hätte das auch ohne mich bestens geschafft. Aus diesen schwermütigen Gedanken riß mich Susdalew: »Halten Sie die Lampe, sonst prallen wir gegen eine Eisscholle, und das ist kein Spaß.«

Widerspruchslos nahm ich die Lampe und stellte sie mir auf die Knie.

»Sie müssen sie ein Stück höher halten.«

»Gut.«

Gena ließ den Motor an, der augenblicklich die nächtliche Stille zerriß, und das Boot entfernte sich vom Schiff.

Es waren gar nicht so viele Eisschollen, und die, denen wir begegneten, umfuhren wir mühelos. Sie sahen beeindruckend aus, etwa einen halben Meter dick oder mehr. Ich berührte eine – das Eis war sengend kalt. Genau wie das Wasser.

»So was, im April ... In Moskau laufen die Leute schon im Sommermantel rum, und hier ist alles voller Eis«, sagte Wadik.

»In der Antarktis ist das ganze Jahr über Eis«, sagte Gena, und nach dieser tiefsinnigen Bemerkung schwiegen wir lange.

Die sich langsam von uns entfernende »Excalibur« bot ein phantastisch anmutendes Bild. Sie war noch immer schwach beleuchtet und wirkte wie ein Pappschiffchen, das man auf den schwarzen Vorhang eines Zimmertheaters geklebt hatte. Hell brannten nur die beiden Positionslichter am Bug und am Heck. Dann entdeckte ich den warmen Lichtkreis eines Bullauges – außer uns und den Wachen war offenbar noch jemand wach.

»Komisch«, sagte Susdalew nachdenklich, »ich hab es doch gar nicht angemacht.«

»Haben Sie vergessen, das Licht in Ihrer Kajüte auszuschalten?« fragte Wadik, die Kamera auf die »Excalibur« gerichtet.

»Nicht in meiner. Und ich hab es auch gar nicht angemacht. Wozu auch, am Tag?«

»Irgendwelche Probleme?«

»Nein, nein. Ich verstehe es nur nicht.«

Gena stoppte den Motor, und es trat wieder Stille ein. Doch sie dauerte nicht lange. Nach ein paar Minuten wurde sie durchbrochen von einem seltsamen, kaum wahrnehmbaren Dröhnen. Zuerst klang es monoton, wie Motorengeräusch, ein Wasserfall oder anhaltender Regen. Dann waren einzelne Töne auszumachen, die eine komplizierte, ausgeklügelte Partitur bildeten. Entferntes Stöhnen, eine Art Schluchzen, Kinderweinen ...

»Was ist das?« fragte ich Susdalew.

»Die Robben. Hier gibt es Hunderte. Sie werden es selbst sehen.«

Wadik schaltete die Kamera aus, ich die Lampe. Schweigend und erschüttert saßen wir da. In der Dunkelheit wirkten die Laute noch dichter, die schwarze Finsternis verschlang sie nicht, im Gegenteil, sie verstärkte sie. Ich schloß die Augen, und da hörte ich Susdalew sagen: »Jetzt ist es aus. Das verstehe ich nicht.« Offenbar hatte er die ganze Zeit das einsam leuchtende Bullauge beobachtet.

»Was ist daran so seltsam?« Wadik schaltete die Kamera wieder ein. »Die Leute gehen schlafen.«

»Da kann niemand schlafen gehen. Das ist die Kajüte des Ersten Offiziers. Ich habe sie eigenhändig versiegelt. Merkwürdig. Vielleicht hat der Kapitän etwas gesucht?«

Ich umklammerte die Bootswand. Ich wußte, wer in der Kajüte des Ersten Offiziers etwas gesucht hatte. Wer und warum. Der Gedanke, daß in diesem Augenblick, keine zweihundert Meter entfernt, in der Kajüte des Ersten Offiziers der Mörder herumlief, ließ mich schlagartig die Stimmen der Robben vergessen. Der Mörder suchte in der Kajüte das, was ich auch suchen würde, wäre ich nicht zufällig im Rettungsboot auf Mitkos Mappe gestoßen.

Von diesem Gedanken wurde mir ganz heiß. Ich knöpfte meinen Hundepelz auf (das Abschiedsgeschenk des Ersten Offiziers) und hörte Wadik sagen: »Eine Hundekälte. Wir sollten umkehren, wir haben alles aufgenommen, was wir brauchen.«

Wie sich herausstellte, waren auf der »Excalibur« außer uns und den Matrosen, die den Bootskran bedienten, noch mehrere Personen wach. Die ersten, denen wir begegneten, nachdem man uns wieder an Bord gehievt hatte, waren Arsen Lakkai und der Gouverneur Raspopow. Sie tranken Budweiser aus der Büchse und unterhielten sich träge.

»Was läßt Sie denn nicht schlafen, Nikolai Iwanowitsch?« stichelte Lakkai. »Das schlechte Gewissen?«

»Ich hab vielleicht ein schlechtes Gewissen, aber Sie

haben überhaupt keins. Auf Ihre Gesundheit.« Sie stießen mit den Büchsen an.

»Gesundheit werden Sie brauchen, Nikolai Iwanowitsch. Um in Würde Ihre verdiente Strafe abzusitzen.« Lakkai lachte sein gestyltes Wahlkampflachen. »Die Kleine hat es Ihnen heute ganz schön gegeben ...«

»Diese Kleine hätte mal eine ordentliche Tracht Prügel verdient.«

Wadik half mir aus dem Boot und starrte begierig auf die ganze Batterie ungeöffneter Bierbüchsen.

»Und, wie ist es auf See?« fragte Raspopow Wadik.

Mich ignorierte er seit der peinlichen Begegnung im Maschinenraum.

»Wunderbar.« Wadik nutzte die Gelegenheit und gesellte sich zu den Männern.

»Bedienen Sie sich!« Lakkai wies auf das Bier.

»Danke, gern.«

»Sie auch, Eva!« Völlig durchgefroren und ganz mit dem besorgten Gedanken über die aufgebrochene Kajüte des Ersten Offiziers beschäftigt, wollte ich das Deck schon verlassen, als Lakkai mich anrief: »Gesellen Sie sich zu uns. Das Bier ist ausgezeichnet.«

»Sehen Sie?« kommentierte der Gouverneur Lakkais Aufforderung. »Er probt für seine Wahlkampagne: Eine Büchse – eine Stimme. Dabei ist das Bier übrigens meins.«

»Na, schon gut, Nikolai Iwanowitsch.«

Der Gouverneur wollte gerade zu einer neuen Büchse greifen, als seine Mantelschöße unglücklich aufschlugen und eine Mappe zu Boden fiel. Ich zuckte zusammen, stellte dann aber fest, daß sie ganz anders aussah als die von Mitko: Eine solide Amtsmappe mit Goldprägung auf edlem Leder. Lakkai hob sie auf.

»Geben Sie her«, verlangte der Gouverneur ungeduldig.

»Was denn, sammeln sie Material, um jemanden zu

kompromittieren? Oder schreiben Sie eine Selbstanzeige?«

»Andere kompromittieren, das ist Ihr schmutziges politisches Geschäft. Ich – ich schreibe in meiner Freizeit ein bißchen. Verschiedene Gedanken. Memoiren sozusagen.«

»Darüber, wie Sie das Ihnen anvertraute Gebiet ruiniert haben?«

»Darüber, wie Leute wie Sie uns ständig zwischen den Beinen rumlaufen. Uns am Vorwärtskommen hindern. Auf Ihre Gesundheit!«

Ein paar Minuten standen wir schweigend herum und lauschten auf das bedrohlich nahe, keinen Augenblick verstummende Heulen der Robben.

»Was ist denn das bloß für ein Lärm? Davon bin ich eigentlich wach geworden.«

»Die empörte Stimme des Volkes«, reagierte Lakkai sofort. Na, um Ironie bist du nicht verlegen, dachte ich. Und Ironie macht einen Politiker immer attraktiv.

»Das sind die Robben«, erklärte der von Susdalew aufgeklärte Wadik, »am Tag erwartet uns ein grandioser Anblick.«

»Ich gehe jetzt schlafen«, sagte ich, ohne jemanden direkt anzusprechen.

Raspopow hielt es nicht einmal für nötig, sich von mir zu verabschieden, dafür küßte Lakkai mir die Hand.

Am Zugang zum Passagierdeck stieß ich mit Karpik zusammen. Ich war völlig verblüfft.

»Du ... Was machst du hier? Warum schläfst du nicht?«

»Ich mochte nicht ...« Mit der kleinen Decke, die sie sich über den Kopf geworfen hatte, wirkte sie erschrokken oder zumindest verlegen. »Ich bin aufgewacht und habe mich erschrocken. Da ... Da war so ein Lärm ... Ich bin erschrocken.«

Das war also das kühne Mädchen, das keine Angst

hatte vor den Schmerzen beim Tätowieren, keine Angst vor dem Mörder auf dem Schiff, keine Angst vor ihrem zornigen Vater und das immer machte, was es wollte. Ich lachte und drückte sie an mich. Sofort umschlang sie mich mit beiden Armen.

»Du mußt dich nicht fürchten. Das sind Robben.«

»Die Robben? Die, wegen denen wir hergekommen sind? Die wir töten sollen?«

»Es sind die Robben«, wiederholte ich, ohne auf das Thema Töten einzugehen.

»Aber warum heulen sie so? Spüren sie etwas?«

»Ich weiß es nicht, Karpik.«

Erst jetzt begriff ich, wovon sie sprach. Ihr magerer Körper strahlte solche Hitze aus, daß ich es durch meine Kleidung hindurch fühlte.

»Was ist mit dir?« Ich berührte ihre Stirn mit den Lippen. »Ich glaube, du hast Fieber. Das fehlte noch, daß du krank wirst!«

»Ich bin nicht krank«, beruhigte mich Karpik mit schwacher Stimme. »Max hat mich vorgewarnt. Er hat gesagt, so eine Reaktion könnte nach dem Tätowieren eintreten.«

Verdammt, ich war doch eine Idiotin! Ich habe gestern seinen blöden Wein getrunken und mir überhaupt keine Gedanken darüber gemacht, daß Karpik ihre Schulter so einem zweifelhaften Kerl anvertraut. Wie hatte ich das Kind in diesem Schweinestall lassen können? Mit verspäteten Gewissensbissen fragte ich: »Alles in Ordnung mit dir?«

»Ja. Alles prima, nur die Schulter brennt ein bißchen.«

Wäre Karpiks Schulter nicht so heiß gewesen, hätte ich ihr jetzt eine kleine Standpauke gehalten darüber, daß man bei seinem Umgang wählerisch sein sollte ... Verdammt, Eva, bist du selbst denn je wählerisch gewesen? Karpik wählt radikal, als wolle sie alle Brücken hinter sich verbrennen. Nicht, daß ihre Anhänglichkeit mich erschreckte, nein – aber sie gab mir zu denken.

Belagerung, ja, das war das richtige Wort.

Sie belagerte einen mit ihrer Anhänglichkeit. Sie ließ einen nicht los. Wenn sie diesen Gefühlen in sich weiter Raum ließ, würde sie denen, die sie liebte, das Leben zur Hölle machen. Und denen, die sie haßte, ebenso. Ihre Liebe würde genauso gefährlich sein wie ihr Haß. Das war es – Chopin, Opus 22. Andante spianto et Grande polonaise brillante.

»Wir sind doch Freunde, nicht?« flüsterte Karpik.

»Natürlich sind wir Freunde. Komm. Ich bringe dich zu deinem Vater.«

»Darf ich mit dir mitkommen? Zu dir?«

»Du weißt, daß das nicht geht. Ich glaube kaum, daß Wadik entzückt wäre, früh um fünf das freche kleine Mädchen zu sehen.«

»Du hast doch gesagt, du schläfst nicht mit ihm. Oder war das gelogen?« Karpik sah mich forschend an. »Wir dürfen uns nicht belügen.«

»Ich habe es dir gesagt – nein, Karpik. Ich bringe dich jetzt zu deinem Vater.«

»Papa ist nicht da.«

»Ach nein?«

»Als ich aufgewacht bin, war er jedenfalls nicht da. Wahrscheinlich hängt er im Billardraum rum.«

»Früh um fünf?« Ich hatte bislang gar nicht gewußt, daß Sokolnikow so gern Billard spielte.

»Ist das wichtig? Du schläfst ja früh um fünf auch nicht.«

»Ich will aber jetzt ins Bett. Und dir rate ich das gleiche.«

»Na schön, gehen wir«, kapitulierte Karpik.

Die Kabine von Karpik und ihrem Vater befand sich links, nicht weit vom Heck. Die von Mitko lag rechts, mehr zum Bug. Als ich mit Karpik in den Flur einbog, fragte ich so unbekümmert wie möglich: »Gehen wir noch ein Stück spazieren?«

»Du willst dir die Kajüte des Ersten Offiziers ansehen?«

Bei Karpik kannst du dir solche Tricks sparen, das solltest du längst wissen, Eva.

»Ja«, gab ich widerwillig zu.

»Komm.«

Wir bogen um die Ecke. Und stießen auf die halboffene Tür der Dusche an der Stirnseite des Maschinenraums. Durch den schwach beleuchteten Spalt sah man Schatten; Stimmen und gedämpftes Lachen drangen heraus. Karpik legte den Finger auf die Lippen, schlich zur Tür und riß sie weit auf.

Schlief eigentlich in dieser Nacht überhaupt jemand auf dem Schiff?

Im Vorraum der Dusche küßten sich Mucha und der Schokoladenkönig Andrej, der Mann der Schweizerin Annika.

»Verzeihung«, sagte Karpik mit häßlicher Fistelstimme, dachte aber gar nicht daran, die Tür zu schließen.

Der bedauernswerte Andrej löste sich mit einem Satz von Mucha, das Gesicht zu einer verzweifelten Grimasse verzerrt. Ich war nicht weniger verblüfft als Andrej. Die ganze Welt stand kopf: Erste Offiziere waren Erpresser, respektable Herren – Mörder, und treue Ehemänner …

»Entschuldigen Sie bitte.« Ich errötete, als sei ich bei etwas Unanständigem ertappt worden.

»Ich …«, wollte Andrej sich rechtfertigen, winkte dann aber ab. Tränen traten ihm in die Augen.

»C'est magnifique!« zitierte Karpik Annikas Lieblingsausdruck und lächelte höhnisch, und Andrejs Gesicht verkrampfte sich noch mehr.

Ich zog die kleine Provokateurin heftig am Arm, aber

sie beachtete mich gar nicht. Auch Mucha wirkte nicht verlegen.«

»Möchten Sie duschen?« fragte er galant.

»Nein, nein, macht ruhig weiter, wir wollen nicht stören«, antwortete Karpik.

»Entschuldigen Sie bitte, um Himmels willen«, wiederholte ich noch einmal und schlug die Tür zu.

Dieser dumme Zwischenfall hatte mich so durcheinandergebracht, daß ich glatt an der Kajüte des Ersten Offiziers vorbeiging.

»He!« rief Karpik. »Du hast ganz vergessen, was wir hier wollten ...«

»Ich habe gar nichts vergessen. Ein andermal ...«

»Bist du sauer, Eva?«

»Wenn du so willst – ja.«

»Also, ich finde das schrecklich komisch.«

»Es ist überhaupt nicht komisch, Leute in peinliche Situationen zu bringen. Ich hasse das. Jetzt wird er sich hassen. Und uns gleich mit.«

»Mucha? Der hat sich sogar gefreut, daß wir ihn gesehen haben, vielleicht hat er die Tür absichtlich offen gelassen.«

»Wieso Mucha? Ich rede von Andrej. Die arme Annika ...«

»Die arme?« Karpik hatte ihre eigene, für eine Dreizehnjährige reichlich zynische Ansicht. »Sie ist doch selber schuld, wenn ihr Mann sie betrügt.«

»Das ist sehr häßlich, was du da sagst.«

»Also, ich finde es einfach magnifique.« Karpik lachte. »Jetzt können wir ihn erpressen, wenn wir wollen. Wir verlangen sieben Prozent der Aktien seiner Fabrik und futtern jede Menge Schokolade mit Nüssen und Rosinen. Was ist mit dir, Eva?«

Was mit mir ist? Mit mir stimmt etwas nicht, Mädchen. Die letzten Tage auf der »Excalibur« bestehen aus lauter

Andeutungen, zufälligen Zusammentreffen, belanglosen Äußerungen, die sich plötzlich als prophetisch herausstellen. Der arme Mitko wollte jemanden erpressen, und man hat ihm das Genick gebrochen. Karpik wollte den Mörder finden, und nun will sie jemanden erpressen ... Ich wollte eine Tätowierung suchen und habe eine andere, ganz ähnliche entdeckt. Wenn das so weitergeht ...

»Mit mir ist alles in Ordnung.« Ich hockte mich vor Karpik und preßte heftig ihre Schultern »Aber du mußt mir etwas versprechen.«

»Ich verspreche es.«

»Du fragst ja gar nicht, was.«

»Warum auch? Du bittest mich darum, also verspreche ich es, was denn sonst?«

Was denn sonst, natürlich, nur so konnte Karpik ihre unbedingte Treue beweisen. Wir waren schließlich Freunde.

»Versprich mir, daß du niemandem erzählst, was du eben gesehen hast.«

»Gut. Aber ... Mucha ist ja auch noch da.«

»Aber es darf nicht von dir kommen. Gut?«

»Natürlich, Eva. Du kannst ganz beruhigt sein.«

Die Kabine der Sokolnikows war offen. Ziemlich leichtsinnig angesichts der Haute-Couture-Klamotten und des Taschengelds von Papa Sokolnikow und seiner widerspenstigen Tochter.

»So, da sind wir. Gute Nacht, Karpik.«

»Du mußt mir etwas versprechen«, sagte das Mädchen todernst.

»Ich verspreche es.«

»Du fragst ja gar nicht, was.«

»Warum auch? Du bittest mich darum, also verspreche ich es, was denn sonst?« Ich wiederholte Karpiks Worte, weil ich wußte, daß sie genau das von mir hören wollte.

»Versprich mir, daß du bei mir sitzen bleibst, bis ich eingeschlafen bin.«

»Mehr nicht?« Ich lachte. »Natürlich, das verspreche ich.«

»Dann dreh dich um, ich will mich umziehen.«

Ich gehorchte. Und um mich irgendwie zu beschäftigen, betrachtete ich die auf dem Tisch herumliegenden Bücher. Boccaccios »Decamerone« (ich runzelte die Stirn, doch dann fiel mir ein, daß ich es selbst in der siebten Klasse gelesen hatte, auf der Toilette eingeschlossen), zerfledderte Krimis ohne erste und letzte Seite (eine weitere Mahnung, daß man nie weiß, womit alles anfängt und wie es endet) und Garcia Lorca, besonders passend zum hiesigen Klima.

»Fertig«, sagte Karpik, »du kannst dich wieder umdrehen.«

Sie saß auf dem Bett, die Beine untergeschlagen, in einem rührenden Flanellschlafanzug mit lustigen schlappohrigen Hunden darauf. Mich überkam eine solche Zärtlichkeit für die kleine Karpik, daß mir der Atem stockte. Neben ihrem Kopfkissen saß ein Plüschteddy, dessen mitgenommenes Äußeres Respekt einflößte – dieses Kuscheltier war keine kurzzeitige Laune, sondern ein langjähriger Liebling.

»Komm her.« Karpik klopfte aufs Bett. »Setz dich zu mir.«

Ich setzte mich auf den Bettrand, und augenblicklich umklammerte Karpik meine Hand.

»Erzähl mir was, Eva.«

»Was denn?«

»Erzähl mir von dir.«

»Ich fürchte, das würde dich langweilen.«

»Na schön«, gab sie erstaunlich schnell nach. »Dann sag mir: Gefällt dir mein Papa?«

»Wie meinst du das?«

»Na, ob er dir gefällt. Als Mann.«

»Ich weiß nicht. Ja, schon.«

Das war die reine Wahrheit. Sokolnikow war charmant, sah gut aus, es war bestimmt angenehm, mit ihm bei exotischen Speisen in einem chinesischen Restaurant zu sitzen, wo sich der Kellner tief verbeugte, die Hände vor der Brust verschränkt. Sokolnikow würde mir immer rechtzeitig das Feuerzeug hinhalten und rechtzeitig Wein eingießen.

»Er ist sehr lieb, mein Papa. Nur manchmal schimpft er. Aber das ist überhaupt nicht schlimm.«

»Natürlich nicht.«

»Wir könnten sehr schön zusammenleben ... Du kannst dir gar nicht vorstellen, wie schön ...« Karpik schob sich die Faust unter die Wange und schloß die Augen. »Das wäre so toll ... Wir würden uns nie zanken ...«

Sie schlief ganz unvermittelt ein, wie nur Kinder einschlafen. Ein paar Minuten blieb ich noch bei ihr sitzen und wagte nicht, mich zu rühren. Das schwache Heulen der Robben beunruhigte mich nicht mehr, es wirkte nun anheimelnd wie ein Feuer im Kamin, und für einen Augenblick glaubte ich, es könne noch alles gut werden. Ich stand leise auf, ging hinaus und schloß die Tür.

Sofort stieß ich auf Andrej, der auf mich gewartet hatte. Ich setzte mein freundlichstes Lächeln auf und wollte ihm versichern, daß er von mir nichts zu befürchten habe, ich würde ihn nicht verraten und auch nicht erpressen. Schließlich seien wir alle kultivierte Menschen ...

»Eva! Ich habe auf Sie gewartet«, sagte Andrej mit schwerer Zunge. Da erst begriff ich, daß er vor kurzem noch stark betrunken gewesen sein mußte und nun langsam und qualvoll wieder nüchtern wurde.

»Ich höre.« Was für ein Blödsinn, ich wollte gar nichts von ihm hören.

»Ich möchte Ihnen etwas erklären.« Er suchte nach Worten. Seine übliche hochmütige Selbstsicherheit war wie weggeblasen, vor mir stand ein verlorener Mann, der verlegen von einem Fuß auf den anderen trat.

»Es ist alles in Ordnung, Andrej.«

»Ich möchte es Ihnen trotzdem erklären. Das Ganze ist ein idiotisches Mißverständnis ... Das war ... Weiß der Teufel, was das war, ich kann mir selbst nicht erklären, wie das passiert ist. Ich hab mich vollaufen lassen wie der letzte Schwachkopf ... Ich erinnere mich an nichts.«

»Ich verstehe ...«

»Das heißt ... An einiges erinnere ich mich.« Er knirschte mit den Zähnen. »Das ist doch einfach Irrsinn! Ich bete meine Frau an.«

»Das bezweifle ich nicht.«

»Ich verstehe, ich kann das nicht verlangen ... Aber ich bitte Sie, vergessen Sie, was Sie gesehen haben.«

»Ich habe nichts gesehen.«

»Kann ich auf Ihren Anstand hoffen?«

»Ganz ohne Zweifel.«

»Sie können sich nicht vorstellen, was Annika mir bedeutet ...«

Aber wieso denn, mein Lieber, das kann ich wohl, sehr gut sogar: Ein eigenes Haus in Montreux, eine Villa in Nizza, eine Villa in Pago Pago, eine winzige Insel – eines der winzigen Inselchen von Albuquerque. Der Schweizer Père, Inhaber des Hauptanteils der Aktien deines Schokoladenschlosses. Schweizer Technologie, Schweizer Kapital, Schweizer Rechtschaffenheit. Gar nicht so wenig für einen Mann aus Gus-Chrustalny. Sie hält dich aus, und du kannst es dir leisten, deinerseits jemanden auszuhalten. Nur solltest du dabei nicht unbedingt von kleinen Mädchen und ihren erwachsenen Freundinnen gesehen werden.

»Ich verstehe, Andrej.«

»Ich darf sie nicht verlieren«, jammerte er weiter. »Das wäre mein Tod.«

»Es ist alles in Ordnung. Und nun gute Nacht, Andrej. Gehen Sie wieder zu Ihrer Frau. Sie sind schließlich in den Flitterwochen.«

Verdammt, welcher Teufel hatte mich geritten, das zu sagen! Er sah mich an wie ein in die Enge getriebenes Tier, drehte sich schroff auf dem Absatz um und lief den Gang hinunter zu seiner unverdrossen begeisterten Schweizer Hälfte. Damit war mir ein Feind sicher: Niemand verzeiht einem zufälligen Zeugen der eigenen Laster und Schwächen. Dafür rächte man sich, nicht immer bewußt, aber immer gnadenlos.

Ich wartete, bis Andrej um die Ecke verschwunden war, und ging zur Kajüte des Ersten Offiziers. Mich interessierte weniger die Kajüte selbst als die Frage, wer darin das Licht angeschaltet hatte.

Ich war fast sicher, daß Mitko dem Mörder von dem gesammelten Material nur erzählt hatte, um sich abzusichern. Und der Mörder würde auf jeden Fall danach suchen. Vor der Tür angelangt, sah ich sofort, daß Susdalews Vermutung, der Kapitän könne in der Kajüte gewesen sein, entfiel: Der weiße Papierstreifen, der die Tür versiegelte, war sorgfältig gelöst und ebenso sorgfältig wieder angeklebt worden – mit einem Brotklümpchen. Das hätte jeder Passagier der »Excalibur« tun können. Aber wer?

Zu viele Leute waren in dieser Nacht wach.

Zum Frühstück erschien niemand pünktlich.

Überhaupt hätte das Frühstück auf das Oberdeck verlegt werden können: seit dem frühen Morgen standen alle Passagiere dort und betrachteten die Landschaft. Vor uns leuchtete ein schmaler Küstenstreifen, höchstens ein oder anderthalb Kilometer entfernt. Doch der allwissende Bordmechaniker erklärte sofort, auf See täuschten die

Entfernungen, das Meer lasse das Ufer näher erscheinen. Was aussieht wie ein Kilometer, das seien in Wirklichkeit fünf. Außerdem verkündete er, heute nach dem Frühstück würde die erste Gruppe Jäger zur Robbenjagd hinausfahren, die Anzahl der Personen pro Boot sei streng begrenzt, die Schmutzarbeit beim Zerlegen der Robben dürfe jeder übernehmen, der wolle. Dazu demonstrierte er die simplen Instrumente, mit deren Hilfe die Tiere gefangen und transportiert wurden – sie sahen eher aus wie mittelalterliche Folterwerkzeuge. Das alles löste eine Welle von gesundem Enthusiasmus aus, die der allgegenwärtige Kameramann Wadik prompt festhielt. Sogar Clio vergaß ihre Zickigkeit und streckte dem Objektiv ein paarmal die Zunge heraus. Alle drängten sich an Deck, außer Andrej (was ganz verständlich war) und Karpik (was völlig unbegreiflich war, denn sie hatte doch unbedingt als erste die Robben sehen wollen). Ich wechselte ein paar Sätze mit Annika, schritt hochmütig am Gouverneur vorbei und lächelte dem Neurochirurgen Anton zu.

Doch eigentlich interessierte alle nur eines: die bevorstehende Robbenjagd.

Das Frühstück war kurz. Auch hier fehlten Karpik und Andrej. Hin und wieder fing ich einen spitzbübisch-triumphierenden Blick von Mucha auf: Wir beide wissen ja, Eva, wie prima man sich auf diesem Dampfer amüsieren kann!

»Wo ist denn Karpik?« fragte ich Sokolnikow, der müde und zerquält aussah.

»Sie schläft.« Der Bankier seufzte, wie mir schien, erleichtert. Am liebsten wäre es ihm wahrscheinlich, wenn Karpik bis zum Ende der Reise durchschlafen würde. Nur so fühlte er sich außer Gefahr, nicht wie im Krater eines Vulkans.

»Sie sehen nicht besonders gut aus.«

»Ich habe die ganze Nacht nicht geschlafen. Ich habe

mit dem Anwalt Billard gespielt. Und außerdem – der Kognak. Davon schwillt mir immer das Gesicht an. Sagen Sie, wo haben Sie sie gefunden?«

»Wen?«

»Meine Tochter.«

»Ich habe sie gar nicht gesucht«, schwindelte ich – der rechtschaffene Bankier mußte nicht unbedingt von der Existenz des dämonischen Max mit den Playboy-Bildern an der Wand wissen. »Ich wußte, daß sie zurückkommt.«

»Ich möchte nicht, daß sie aufs Meer hinausfährt.«

»Ein verständlicher Wunsch, aber ich glaube, Karpik macht immer, was sie für richtig hält, nicht wahr?«

»Das ist wahr. Mir scheint, Sie haben meine Tochter in den drei Tagen besser kennengelernt als ich in dreizehn Jahren.«

Und ob, lieber Papa, übrigens blühen dir auch in den nächsten dreizehn Jahren hübsche Überraschungen, und selbst danach ...

»Wieviel bekommen Sie für Ihre Arbeit, Eva?«

»Das ist Berufsgeheimnis.«

»Ich zahle Ihnen das Zehnfache von Ihrem Berufsgeheimnis. Sie haben einen positiven Einfluß auf meine Tochter. Sie läßt zum erstenmal jemanden so nah an sich heran, ohne ihm einen Schlag zu versetzen.«

»Ich fühle mich geschmeichelt.«

»Fliegen Sie mit einer Linienmaschine nach Moskau?«

»Ja. Wieso?«

»Ich werde mit dem Flugzeug abgeholt. Ich lade Sie ein, mit uns zusammen nach Moskau zu fliegen.«

Mein Gott, ich war schon einmal mit einem Privatflugzeug geflogen. Mit einem Mann, in den ich verliebt war. Und es hatte für mich traurig geendet ...

»Ich werde es mir überlegen, Valeri.«

»Meine Tochter und ich wären glücklich.«

Der Bankier hat gute, durch seinen Beruf nicht verdorbene Augen, Augen, in die man sich verlieben könnte, und sein Angebot klingt wie die Andeutung einer möglichen Beziehung. Das könnte ich naiverweise annehmen, wenn ich nicht genau wüßte: Ich interessiere Sokolnikow lediglich als Gegengewicht, das seine Tochter in dynamischer Ruhe zu halten vermag.

»Worüber redet ihr?« Karpik stand so unvermittelt neben uns, daß wir beide zusammenzuckten. Dieses Mädchen besaß eine unglaubliche Fähigkeit, aus dem Nichts aufzutauchen und erst bemerkt zu werden, wenn sie selbst es wollte.

»Ich überrede Eva gerade, mit uns zusammen nach Moskau zu fliegen.«

Karpik klatschte in die Hände. »Toll!«

»Aber sie will noch nicht so recht.«

»Eva!« Karpik schlang mir die Arme um den Hals.

»Gut! Ich bin einverstanden.« Was bleibt einem übrig, wenn man umschlungen wird von zarten Kinderarmen, die Ähnlichkeit haben mit einem Strang.

»Das ist einfach Klasse! Papa, in einer Stunde fahren wir raus aufs Meer. Eva soll mit in unser Boot.«

»Eine prima Idee«, sagte Sokolnikow ohne jede Begeisterung.

Aber es kam anders, als Karpik dachte. Zur Jagd sollten acht der neun Beiboote hinausfahren. Die Plätze darin waren verteilt nach Alter, Geschlecht und Jagderfahrung. Trotz des kommerziellen Charakters der Reise und der immensen Summe, die jeder dafür gezahlt hatte, wurde auf die persönlichen Wünsche der Reisenden keinerlei Rücksicht genommen. Selbst das junge Ehepaar Kopylow (nichts klang in meinen Ohren so komisch wie »Annika Kopylowa«) wurde getrennt, weil beide im Umgang mit Waffen absolute Laien waren. Nur für Karpik wurde eine Ausnahme gemacht: Sie sollte in ein Boot mit ihrem Vater, als vierte in dem für drei Personen ausgelegten

Boot. Jedem Boot war ein Matrose zugeordnet, der den Motor bediente und zugleich als Steuermann fungierte. Zu den Jägern gesellte sich außerdem der Steward Roman – völlig unbegreiflich, warum der Steward die Privilegien eines Passagiers genoß.

Die Flottille der leichten Boote sah so aus:

Boot Nr. 1: Karpik, Sokolnikow, Wadim mit Kamera.

Boot Nr. 2: Andrej Kopylow, Boris Iwanowitsch.

Boot Nr. 3: Eva, der Neurochirurg Anton Ulmanis.

Boot Nr. 4: Mucha, Clio.

Boot Nr. 5: Annika, der Eishockeystar Vitja.

Boot Nr. 6: Lakkai, der Steward Roman.

Boot Nr. 7: der Gouverneur Raspopow, Antons Freund (der übrigens Filipp hieß und Theaterfotograf war).

Boot Nr. 8: der Anwalt Albert Wenediktowitsch.

Um elf sollten sich alle auf dem Achterdeck versammeln. Die Waffenkammer wurde geöffnet, und jeder bis auf Karpik und Wadik bekam einen Karabiner. Alle verspielten, mit Perlmutt und Motiven von Entenjagden in Rußland oder Pumajagden in Amerika verzierten Waffen wurden verworfen. Die Karabiner, deren Kugeln eine Reichweite von bis zu drei Kilometern hatten und eine enorme Durchschlagkraft, waren universell einsetzbar. Unabdingbares Utensil für jeden war außerdem eine Sonnenbrille – das war den Teilnehmern der Kreuzfahrt schon vorher mitgeteilt worden. Clio hatte gleich eine ganze Kollektion mitgebracht, für alle Wechselfälle des Lebens und für jede Tages- und Nachtzeit. Einige davon kosteten mehr, als ich für die gesamte Kreuzfahrt bekommen würde, und waren Clios besonderer Stolz. »Die hier habe ich in der Boutique am Palazzo della Cancelleria in Rom gekauft. Rom ist eine wunderschöne Stadt. Mögen Sie Rom, Eva?«

Fahr zur Hölle mit deinem Rom, dachte ich wehmütig und steckte die Hände in meinen abgetragenen Hundepelz.

»Natürlich, Clio. Rom ist meine Lieblingsstadt.«

»Auf Robben schießen und dabei eine Sonnenbrille tragen – das ist sehr pikant. Ich verstehe nur nicht, wozu wir die brauchen.«

»Das Eis«, antwortete ich knapp. »Man darf nicht ohne Sonnenbrille aufs Eis gehen. Davon kann man blind werden.«

»Schrecklich. Was denn – für immer blind?«

»Nur für eine Weile. Aber das reicht, um sich in Stevie Wonder hineinzuversetzen.«

»Diese Schwarzen in der Popmusik habe ich nie gemocht. Spirituals, ja, das ist echt! Und überhaupt, bei denen sind die Kehlen einfach anders gebaut, das muß man anerkennen. Bei mir arbeitet ein Schwarzer, mein Bassist. Das ist ... Ja, wissen Sie, das ist ganz unglaublich ...« Die Tätowierung auf Clios Schläfe, der rotschwarze Lemur, verzog das Gesicht.

Aus den Augenwinkeln hatte ich schon seit einer Weile bemerkt, daß wir beobachtet wurden.

Natürlich, Sokolnikow. Daß Clio ihm gefiel, überraschte mich nicht. Clio gefiel jedem, aber nachdem er mir gerade angeboten hatte, mit ihm zusammen nach Moskau zu fliegen, hätte er Clio ruhig etwas weniger unverhohlen anstarren können.

Und dann sah ich Karpik – sie beobachtete ihren Vater aufmerksam. Sie bewertete die kleine Szene ebenso wie ich, und sie mißfiel ihr sehr.

»Papa!« sagte sie gebieterisch. »Ich muß dir etwas sagen. Etwas sehr Wichtiges.«

»Na, was ist denn jetzt noch?« Widerwillig riß Sokolnikow seinen Blick von Clios Lemur los.

»Ich fahre nicht mit, Papa.«

»Was heißt das – du fährst nicht mit?« Der Bankier war verblüfft.

»Ich bleibe auf dem Schiff.«

»Ich verstehe gar nichts mehr. Du wolltest doch so gern ... Du hast dich so darauf gefreut.«

»Mir ist nicht gut«, sagte Karpik, obwohl sie keineswegs krank aussah.

»Nein. Du kommst mit.« Sokolnikow war entschlossen, Härte zu zeigen. »Ich habe deine Faxen satt.«

»Ich habe Kopfschmerzen«, nörgelte Karpik.

Mir fiel die letzte Nacht ein und Karpiks heiße Stirn – die verdammte Tätowierung war offenbar nicht ohne Folgen geblieben. Ich ging zu Sokolnikow und flüsterte ihm ins Ohr: »Lassen Sie Ihre Tochter in Ruhe, Valeri. Ihr geht es wirklich nicht gut. Sie hatte heute nacht Fieber, ich habe sie in die Kabine gebracht. Während Sie Billard gespielt haben.«

»Na schön«, gab Sokolnikow nach. »Du kannst hierblieben.«

Karpik küßte ihren Vater, dann kam sie zu mir, nahm mich bei der Hand und zog mich ein Stück beiseite. Sie hatte es so eilig, das Deck zu verlassen, daß sie nicht einmal zuschauen wollte, wie die Boote ins Wasser gelassen wurden – das sah ihr gar nicht ähnlich. Sie hatte doch wohl nichts Rechtswidriges vor?

»Karpik, sag mir ehrlich ...«

»Nein, nein, mir geht es wirklich nicht gut.« Karpik verstand sofort. »Du weißt doch, wie gern ich mitwollte, Eva. Nun muß ich eben bis morgen warten. Ich werde dich vermissen.«

Du solltest lieber deinen Vater vermissen, dachte ich.

»Und du willst nicht einmal so schnell wie möglich die Robben sehen?«

»Sie laufen mir doch nicht weg, oder?«

»Gut, dann versprich mir, daß du ein ganz kluges Mädchen sein wirst«, bat ich hilflos, denn mir war bewußt, daß Karpik jeden um den kleinen Finger wickeln konnte. Bestimmt hatte sie das Jackett nicht vergessen, von dem der Knopf stammte. Sonst hätte sie mich nicht gebeten, ihr den Bootsmannschlüssel zurückzugeben. Dieser schlichte Gedanke kam mir so überraschend, daß ich direkt erschrak.

»Ich bin ein kluges Mädchen.«

»Das hoffe ich sehr. Aber für alle Fälle ... Gibst du mir den Schlüssel zurück? Es ist besser, wenn ich ihn habe.«

»Ich weiß, was du denkst«, sagte Karpik. »Ich werde ganz vorsichtig sein. Du verstehst doch, daß wir nicht auf halbem Wege stehenbleiben können, oder?«

»Ja.«

Und eine günstigere Gelegenheit gab es nicht. Ich selbst hätte genauso gehandelt.

»Versprichst du mir, auf Papa aufzupassen?«

»Karpik, ich kann nicht auf deinen Papa aufpassen, wir sind doch in verschiedenen Booten.«

»Na ja, trotzdem. Mir gefällt diese Clio nicht. Und wie Papa sie ansieht.«

»Karpik, Karpik! Es wird Zeit, daß du erwachsen wirst, Kleines. Du hast kein Recht, dich in das Leben deines Vaters einzumischen, das ist unfair.«

»Schon gut. Ich habe nichts gesagt. Aber paß trotzdem ein bißchen auf.«

»Gut. Ich werde aufpassen, daß er nicht ins Wasser fällt. Und daß ihm keine Robbe was tut.«

»Ich werde auf euch warten. Wann kommt ihr zurück?« Hinter dieser unschuldigen Frage steckte die Erkundigung, wieviel Zeit sie zur Verfügung haben würde.

»In drei, vier Stunden, frühestens.«

»Sehr schön.«

Karpik warf mir noch einen Luftkuß zu und verschwand im Bauch des Schiffes, während ich mich der malerischen Jägergruppe anschloß, die auf das Ausbooten wartete.

Ich konnte das Versprechen, das ich Karpik gegeben hatte, nicht einhalten – die Boote verteilten sich auf einer Fläche von mehreren Kilometern. Außerdem versperrten riesige, zum Teil übereinanderliegende Eisschollen die Sicht. Die einzige Orientierung war die »Excalibur«. Doch auch sie drohte zu verschwinden – aus der Entfernung sahen wir nur noch den Topmast mit der Radarantenne, der Schiffssirene und dem Mastkorb, und bald auch das nicht mehr. Nun begriff ich, warum für die Jagd diese flachen, leichten Boote benutzt wurden. Mehrmals waren wir im Eis gefangen, dann sprangen wir aus dem Boot, und Max und Anton trugen es bis zum nächsten freien Wasser. Max erwies sich als ausgezeichneter Steuermann – das Boot lavierte unglaublich geschickt in den engen Canons und winzigen Fjorden zwischen den Eisschollen, die überall waren und ewig zu sein schienen, obgleich es gar nicht kalt war, um die Null Grad.

»Max, Sie könnten sich als Gondoliere in Venedig verdingen.« Dieses Kompliment machte ihm der Neurochirurg Anton.

»Daraus wird nichts«, erwiderte Max ganz ernst.

»Wieso?«

»Ich hab Ausreisesperre. Ich wurde letztes Jahr aus Deutschland ausgewiesen, deshalb darf ich die nächsten drei Jahre nicht in die Schengen-Staaten.«

»Warum wurden Sie denn ausgewiesen?«

»Wegen einer Schlägerei und wegen Randalierens in einer Hafenkneipe in Kiel.«

Arme Karpik, einen schönen Freund hast du dir da ausgesucht! Eine Schlägerei in einer Hafenkneipe, das wird ja immer besser …

»Stammt das davon?« Anton griff sich an die Wange, wo Max seine Narbe hatte.

»Nein. Das war eine andere Schlägerei. In Zeebrugge. Das ist in Belgien. Waren Sie schon mal in Belgien?«

»In Belgien?« fragte Anton lebhaft zurück. »Ja, natürlich. Vor zwei Jahren, und zwar auch in Zeebrugge. Auf einem Neurochirurgen-Kongreß. Zufälle gibt's!«

»Ich war auch vor zwei Jahren da. Daß wir uns da nicht begegnet sind!« Max grinste. »Dann hätten wir zusammen einen trinken können.«

Max zuzuhören war unerträglich. Aber ich sah ihn gern an. Der große Kopf, die enganliegenden Ohren, die Narbe ... So einer mußte überall ausgewiesen werden.

»Waren Sie schon mal auf Robbenjagd, Max?«

»Ja.«

»Und, wie ist das?«

»Schwere Arbeit. Man ist fix und fertig.«

»Fix und fertig?«

»Die Hauptsache ist gar nicht, das Tier zu töten, das ist normalerweise kein Problem. Aber dann muß man es noch zerlegen und aufs Schiff schleppen.«

»Ist das so schwer?«

»Waren Sie mal auf einem Schlachthof?«

»Noch nie.«

»Dann erkläre ich es Ihnen nicht weiter. Sie werden selber sehen.«

»Ich finde, diese Robben sind eigentlich ein viel zu leichtes Ziel für einen richtigen Jäger«, mischte ich mich in das Männergespräch ein.

Anton sah mich mit erstauntem Interesse an, Max mit leichter Herablassung.

»Sie sind doch viel zu plump.«

»Ich sag Ihnen was, Sie haben zu viele Tiersendungen im Fernsehen gesehen. Eine Robbe in der Natur ist ziemlich wendig, auch wenn sie ihre drei- bis vierhundert Kilo wiegt. Die Robben sind flink wie die Flöhe. Und die Jungtiere erst. Versuchen Sie erst mal, eine zu treffen.«

»Werden Sie selbst denn nicht schießen?« fragte Anton vorsichtig.

»Kugeln auf harmlose Tiere verschwenden, dazu hab ich keine Lust.« Max schüttelte den Kopf, und seine Narbe zitterte drohend.

»Leben denn hier noch andere Tiere außer Robben?« In Anton erwachte der Junge Naturforscher.

»Ein paar. An der Küste laufen Bären rum. Haben Sie gesehen, wie die Küste hier aussieht? Hunderte von Kilometern kein Mensch, keine Behausung. Nur Bären. Allerdings liegt hier in der Nähe noch eine kleine Insel, lauter kahle Felsen. Insel des Heiligen Jonas. Also, da leben Vögel, Lummen. Die Eier von denen sind komisch - die Schale grün, das Eigelb rot. Von diesen Lummen wimmelt's da, das sind Tausende, wenn nicht Millionen. Na, und natürlich Möwen.«

»Und gibt es sonst noch was auf dieser Insel?«

»Eine Wetterstation. Allerdings unbemannt, funktioniert automatisch. Ja, das ist eigentlich alles. So, und nun sollten wir die Klappe halten. Wir sind nämlich da.«

Der Anblick war grandios.

Einer der beeindruckendsten in meinem Leben. Nachdem das Boot eine gewaltige Eisscholle umschifft hatte, lag vor uns eine relativ ebene Fläche, übersät mit Eisbrocken. Ich wußte nicht genau, wie viele Meter uns von dieser Eiskolonie trennten – auch hier spielte das Meer mit uns seine verrückten Spiele, brach das Licht und machte es lebendig, und die Eisschollen atmeten und bewegten sich. Als ich aus lauter Neugier die Sonnenbrille absetzte, taten mir sofort die Augen weh. Die grauen Eisbrocken waren Robben. Es waren einige hundert, wenn nicht tausend. Dort, wo die Sonnenstrahlen nicht hinkamen, sahen die Robben aus wie Scherenschnitte, ihre scharfen Silhouetten hatten etwas Magisches. Dort, wo die Sonne das Eis schmolz, waren sie Eis, ein fast unsichtbares Netz, verschmolzen mit dem Hintergrund.

Über der Robbenmenge dröhnte ein Heulen, dasselbe

Heulen, das wir in der Nacht vernommen hatten. Doch nun war es differenzierter, wie in einer riesigen aerodynamischen Röhre waren verschiedene Töne herauszuhören. Ein hohes Schreien, das an das Weinen eines Kindes erinnerte, das besänftigende, dumpfe Knurren eines Mannes …

»Das ist ja irrsinnig schön«, sagte Anton leise.

»Ja, der Anblick ist nicht übel«, bestätigte Max. »Nichts für schwache Nerven.«

»Haben sie denn keine Angst vor Menschen?« fragte ich dumm.

»Noch nicht. Bis man auf die erste schießt.«

»Und dann?«

»Haben Sie mal Tauben gesehen?« fragte mich Max.

»Wieso Tauben?«

»Haben Sie gesehen, wie sie auffliegen, sobald man sie aufschreckt? Na, ja, das hier ist genauso, bloß mit mehr Masse. Aber wir sollten nicht dichter ran als dreißig Meter.«

»Warum?«

»Wenn sie ins Wasser springen, gibt das eine Welle, und dann noch das Eis. Das Beiboot kentert zwar nicht so leicht, aber die Wände sind ziemlich flach, das schwappt schnell voll, und dann viel Spaß.«

»Und wie sollen wir sie dann transportieren?« Der erste Schock der Begnung mit den Robben war überwunden, nun interessierte sich Anton für die technischen Details der Operation – selbst von weitem wirkten die Robben ziemlich imposant.

»Ganz einfach. Wir häuten sie auf dem Eis, das Fleisch kommt auf die eine Seite, die Häute auf die andere, dann zerlegen wir sie so gut es geht, und ab ins Boot.«

»So schwere Brocken?« Anton klopfte vorsichtig gegen die Bootswand.

»Dieses Boot hält gut eine halbe Tonne Last aus. Nun, sind Sie bereit?«

»Ja, schon«, sagte Anton unsicher und hob ebenso unsicher seinen Karabiner.

»Versuchen Sie, den Kopf zu treffen. Alles andere ist reine Verschwendung von Kugeln. Mindestens acht Zentimeter dick nur Speck, da bleibt die Kugel bloß drin stecken, ohne jeden Effekt.«

»Und Sie, Eva?« fragte Anton mich.

Ich schwieg. Ich hatte keine Lust auf eine Jagd, die eher an Schwerstarbeit im Schlachthof erinnerte. Die Idee hatte mich von Anfang an nicht begeistert, und nun, nach der anschaulichen Beschreibung, erschien mir die Sache noch widerlicher. Gut, daß Karpik nicht mitgekommen ist, dachte ich auf einmal, man kann sich gut vorstellen, wie das aussieht – ein dreizehnjähriges Mädchen, das eine Robbe häutet.

»Nein, ich kann nicht schießen«, log ich.

Max lachte verächtlich. Das war ja zu erwarten von der sauberen Lady, sie kann nur vielsagend seufzen, nicht ausgeschlossen, daß sie noch anfängt zu heulen.

»Noch ein Rat, Anton«, sagte Max und spuckte über Bord. »Sie sollten möglichst gleich mit der ersten Kugel treffen. Damit sich das Tier nicht quält und Sie auch nicht. Ein angeschossenes Tier töten, das ist das Letzte. Und sehen Sie ihnen nicht in die Augen.«

»Ist das wieder irgendwas Mystisches?«

»Nein, keine Mystik. Aber es gibt einfach Dinge, die können einem die Jagd ein für allemal versauen. Wenn man es als Jagd betreibt, nicht als Gewerbe. Beim Gewerbe ist alles klar, da ist kein Platz für Sentimentalitäten. Fünftausend Stück pro Fahrt, das Fleisch in die Fabrik, und null Gewissensbisse. Fließband. Aber bei der Jagd, da ist man mit dem Tier Auge in Auge. Und man weiß nie, was man darin sieht.«

Ich stieß einen Pfiff aus. Wer hätte gedacht, daß dieser Freund von Kneipenschlägereien auch ein Philosoph war.

»Max«, sagte ich plötzlich zu meiner eigenen Überraschung, »ich bitte Sie sehr, tun Sie dem Mädchen nicht weh.«

Max sah mich aufmerksam an und lächelte.

»Sie ist in Sicherheit. Im Gegensatz zu allen anderen.«

Seine Worte kamen mir unheilvoll vor.

»Was meinen Sie damit?«

»Das gleiche wie Sie. Gar nichts.«

Anton sah uns verständnislos an.

»Stehen wir hier noch länger rum, oder gehen wir endlich?« fragte er.

»Sie können sich noch früh genug an getöteten Robben erfreuen. In den zwei Wochen werden Sie das so satt haben, daß Sie die ganze Welt hassen.«

Erst nach einer Stunde gelang es Anton, das erste Tier zu töten. Da hatte er bereits ein ganzes Magazin verschossen. Max hatte recht: Die so plump wirkenden Tiere waren ziemlich flink. Die ständigen dumpf hallenden Schüsse brachten die Robben in Bewegung – das Meer schien gleich über den Rand zu schwappen. Wir waren naß bis auf die Knochen, augenblicklich waren unsere Kleider mit einer dünnen Eisschicht überzogen, und ich konnte an nichts mehr denken. Kälte, Kälte, teuflische Kälte.

»Heute ist nicht Ihr Tag, Anton«, sagte ich nach einem erneuten verfehlten Schuß. »Zeit, sich damit abzufinden. Kehren wir um. Sonst holen wir uns eine Lungenentzündung.«

»Nur noch ein paar Schüsse«, bettelte Anton. Im Gegensatz zu mir fror er absolut nicht: Seine Jacke dampfte, ebenso seine nassen Haare. Das Jagdfieber machte sein Gesicht anziehender. Mein Gott, warum ließ der Gedanke ans Töten Männer so schön werden? Fast genauso, wie eine Frau durch eine Schwangerschaft schön wurde. Wir werden einander nie verstehen, niemals!

Endlich war es soweit.

Ein idealer Schuß machte alle Leiden Antons mit einem Schlag wett: Er traf eine riesige Robbe genau in den Kopf. Sie hatte zusammen mit vielen anderen auf einer Eisscholle gelegen, doch nach dem glücklichen Schuß lag sie allein dort, verlassen von ihren Artgenossen. Das Leben floh vor dem Tod.

»Toll, nicht?« sagte er wie ein kleiner Junge. »Und was jetzt, Kapitän?«

»Nun kümmern wir uns um die Beute«, antwortete Max seelenruhig. Der Treffer des Neurochirurgen ließ ihn ebenso kalt wie die Mißerfolge zuvor.

Kurz darauf stieß das Boot mit der Nase gegen die Eisscholle, auf der die Robbe lag. Max kletterte als erster hinaus, ein riesiges Jagdmesser in der Hand. Anton hielt ein ebensolches Messer in der Hand, hatte es aber nicht eilig, es einzusetzen. Sein Sieg hatte ihn großmütig gemacht, ihm fiel wieder ein, daß eine Frau im Boot saß. Er reichte mir sogar die Hand, als ich beschloß auszusteigen, um mir die von der Kälte und der Bewegungslosigkeit steifen Beine zu vertreten.

Die Robbe war tatsächlich riesig, etwa zwei Meter lang. Unser Boot war nur einen halben Meter länger. Die Kugel hatte dem Tier die Stirn zerschmettert.

»Und?« Max zwinkerte dem Neurochirurgen zu. »Kümmern Sie sich selbst um die Beute, oder überlassen Sie diese delikate Angelegenheit lieber einem Fachmann?«

»Ich glaube, ich sehe erst mal zu, wie der Fachmann das macht.«

Max zog seine Jacke aus und trug nun nur noch das Muskelshirt, in dem ich ihn zum erstenmal gesehen hatte. Mit Fußtritten drehte er die Robbe auf den Bauch und machte den ersten Längsschnitt. Die Haut mit der dicken Fettschicht ließ sich so leicht abziehen wie eine Bananenschale – zumindest sah es so aus. Max benutzte als Hilfswerkzeug einen Eisenhaken, der an einen Schürhaken erinnerte. Eine Menge Blut floß auf die Eisscholle und erwärmte das Eis; bald hatte sich unter der Robbe eine Kuhle gebildet.

Irgendwo in den Tiefen meines Gehirns blinkte wie ein gleißender Punkt ein einziger Gedanke: Was, wenn der Anblick des warmen, unschuldigen Blutes ihn provozierte, den Mann, der sieben junge Männer getötet hatte und diesen Geruch kannte? Den Mann, der nun in einem der Boote auf Robbenjagd war?

Ich sprang so ungeschickt von der Blutlache zurück, daß ich das Gleichgewicht verlor, auf das Eis fiel und mir an der harten Kruste die Wange zerkratzte. Anton kam sofort angelaufen und half mir aufstehen.

»Mein Gott, was ist mit Ihnen? Sie sind ja ganz blaß!«

»Der Dame ist beim Anblick des Blutes schlecht geworden, sonst nichts«, kommentierte Max, der geschäftig die Robbe zerlegte. »Helfen Sie mir, Anton. Ich zerteile sie jetzt, und dann werfen wir die Stücke ins Boot.«

»Ja, ja, natürlich.« Anton rührte sich noch immer nicht von meiner Seite.

»Alles in Ordnung, Anton«, beruhigte ich ihn, »nur ein kurzer Schwächeanfall. Offenbar vertrage ich den Geruch von Blut nicht.«

»Kommen Sie, ich bringe Sie ins Boot.« Er war äußerst liebenswürdig.

»Danke, das schaffe ich allein.«

Ich kehrte zurück ins Boot. Darin lag bereits die Robbenhaut, und ich setzte mich darauf. Von nahem sah sie prachtvoll aus, und nun wußte ich auch, was Clio nach der ersten Ausfahrt aufs Meer tun würde: Sich einen bodenlangen wasserdichten Pelz anfertigen lassen und Robbenlederstiefel, die würden ihr Bühnenimage festigen und es noch pikanter machen. Während ich mit solchen Gedanken beschäftigt war, kamen Anton und Max zurück, von

Kopf bis Fuß voller Robbenblut und Fett. Sie hatten die Robbe in drei Teile zerlegt, die sie nun ins Boot warfen. Die flachen Wände des Bootes täuschten – es hätte mühelos noch mehrere aufnehmen können.

»Wie geht es Ihnen, Eva?« fragte Anton besorgt, und Max lachte spöttisch: Alberne Empfindlichkeit angesichts der rauhen Landschaft.

»Danke. Jetzt ist alles in Ordnung, Anton.« Ich lächelte den Neurochirurgen schwach an.

Er berührte mit seiner blutverschmierten Hand mein Kinn. »Ich glaube, man muß ein Auge auf Sie haben.«

»Ich denke, das ist nicht nötig.«

»Spielen Sie Billard?«

Ob ich Billard spiele? Mein Gott, gegen mich bist du ein Waisenknabe!

»Ein bißchen«, sagte ich.

»Wir beide könnten heute abend zusammen spielen. Um Sie ein wenig von der Jagd abzulenken.«

»Klingt verlockend. Ich werde es mir überlegen, Anton.«

Ich redete mit Anton, sah ihn aber gar nicht an. Viel mehr fesselte mich Max. »Ist Ihnen immer noch nicht kalt?« fragte ich ihn.

»Ja, wirklich«, sekundierte mir Anton. Seine Stimme verriet versteckte Eifersucht: Ein Mann duldete es nicht, wenn ein anderer ihm überlegen war, egal, worin.

»Man muß lernen, alles zu genießen. Auch die Kälte«, antwortete Max, zog sich aber dennoch seine Jacke wieder an. »Wir müssen zurück. Wir sind spät dran.«

Wir waren fast die letzten, die auf die »Excalibur« zurückkehrten. Nur zwei Boote fehlten noch – das mit Wadik und Sokolnikow und das mit Clio und Mucha. Alle anderen waren glücklich wieder an Bord, und auf dem Achterdeck lief das endgültige Zerlegen der Robben auf Hochtouren. Ohne Beute waren nur der Gouverneur und der

Steward Roman. Nun saß der Gouverneur traurig neben der Kabine des Bootskrans und trank aus dem Becher seiner Thermoskanne Wodka.

Held des Tages war der Anwalt. Er hatte drei erwachsene Tiere erlegt und außerdem noch eine kleine Largha-Robbe von knapp einem Meter Länge angeschossen. Die lag nun neben der rechten Bordwand und blickte jeden aus hilflosen, tränenden Augen an. Daneben saßen Annika und Karpik, die Empfindsamsten unter den Passagieren. Karpik war so beschäftigt mit der kleinen Robbe, daß sie uns ignorierte. Sie streichelte die ganze Zeit das Tier, das sich nicht wehrte, sondern nur Klagelaute ausstieß, die dem Weinen eines Kindes glichen. Das brach Karpik offensichtlich das Herz. Und als der Matrose Gena, der am Fang des Tieres unmittelbar beteiligt gewesen war, dazutrat, sagte Karpik: »Wir müssen sie freilassen.«

»Daraus wird nichts, mein Kind« widersprach Gena entschieden. Durch seine Hände waren schon Hunderte solcher Robben gegangen, für ihn waren sie lediglich Futter für die Pelztiere.

»Warum nicht?«

»Sie ist verletzt. In einer halben Stunde ist sie tot. Oder noch eher.«

»Dann müssen wir sie behandeln.«

»Sie stirbt so oder so. Besser, dem Leiden gleich ein Ende machen, damit sie sich nicht quält.«

»Nein!« Karpik traten Tränen in die Augen, und in diesem Moment sah sie selbst aus wie eine kleine Robbe.

»Es geht nicht anders. Tritt mal beiseite, Mädchen.«

»Nein!« Karpik umklammerte Genas Bein.

»Beruhigen Sie sie doch«, appellierte er an Annika.

Annika verstand, daß etwas Sonderbares vorging, sie war auf seiten des Mädchens; sie war zu sehr Schweizerin für ein so unzivilisiertes Töten. Noch dazu an Deck eines Schiffes.

»Annika!« Karpik ließ Gena los und umklammerte nun Annika.

»Je me sens mal. J'ai mal au cœur.«[1]

»Was wollen Sie denn, Madame?« Max war herangetreten, und Karpik verstummte für einen Moment. »Das hier ist eine Jagd, kein tir aux pigeons.«[2]

Das war gutes Französisch.

So gut, daß ich es verstand. Annika war verblüfft: Dieser Matrose mit der schrecklichen russischen Narbe sprach so gut Französisch, daß er sie sogar verspotten konnte. Sie sah Max mit echtem und so unverhohlen weiblichem Interesse an, daß ich begriff: Ich brauchte mir keine Sorgen zu machen wegen ihres untreuen Ehemannes, der in der Dusche zweifelhafte junge Männer küßte – Annika war durchaus in der Lage, sich zu rächen.

Die unglückliche Robbe war sofort vergessen. Selbst Karpik verriet das sterbende Tier. Sie sah ihren Max mit gönnerhaftem Stolz an, wie ein Herr seinen Hund, der auf einer Ausstellung eine Medaille bekommen hat.

»Parlez-vous français?«

»Non.«

»Vous êtes bien aimable ... Voulez-vous m'accompagner a' ...«[3]

Das gefiel Karpik offensichtlich ganz und gar nicht. Noch ehe Max den Mund aufmachen konnte, sagte sie laut und deutlich: »Propriété privée. Place réservée.«[4]

Verdammt! Was war das für ein Schiff? Warum sprachen hier alle Französisch, selbst ein dreizehnjähriges Kind?

Annika lachte ihr nettes, ein wenig steriles Schweizer

1 (franz.) – Mir geht es nicht gut. Mir ist schlecht.

2 (franz.) – Tontaubenschießen.

3 (franz.) – Das ist sehr lieb von Ihnen. Würden Sie mich begleiten...

4 (franz.) – Privateigentum. Der Platz ist besetzt.

Lachen; Max zuckte die Achseln und lächelte. Inzwischen hatte der Matrose Gena die Robbe fortgeschafft, damit den mitfühlenden Frauen nicht das Herz brach. Karpik, die nun ihr Territorium markiert hatte, schob die Hände in die Taschen und beschloß, einen Spaziergang auf dem Deck zu unternehmen.

Umgehend rutschte sie aus. Das Deck, voller Blut und Fett, war glatt wie eine Eisbahn. Max und Annika rannten zu ihr. Annika war schneller, sie reichte Karpik die Hand, die griff danach, Annika verlor das Gleichgewicht und fiel ebenfalls hin. Gleich darauf folgte auch Max, der beinahe auf Karpik landete. Das war so ansteckend, daß auch ich Anlauf nahm wie als Kind auf der Schlitterbahn und in den kleinen Haufen hineinschlitterte.

Nach ein paar Minuten schlitterten wir alle begeistert über das Deck.

Für Max, der sich unbemerkt entfernt hatte, kam der Eishockeystar Vitja, der voller Wonne den Becher der Thermoskanne, den der Gouverneur unvorsichtigerweise liegengelassen hatte, übers Deck jagte. Zu ihm gesellten sich Filipp, Anton und sogar der dicke Anwalt, der sich nicht von seiner Jagdbeute trennen konnte, die die Matrosen zum Teil gleich hier an Deck durch den Fleischwolf drehten. In der Nähe der Ladekräne stand ein großer Industriefleischwolf, dessen Bauch im Zwischendeck verschwand – zu sehen war nur der Trichter, in den nun die Fleischstücke geworfen wurden.

Karpik schlitterte neben mir und fiel hin, wobei sie mich mitzog. Ich hatte sie noch nie so fröhlich gesehen. Sie küßte mich auf die Wange, und erst jetzt sah ich, daß ihre Haare blutverschmiert waren und ihr Gesicht vom Fett glänzte.

»Karpik, Liebes, du bist ja ganz beschmiert!«

»Du auch, Eva! Ist das nicht toll? Schade, daß Papa noch nicht da ist.«

»Deine Haare sind ganz voll Blut.«

Karpik berührte mit den Fingerspitzen ihr Haar, dann meins.

»Deine auch!«

»Ich glaube, wir sind alle verrückt geworden.«

»Ist das so schlimm?« Karpik drehte sich behende um und stellte Filipp ein Bein, der lachend stürzte.

»Wir sehen komisch aus.« Das Wort war nicht ganz zutreffend: Was hier an Deck vor sich ging, hatte eher etwas von einer Psychose. Der Geruch von Blut ließ uns die seltsamsten Dinge tun. Aus den Augenwinkeln sah ich neben mir Anton hinfallen. Er wirkte unbeholfen und zugleich rührend. Irgend etwas an ihm war neu.

Die Brille.

Ich hatte gar nicht gewußt, daß er eine Brille trug. Ein schmales, rundes Gestell, der ewige John Lennon, »Sergeant Pepper's Lonely Heart Club Band«. Die Brillenbügel waren voller Robbenblut, auch die Gläser hatten einige Spritzer abbekommen. Ich hatte seine Augen noch nie so nahe gesehen. Sie waren zu durchsichtig, zu weich für einen Mann.

Als ich mit Karpik unter der Dusche stand und sie wusch, wobei ich die Tätowierung vorsichtig aussparte, kam mir eine einfache und zugleich glänzende Idee. So einfach und so glänzend, daß ich mich wunderte, warum ich nicht schon früher darauf gekommen war. »Von unserem gestrigen Zeitvertreib« hatte der Erste Offizier in jener Nacht an Deck gesagt. Das konnte sich nur auf den Tag vor dem ersten gemeinsamen Abendessen an Bord beziehen. Und wenn er die Tätowierung gemeint hatte – die konnte er nur unter der Dusche gesehen haben.

Ein Deck höher als die, unter der wir jetzt standen. Dort, wo Karpik und ich gestern Mucha und Andrej ertappt hatten. Und ich würde ihn ebenso erkennen, wie

Mitko ihn erkannt hatte – an der eintätowierten Schildkröte auf der Brust.

Aber da die Männerdusche für mich tabu war, mußte ich jemanden finden, der, ohne Verdacht zu erregen, nach diesem Detail Ausschau hielt. Ich mußte nicht lange überlegen, wer dafür in Frage kam: Mucha. Natürlich, Mucha.

Ich mußte noch heute mit ihm sprechen, im geeigneten Ton; ich durfte auf gar keinen Fall den wirklichen Grund meiner Nachforschungen erwähnen. Irgendwas Verschämt-Laszives über männliche Oberkörper. Bei einem Kognak würde er das schlucken, zumal Frauen ja Homosexuellen gegenüber immer sehr offen waren. Gleich heute abend, nach dem Abendessen, würde ich das tun. Wenn Mucha das schaffte – und daran zweifelte ich keinen Augenblick –, dann wäre der Rest nur noch eine Frage der Technik.

Ich nehme einfach die Mappe mit den Dokumenten und gehe damit zum Kapitän. Die »Excalibur« ist voller Waffen und voller kräftiger Männer, die werden mit jedem fertig, nicht nur mit plumpen Robbenkörpern.

»Aua!« schrie Karpik.

»Was ist denn, Kleines?« Ich seifte ihr gerade den Kopf ein, sie selbst hatte mich darum gebeten. Bist du etwa so ungeschickt, Eva, daß du sie aus Versehen an den Haaren gezogen hast? Da sieht man, was es heißt, wenn man keine Kinder hat, keinen Freund und keinen Geliebten …

»Ich hab Seife in die Augen gekriegt. Es brennt.«

Anschließend trocknete ich sie lange mit einem riesigen flauschigen Handtuch ab, auf dem ebensolche schlappohrigen Hunde waren wie auf ihrem Schlafanzug. Das alles rührte mich zu Tränen, besonders, wie Karpik versuchte, ihre winzige, gerade erst sprießende Brust zu verdecken. Sie schob die Hände unter die Achseln und trat geduldig von einem Fuß auf den anderen, während ich ihr das weiche, fast schwerelose Haar kämmte.

»Darf ich dich was fragen, Eva?«

»Natürlich, frag nur.«

»Wenn ich groß bin ... Wenn ich groß bin, habe ich dann auch so einen Busen wie du?« Sie kniff die Augen zusammen, als hätte sie etwas Ungehöriges gesagt.

»Natürlich, du Dummchen.« Ich lachte und stupste mit dem Finger gegen ihre Nase. »Ganz genau so einen, sogar noch schöner.«

»Ich möchte überhaupt sehr gern, daß du bei uns bleibst. Daß du bei mir sitzt, wenn ich ins Bett gehe. Das war so toll. Papa hat gar keine Zeit für mich. Manchmal denke ich, er bleibt extra so lange auf Arbeit, damit er nicht bei mir sein muß, damit er nicht mit mir reden muß.«

»Unsinn, Karpik. Dein Papa hat dich sehr lieb. Obwohl das bestimmt ziemlich schwierig ist – dich zu lieben.«

»Wieso?« Sie sah mich erstaunt an.

»Weil du manchmal unausstehlich bist. Wenn du zum Beispiel mal wieder eine Show abziehst. Wie gestern, als du über den Gouverneur hergefallen bist. Dabei ist er vielleicht ein grundanständiger Mensch.«

»Ich glaube nicht, daß er ein anständiger Mensch ist. Es ist sein Jackett.«

Ich klammerte mich an Karpiks Schulter fest, um nicht von der schmalen Bank zu fallen. Wie hatte ich vergessen können, daß Karpik heute nicht zufällig auf dem Schiff geblieben war? Daß sie vermutlich ihre Nase in die Schränke aller Passagiere gesteckt hatte? Und daß auch ich selbst fast sicher war, daß das Jackett mit den Münzknöpfen dem Mörder gehörte? Daß ich das Leben des Mädchens bewußt in Gefahr gebracht hatte, indem ich ihrem Irrsinnsplan, die Kabinen zu durchsuchen, zugestimmt hatte?

»Es ist sein Jackett. Das weiß ich«, wiederholte Karpik starrsinnig.

»Hast du es gefunden? Hast du es gesehen?«

»Nein. Noch nicht. Aber ich weiß es einfach, daß das Jackett diesem Widerling Raspopow gehört.«

»Moment mal, warst du in seiner Kabine?«

»Ja«, gestand Karpik widerwillig, »aber da habe ich nichts gefunden. Er ist doch nicht so blöd, ein Indiz in seiner Kabine zu behalten. Er hat es irgendwo versteckt oder mit Steinen vollgestopft und im Meer versenkt.«

»Du hast eine blühende Phantasie, Karpik! Man darf niemanden beschuldigen, solange seine Schuld nicht bewiesen ist.«

»Du redest genau wie Papa.«

»Weil ich erwachsen bin. Und dein Papa ist auch erwachsen.«

»Papa ist ein noch größeres Kind als ich.« Karpik verzog das Gesicht. »Er glaubt, wenn man viele kluge Bücher gelesen hat, dann kennt man sich aus im Leben.«

»Stimmt das denn nicht?«

»Natürlich nicht. Um sich im Leben auszukennen, sollte man überhaupt keine Bücher lesen.«

»Ein sehr origineller Gedanke, Karpik. Na schön, deine Haare sind fertig, du kannst dich anziehen und gehen. Und dabei gleich erkunden, wo dein Papa geblieben ist. Inzwischen sollten alle Jäger zurück sein.«

»Ja. Sag mal – hat Max eine Robbe getötet?«

»Max? Nein, das hat er anderen überlassen.«

»Aber er ist okay, nicht?«

»Ja, das ist er.«

Wir kamen gerade rechtzeitig an Deck. Die Beute war zerlegt, die Robbenhäute durch eine große Mangel gedreht worden – so wurde das Fett ausgepreßt, das man in riesigen Gefäßen sammelte. Fast die gesamte Crew war weg, sich waschen und ausruhen, bis auf Gena, der noch das Deck von Blut und Fett säubern mußte. Was er erfolgreich tat, indem er es gnadenlos mit der Feuerspritze abspülte, obgleich noch zwei Boote fehlten. Endlich sahen Karpik und ich sie kommen, wobei sie immer wieder mal hinter Eisschollen verschwanden. Karpik, die sich ein Fernglas ausgeliehen hatte (wann hatte sie das nur geschafft, alle kennenzulernen und zu bezaubern?), sprang auf die unterste Sprosse der Reling und starrte auf die beiden Boote.

»Papotschka! Da ist Papotschka!« Karpik seufzte laut auf, doch einen Augenblick später ließ sie das Fernglas sinken, dann hängte sie es über die Reling. Und lief davon, ohne ein Wort zu sagen.

Ich griff zum Fernglas und sah aufs Meer. Nun verstand ich, warum Karpik so reagiert hatte: Clio und Sokolnikow saßen in einem Boot, und Sokolnikow hielt sie fest umschlungen. Dabei waren sie doch in ganz anderer Zusammensetzung hinausgefahren. Ich sah hinüber zum zweiten Boot: Darin saßen Mucha und Wadik, der unaufhörlich drehte, während der unbekümmerte Mucha Faxen machte und sich königlich amüsierte.

Als die Boote hochgehievt waren und alle vier Passagiere auf dem Deck standen, rief Sokolnikow mir zu: »Eva! Den Doktor, schnell!«

Ohne meine Antwort abzuwarten, nahm er Clio auf den Arm und trug sie hinunter ins Schiff. Clio wehrte sich nicht, im Gegenteil, sie hielt den Hals des Bankiers fest umklammert. Ein fast idyllisches Bild, abgesehen von dem Blut auf Clios Kinn und dem total durchnäßten Sokolnikow. Ich öffnete ihnen die Tür und bemerkte erst jetzt, wie verändert Clios Gesicht war: kein Hochmut mehr, nur noch Erschöpfung und sanfte Ergebenheit.

Wadik und Mucha luden ihre zerlegte Beute aus, und der unermüdliche Mucha gab vor der Kamera eine ganze Vorstellung. Er wickelte sich in die Häute, tat, als schieße er mit dem Karabiner, setzte sich auf einen gewaltigen Robbenkopf … Dann streifte er Jacke und Pullover ab und demonstrierte seine durchtrainierten Muskeln. Schließlich hatte er genug, warf Wadik noch einen Luftkuß zu und verschwand, Clio und Sokolnikow nach.

»Was ist denn passiert? Warum kommt ihr so spät und dann noch in dieser Allianz?« Ich meinte vor allem Sokolnikow und Clio, aber Wadik bezog das auf sich.

»Ich habe ihn nicht angerührt.«

»Wer redet denn von dir? Ich meine deine Sängerin. Sokolnikow war offenbar fixer. Wie hat er das nur geschafft?«

»Ach!« Wadik seufzte und erzählte mir die ganze unglaubliche Geschichte.

Die Jagd hatte für ihn und Sokolnikow ungefähr genauso angefangen wie bei uns: nichts als nasse Kleidung und Wasser im Boot. Wadik war das im Grunde egal, er filmte begeistert Meer, Eis und Robben und furchtlose rosa Möwen, die über ihren Köpfen hinwegzischten. Offenbar waren sie am weitesten von allen hinausgefahren, sie sahen am Horizont bereits die Insel des Heiligen Jonas – die, von der Max uns erzählt hatte. Wadik schlug vor, hinzufahren, doch der besonnene Bankier lehnte das ab. Dann stießen sie um ein Haar mit Clio und Mucha zusammen, die sich amüsierten, indem sie ihren Steuermann dazu brachten, so nah wie möglich an die Robben heranzufahren, um dann zusammen mit den Tieren zu heulen. Clio fand, das sei der perfekte Ort zum Proben. Sie freuten sich über die überraschende Begegnung auf offener See, wie Landsleute aus Kryshopol über eine plötzliche Begegnung auf der Fifth Avenue. Sie beschlossen, die restliche Zeit zusammen zu bleiben, zumal die Jagd für alle vier bislang erfolglos verlaufen war, und zu versuchen, doch noch irgend etwas zu schießen. Sie hatten sogar Glück, Sokolnikow erlegte eine Robbe. Die Welle, die die ins Wasser springenden Robben erzeugten, hob das Boot von Clio und Mucha hoch, klatschte gegen die Bordwand, und Clio, die am Bug gestanden hatte, fiel ins eiskalte Wasser. Sie schlug mit dem Kinn auf die scharfe Kante einer kleinen Eisscholle und wäre beinahe ertrunken, wäre Sokolnikow nicht beherzt ins Wasser gesprungen, die zehn Meter zu ihr geschwommen und hätte sie ins Boot gehievt.

»Und du?« fragte ich Wadik. »Wieso bist du denn nicht gesprungen? Sie ist doch die Heldin deiner Träume.«

»Erstens kann ich nicht schwimmen«, erklärte Wadik bedauernd, »und zweitens habe ich alles gefilmt. Dummköpfe, die sich als Retter ins Wasser stürzen, gibt es viele, aber kluge Chronisten nur ein paar. Das ist doch eine klasse Szene für unseren Clip. Die Extremsituation, von der die Bolschewiki so lange gesprochen haben, ist eingetreten. Und das alles in den Kulissen der majestätischen Eislandschaft. Eine solche Aufnahme – nicht inszeniert, sondern ganz echt – kostet bei CNN einen Haufen Geld. Es ist also noch gar nicht raus, wer bei der Sache gewonnen hat, ich oder er. Mein Beruf geht mir über alles. Ich bin eben Profi …«

»Natürlich bist du ein Profi, mein Unglück«, ich griff nach Wadiks Kinn, »aber den Kampf um das Weibchen, den hast du verloren.«

Das war der schönste Abend.

Der schönste bislang auf der »Excalibur«. Ein wenig halbtrockener Wein (demi sec, oui?) für Annika, etwas mehr Gin für Clio und eine ungehörige Menge Kognak für mich. Karpik trank Champagner, den ich für sie von Mucha stibitzt hatte.

»Auf deine Gesundheit, Karpik.«

»Ich mag Champagner nicht besonders, aber egal, auf deine Gesundheit, Eva.«

»Soll ich dir Saft bringen?«

»Nein. Ich würde gern deinen Kognak probieren.«

»Sonst noch was! Kleine Mädchen sollten keinen Kognak trinken.«

»Was sollten kleine Mädchen denn trinken?«

»Na ja, ich weiß nicht … Cola, Limo, Tomatensaft.«

»Aber Max sagt, das beste Getränk ist Maiswodka mit Wermut.«

»Und was sagt dein Max sonst noch zu dir?«

»Dasselbe wie du. Von wegen Tomatensaft.«

Gott sei Dank, er hat immerhin genug Verstand, dem Kind kein dummes Zeug in den Kopf zu setzen. Ich empfand sogar eine Art Zärtlichkeit für Max, mit reichlich Kognak begossen.

»Du trinkst ziemlich viel«, tadelte mich Karpik.

»Ich muß mich einfach erholen.«

»Abschalten?«

»Irgendwie schon.«

»Gut«, genehmigte Karpik. »Ich werde auf dich aufpassen.«

»Tu mir den Gefallen.«

»Und auf Papa auch. Hast du ihn irgendwo gesehen?«

»Nein«, log ich. Dabei hatte ich ihn erst vor einer Viertelstunde gesehen, auf dem Weg zur Toilette. Auf der Treppe zum Vorderdeck hatte ich die beiden erwischt. Sie küßten sich. Clio und der Bankier.

Mein Gott, warum wurde ich dauernd Zeugin fremder verstohlener Küsse?

»Vielleicht sollte ich ihn suchen gehen?« fragte Karpik.

»Warum?«

»Mir gefällt das nicht.«

»Was – das?«

»Sie ist auch nicht da. Dieses Flittchen.«

Ich dachte an die Kakerlaken in der Tasche der mir unbekannten Natalja und an die getrockneten Würmer in ihrer Wäsche. Wenn die beiden noch dort standen, dann war Clio nicht zu beneiden.

»Willst du nicht lieber bei mir bleiben? Laß uns ein bißchen schwatzen.« Ich zauste Karpik die Haare.

»Nein. Ich kann es nicht leiden, wenn du trinkst.«

»Gut. Ich werde nicht mehr trinken. Hat dir schon mal jemand gesagt, daß du eine kleine Tyrannin bist?«

»Schon hundertmal. Das ist Papas Lieblingsausdruck. Ihr seid euch sehr ähnlich.«

Das klang aus Karpiks Mund wie: Ihr seid füreinander geschaffen.

Sie waren immerhin klug genug, getrennt im Billardraum zu erscheinen: Der Vater kannte seine Tochter und wollte sie nicht unnötig reizen. Mit dem unschuldigsten Lächeln und den lüsternsten Augen schob er sich in den verrauchten Raum.

»Ich hab's doch gewußt«, verkündete er, als er uns hinter dem riesigen Globus entdeckt hatte, »ich hab doch gewußt, wo die eine von euch beiden ist, da ist auch die andere nicht weit. Hallo, ihr beiden. Hallo, meine Gute.« Er küßte Karpik auf die Nase.

»Wo warst du denn?« fragte Karpik mißtrauisch.

»Beim Kapitän.« Er wurde nicht einmal rot. »Die Pläne für morgen besprechen. Wie geht es dir, Karpik?«

»Großartig.« Karpik hatte ganz vergessen, daß sie sich am Morgen krank gestellt hatte.

»Na, wunderbar. Dann kannst du ja morgen mit rausfahren.«

»Na ja, ich weiß nicht.« Karpik biß sich auf die Lippe. »Der Kopf tut doch noch ein bißchen weh.«

»Aber ich weiß. Hör mal, ich finde es einfach prima, daß wir hergekommen sind, die Robbenjagd ist eine tolle Sache.«

Und ob, wenn man die heutige Entwicklung der Ereignisse bedenkt, haben Sie unglaubliches Glück gehabt, Valeri Adamowitsch Sokolnikow.

»Ich möchte mit Ihnen anstoßen, Eva!«

Unter Karpiks gnädigen Blicken tranken wir Kognak und aßen gesalzene Zitronenscheiben dazu – die gastronomischen Raffinessen des Stewards Roman, der wie ein fliegender Händler kreuz und quer durch den Billardraum lief und darauf achtete, daß keiner der Passagiere zu nüchtern wurde.

»Karpik! Kannst du mir mein Notizbuch holen?« bat der Bankier mit zuckersüßer Stimme. »Es liegt in meinem Koffer, in der Seitentasche. Hier, der Schlüssel.«

»Gut, Papotschka.« Karpik sträubte sich nicht. Schließlich blieb ich nun mit ihrem geliebten Papa allein.

Sokolnikow sah seiner Tochter nach, dann fragte er mich: »Noch Kognak?«

»Nur zu.«

Wir tranken erneut.

»Nun«, erkundigte ich mich, »warum mußten Sie Karpik wegschicken?«

»Ihnen kann man nichts vormachen, Eva.« Der Bankier lachte. »Ich liebe kluge Frauen. Ich wollte mit Ihnen reden.«

»Ich bin ganz Ohr.«

»Wissen Sie … Ich habe die Frau meines Lebens getroffen.«

»Und was soll ich dabei? Der Braut die Schleppe tragen?«

»Na, so weit ist es noch nicht. Es gibt ein Problem.«

»Ihre Tochter, Karpik.«

»Genau. Mir scheint, Sie mag Clio nicht besonders.«

»Wissen Sie«, ich beugte mich zu Sokolnikow hinüber, »›nicht sehr mögen‹ ist gar kein Ausdruck – Karpik haßt sie. Sie erinnern sich bestimmt an das Schicksal Ihrer Braut, die vielleicht auch die Frau Ihres Lebens war …«

»Eva, ich bitte Sie.« Sokolnikow hob die Hände, als wolle er sich schützen.

»Ich denke, wenn Sie irgend etwas mit dieser Sängerin

haben sollten, müssen Sie auf zähe Verteidigungsgefechte gefaßt sein.«

»Aber warum nur, warum?«

»Ich weiß es nicht. Vielleicht ist das Eifersucht. Die ganz normale Eifersucht eines verlassenen Kindes. Eines Kindes, das sich selbst überlassen ist.«

»Aber auf Sie ist sie doch auch nicht eifersüchtig. Im Gegenteil.«

»Wir beide sind uns sehr ähnlich. Wir sind füreinander keine Gefahr. Clio schon.«

»Sie sind ein erstaunlicher Mensch, Eva. Sie haben auf jede Frage eine Antwort.«

»Na ja, nicht auf jede. Ich weiß zum Beispiel nicht das genaue Datum des Weltuntergangs. Wie sieht es aus mit Kognak?«

»Nur zu«, wiederholte er meine Worte.

Wir stießen an.

»Ich trinke auf Sie, Eva«, sagte der Banker leise. »Wenn ich könnte ... Wenn ich könnte, würde ich mich für Sie entscheiden. Ehrenwort. Ich würde mich für Sie entscheiden, und alle wären glücklich. Auch Karpik wäre glücklich.«

»Na, ich weiß nicht ...«

»Sie sind die ideale Variante.«

»Männer hassen ideale Varianten. Ich habe keine Chance.«

»Sie sind schön. Sie sind wirklich schön.«

»Das ist der Kognak. Ein bißchen mehr, als gut ist.«

Er schüttelte den Kopf.

»Ich möchte Sie um etwas bitten. Sie haben doch Einfluß auf sie. Vielleicht gelingt es Ihnen, Karpik klarzumachen ... Ihr zu erklären, daß Clio ... Daß sie absolut umwerfend ist. Larissa muß nur versuchen zu verstehen. Könnten Sie das nicht tun?«

»Ich glaube nicht.«

»Ich bitte Sie sehr. Sie finden eine Möglichkeit, das weiß ich.«

»Na gut.« Mein Gott, was halste ich mir da auf? »Ich werde es versuchen.«

»Danke! Ich wußte, Sie sind großartig.«

Sokolnikow rückte ganz nah an mich heran und küßte mich auf die Wange. Und fast im selben Augenblick bemerkten wir Karpik. Sie stand ein Stück abseits, sie wollte uns nicht stören. Ihre Augen strahlten. Armes Mädchen! Ich lächelte und winkte sie heran.

»Komm her!«

»Hier, Papotschka.« Karpik reichte ihrem Vater das Notizbuch. »Ich sehe, bei euch beiden ist alles bestens.«

»Mehr als das, meine Gute.« Sokolnikow umarmte seine Tochter. »Übrigens, ist es für dich nicht Zeit zum Schlafengehen?«

»Nein«, widersprach Karpik schroff. »Ich bleibe noch ein bißchen bei dir. Wenn Eva nichts dagegen hat.«

»Hier, Eva, ehe ich es vergesse.« Sokolnikow kramte in seinem Notizbuch, das eher wie ein Talmud aussah.

Er reichte mir ein paar Visitenkarten. Ein hübsches Marionettentheater, und meine Rolle darin war im Programmheft vermerkt als »Soldaten und andere ...« Ich lächelte mein bezauberndstes Lächeln und steckte die Visitenkarten ein, ohne auch nur einen Blick darauf zu werfen.

Plötzlich erklang eine Gershwin-Melodie aus »Porgy und Bess«. Anton spielte. Der Gershwin wurde mit Klatschen und beifälligem Johlen quittiert. Noch größeren Beifall erntete jedoch Clio, die genau im passenden Moment auftauchte – nicht zu früh und nicht zu spät. Das professionelle Gespür des erfahrenen Popstars. Gnädig nahm sie die Huldigungen entgegen, klopfte dem Laienmusiker Anton auf die Schulter, strich Mucha über die Hüfte, bekam von Albert Wenediktowitsch einen Gin und vom Gouverneur und Lakkai ein paar der üblichen Komplimente. Erst dann, nachdem sie das neutrale Gewässer von Filipp und Boris Iwanowitsch passiert hatte, erreichte sie unser Ufer.

»Guten Abend«, sagte sie und sah nur Sokolnikow an.

»Guten Abend.« Er senkte den Kopf und küßte Clio brav die Hand, keine Sekunde länger als nötig. Ich konnte mir lebhaft vorstellen, was ihn das kostete.

Ich beschränkte mich auf ein freundliches Kopfnicken, Karpik wandte sich ab.

Clio schluckte die Pille. Ich konnte mir lebhaft vorstellen, was sie das kostete!

»Irgend jemand hat meine Pfeife geklaut«, sagte Clio plötzlich.

»Wie – geklaut?« fragte Sokolnikow erstaunt.

»Ich hatte sie in der Kabine gelassen, und nun – bitte ...«

»Wahrscheinlich nehmen nicht nur Sie gern Indianer in den Mund«, meinte Karpik, die Nüstern gebläht.

Sokolnikow wurde rot vor Wut, beherrschte sich aber – ganz erstaunlich angesichts dieser Äußerung von Karpik.

»Geh in die Kabine, Larissa! Und entschuldigen Sie.«

»Amüsant, Ihre Tochter.« Clio war kein bißchen verlegen.

»Und wie«, bestätigte Karpik. »Mit mir wird's nie langweilig.«

»Das sehe ich. Mit mir auch nicht. Das verspreche ich dir.« Clio musterte Karpik neugierig.

»Zeit zum Schlafengehen für dich. Begleiten Sie sie, Eva?«

Ich schwieg.

»Ich bitte Sie!« Sokolnikows Stimme klang flehend.

Ich ließ mich erweichen. »Ja, natürlich. Gehen wir, Karpik.«

»Gehen wir«, sagte Karpik, rührte sich aber nicht von der Stelle.

»Verzeihen Sie ihr, Clio. Und das mit dem Diebstahl – das müssen Sie dem Kapitän melden.« Sokolnikow nahm Clios Mitteilung wesentlich ernster als Karpik.

»Mein halber Tabakvorrat ist auch weg. Ach, zum Teufel damit!« Nach den Küssen an der Treppe schien Clio sich mit allem abfinden zu können: mit dem Diebstahl, sogar mit dem schrecklichen Kind. »Danke für den heutigen Tag. Danke, daß Sie mich aus dem Wasser gezogen haben. Ich weiß gar nicht …«

»Du hättest lieber nicht so fix sein sollen, Papotschka«, zwitscherte Karpik.

Das war eine offene Provokation. Und Sokolnikow nahm sie an. Er schlug Karpik so heftig auf die Wange, daß ich glaubte, ihr müsse der Kopf von den Schultern fliegen. Doch seltsamerweise schien Karpik sich sogar zu freuen.

»Sehr schön, Papotschka«, sagte sie und wandte sich erneut an Clio: »Sehen Sie? Ihm rutscht öfter mal die Hand aus, meinem Papotschka. Ich an Ihrer Stelle würde mir das also noch mal gut überlegen.«

»Sei still!« brüllte Sokolnikow und lenkte damit alle Blicke im Billardraum auf sich. »Bringen Sie sie weg, Eva, ich bitte Sie, sonst …«

»Ich gehe schon selber. Als ob ich es nötig hätte …«

Karpik lief rasch zum Ausgang, und ich folgte ihr ergeben.

Erst im Flur holte ich sie ein. Ich war böse auf sie, aber nur, bis ich ihren gekrümmten Rücken sah und die ganze kleine Gestalt, der es so schwer fiel, die eigene Würde zu wahren. Außerdem hinkte Karpik plötzlich stärker als sonst. Mitgefühl überkam mich, und ich lief schneller.

»Karpik!«

»Was ist denn?«

»Warte! Ich bringe dich.« Das war albern, die Kabine der Sokolnikows befand sich gleich auf der anderen Seite.

»Der hab ich's aber gegeben, was meinst du, Eva?« Karpik wollte ihre Schadenfreude mit mir teilen.

»Kannst du mir etwas versprechen, Karpik?« Ich wollte ihr sagen, daß sie die Frauen ihres Vaters nicht hassen durfte, bloß weil sie schön waren. Daß sie tolerant sein müsse, loyal, daß sie sich beherrschen müsse und ihn nicht so quälen dürfe.

»Versprich mir, daß du deinen Vater und diese Frau in Ruhe läßt. Du kennst sie doch gar nicht. Kannst du mir das versprechen?«

»Nein«, sagte Karpik ganz ernst. »Alles, was du willst, Eva, aber *das* kann ich dir nicht versprechen.«

»Ich weiß«, seufzte ich. »Ich glaube, wir sind da. Soll ich mich zu dir setzen, bis du eingeschlafen bist?«

»Nein. Heute will ich allein sein. Ich werde drüber nachdenken. Vielleicht habe ich ja wirklich nicht ganz recht. Wenn Papotschka so wütend wird. Was meinst du, Eva?«

Na, Gott sei Dank.

»Ich meine, du bist ein kluges Mädchen.«

»Gute Nacht, Eva.« Karpik gähnte. »Ich bin schrecklich müde, komisch ...«

»Na dann, gute Nacht, Kleines!«

Nachdem ich mich von Karpik verabschiedet hatte, beschloß ich, wieder in den Billardraum zu gehen. Schon, weil ich Mucha brauchte – als wichtigstes Detail meines Planes, als mein persönliches trojanisches Pferd, das ich ins Lager des Feindes schicken wollte. Das Robbenblut heute hatte mich ernstlich erschreckt. Bei allem, was Mitko in seinem Heft festgehalten hatte, fehlte eines: Er hatte nicht herausfinden können, was den Täter zum Töten trieb. Alles konnte als Katalysator dienen – das dampfende Robbenblut auf dem Eis oder das Blut von Mucha, das fröhlich in seinen Adern pulsierte.

Mich beruhigte nur eines: Alle Morde waren im Sommer begangen worden. Aber das hieß gar nichts.

In der Schiffsmesse brannte Licht. Kein Wunder, der Steward Roman lief ja immer wieder dorthin, um die Alkoholvorräte aufzufüllen. Als ich kam, stand Roman gerade am Tresen, vor sich Wein- und Whiskygläser und Kognakschwenker.

»Hallo!« grüßte ich.

Er zuckte vor Überraschung zusammen und ließ das Glas fallen, das er in der Hand hatte. Außerdem schien er verstohlen etwas in seine Jackentasche zu stecken. Nein, ich hatte wohl doch zu viel Kognak getrunken. Dabei hatte ich mal gelernt, Unmengen Wodka zu trinken, ohne betrunken zu werden.

»Verdammt, hast du mich erschreckt!« Er hielt es für völlig selbstverständlich, mich zu duzen.

»Immer noch fleißig bei der Arbeit?«

»Was soll ich denn machen? Die Herrschaften verlangen was zu trinken.« Er hockte sich auf den Boden und sammelte die Glassplitter auf. Ich überlegte nicht lange und half ihm dabei.

Allmählich verging Romans Verlegenheit, sein weibisches Erschrecken war ihm nun wohl peinlich. Er sah mich an und erkundigte sich ungeniert: »Und, wie war der Besuch beim Minotaurus?«

»Von wem redest du?«

»Na, von Max natürlich. Hast du alle Fragen mit ihm geklärt?«

»Mehr oder weniger«, antwortete ich ausweichend.

»Ich nehme an, eher mehr als weniger.« Roman kicherte anzüglich. »Normalerweise sind die Frauen mit ihm zufrieden.«

»Dann bin ich wohl die glückliche Ausnahme von der Regel.«

Bevor wir den Austausch von Zweideutigkeiten fortsetzen konnten, kam Mucha herein.

»Hab ich euch erwischt, ihr Turteltäubchen!« rief

Mucha schon von der Schwelle, wobei er dem Steward schöne Augen machte. »Und die Leute warten, daß das Bankett weitergeht.«

»Entschuldige, ich bin schon unterwegs.«

»Ja, ja, geh nur, Clio will nämlich das Publikum mit ein paar Liedern aus ihrem neuen Album erfreuen.«

»Ausgezeichnet.«

Der Steward stellte die gefüllten Gläser auf ein Tablett und verließ die Messe.

Ich lehnte mich an den Tresen, goß mir aus einer offenen Kognakflasche ein und hielt Mucha zurück, der schon dem Steward folgen wollte. »Muchamedshan! Kann ich Sie einen Augenblick sprechen?«

Wie immer lächelnd, kam Mucha zum Tresen, sprang mit einem Satz darauf und sah die stark angetrunkene Frau an.

»Ja?«

»Ich möchte mit Ihnen Brüderschaft trinken.«

»Oh! Das ist ein bißchen schwierig.«

»Ach ja?«

»Na ja, ich küsse keine Frauen über fünfzehn und unter sechzig. Das widerspricht meiner Natur.«

»Wie wär's mit einem Kompromiß – wir trinken Brüderschaft, aber ohne Kuß?«

»Einverstanden.«

»Was bevorzugen Sie? Wein oder Kognak?«

»Ganz egal.«

Wir einigten uns auf Kognak, stießen an und tranken.

»Sag Mucha zu mir. Mich nennen sowieso schon lange alle Mucha.«

»Wie gefallen dir die Männer auf dem Schiff?« fragte ich so unschuldig wie möglich.

»Eine reiche Auswahl.« Mucha schnalzte mit den Fingern. »Hast du schon ein Auge auf jemand Bestimmten geworfen?«

»Ich schaue mich noch um.« Ich lächelte schüchtern und nahm einen Schluck Kognak. »Was rätst du mir denn?«

»Na ja, ich weiß nicht. Kommt drauf an, auf welchen Typ du stehst.«

»Und du?«

»Interessiert dich das?«

»Ich will bloß nicht, daß wir uns ins Gehege kommen.«

Mucha musterte mich herablassend: Eine angetrunkene Tussi um die Dreißig, ganz nett anzusehen, bei bestimmter Beleuchtung sogar hübsch, kein Make-up, kein Parfüm, zuviel Grau im Haar; Jeans, ein formloser Pullover, der alles versteckte, was man nur verstecken konnte.

»Du meinst, wir könnten uns ins Gehege kommen?«

»Nein, natürlich nicht. Du bist außer Konkurrenz, mein Lieber. Aber vielleicht findet sich ja auch was für mich. Also, dein Typ Mann?«

»Ich bin im Grunde ein Allesfresser. Ein Relikt meiner asiatischen Erziehung, Vitaminmangel, ein armer Kischlak bei Pachtaabad im Gebiet Syr-Darja. Sagen dir diese romantischen Namen etwas?«

»Absolut nichts. Aber für einen aus – wie hast du gesagt?«

»Pachtaabad«, wiederholte Mucha.

»Für einen aus Pachtaabad sprichst du nicht übel Russisch.«

»Das war meine Mama. Meine Mama ist Russin, eine Verrückte, sie hat ihre Professoreneltern in Nishni Nowgorod verlassen und ist mit Papachen nach Usbekistan gezogen. Mein Papachen ist fast ein Bai, das heißt, er ist Chef des Exekutivkomitees in unserem Kischlak. Ein mittelalterlicher usbekischer Despot. Mama hat zitternd vor Angst hinterm Ofen gesessen und mir die Weltkultur nahegebracht. Ich sag ja, eine Verrückte. Und ich bin auch verrückt.«

»Das hier ist überhaupt ein Schiff voller Verrückten«, bestätigte ich.

Er ist gar nicht so dumm, dieses usbekische Halbblut. Jedenfalls nicht so dumm und oberflächlich, wie es auf den ersten Blick scheint. Ich sah Mucha voller Sympathie an, was er sofort bemerkte.

»Sag jetzt bloß nicht, daß ich dir gefalle.«

»Warum nicht?« Ich kicherte trunken.

»Weil ... Du weißt selbst, warum. Ich verberge schließlich nie etwas.«

»Du verbirgst nicht, daß du ein unverschämter, hübscher kleiner Gigolo bist. Hab ich recht?«

»Natürlich hast du recht«, gab Mucha unumwunden zu. »Aber auch Gigolos werden gebraucht, um das Gleichgewicht in der Natur aufrechtzuerhalten. Das Gleichgewicht und die Harmonie. Ohne Gigolos wäre es langweilig, genau wie ohne die Schmetterlinge aus der Familie der Glasflügler.

»Oho! Sogar solche Feinheiten kennst du?«

»Und ob! Ich hab schließlich ein Semester Biologie studiert.«

»Und wieso nur ein Semester?«

»Weil ich den Sohn des Rektors verführt habe, dafür bin ich von der Uni geflogen. Jetzt jobbe ich in der Computerfirma meines Patrons.« Mucha sah mich verschmitzt an. »Aber ich warne dich, von dem laß die Finger. Das ist meine heilige Kuh, denk dran.«

»Und er erlaubt dir deine Seitensprünge?«

»Sagen wir, er betrachtet sie als unschuldige Streiche. Und sieht drüber weg.«

»Erzähl mir von ihm.« Da ich mich nun einmal auf das Ganze eingelassen hatte – warum sollte ich nicht ein paar Informationen über Boris Iwanowitsch einholen?

»Was interessiert dich denn?«

»Nur so allgemein.«

»Bist du eine Spionin von Microsoft?«

»Was denn, sehe ich etwa so aus?«

»Weiß der Teufel, wie du aussiehst.« Der Kognak löste Mucha die Zunge. »Bob, pardon, Boris Iwanowitsch, der ist sehr konkret. Der Beruf, verstehst du, prägt den Menschen …«

»Ich verstehe, Elektronik, Hochtechnologie …«

»Ganz und gar nicht. Er ist eigentlich Historiker, Spezialgebiet Deutschland. Er hat einfach Organisationstalent.«

Ich hätte beinahe mein Kognakglas fallen gelassen: Spezialgebiet Deutschland, ausgerechnet! Bei der Lektüre von Mitkos Mappe hatte ich auch an Deutschland gedacht. Warum verband ich alles mit diesem verdammten Deutschland? Es konnte ja auch ganz anders sein.

»Und wie lange kennt ihr euch schon? Ich meine, wie lange seid ihr schon zusammen?«

»Etwa drei Jahre.«

Drei Jahre – ich rechnete fieberhaft, konnte aber die einfachsten mathematischen Operationen nicht bewältigen. Also »etwa drei Jahre« oder »drei Jahre«? Das war schließlich ein großer Unterschied. Der Täter hatte vor drei Jahren aufgehört zu töten. Vor drei Jahren war die Mordserie abgerissen. Das heißt, etwas (oder jemand) hatte ihn mit sich versöhnt. Mucha konnte jeden mit sich versöhnen. Wie alt mochte der Junge übrigens sein?

»Mucha, wie alt bist du?«

»Vierundzwanzig«, sagte er kokett.

»Vierundzwanzig?« Ich machte ein verblüfftes Gesicht, das nicht einmal gespielt war; ich war wirklich erstaunt, Mucha sah mindestens fünf Jahre jünger aus.

»Wieso, sehe ich jünger aus?« Sein unbekümmert-jugendliches Aussehen war Muchas ganzer Stolz.

»Viel jünger.«

»Ich geb's zu.«

»Aber ich mag lieber … reifere Männer.«

»Ich auch.«

»Weißt du, solche mit ... Soll ich dir mal was Komisches verraten?«

»Nur zu!«

So, nun konzentrier dich, Eva, es muß ganz natürlich wirken.

»Mein Erster war Matrose ...«

»Sehr romantisch. Und darum bist du jetzt hier?«

»Nein. Aber er hatte eine tolle Tätowierung. Das hat mich ungeheuer angemacht. So was macht mich noch heute ganz verrückt. Tätowierungen bei Männern.«

Mucha sah mich aufmerksam an, dann lachte er.

»Hör mal, dann weiß ich, wen du brauchst. Bei irgendwem habe ich eine Tätowierung gesehen – aber bei wem? Verdammt, das ist gar nicht lange her, genau. Ich war in der Dusche, und ... Nein, es fällt mir nicht ein.«

»Überleg doch noch mal!«

»Paß auf«, Mucha rieb sich die Nasenwurzel, »mir fällt bestimmt wieder ein, wer das war. Schlimmstenfalls ... Ja, genau, ich seh mich einfach in der Dusche um.«

»Ach was, du mußt meinetwegen nicht extra...«

»Nicht doch, das ist überhaupt kein Problem. Ich seh mir selber gerne nackte Körper an.«

Ich trank meinen Kognak aus und mußte plötzlich, genau wie Karpik, heftig gähnen. Nun erst merkte ich, wie betrunken ich war und wie müde.

»Weißt du was, ich gehe jetzt schlafen«, sagte ich zu Mucha. »Diese verdammten Robben haben mich müde gemacht.«

Im Flur traf ich Max. Was will der denn jetzt auf dem Passagierdeck, dachte ich träge, hier hat die Crew doch nichts zu suchen. Oder war ich schon so hinüber, daß ich die Etage verwechselt hatte? Pardon, das Deck?

»Guten Tag, Max«, sagte ich mit schwerer Zunge. »Schön, Sie zu sehen.«

»Ich glaube, Sie sind gar nicht mehr imstande, jemanden zu sehen.« Er lächelte gutmütig. »Kommen Sie, ich bringe Sie zu Ihrer Kabine.«

»Seien Sie so freundlich.«

Er hakte sich bei mir unter und schleifte mich den Gang entlang. Vor der Kabine angelangt, fummelte ich lange erfolglos am Schloß herum, bis Max mir den Schlüssel aus der Hand nahm und aufschloß. Nachdem er die Fracht an ihren Bestimmungsort gebracht hatte, lächelte er mich noch einmal an und ging.

Etwas Merkwürdiges geschah mit mir: Meine Lider waren schwer wie Blei, die Augen fielen mir zu. Die frische Luft, das Robbenblut ... Zum Verrücktwerden ... Mucha wird mir helfen. Er hilft mir, ihn zu finden. Schon bald ist alles geklärt, und dann kommt ein Hubschrauber und holt den Mörder ab.

Ein paar Minuten stolperte ich wie verloren durch die Kabine. Erst nach einer Weile fiel mir ein, daß ich das T-Shirt suchte, in dem ich normalerweise schlief. Ich hatte es wohl in den Koffer gesteckt. Ich kippte den ganzen Koffer aus, fand das T-Shirt, zog es mit Müh und Not an und sank in die Koje.

Erst dann begriff ich.

Alle Sachen waren an ihrem Platz. Alle.

Nur die Mappe, die ich am Tag zuvor sicherheitshalber ganz unten in den Koffer gelegt hatte ...

Die Mappe des Ersten Offiziers Mitko war weg.

ZWEITER TEIL

Die Jagd

»Eva! Eva! Nun wach schon auf, Eva!« Die Stimme kam von weither, wie durch das dicke Eis, auf dem die Robben gestern gelegen hatten. Warum war mein Kopf so schwer?

»Eva! Wach auf, bitte!«

Das war Karpiks Stimme. Aber was machte Karpik hier?

Mühsam öffnete ich die Augen und erblickte das Mädchen. Als sie sah, daß ich Lebenszeichen von mir gab, rüttelte sie mit doppelter Energie an meiner Schulter.

»Wach auf! Los!«

»Hör auf, mich zu schütteln. Mein Gott, mir platzt der Kopf.«

»Steh auf!« verlangte Karpik gebieterisch.

»Verdammt, was machst du hier? Und überhaupt, wie bist du reingekommen? Ich hab doch abgeschlossen – oder nicht?«

»Nein.«

»Ich hätte mich nicht so besaufen dürfen. Wie spät ist es, Karpik?«

»Zwölf.«

Ich setzte mich ruckartig auf und starrte Karpik hilflos an.

»Wie – zwölf? Sag bloß, ich hab das Frühstück verschlafen?«

»Nein.« Karpik ging zum Waschbecken, füllte eine Tasse mit Wasser und schüttete sie mir mit sichtlichem Vergnügen ins Gesicht.

»Hör sofort auf.« Ich konnte nicht rechtzeitig ausweichen, aber das Wasser half mir, wieder zu mir zu kommen. »Ich hab mich noch nie im Leben so beschissen gefühlt. Ist jetzt Tag oder Nacht?«

»Tag.« Karpik hatte schon meine Sachen eingesammelt, die ich gestern chaotisch auf dem Boden verstreut hatte, bevor ich in den Schlaf gesunken war. Sie hielt sie mir hin.

»Zieh dich an.«

Noch immer kaum etwas begreifend, zog ich mechanisch Jeans und Pullover an. Erst jetzt bemerkte ich, daß Wadiks Bett die ganze Nacht unberührt geblieben war. Wo mochte er gewesen sein?

»Hast du Wadik vielleicht gesehen?« fragte ich.

»Hab ich. Er ist im Billardraum, pennt dort auf dem Tisch.«

»Verdammt, verdammt, verdammt ... Haben gestern etwa alle zuviel getrunken, oder was? Wie bist du hier reingekommen, Karpik?«

»Das hast du mich schon mal gefragt. Ich hab doch gesagt, die Tür war offen.«

»Ich hab das Frühstück verschlafen!«

»Hast du nicht. Es gab kein Frühstück.«

»Wie – es gab keins?«

Das war etwas Neues auf der »Excalibur«. Wo war der Kapitän mit seinem Disziplinfimmel?

»Es gab kein Frühstück, und auch keine Mitteilung über den Bordfunk«, erklärte Karpik mir geduldig.

»Was sagt denn der Kapitän dazu?«

»Nichts. Der Kapitän ist weg.«

»Was redest du da für einen Blödsinn?«

»Nun komm endlich zu dir, und dann laß uns gehen. Du kannst dich gleich selbst davon überzeugen.«

Irgendein Gedanke beschäftigte mich, irgend etwas, das mit gestern zu tun hatte.

Die Mappe.

Ja, natürlich, die Mappe mit Mitkos Dokumenten. Am Tag zuvor hatte ich sie auf den Boden des Koffers gelegt und sicher unter meinen Sachen verstaut. Und gestern war sie nicht mehr da gewesen. Ein Kälteschauer kroch mir über den Rücken, aber ich versuchte mich zu beruhigen. Schließlich konnte sich das jeden Moment aufklären. Karpik trieb mich zur Eile, also wusch ich mir flüchtig das Gesicht und folgte ihr.

Im Flur war es ungewöhnlich still. Auf einem Schiff, selbst wenn es vor Anker liegt, gibt es immer eine Menge Geräusche, die von Schotten, Wänden und vom Boden widerhallen, sich gegenseitig überlagern – ihr hastiger Atem ist ständig und überall präsent. Jetzt aber schwieg die »Excalibur«. Wie es aussah, wußte Karpik, was sie tat.

»Gehen wir auf die Brücke«, sagte sie.

Die Brücke, die Kommandobrücke des Kapitäns, war das Allerheiligste der »Excalibur«. Dort war ich nur ein einziges Mal gewesen: Am ersten Tag, zusammen mit den anderen Passagieren, als wir alle wichtigen Teile des Schiffes besichtigten. Auf der Brücke gab es einen ständigen Wachdienst aus Rudergängern, Mechanikern und einem der Offiziere. Für Passagiere war der Zutritt verboten.

»Auf die Brücke, Karpik? Da lassen sie uns doch gar nicht rauf.«

»Wir fragen keinen. Es ist nämlich keiner da, den wir fragen könnten.«

»Wieso keiner da?«

»Das erkläre ich dir doch schon seit einer halben Stunde: Auf dem Schiff ist niemand.«

»Und wir beide?«

»Wir zählen nicht. Die Crew ist nicht da.«

»Wo ist sie denn hin?« fragte ich dümmlich.

»Woher soll ich das wissen?«

»Ich verstehe überhaupt nichts ...«

Inzwischen hatten wir endlich die Kommandobrücke erreicht. Karpik ging voran und stieß furchtlos die Tür zum Navigationsraum auf.

Es war tatsächlich niemand da.

Die Geräte, normalerweise immer in Betrieb, waren ausgeschaltet, die Bildschirme erloschen – nur das Schiffstelefon und der Bordfunk funktionierten noch.

»Los« – Karpik stieß mich an – »ruf mal den Maschinenraum.«

»Wie denn?«

»Na da, siehst du, da hängt doch eine Liste der Telefonnummern von allen Abteilungen und Bereichen. Fang mit dem Maschinenraum an.«

Mein Kopf war noch immer schwer. Mechanisch gehorchte ich, nahm den Hörer ab und wählte.

»Was soll ich denn sagen?« fragte ich Karpik.

»Sag, Brücke ruft Leitstand«, antwortete Karpik und blähte die Nüstern – die Situation machte ihr offensichtlich Spaß.

»Brücke ruft Leitstand«, wiederholte ich brav.

Keine Antwort. Ein kaltes, beinahe kosmisches Vakuum.

»Na? Was hab ich dir gesagt?« Karpik triumphierte. »Probieren wir noch was?«

»Na los!« Der Druck auf meine Schläfen hatte endlich nachgelassen, und nun war auch ich ganz von der Situation gefangen.

In den nächsten Minuten versuchten wir, alle wichtigen Punkte auf dem Schiff zu erreichen, immer mit demselben Ergebnis. Schließlich meldete sich die Kombüse.

»Hallo!« sagte eine verschlafene Stimme am anderen Ende der Leitung. »Hallo, sprechen Sie, ich kann Sie nicht hören!«

Ich atmete erleichtert auf: Der Spuk war vorbei, alles kam wieder ins Lot.

»Wer spricht da?«

»Der Nikolaus.« Die Stimme klang gereizt, dann hörte ich Glas klirren – offenbar hatte der Mann, mit dem ich sprach, etwas fallen gelassen. »Ach, verdammt ... Mir dröhnt der Kopf.«

Mein Gott, wie gut ich ihn verstand!

»Antworten Sie der Brücke!« wiederholte ich strenger.

»Na, na, nicht gleich brüllen!« Die kokette hohe Stimme kam mir bekannt vor.

»Mucha, bis du das?«

»Na ja! Und mit wem spreche ich?«

»Ich bin's, Eva.«

»Eva! Das ist ja toll! Spielen wir jetzt stille Post, oder was? Wo bist du denn?«

»Auf der Kommandobrücke.«

»Was machst du denn da? Hast du den Mann deiner Träume gefunden?«

»Mucha, bist du da allein?«

»Ich bin nie allein, das zum ersten, und zweitens, ich suche was gegen meinen Kater. Hier herrscht ein Chaos wie nach dem Golfkrieg, wo hat die Crew bloß ihre Augen? Und zu fressen gibt's auch nichts, dabei ist es schon zwölf, wenn meine Cartier richtig geht.«

»Die Crew ist weg«, teilte ich Mucha mit, erstaunt über meine plötzliche hysterische Fröhlichkeit.

»Wie – weg? Wo ist sie denn hin?«

»Ich weiß nicht. Ich bin hier mit Karpik. Wir kommen jetzt runter zu dir.«

»Und, was ist?« fragte Karpik ungeduldig.

»Zumindest ist außer uns noch Mucha auf dem Schiff.«

Vor mir, hinter dem Glas des Navigationsraums, lag das Meer, bedeckt von in der Sonne glitzerndem Eis. Ringsum keine Spur von Menschen, nichts als Ruhe und Erhabenheit. Gestern noch war das Eis nur ein Detail der Landschaft gewesen, etwas Exotisches aus der Werbung, eine schöne Ergänzung zu einem Glas Kognak, mehr nicht. Nun aber dominierte es alles. Die »Excalibur«, verlassen von ihrer Besatzung, schien an den Ufern der Ewigkeit gestrandet zu sein. Am Anbeginn der Zeiten. Oder an ihrem Ende.

Karpik machte sich an den Geräten zu schaffen, die keinerlei Lebenszeichen von sich gaben.

Was war hier nur los?

»Was ist, gehen wir?« fragte ich Karpik. Länger auf der Brücke zu bleiben hatte keinen Sinn.

Karpik musterte mich und lachte. »Du siehst aus wie ein Waschbär, Eva!«

»?!«

»Ja, genau wie ein Waschbär, bloß umgekehrt. Ein Waschbär hat schwarze Ringe um die Augen, und du ganz weiße.«

»Ich habe keine Ahnung, wovon du sprichst.«

»Warte, gleich, ich suche einen Spiegel, dann siehst du's selbst.«

Einen Spiegel fand Karpik nicht, dafür aber das Wachbuch. Die letzte Eintragung war um Mitternacht vorgenommen worden, als der Schiffsmechaniker Susdalew und der Rudergänger Heino die Wache angetreten hatten. Keine besonderen Vorkommnisse, Wache übergeben, Wache übernommen. Mir fiel ein, daß sich auf der Brücke eins der beiden Satellitentelefone befand, mit denen Kontakt zum Hafen gehalten wurde. Das Naheliegendste wäre, sich mit dem Festland in Verbindung zu setzen, um die Stituation, wenn möglich, zu klären. Und um Hilfe zu bitten. Wie, wußte ich nicht, aber das war schließlich nur eine Frage der Technik.

Doch hier erwartete mich die erste Überraschung, die alles, was in der Nacht geschehen war, aus dem Bereich des Mystischen ins Kriminelle verwies: Das Satellitentelefon fehlte ebenfalls. Ich behielt diese Erkenntnis für mich, um Karpik nicht zu erschrecken. Wir nahmen das Wachbuch an uns und gingen hinunter in die Messe.

Mucha saß auf dem Tresen und fischte mit den Fingern in einem Gurkenglas.

Er empfing Karpik und mich mit Beifall – die hysterische Fröhlichkeit, die ich in mir so angestrengt unterdrückte, schwappte in Wellen aus ihm heraus.

»Aber erzähl mir nicht, daß die Crew weg ist. Das hat man mir schon mitgeteilt.«

»Wer?« fragte Karpik.

»Unser guter Freund Andrej. Er hat ein Schmerzmittel für seine Frau gesucht. Nach dem gestrigen Besäufnis kann sie heute gar nicht aufstehen.«

»Dann sind wir also schon fünf«, resümierte ich.

»Sechs«, korrigierte mich Karpik. »Dein Wadik pennt im Billardraum.«

»Na, dann neun. Mein Patron liegt in seiner Koje, und der ehrenwerte Gouverneur hat vor einer halben Stunde getobt und gewettert. Er hatte für heute eine Funkverbindung mit seinem Gebiet vereinbart.«

Damit war immerhin das Verschwinden des Telefons geklärt. Der Gouverneur war vermutlich genau wie Karpik und ich auf die Brücke gegangen, hatte dort niemanden angetroffen und das Telefon mitgenommen. Bestimmt hatte er bereits mit dem Festland gesprochen.

»Und unser Eishockeystar trainiert schon seit zwei Stunden im Sportraum. Ich finde, es ist kälter geworden, oder was meint ihr, Mädels?«

Erst jetzt spürte ich, daß es in der Messe tatsächlich kühl war. Das lag wohl an den Motoren. Nach der dröhnenden Stille auf der »Excalibur« zu urteilen, war der Hauptmotor abgeschaltet, der bislang immer in Betrieb gewesen war, selbst die letzten zwei Tage, als wir vor Anker lagen. Und er versorgte das Schiff mit Wärme und mit Strom.

»Wie sieht's denn mit dem Strom aus?« fragte ich Mucha.

»Nichts. Kein Strom. Ich hab schon versucht, Wasser heiß zu machen – Null.«

Das hatte noch gefehlt! Wenn die Motoren abgeschaltet waren, würde die Temperatur auf dem Schiff langsam, aber sicher immer weiter absinken, womöglich bis auf null Grad – die Temperatur unserer Umgebung. Diese Aussicht ließ mich frösteln. Wir konnten nur darauf hoffen, daß der Gouverneur Verbindung mit dem Festland bekommen hatte (an die verschwundene Crew versuchte ich nicht zu denken, wir würden noch genügend Zeit haben, die Situation ausführlich zu erörtern).

»Wir müssen alle zusammenholen, die noch auf dem Schiff sind. Ich gehe auf die Brücke und sage das über den Bordfunk durch.«

»Ich komme mit«, sagte Karpik sofort.

Der erste, der uns im Flur begegnete, war der Gouverneur Raspopow. Ich hatte ihn noch nie so aufgeregt gesehen.

»Können Sie mir vielleicht erklären, was hier vorgeht, Eva?« Er vergaß sogar, mich zu begrüßen. »Nicht genug, daß ich verschlafen habe, mich hat auch keiner geweckt, und das, obwohl ich mit dem Kapitän verabredet war! Ich gehe also auf die Brücke, und was sehe ich? Kein Mensch da, und das Telefon ist auch weg.«

»Aber ... Sie haben es nicht genommen?«

»Ich? Warum sollte ich?«

Nun war die Situation nicht mehr lustig. Doch vor der Zeit in Panik zu verfallen hatte auch keinen Sinn.

»Wissen Sie was, Nikolai Iwanowitsch, gehen Sie in die Messe. Ich versuche jetzt, alle zusammenzuholen, und dann besprechen wir die Lage.«

Raspopow sah mich erstaunt an. Wie kommt dieses Fräulein vom Personal, die arme Verwandte, diese zweifelhafte Filmtussi dazu, sich so aufzuspielen? Das ungefähr spiegelte sich auf seinem vom übermäßigen Machtgenuß aufgeschwemmten Gesicht. Doch er war klug genug, nicht mit mir zu streiten. Karpik sah ihm trotzig nach und schwieg. Ich versuchte sie aufzumuntern. »Na, was hast du denn? Ich finde, das ist doch ganz spannend. Hast du dir das nicht gewünscht?«

»Klar, davon habe ich geträumt. Mit ihm zusammen hier zu bleiben. Sieh dir doch seine Visage an. Er ist ein Mörder!«

Karpik hatte unser Mördersuchspiel nicht vergessen. Im Gegensatz zu mir. Über das ganze Durcheinander an diesem Vormittag hatte ich Mitkos Mappe völlig verdrängt.

Die Mappe, die auf dem Boden meines Koffers gelegen hatte und nun verschwunden war. Heute morgen hatte mich ihr Verschwinden kaum erschreckt. Vielleicht hatte ich sie nur nicht finden können, hatte sie woanders hingelegt, zum Beispiel unter die Matratze. Aber jetzt war es besser, nicht daran zu denken. Später. Alles später.

»Ich will nicht hierbleiben«, sagte Karpik.

»Tja, was tun …«

»Ich will nicht länger hierbleiben. Ich will nicht, ich will nicht, ich will nicht!«

Ihr plötzlicher Trotz löste in mir Gereiztheit und dumpfen Protest aus, und ich konnte mich nicht mehr beherrschen: »Jetzt reicht's mir aber! Sie will nicht hierbleiben! Warum bist du denn nicht abgehauen, mit dem Hubschrauber, nach Polynesien, mit deinem geliebten Papotschka? Warum hast du dir die Gelegenheit entgehen lassen – du wärst schon seit gestern in Moskau. Und würdest mir jetzt nicht die Ohren volljammern. Jammern kannst du bei deinem Papa! Der sucht dich bestimmt schon überall.«

»Nein, tut er nicht!« schrie Karpik, und dieser Schrei ernüchterte mich umgehend. »Er sucht mich gar nicht! Dem bin ich scheißegal! Weißt du, bei wem er ist?«

Ja, das wußte ich. Nicht ohne Grund hatte Clio gestern unbedingt singen wollen.

»Weißt du, bei wem er ist?« Karpik war nicht mehr zu

bremsen. »Er ist bei Clio! Als ich aufgewacht bin, hab ich gleich gesehen, daß er die Nacht nicht in der Kabine war. Ich bin zu dir gegangen, ich dachte, er ist bei dir. Ich bin zu dir gegangen, ich wollte dich wecken. Aber du bist nicht aufgewacht. Ich wollte doch so gern, daß ...« Sie schluchzte. »Und dann bin ich zu ihr gegangen.«

Um Karpiks Redefluß zu stoppen, drückte ich sie fest an mich und spürte, wie ihre zierlichen Wirbel bebten.

»Beruhige dich, bitte!«

»Ich bin zu ihr gegangen und hab mit diesem blöden Schlüssel aufgeschlossen. Sie lagen auf dem Fußboden, splitternackt, und schliefen. Sie hatten sich nicht einmal zugedeckt. Und Papa, er hat sie umarmt ...«

»Hör auf!«

»Ich will nicht länger hierbleiben!«

»Gut, wir reisen sofort ab. Sobald wir uns mit dem Festland in Verbindung gesetzt haben. Aber heute ...«

»Versprichst du mir das?«

»Ja.«

»Versprichst du mir, daß du mich nie wieder anschreist?«

»Ja, meine Gute, ja. Entschuldige.«

Karpiks Tränen waren im Nu trocken. Sie preßte die Lippen zusammen und löste sich aus meiner Umarmung – und ich staunte wieder einmal über ihre abrupten Stimmungsumschwünge.

»Dann komm«, sagte Karpik mit schwacher Stimme.

Wir gingen hinauf zur Brücke, und ich wurde das Gefühl nicht los, das alles, was hier geschah, irgendwie irreal war, wie ein Traum, allzu detailliert zwar, aber doch ein Traum. Ich ertappte mich bei dem Gedanken, sofort aufwachen zu wollen oder zumindest in einen anderen, weniger exzentrischen Traum zu wechseln.

»Sag mal«, fragte ich Karpik, »bin ich jetzt in deinem Traum oder du in meinem?«

»Du meinst, das alles hier ist nicht wahr?« fragte Karpik mich ganz ernst.

»Ja, das glaube ich. Oder so: zehn gegen eins, wenn wir jetzt auf die Brücke kommen, ist der Kapitän an seinem Platz, an seinem Steuerruder. Wir kriegen einen Anranzer wegen unbefugten Eindringens in Diensträume. Und werden in die Messe ausgewiesen, zum Mittagessen. Zumal es laut Plan schon vor einer halben Stunde hätte Essen geben müssen.«

»Hundert, nein, tausend gegen eins, daß auf dieser blöden Brücke keiner ist.« Karpik war beneidenswert vernünftig. »Du weißt doch, Eva, es gibt keine Wunder.«

Vor der Tür zum Navigationsraum blieben wir stehen und lauschten: Da drin ging ganz offensichtlich jemand auf und ab.

»Na los«, ermunterte ich Karpik, »gleich wachen wir beide auf, und alles ist wieder wie immer.«

Mit diesem frommen Wunsch stieß ich die Tür auf.

Und erblickte Anton.

Genauso verwirrt wie der Gouverneur, den wir im Flur getroffen hatten, stand er vor den nun nutzlosen Navigationsgeräten.

»Guten Tag«, sagte Karpik höflich. Sie hatte sich wieder völlig gefangen, nur auf ihren Wangen waren noch Tränenspuren.

»Ich weiß nicht, ob der so gut ist«, knurrte Anton. »Kann mir vielleicht mal jemand erklären, was hier vorgeht?«

»Ich fürchte, diejenigen, die das erklären könnten, werden wir eine Zeitlang nicht zu Gesicht kriegen. Ich hoffe, nur für kurze Zeit.« Ich ging zum Mikrophon des Bordfunks. »Wir müssen alle zusammenrufen und gemeinsam überlegen, was hier passiert ist.«

»Ich habe schon durchgerufen«, sagte Anton. »Wir

treffen uns in zwanzig Minuten in der Messe. Mal sehen, wer alles kommt.«

Alle kamen. Das heißt, alle bis auf Clio und Sokolnikow, man kam überein, das Pärchen nicht zu belästigen.

Ohne Clio, Sokolnikow und Wadik, den nicht einmal Filipp und Anton mit vereinten Kräften wach bekommen hatten, waren in der Messe zwölf Personen versammelt. Sämtliche Passagiere der »Excalibur« und niemand von der Crew. Ich setzte mich in eine entlegene Ecke, beobachtete und ertappte mich dauernd bei einem blöden Lächeln, daß in keiner Weise der eingetretenen Lage entsprach. Erstens konnte ich mir jetzt Karpiks Bemerkung über meine Ähnlichkeit mit einem Waschbären erklären. Fast alle hatten weiße Ringe um die Augen, eindeutig Folgen der gestrigen Robbenjagd. Sonne, Eis und offenes Meer – nur, wo die Sonnenbrille das Gesicht geschützt hatte, war es nicht gerötet. Dadurch wirkten alle irgendwie unernst, aber merkwürdigerweise bemühte sich ohnehin niemand um besondere Ernsthaftigkeit. Die Stimmung erinnerte an die von Kindern, deren Eltern ausgegangen sind und die nun das Haus für sich allein haben.

Es war die Zeit des Mittagessens mit gestärkten Tischdecken, Servietten in Serviettenringen und dem stets gleichen Ritual. Sowohl das Ritual wie auch das Mittagessen selber war zum Teufel: kein Chopin zur Anregung der Verdauung, kein Steward Roman. Seine Pflichten übernahmen Mucha und Vitja Meschtscherjakow. Sie hatten in der Kombüse belegte Brote mit Wurst und Käse gemacht (im Gegensatz zur Besatzung war zum Glück der gesamte Lebensmittelvorrat noch vorhanden); von dort brachten sie auch Saft und alkoholische Getränke.

Die Teller mit den Broten leerten sich rasch, und dann begann die Debatte, allerdings erst nach einer kurzen Verlegenheitspause. Niemand wußte, wie anfangen.

Andrej übernahm die Leitung.

»Wer hat irgendwelche Vermutungen hinsichtlich des Vorgefallenen?« wandte er sich an die Passagiere.

»Das ist einfach eine ungeheure Schweinerei.« Der Gouverneur, der von einer Ecke in die andere tigerte, zäumte das Pferd von hinten auf. »Das ist Willkür! Ich hatte für heute morgen eine Verbindung mit dem Gebiet vereinbart, wegen einer wichtigen Staatsangelegenheit. Von höchster staatlicher und gerichtlicher Relevanz!«

»Warum ist bei uns nur jede Staatsangelegenheit immer gleich von gerichtlicher Relevanz?« fragte Lakkai, der sich als echter russischer Politiker an die Kaviarschnittchen hielt, mit einem entwaffnenden Lächeln.

»Sparen Sie sich Ihre Bemerkungen!« Raspopow war ernstlich erregt und ließ seinen Emotionen freien Lauf. »Ich lasse sie alle vor Gericht stellen!«

»Na ja, erst mal müssen Sie diejenigen finden, die sie vor Gericht stellen wollen«, wandte Anton nüchtern ein.

»Ich weiß nur, daß der Schiffsmotor aus ist. Das heißt, Strom und Heizung können wir vergessen. Im Augenblick haben wir hier achtzehn Grad. Ich weiß nicht, wieviel es sein werden, wenn die Crew nicht innerhalb von vierundzwanzig Stunden wieder auftaucht. Wir haben gute Aussichten zu erfrieren.« Mucha sagte das absichtlich laut und nahm einen Schluck Gin – vermutlich, um dem Erfrieren vorzubeugen.

»Das ist einfach Irrsinn! Das ist unmöglich.« Der Gouverneur hatte anscheinend schwache Nerven. »Was heißt ›erfrieren‹? Ich habe ein Heidengeld bezahlt ...«

»Doch nicht etwa aus dem Haushalt ihres leidgeprüften Gebiets?« tönte Lakkai erneut.

Diesmal würdigte Raspopow ihn keines Blickes.

»Ich habe ein Heidengeld bezahlt, wie im übrigen alle hier Anwesenden. Und nun? Wir liegen auf hoher See fest und können nicht einmal Hilfe holen! Machen Sie, was

Sie wollen, aber wenn wir zurück sind, sehe ich mich gezwungen, dieses sogenannte Reisebüro schließen zu lassen! Ich bringe sie vor Gericht!«

»Keine Chance!« mischte Mucha sich ein.

»Was?« fragte der Gouverneur verständnislos.

»Keine Chance, sag ich. So weit reicht dein Arm nicht. Gib mir mal die Wurst rüber, Papascha!«

Der Gouverneur wurde so rot, daß ich einen Moment lang glaubte, er würde einen Schlaganfall bekommen. Er ging zu Mucha und schwang seine Fäuste vor dessen Gesicht.

»Wie redest du mit mir, du Rotznase?«

»Oh, weißt du, mein Guter, wir beide kommen uns unaufhaltsam näher.« Mucha trank seinen Gin aus und rülpste Raspopow ins Gesicht.

Merkwürdig, aber das wirkte: Der Gouverneur verstummte sofort und entfernte sich in die entgegengesetzte Ecke des Raumes.

»Das fehlte noch, daß wir anfangen, uns gegenseitig zu beleidigen.« Anton rief alle zur Ordnung. »Das erklärt nicht im mindesten, was hier mit uns passiert ist. Hat denn niemand auch nur eine annähernde Vermutung?«

»Die Langoliers«, sagte Karpik leise. So leise, daß alle es hörten. Sogar der dicke Albert Wenediktowtisch, der im allgemeinen Durcheinander schon ein Dutzend Brote verschlungen hatte, hörte auf zu kauen.

»Was hast du gesagt, Mädchen?«

»Haben Sie Stephen King gelesen?«

Zur Schande der Versammelten hatte niemand der klugen, vielbeschäftigten Anwesenden Stephen King gelesen. Nur Mucha erinnerte sich, mal einen Horrorfilm gesehen zu haben, »ES«.

»Wie kommst du auf King?« fragte Anton.

»Also, folgendes.« Die Aufmerksamkeit der Erwachsenen schmeichelte Karpik, auf ihre sonst immer blassen Wangen trat ein rötlicher Schimmer. »Das war so eine Geschichte. Ein Flugzeug, während des Fluges schlafen ein paar Passagiere ein, und als sie aufwachen, ist niemand mehr an Bord – weder die anderen Passagiere, die nicht geschlafen haben, noch die Crew. Das Flugzeug fliegt mit Autopilot.«

»Und wo waren die Passagiere geblieben? Und die Crew?« Albert Wenediktowitsch verschluckte ein großes Stück Salami und kratzte sich das Kinn.

»Verschwunden. Genau wie auf unserem Schiff.« Karpik triumphierte. »Als die Passagiere aufwachten, war nichts und niemand mehr da, nur alle möglichen Metallteile lagen rum, Uhren zum Beispiel und Teile von Herzschrittmachern.«

»Und wie ging es weiter in deinem Buch, Mädchen?« Lakkai lächelte Karpik aufmunternd an.

»Weiter ging es sehr schlecht. Die Langoliers hatten sie überfallen. Die fressen die Zeit. Die Leute, die am Leben geblieben waren, konnten sich retten, natürlich nicht alle …«

»Nun hört aber auf. Das ist doch Literatur. Pure Mystik. Wenn wir im Bermuda-Dreieck wären, dann ergäbe das ja vielleicht einen Sinn, aber hier, in unserem lausigen Ochotskischen Meer … Nein.« Mucha sah den Neurochirurgen herausfordernd an. »Die exakte Wissenschaft leugnet doch jede Mystik, nicht wahr, Doktor?«

»Na ja, in vielem basiert sie sogar auf Mystik«, sagte Anton vorsichtig. »Aber ich glaube, das ist hier nicht der Fall. Es gibt eine viel einleuchtendere Erklärung. Und ich denke, wir werden sie finden.«

»Sie sind auf die Jagd gefahren«, äußerte Karpik eine Vermutung.

»Nein«, widersprach der Eishockeyspieler Meschtscherjakow, der bislang geschwiegen hatte. »Das entfällt. Ich bin an Deck gejoggt, genau vor einer Stunde. Die Boote sind alle noch da.«

»Dreißig Mann.« Anton ließ seine Blicke über die Anwesenden schweifen. »Plus-minus ein paar. Es sind mehr Leute verschwunden, als noch da sind. Von wegen Langoliers!«

»Ich muß sagen, das ist noch krasser als Safari in Kenia«, sagte Filipp, ein großer Freund von Großwildjagd und Extremtouristik. »Übrigens – warum haben wir eigentlich alle, ich betone, allesamt das Frühstück verschlafen?«

Diese auf den ersten Blick unschuldige Frage schlug ein wie eine Bombe. Schlagartig herrschte Stille.

»Genau.« Meschtscherjakow knackte mit den Fingern. »Das ist mir noch nie passiert. Ich habe ein festes Reglement. Und einen inneren Wecker. Ich stehe jeden Morgen um sechs auf. Egal, was passiert. Aber heute, das war wie verhext. Ich mache die Augen auf, und die Uhr zeigt zwölf.«

»Und wenn Sie am Abend vorher – na ja, etwas getrunken haben?« fragte der Anwalt vorsichtig.

»Ich trinke nicht – auch wieder das Reglement.«

»Ach ja?«

Meschtscherjakow wurde verlegen: Gestern hatte er im allgemeinen stürmischen Taumel nach der Jagd ein paar Gläser Bier getrunken, und das hatten alle gesehen, leugnen war also zwecklos.

»Schon gut, beruhige dich, mein Bester, wir sagen deinem Trainer nichts davon«, spottete Mucha, doch darauf reagierte niemand mehr.

»Jedenfalls haben wir gestern alle ganz schön gesoffen.«

»Na ja, nicht alle«, meldete ich mich und drehte mich zu Karpik um. »Also Karpik zum Beispiel hat nur Champagner getrunken. Ein einziges Glas. Weißt du noch, Karpik, was du gestern abend zu mir gesagt hast?«

»Wann?«

»Als ich dich zu deiner Kabine gebracht habe. Du hast gesagt, du seist schrecklich müde.«

»Ich war wirklich müde. Ich war ganz schnell weg und habe bis heute morgen durchgeschlafen. Ohne einen einzigen Traum, und das passiert sonst nie, daß ich überhaupt nichts träume.«

»Wann bist du heute aufgewacht?«

»Na ja, ich weiß nicht. Ich habe nicht auf die Uhr gesehen.«

»Als du zu mir gekommen bist, war es zwölf, nicht?«

Ich erinnerte mich, was Karpik mir vorm Navigationsraum ins Gesicht geschleudert hatte: Sie war aufgewacht, hatte ihren Vater nicht gefunden, war zu mir gekommen, hatte versucht, mich zu wecken ... Und es nicht geschafft. Warum eigentlich nicht? Ich hatte doch normalerweise einen ziemlich leichten Schlaf – eine Gewohnheit, die ich in den letzten Jahren entwickelt hatte. Sie hatte mich also nicht wecken können, war zurückgekehrt in ihre Kabine, ihr Vater war noch weg. Dann war sie in den Billardraum gegangen, wo sie den schlafenden Wadik gefunden hatte. Erst danach hatte sie mit dem Generalschlüssel Clios Kabine aufgeschlossen. Alles in allem vielleicht eine halbe Stunde, höchstens ...

»Das ist ja alles ganz nett, aber was spielt es für eine Rollen, wann und wie wir heute morgen aufgewacht sind?« Der Gouverneur litt noch immer unter seiner gescheiterten Telefonverbindung.

»Es geht nicht darum, wie wir aufgewacht sind, sondern darum, wie wir alle eingeschlafen sind«, sagte ich und erinnerte mich auf einmal deutlich daran, daß ich es nur mit Mühe bis ins Bett geschafft hatte. Ich, die ich seinerzeit bei handfesten Kerlen gelernt hatte, zu trinken, ohne betrunken zu werden, die problemlos einen Liter Wodka schluckte und dabei bei klarem Bewußtsein blieb! Irgend etwas stimmte hier nicht.

»Wie und mit wem«, unterstützte mich Mucha und warf einen raschen Blick auf Annikas Mann Andrej. Er fand noch die Kraft für Attacken in alle möglichen Richtungen. Andrej wurde rot und verkroch sich hinter seinem Whiskyglas.

»Genau die richtige Zeit, das zu erörtern.« Der Goveurneur verzog das Gesicht.

»O pardon, ich habe mich versprochen.« Es machte Mucha Spaß, jeden zu necken, der ihm in die Quere kam. »Fast ein Freudscher Versprecher. Ich meinte nicht ›mit wem‹, sondern ›wo‹«.

»Wo?« Ich glaube, ich verstand, was Mucha damit sagen wollte.

»Ich zum Beispiel bin gleich hier umgefallen. An diesem Tresen. Das ist natürlich eine Schweinerei, aber so war es nun mal. Ich gebe es zu.«

»Ich auch«, bekannte der Eishockeystar schüchtern. »Ich mache heute die Augen auf, und vor mir liegen Australien und Neuseeland. Können Sie sich das vorstellen – ich lag hinter dem Globus.«

Sein überraschendes Geständnis brachte alle zum Lachen, und die Spannung, die bislang geherrscht hatte, löste sich. Doch nicht für lange. Es gab einen kleinen Zwischenfall mit Albert Wenediktowitsch, der weiter Kaviarbrote verzehrte, und Karpik. Karpik streckte die Hand nach dem Teller aus, doch der Anwalt kam ihr zuvor und stürzte sich wie ein Geier auf den letzen Bissen. Allerdings besann er sich sofort, seufzte und reichte dem Kind großmütig das Brot. Doch Karpik ließ sich von diesem Opfer nicht beeindrucken.

»Sie essen zuviel!« tadelte sie den Anwalt. »Das ist ungesund.«

»Was soll man da machen, mein Kind.« Er lächelte entschuldigend und kratzte sich den Bart. »Wie heißt es immer – alles Schöne im Leben ist entweder ungesetzlich oder amoralisch oder macht dick – wie in diesem Fall.«

»Sie haben ja schon Ausschlag vor lauter Gier.«

»Was sagst du da?«

»Überzeugen Sie sich doch selber!«

Karpiks Unverschämtheit löste bei Albert Wenediktowitsch eine seltsame Reaktion aus: Statt wütend zu werden, war er schrecklich beunruhigt. So sehr, daß er zum Spiegel über der Musikanlage ging und schnaufend sein rundes, bärtiges Gesicht musterte.

»Daß ich darauf nicht gleich gekommen bin!« Er schlug sich auf die glänzende Glatze, und zwar so heftig, daß alle ihn anstarrten.

»Was ist mit Ihnen, Albert Wenediktowitsch?« fragte Anton.

»Na schön, ich – aber Sie, Sie, Doktor! Sie hätten gleich darauf kommen können.«

»Worauf?«

»Schauen Sie nur mal, wie mein Gesicht aussieht!«

Nun musterten alle in der Messe den Anwalt: Sein Gesicht, jedenfalls der bartlose Teil der feisten Wangen, war mit kleinen Pusteln übersät.

»Was meinen Sie, was das ist?« wandte sich der Anwalt an Anton als den einzigen Mediziner.

»Ich weiß nicht. Eine Art Allergie. Eine Reaktion auf die Sonne vielleicht, auf das Eis. Wir sind hier ja in ganz anderen Breiten als gewohnt, und Ihr Körper reagiert darauf eben so.«

»Quatsch!« unterbrach ihn der Anwalt. »Natürlich ist das eine Allergie, aber nicht gegen Sonne, sondern gegen Barbiturate.«

»Ich verstehe nicht«, sagte Anton erstaunt. »Wieso Schlafmittel?«

»Ich bin allergisch dagegen. Ich habe eine Zeitlang welche genommen, ich hatte Schlafstörungen. Aber dann mußte ich darauf verzichten, wegen dieses Hautausschlags, dieser Allergie eben.«

»Was wollen Sie damit sagen?« fragte Anton, der inzwischen schon begriff, was der Anwalt damit sagen wollte.

»Man muß nicht besonders schlau sein, um zu kapieren, daß sie uns, ja, daß sie uns eingeschläfert haben. Wie die Karnickel.«

Mir fiel plötzlich ein, wie ich gestern abend den Steward beim Füllen der Gläser überrascht und dabei den Eindruck gehabt hatte, er habe etwas in der Tasche verschwinden lassen.

Das hatte ich mir also nicht eingebildet, da war ich mir jetzt sicher. Und wie nett er die tollen Getränke serviert hatte: weiße Handschuhe, falsches Lächeln; und wie er zusammengezuckt war. »Verdammt, hast du mich erschreckt!« Und dann noch der Ortega y Gasset, wenn er mal kein schmutziges Geschirr abräumen mußte. Ich war nicht die einzige, die auf den Steward kam.

»Dieser Kellner, der hat mir gleich mißfallen«, sagte der Anwalt, und ich dachte an Wadik, der den hübschen Roman nicht ausstehen konnte – eine gewisse Intuition konnte man ihm nicht absprechen.

»Das ist sein Werk, außer ihm war niemand von der Crew im Billardraum.«

Die Stimmen vermischten sich wie Karten, ich konnte nicht mehr unterscheiden, wer was sagte. Bis Anton in eine plötzlich entstandene Stille hinein fragte: »Aber wozu?«

»Vielleicht sollten wir zurückkehren zur Variante der ›Langoliers‹«, schlug Filipp kleinmütig vor. »Schließlich sind Hypothesen zum ›Warum?‹ und ›Was ist geschehen?‹ weit ungefährlicher als die Frage ›Wozu?‹.«

Einige Augenblicke lang verdauten wir diesen philosophischen Gedanken. Anton kapitulierte als erster.

»Erklär uns, was du damit meinst.«

»Wenn wir uns für die Frage ›Wozu‹ entscheiden, die das Wirken höherer Mächte ausschließt, dann müssen wir einräumen, daß man uns das vorsätzlich angetan hat. Folglich ist das nicht das Ende der Geschichte, sondern erst ihr Anfang. Und wie sie verlaufen wird, das weiß niemand, bis auf die Leute, die hinter dem Ganzen stehen.«

»Dann sind das nicht die ›Langoliers‹.« Karpik kam zu mir und legte ihren Arm um meine Schultern. »Nicht die ›Langoliers‹, sondern ›Zehn kleine Negerlein‹. Was meinst du, Eva?«

Wieder schwiegen alle. Bis Albert Wenediktowitsch, offenbar vertraut mit dem Werk von Agatha Christie, mit finsterem Blick zu Karpik sagte: »Besser, du wärst eine Sitzenbleiberin, Kleine. Und könntest nicht lesen.«

»Was denn nun noch für Neger?« ließ sich der Gouverneur wieder vernehmen. »Das spottet doch jedem gesunden Menschenverstand!«

»Halt die Klappe, Papascha! Wir haben jetzt anderes im Kopf als dich.« Mucha wurde immer frecher.

»Stimmt, ist ziemlich ähnlich.« Filipp lief durch die Messe, die Hände hinterm Kopf. »Dort ist es eine Insel, hier ein Schiff. Dort kam niemand weg, und bei uns ist es so ähnlich, wenn die Crew nicht bald wieder auftaucht. Nur zwei Dinge sind zweifelhaft: Erstens waren alle auf der Insel, wenn ich mich richtig erinnere, Verbrecher, und zweitens war unter ihnen ein Mörder.«

»Toll!« rief Mucha begeistert. »Die Idee gefällt mir. Laßt uns Buße tun, bevor man uns festnagelt!«

Muchas Übermut steckte alle an, und Filipps Worte wurden als netter Scherz aufgefaßt und bereitwillig belacht; besonders von Albert Wenediktowitsch, der sich dabei die schweißnasse Glatze mit einem Taschentuch abwischte. Ich konnte den Blick gar nicht von dieser glatten, glänzenden Glatze lösen. Dabei dachte ich schwermütig, daß Filipp mit einem recht hatte: Unter uns war ein Mörder.

»Und wie geht's weiter, Karpik?«

»Dann wird allen eröffnet, daß sie schuldig sind«, erläuterte Karpik bereitwillig. »Und aus dem Weg geräumt werden müssen.«

»Na ja«, unterbrach Mucha sie. »Bei uns wird es viel einfacher sein. Gleich klopft es an die Tür, ein Kommissar tritt herein und liest uns unsere Rechte vor.«

Er hatte noch nicht zu Ende gesprochen, als jemand an die Tür klopfte.

Albert Wenediktowitsch wurde bleich wie ein Laken und ließ das angebissene Brot fallen, Mucha stieß einen Pfiff aus und lachte nervös. Alle anderen erstarrten schweigend.

Es klopfte noch einmal, und Anton übernahm die Initiative.

»Ja!« rief er mit gepreßter Stimme.

Die Tür wurde aufgerissen, und auf der Schwelle stand der Kühlmechaniker Max.

»Max!« Karpik, die kleine Verräterin, vergaß mich auf der Stelle und stürzte zu ihm.

Das Erscheinen eines Vertreters der Crew ließ die Situation sogleich komisch erscheinen. Was sich Schiffsreisende, die zuviel getrunken hatten, auch alles ausdachten! Gleich würde Max, ganz real und wie immer vollkommen ruhig, uns das Vorgefallene erklären, und alles wäre wieder im Lot.

»Was geht hier vor, Herr Matrose?« Raspopow, der noch immer unter der gescheiterten Verbindung mit dem Festland litt, ließ seine Wut nun an dem Mechaniker aus. »Warum bekommen bedeutende Personen, die bedeutendes Geld bezahlt haben, statt einer vollwertigen Erholung nichts als Ärger geboten? Sie als Vertreter der Crew tragen dafür persönlich die Verantwortung. Ganz zu schweigen vom Kapitän, mit dem sich die zuständigen Instanzen beschäftigen werden.«

»Vielleicht klären wir das erst mal selber«, sagte Max beschwichtigend, doch seine Narbe zuckte dabei.

»Wo ist die Besatzung?« fragte Anton direkt.

»Das wüßte ich auch gern. Ich soll um vier die Wache übernehmen, habe aber keinerlei Anweisungen erhalten. Wie es aussieht, sind für heute alle Wachen gestrichen.«

»Sie wollen sagen ... Sie wollen sagen, Sie wissen nicht, wo die Crew abgeblieben ist?«

»Genau. Sonst wäre ich nicht hergekommen.«

»Und daß Sie der einzige sind, der noch auf dem Schiff ist?«

»Na ja ... Wenn man Sie alle hier nicht mitrechnet, dann offenbar ja. Jedenfalls habe ich heute keinen weiter gesehen.« Max ging zum Tresen und goß sich einen Kognak ein. »Sie erlauben?«

»Können Sie sich erklären, wo die Crew ist?«

»Nein.«

»Wo werden denn die Papiere aufbewahrt?«

»Beim Navigationsoffizier. Möchten Sie ihm einen Besuch abstatten?«

»Das kann nicht schaden. Aber vielleicht sollten wir lieber mit der Kajüte des Kapitäns anfangen?«

»Das verstößt gegen das Schiffsreglement«, sagte Max.

»Und ein Kapitän, der sein Schiff verläßt, verstößt das etwa nicht gegen das Reglement?«

»Schon möglich ...«

Das lebhafte Gespräch mit dem Mechaniker kam ins Stocken.

»Gut, Max. Wir alle sind Neulinge auf dem Schiff. Aber Sie sind ein erfahrener Seemann. Was meinen Sie, kann eine ganze Besatzung ein Schiff verlassen? Genauer gesagt, einfach verschwinden?«

Max trank seinen Kognak aus und blickte verschlagen in die Runde.

»Wie soll ich mich ausdrücken ...« Er ging zu einem Schrank in der Ecke der Messe, in dem hinter Glas eine schmale Bücherreihe stand. Max zog ein Buch heraus und schlug es auf. »Hier bitte: das große Segelschiff ›Seevogel‹, 1850. Das Schiff taucht an der Küste von Newport auf, Staat Rhode Island, von einer Welle völlig unbeschädigt auf ein Riff geworfen. Die Crew ist verschwunden, nur ein Hund befindet sich noch an Bord. Dabei stand ein kochender Teekessel auf dem Herd, und der Mannschaftsraum war voller Tabakrauch. Logbuch und Frachtpapiere waren völlig in Ordnung. Und hier, noch ein Schiff, die ›James Chester‹, 1855. Driftete ohne Besatzung im Nordatlantik. Kapitän und Crew spurlos verschwunden, obwohl alle Boote noch an Bord waren. 1965, das Schiff ›Rescue‹, 1978 der Dampfer ›Dunmore‹ ... Soll ich weiterlesen?«

»Nicht nötig«, kreischte der Gouverneur in dünnem Falsett. »Erzählen Sie uns hier keine Märchen, setzen Sie sich lieber unverzüglich mit dem Festland in Verbindung.«

»Das würde ich gern tun. Aber es sind keine Telefone mehr da. Weder auf der Brücke noch im Funkraum.«

»Und die Reserveverbindungen? Es muß doch noch irgend etwas da sein?«

»Im Prinzip gäbe es außer dem Satellitentelefon noch mehr Möglichkeiten, Verbindung aufzunehmen mit dem Festland oder mit anderen Schiffen. Aber in jeder Leiterplatte fehlen ein paar Dioden oder Trioden oder weiß der Teufel was. Sie haben doch Elektronikspezialisten dabei, die werden Ihnen das bestätigen.«

»Sie wollen sagen, man hat uns absichtlich von der Außenwelt abgeschnitten?«

»Na ja, ob absichtlich, das weiß ich nicht. Also, ich

schlage vor, die Männer sehen sich jetzt mal das Schiff an.« Nun war klar, wer das Kommando auf dem Schiff übernehmen würde. »Und die Frauen machen Essen. Wenn sie das noch nicht verlernt haben.«

»Daraus wird nichts«, sagte Mucha, der sich offensichtlich zu den Frauen zählte. »Es ist kein Strom da.«

Max kratzte sich die Narbe und lächelte breit.

»Den Diesel haben sie also auch abgeschaltet, die Schweine! Na schön, den Dieselgenerator wieder anzuwerfen ist kein Problem. Nicht das Hauptproblem, meine ich.«

»Glauben Sie?«

»Für einen vielseitigen Spezialisten ... Ich kümmere mich jetzt um den Maschinenraum, alle anderen kämmen das Schiff durch. In einer Stunde versammeln wir uns wieder in der Messe. Noch Fragen?«

Es gab mehr Fragen als Antworten, aber niemand wagte, sie jetzt zu stellen.

Schließlich blieben nur vier Personen in der Messe: Annika, ihr Mann Andrej, Mucha und der Gouverneur Raspopow.

Annika erklärte mit matter Stimme, sie wolle, natürlich nur, wenn wir wieder Strom hätten, ein Schweizer Nationalgericht machen: ein Fondue. Geschmolzener Käse mit etwas Wodka und Gewürzen.

André äußerte den Wunsch, seiner Frau bei der Zubereitung dieses kulinarischen Meisterwerkes zu helfen. Ich vermutete, daß er aus rein taktischen Erwägungen blieb – er fürchtete noch immer, Mucha könne seiner Schweizer Hälfte über die unschuldigen Männerspiele in der Dusche berichten.

Vierter im Küchengespann wurde der Gouverneur Raspopow. Für ihn als respektablen Gebietspotentaten ziemte es sich nicht, Treppen rauf- und runterzukraxeln und nach der Crew zu suchen, die ihn so schnöde betrogen hatte.

Die übrigen Männer teilten sich in drei Gruppen auf: Die erste leitete Max, der versprochen hatte, den Hauptmotor wieder in Gang zu setzen (zu ihr gehörte auch der Elektronik-Spezialist Boris Iwanowitsch). Anton, Arsen Lakkai und Albert Wenediktowitsch bekamen das Heck, die Fleischverarbeitungsabteilung und einen Teil des Matrosendecks zugeteilt. Filipp und Vitja Meschtscherjakow gingen den Bug und die Rettungsboote durchsuchen.

Karpik und ich, von allen vergessen und uns selbst überlassen, beschlossen, uns um die Offizierskajüten zu kümmern.

»Bei wem fangen wir an?« fragte ich.

»Beim Navigationsoffizier«, erklärte Karpik kategorisch.

»Nicht beim Kapitän?«

»Erinnerst du dich nicht, was Max gesagt hat? Alle Papiere sind beim Navigationsoffizier.«

Auf der ganzen Reise hatte ich Karpik noch nie so glücklich gesehen, sie war sogar hübscher geworden.

Wir bogen um die Ecke – ein leerer Gang und entferntes Stimmengewirr. Karpik blieb einen Augenblick stehen und legte den Finger auf die Lippen.

»Hörst du?«

Der wahnwitzige Gedanke, der Spuk sei vorbei und die Crew habe nie ihren Posten verlassen, verging mir sofort, als ich begriff, woher die Stimmen kamen: Sie drangen aus der Schiffsmesse. Das war eine Akustik, Donnerwetter!

Wir passierten die Kabine von Clio, deren Tür fest geschlossen war. Karpik blieb kurz stehen, überlegte, und ihr Gesicht verdüsterte sich.

»Vielleicht sollten wir sie wecken?« fragte ich sanft.

»Nicht nötig. Sie werden schon aufwachen.« Karpik legte in diesen Satz alle Verachtung, zu der sie fähig war.

»Wie du meinst. Gehen wir?«

»Gut.«

Fünf Minuten später schloß sie mit ihrem Generalschlüssel bereits die Kajüte des Dritten Offiziers auf. Ja, sie war die eigentliche Herrin des Schiffes – ein Mädchen, das jede Tür zu jedem Geheimnis öffnen konnte.

In der Kajüte war es genauso dunkel wie im Flur: Das dicht verrammelte Bullauge ließ kein Licht von draußen durch. Mit vereinten Kräften schoben wir die Jalousie hoch und sahen uns im Raum um. Die Kajüte war etwas größer als Wadiks und meine und genauso ausgestattet: eine ordentlich gemachte Koje, ein kleiner Kleiderschrank, ein Tisch und zwei Stühle, am Boden festgeschraubt, ein Empfänger für den Bordfunk, ein Wachplan, ein verwaschener Läufer.

Der einzige Unterschied war der kleine Safe in der Ecke.

»Wenn er zu ist, werden wir ein Schweißgerät brauchen«, scherzte ich nicht sehr witzig.

Der Safe war offen. Und – leer. Keine Spur von den Papieren, den Dokumenten, von denen Max gesprochen hatte. Und nichts, was von Sdanowitsch selbst zeugte. Karpik begnügte sich nicht mit der Besichtigung des Safes, sie öffnete den Schrank. Auch er war leer, unglaublich, erstaunlich leer. Nicht einmal ein lausiges Taschentuch in einem Schubfach. Dabei hatte ich Sdanowitsch gestern noch gesehen, beim Abendessen, und er hatte keineswegs wie ein Phantom gewirkt. Nun aber schien es, als habe diese Besatzung nie existiert. Sobald ich das erfaßt hatte, stieg mir der spezifische Geruch eines unbewohnten Raums in die Nase. Überhaupt wirkte die ganze Kajüte wie eine vergessene Theaterkulisse. Ich schüttelte den Kopf, um dieses Gefühl loszuwerden: Quatsch, Blödsinn, das konnte nicht sein, noch gestern hatte der Navigationsoffizier Sdanowitsch beim Abendessen eine doppelte Portion Sauce verlangt.

»Was sagst du?« fragte mich Karpik.

»Hier ist mindestens einen Monat niemand gewesen«, äußerte ich meine Vermutung.

»Oder zwei«, pflichtete Karpik mir bei. »Vielleicht hat hier überhaupt niemand gewohnt. Was meinst du?«

Ihre ruhige Stimme machte mir angst.

»Na, was ist, gehen wir jetzt zum Kapitän?«

»Das ist jetzt egal. Von mir aus zum Kapitän.«

Ein gewagter Schritt – vor Karpik und mir hatte noch kein Passagier die Schwelle der Kapitänskajüte überschritten.

Wir schafften es nicht, die Jalousie hochzuschieben wie in Sdanowitschs Kajüte. Auch die Kerze, die Karpik benutzte, war schon fast aufgebraucht. Ihr winziger Schein beleuchtete Karpik und einen Teil des Raumes. Eines konnte ich mit Sicherheit sagen: Die Kajüte des Kapitäns hatte keine Ähnlichkeit mit der asketischen Kajüte des Navigationsoffiziers. Was ich im schwankenden Licht erkennen konnte, versetzte mich in Erstaunen: Zuviel Holz, zu viele überflüssige Dinge. Das galt es noch genauer zu klären. Doch erst einmal sah ich Karpiks schmale Hand, vollgetropft mit Wachs. Es tropfte ihr auf die Haut, aber sie schien es gar nicht zu bemerken.

»Tut das nicht weh?« fragte ich.

»Was?« Karpik sah mich verständnislos an.

»Das Wachs. Es ist doch heiß. Tut dir das nicht weh?«

»Ach so. Das meinst du. Ich habe eine ziemlich hohe Schmerzschwelle, darüber wundern sich alle«, sagte sie beinahe stolz.

Nein, Karpik. Das mit der hohen Schmerzschwelle ist ein Märchen. Deine Unempfindlichkeit gegen Schmerz, gegen das heiße Wachs auf deiner Hand, gegen die Ohrfeigen deines Vaters – das alles ist Bluff, sonst nichts, das ist nur Schein. Dir bereitet etwas anderes Schmerzen. Daß sich dein Vater mit Frauen verabredet, die du haßt.

»Gleich ist sie aus.« Karpik seufzte. »Wir müssen Kerzen holen und dann zurückkommen.«

Die Kerze flackerte noch einmal kurz auf und wollte schon verlöschen, als ich auf dem Tisch einen Kerzenhalter mit drei Kerzen stehen sah. Wir blieben nur ein paar Augenblicke im Dunkeln. Ich holte mein Feuerzeug heraus und zündete sie an. Sofort erfüllte ein gleichmäßiges und ausreichend helles Licht die Kajüte. Was wir nun sahen, verblüffte uns. So sehr, daß wir eine Weile schwiegen.

»Tja«, sagte Karpik und knetete das Wachs in der Hand. »Hotel ›George IV.‹, fünf Sterne, Präsidentensuite.«

Ich mußte ihr zustimmen. Die Kapitänskajüte war ein Hohelied auf großen Schiffsstil. Im Gegensatz zur gesichtslosen Kajüte des Dritten Offiziers spürte man hier die machtvolle Anwesenheit eines Hausherrn. Eines Hausherrn mit Geschmack. Eichenholztäfelung, ein Bett mit Baldachin, Trockenblumen in chinesischen Bodenvasen, Bilder in schweren Rahmen, auf denen die im Laufe der Zeit rissig gewordene Ölfarbe ein spinnwebartiges Netz bildete. Der Kerzenhalter, den ich angezündet hatte, war nicht der einzige in der Kajüte. Ein weiterer – mit drei gedrehten Kerzen – stand am Kopfende des Bettes. Anstelle des öden Waschbeckens, über dem sich Wadik mit seinem Gilette mißmutig das haarlose Kinn schabte, gab es hier eine blankgescheuerte Messingschüssel und einen Krug, ebenfalls aus Messing.

Und ein sauberes Handtuch.

Die praktische Karpik steckte die Nase in den Kleiderschrank aus Nußbaum. Er war voller Sachen: Paradeuniform, schneeweiße Hemden, mehrere Paare Schuhe, zwei Kapitänsmützen. Das alles sah prachtvoll aus, schien aber zugleich irgendwie nicht zur Wirklichkeit zu passen.

»Was sagst du?« fragte ich Karpik.

»Schicke Klamotten.« Sie schob die Unterlippe vor. »Aber sie haben irgendwas …«

»Das fällt dir auch auf, ja?«

Karpik glitt rasch mit den Fingern über die Aufschläge der Jacketts, hob mehrere Paare Schuhe an und musterte sie aufmerksam.

»Hör mal, ich glaube, ich hab's. Die Sachen sind alt.«

»Wie – alt?«

»Na ja, nicht, daß sie hundert Jahre alt sind. Sie sind neu. Und alle ganz sauber. Aber so würden neue Sachen aussehen, wenn sie vor hundert Jahren geschneidert worden wären. Oder so ungefähr. Die Sachen stammen nicht aus unserer Zeit, das habe ich gemeint.«

Mir schien, als ginge ein leises Seufzen durch die Kajüte des Kapitäns«. Ich verspürte ein Ziehen in der Brust.

»Hast du das gehört?« fragte ich Karpik.

»Was?« Karpik war vollkommen unempfindlich für derartige mystische Regungen.

»Hier ist jemand.«

»Das ist der Durchzug, wir haben bloß die Tür nicht zugemacht.« Karpik sah zur Tür. Sie war fest geschlossen.

»Komm weg hier«, bat ich klagend.

»Gleich.« Karpik ließ ab vom Kleiderschrank und wandte sich der Wand zu. Außer Barometern, Sextanten und Porzellan- und Elfenbeinfiguren hingen hier einige gerahmte Fotografien.

Eine davon interessierte Karpik besonders. Sie jagte mich vom Stuhl hoch und nahm das Foto ab. Soviel Forscherdrang ging mir ab – meine Experimente auf dem Feld der professionellen Durchsuchung von Räumen waren in meiner Vergangenheit geblieben, die ich gern vergessen wollte.

Ich schlenderte durch die Kajüte, faßte im Vorbeigehen in die Waschschüssel und zuckte zurück. Das Wasser war warm. Es war vor höchstens fünfzehn, zwanzig Minuten in die Schüssel gegossen worden. Als Karpik und ich gerade die Tür erreicht hatten.

»Sieh mal, Eva!« rief Karpik. »Ein hochinteressantes Ding!«

Noch immer fassungslos, ging ich zu Karpik und griff nach ihrer wachsbekleckerten Hand wie nach einem Rettungsring.

»Ich habe auch was Hochinteressantes«, stammelte ich.

»Nein, du hast keine Ahnung! Das hier ist wirklich ein Ding!«

Karpik hielt mir das Foto unter die Nase.

»Na!« sagte sie triumphierend. »Sieh genau hin!«

Ich tat es.

Das Foto zeigte den Kapitän der »Excalibur«, den Disziplinfanatiker, den Helden der Bücher von Jack London, Herman Melville und anderer Autoren von Seemannsromanen aller Zeiten. Den Kapitän der »Excalibur« mit seiner unbändigen Leidenschaft für Chopin und für die bretonische Küche. Der lächelnde Kapitän stand vor einem Schiff, von dem man nur die dunkle Bordwand sah. Und den Namen des Schiffes, in lateinischen Buchstaben: EXCALIBUR.

Unter dem Foto war eine Jahreszahl zu lesen: 1929.

Ein Seufzen ging durch die Kajüte. Es hatte nichts Bedrohliches an sich, aber ich wußte, daß ich in meinem ganzen Leben noch keinen gruseligeren Laut gehört hatte. Diesmal war es viel deutlicher, selbst die für Mystik unempfindliche Karpik hatte es gehört. Und reagierte ebenso wie ich.

Ohne uns abzusprechen, rannten wir aus der Kajüte, zwängten uns mit Mühe durch die Tür und stießen draußen mit den Köpfen zusammen. Wir verloren das Gleichgewicht und krachten einen Meter vor der zugeschlagenen Kajütentür zu Boden. Ein paar Minuten lang blieben wir in völliger Dunkelheit liegen.

»Warum bist du losgerannt?« fragte Karpik mich.

»Und du?«

»Weil du ...« Karpik sprach nicht weiter und begann zu lachen. Sie lachte so laut und ansteckend, daß mir nichts weiter übrigblieb, als ihrem Beispiel zu folgen. Eine Zeitlang hörten wir nur unser eigenes hysterisches Lachen. Doch als es langsam verstummte, vernahm ich deutlich Schritte, unsichere, schleichende Schritte, die langsam näher kamen.

»Hörst du das?« fragte Karpik flüsternd. »Da kommt jemand.«

»Ja. Wir müssen aufstehen.«

Aber wir hatten keine Kraft dazu. Die Schritte näherten sich bedrohlich schnell.

»Ich hab Angst.« Karpik umklammerte in der Dunkelheit fest meinen Hals.

»Psst!« Ich konnte nicht aufstehen, die Angst lähmte meine Beine. »Laß uns abwarten.«

Als die Schritte auf Armlänge heran waren, erzitterte die »Excalibur«, und das Herz in ihrem Innern begann langsam zu schlagen. Der gute Max hatte es geschafft, er hatte den Diesel angeworfen. Einen Augenblick später flammten alle Lampen im Flur auf. Und schlagartig war alles wieder vertraut und kein bißchen furchteinflößend.

Neben uns stand Wadik – zerknautscht, noch nicht ganz wach, mit heraushängendem Hemd – der liebe, wundervolle, einmalige Wadik. Das einzig Reale in der letzten halben Stunde.

»Was liegt ihr denn hier mitten im Flur, Mädels?« fragte er.

»Wir sind hingefallen«, sagte Karpik, ebenso erleichtert wie ich.

»Das sehe ich. Liegt ihr hier schon lange?«

»Nein.«

»Kann mir mal jemand erklären, was hier vorgeht? Sind die Sicherungen rausgeflogen, oder was? Ich wache auf und bin fast verrückt geworden – alles stockfinster. Ich hab schon befürchtet, diese Pferdeschlächter hätten uns vielleicht schlechten Wodka angedreht.«

»Wie kommst du darauf?« fragte ich.

»Wie schon! Sag bloß, du weißt nicht, daß die Leute reihenweise blind werden von schlechtem Schnaps? Und ich hab gestern zuviel getrunken, ich kann mich nicht mal mehr erinnern, wie ich eingepennt bin. Daß Clio gesungen hat, das weiß ich noch. Aber danach – alles weg.«

Wadiks Aussage unterschied sich in nichts von den Aussagen der anderen Zeugen. Damit konnte der erste Teil der Ermittlungen als abgeschlossen gelten.

»Wir haben Unannehmlichkeiten«, sagte Karpik mit sichtlichem Vergnügen zu Wadik. »Und zwar gewaltige.«

»Was ist denn los? Hat dein Papa eine Eisbärin geheiratet?« Wadik konnte sich das Sticheln nicht versagen.

Karpik kreischte auf, stürzte sich auf ihn und saß im nächsten Augenblick bereits rittlings auf seiner mageren Brust.

»Eva!« flehte Wadik. »Nimm diese Muräne weg, Eva! Sie bringt mich um!«

»Und du paß auf, was du sagst, mein Bester!« sagte ich, riß aber Karpik doch von meinem einzigen Kameramann los.

»Wie spät ist es überhaupt?« erkundigte sich Wadik.

»Ich weiß nicht. Gegen zwei.«

»Und wo sind alle hin? Auf Robbenjagd?«

»Steh auf, komm mit in die Messe. Du wirst dich wundern, wenn du alles erfährst.«

In der Messe stießen wir als erstes auf Clio und Sokolnikow. Clio saß auf dem Schoß des Bankiers, die Arme um seinen Hals geschlungen. Sokolnikow wirkte konzentriert und kampfbereit.

»Guten Tag, Karpik!« Clio war entschlossen, das Kind zu erobern.

»Leck mich am Arsch«, sagte Karpik hochmütig.

Sokolnikow malmte mit den Kiefern, beschloß aber, sich nicht einzumischen. Dazu hätte er nämlich die kostbare Clio loslassen müssen, und das schien er unter keinen Umständen tun zu wollen.

»Du hast eine amüsante Tochter«, gurrte Clio und küßte den Bankier zärtlich auf den Kopf. Karpik verzog angewidert das Gesicht.

»Du ahnst gar nicht, wie amüsant ich bin.«

»Laßt uns nicht streiten, Mädchen«, ließ sich Sokolnikow endlich vernehmen. »Zumal angesichts der Lage auf dem Schiff, die nicht ganz klar ist.«

»Sie ist ganz und gar unklar, würde ich sagen.« Mucha, der die Pflichten des Stewards übernommen hatte, warf einen Haufen Gabeln auf zwei zusammengeschobene Tische.

»Ich muß mit dir reden, Papa«, sagte Karpik ernst.

»Später, ja?«

»Nein, jetzt.«

»Na schön.« Der Bankier seufzte und ließ Clio los. »Gehen wir in unsere Kabine.«

»In meine Kabine«, korrigierte Karpik ihn und sah Clio haßerfüllt an. »Jetzt ist es nur noch meine Kabine.«

Sokolnikow nahm seine Tochter an die Hand, sie verließen die Messe und schlossen die Tür hinter sich. Ich blieb allein mit Clio – Mucha pendelte zwischen Büfett und Messe hin und her, und Annika werkelte zusammen mit ihrem Mann an dem geheimnisvollen Fondue; hin und wieder drang Lachen aus der Kombüse. Wadik war sofort gegangen, als er Clio in den Armen des Bankiers gesehen hatte: Hier gab es für ihn nichts mehr zu holen, also würde er sich wenigstens umziehen und sich das verschlafene Gesicht waschen.

»Ich finde, sie ist einfach ein Scheusal«, sagte Clio, und ihre Stimme klang beleidigt. So kindlich beleidigt, daß sie mir einen Augenblick lang sogar leid tat.

»Reden Sie von Karpik?« fragte ich vorsichtig.

»Ein kleines Scheusal, das man auspeitschen und auf Erbsen in der Ecke knien lassen sollte.«

»Das ist ziemlich extrem. Und würde wohl kaum etwas bringen, denke ich.«

»Ich muß Valeri sagen, daß er sie wegschickt, möglichst weit weg.«

»Eine großartige Idee«, sagte ich. »Vielleicht sollte man den kleinen Hinkefuß gleich erschießen, dann muß man nicht noch Geld rausschmeißen für ein Internat in Cambridge, oder? Was meinen Sie?«

Clio wurde rot. »Das habe ich nicht gemeint.«

»Ich verstehe.«

»Ich mag bloß ihren Vater sehr.«

»Dann werden Sie einen gemeinsamen Nenner mit ihr finden müssen. Karpik steht auf Klassik. Studieren Sie doch mal was Klassisches ein, vielleicht eine Arie der Madame Butterfly, oder etwas aus dem ›Figaro‹.«

Clio sah mich an und lachte.

»Leck mich am Arsch! Was dagegen, wenn ich du sage?«

»Nein.«

»Laß uns was trinken, ja?«

»Nach gestern will ich das lieber nicht riskieren.«

Die zufällige Erwähnung des gestrigen Abends brachte uns auf den heutigen Morgen, auf das Verschwinden der Besatzung.

»Wie denkst du über die Sache?« fragte ich Clio.

»Er ist süß. Ich finde ihn rührend.« Offenkundig wollte Clio nichts zur Kenntnis nehmen als ihre eigenen Gefühle.

Die drei Stoßtrupps, die das Schiff durchsucht hatten, kamen zurück. Auch Wadik und der Gouverneur Raspopow fanden sich ein. Sokolnikow erschien als letzter, ohne seine Tochter. Er wirkte gequält, aber nicht gebrochen und lächelte Clio von der Schwelle her aufmunternd an. Annika, bezaubernd in ihrer Schweizer Ungezwungenheit, bat die Passagiere zu Tisch.

Auf Annikas liebem Gesicht lag gespannte Erwartung: Sie wollte den hier versammelten Russen so gern gefallen! Leider war der Moment ziemlich ungünstig – die besorgten Passagiere hätten jetzt alles gegessen, ohne es überhaupt wahrzunehmen. Während alle mit auf Gabeln gespießten Brotstückchen in der dicken weißen Käsemasse herumrührten, zeichnete sich langsam ein Bild der Situation ab: Sämtliche Boote waren an ihrem Platz, doch in allen fehlten die bei Seenot unerläßlichen Leuchtraketen; die Satellitentelefone für die Verbindung mit den Festland und anderen Schiffen waren verschwunden; die guten alten Funkgeräte unbrauchbar – in den Leiterplatten fehlten wichtige Teile; bis auf die fünfzehn Anwesenden und Karpik, die in ihrer Kabine geblieben war, konnte auf dem Schiff niemand weiter gefunden werden; die Waffenkammer war verschlossen und die gepanzerte Tür nicht aufzubrechen – wo sich der Schlüssel befand, war unbekannt; Treibstoff war ausreichend vorhanden; alle Schiffsmotoren und Geräte waren funktionstüchtig, ebenso die Boote; kein einziges lebenswichtiges System des Schiffes war beschädigt.

Soweit der Bericht von Max, dem einzigen an Bord verbliebenen Mitglied der Crew.

»Was wollen wir tun, Herrschaften?« fragte er die Anwesenden rein rhetorisch.

Der Neurochirurg Anton Ulmanis, der Max die ganze Zeit eifersüchtig beobachtet hatte, versuchte, die Initiative zu übernehmen:

»Wir haben zwei Möglichkeiten: Entweder wir bleiben hier und warten wer weiß worauf, oder wir setzen uns in Bewegung und fahren in Richtung Hafen. Mit dem Schiff oder mit Booten.«

Max lachte spöttisch. »Und wie wollen Sie das machen, mit dem Schiff? Hat einer der Anwesenden eine Vorstellung von Navigation? Kennt sich jemand mit den Geräten aus? Mit den Leuchtfeuern? Mit dem Eis? Weiß jemand, wie der Treibstoff nachgefüllt wird? Weiß jemand, was die Hauptkraftanlage ist?«

»Sie.« Antons Einwurf klang nicht sehr überzeugend.

»Ich passe. Alles, was die Kühlanlagen angeht, das beherrsche ich. Den Motor anwerfen, damit wir hier nicht erfrieren, das kann ich auch. Aber sonst ...«

»Das heißt, es ist unmöglich, das Schiff in Bewegung zu setzen?«

»Wenn wenigstens sechs Passagiere ein Patent als Schiffsmechaniker, Navigator, Rudergänger und so weiter hätten, dann könnte man es versuchen.«

»Alles klar.« Anton wollte sich dem offenen Hohn von Max nicht weiter aussetzen. »Dann könnten wir uns die Rettungsboote nehmen und ...«

»Nein.« Max kippte auch diesen Vorschlag des Neurochirurgen, und es schien ihm Spaß zu machen. »Erstens sind es bis zu dem Hafen, wo wir ausgelaufen sind, mehr als zwei Tage Fahrt. Schön, das ginge noch. Aber das Eis.«

»Was ist mit dem Eis?«

»Wir kommen nicht in freies Fahrwasser. Das Rettungsboot würde steckenbleiben, und aus.«

»Und die anderen, na, die Boote, mit denen wir zur Jagd gefahren sind? Die sind doch leicht!« lautete Muchas Beitrag zur Ausarbeitung einer strategischen Lösung.

»Mit denen kannst du zu Hause in der Badewanne schwimmen. Wenn du bis dahin kommst, natürlich«, scherzte Max düster. »Mit einem Boot, egal mit welchem, kann man sich zwar eine Weile halten, aber nur, solange man in Schiffahrtsgewässern bleibt. Doch das hier ist eine Einöde. Auf hundert, hundertfünfzig Kilometer kein einziges Schiff. Ihr erfriert einfach im Eis, und aus.«

»Und Sie?«

»Ich würde mich nicht vom Schiff rühren. Hier gibt es zumindest Strom, Wärme und Lebensmittelvorräte.«

»Und wie lange sollen wir hier rumhängen?« fragte Anton vorsichtig.

»Woher soll ich das wissen? Bis sich alles geklärt hat. Die ›Excalibur‹ sollte nach zwei Wochen zurück sein. Wenn nicht, wird man uns suchen. Und ziemlich schnell finden. Zwei Wochen in guter Gesellschaft, das ist doch keine schlechte Idee, denke ich.«

»Was haben Sie denn dann hier zu schaffen, junger Mann?« Der Gouverneur zeigte noch einmal sein zänkisches Wesen. »Was haben Sie mit der guten Gesellschaft zu tun? Sie haben sich nur darum zu kümmern, daß der Motor läuft, sonst nichts.«

»Nur, wenn ich will«, verwies Max den Gouverneur in seine Schranken. »Ich habe keine Chefs mehr.«

»Übertreiben Sie es nicht, Nikolai Iwanowitsch!« sagte Anton friedfertig. »Und Sie, Max – beruhigen Sie sich bitte. Das fehlte noch, daß wir uns gegenseitig an die Kehle gehen.«

»Das will ich sehen!« Max kratzte sich seine Narbe.

»Und überhaupt, man sollte mal herausfinden, was dieser Kerl für einer ist.« Raspopow ging hinter dem breiten Rücken des Fotografen Filipp in Deckung.

»Bei mir ist alles klar, aber wer sind Sie?«

»Was soll das heißen – wer ich bin?« Der Gouverneur schnappte ob dieser Unverschämtheit nach Luft.

»Genau. Zeigen Sie uns doch mal Ihre Papiere, damit es keine Mißverständnisse gibt.«

»Meine Papiere?« Raspopow riß den Mund auf und klappte ihn gleich wieder zu. »Also, meine Papiere ... Meine Papiere müßten bei Ihrem Navigationsoffizier sein. Genauso wie die Dokumente aller anderen. Nicht wahr, Genossen?«

Die »Genossen« schwiegen. Das stimmte. Nach der strengen Vorschrift des Schiffsreglements wurden alle Papiere vor dem Auslaufen beim Navigationsoffizier abgegeben, dessen Kajüte Karpik und ich vor ein paar Stunden durchsucht hatten. Da war mir gar nicht in den Sinn gekommen, daß der leere Safe die Pässe aller fünfzehn Passagiere enhalten hatte. Jetzt war zwar der ungünstigste Zeitpunkt, davon anzufangen – aber ich mußte es sagen.

»Die Papiere sind weg. Karpik und ich waren in der Kajüte des Navigationsoffiziers. Dort steht der Safe für die Papiere, und er ist leer.«

»Was heißt – leer?« kreischte Raspopow im hohen Falsett.

»Absolut leer.«

»Das kann nicht sein.« Zum erstenmal zeigte Arsen Lakkai sich solidarisch mit dem Gouverneur.

»Und alles andere kann sein?« Ich blickte in die Runde. »Alles andere, das seltsame Verschwinden der Crew eingeschlossen?«

»Ich will nicht länger hierbleiben«, erklärte der Gouverneur. Genau wie Karpik auf der Treppe zur Kommandobrücke.

»Dann bleiben Sie doch nicht hier.« Max bewahrte absolute Ruhe.

Das Computer-As Boris Iwanowitsch, der bis dahin geschwiegen und aufmerksam beobachtet hatte, was vorging, hielt es für nötig, sich einzumischen: »Entschuldigen Sie, Max. Soweit ich weiß, müssen alle Schiffe dieser Klasse mit GPS-Bojen ausgerüstet sein …«

»Genau!« unterstützte der Gouverneur ihn eifrig. »Was ist denn das?«

»Lassen Sie es sich von dem Bescheidwisser erklären.« Max wandte sich gleichmütig dem Bullauge zu.

»GPS.« Boris Iwanowitsch hatte die leise Stimme eines

verlassenen Liebhabers. »Das bedeutet Global Position System. Dabei wird ein starkes Signal an einen Satelliten gesendet. Bei Berührung mit Wasser schaltet sie sich automatisch ein, man kann sie aber auch manuell einschalten, und innerhalb von fünfzehn Sekunden wird das Signal geortet, bis auf einen Meter genau. Hab ich recht?«

»Na ja …« Max blickte noch immer durch das Bullauge hinaus, als hoffe er, dort eine Rettungsflottille zu entdecken. »Ich wollte Sie nicht enttäuschen. Ich wollte diese verdammte Boje gar nicht erwähnen. Aber da Sie nun mal so gut unterrichtet sind – jedenfalls, sie ist auch weg. Normalerweise ist die GPS-Boje im Funkraum. Wahrscheinlich ist sie jetzt da, wo auch das Satellitentelefon ist. Und die Crew.«

»Und wo ist sie, die Crew?« fragte Clio, und Sokolnikow legte ihr beruhigend die Hand auf die Schulter. »Wo ist sie? Wo ist sie abgeblieben?«

Niemand antwortete ihr. Es war so still, daß man das Dröhnen des Motors tief unten im Schiff hörte. Urplötzlich kam ein weiteres Geräusch dazu: Der Telefonsummer in der Kombüse.

Annika, die neben der Kombüsentür stand, nahm den Hörer ab.

»Oui!« rief sie. »Ich hören! Oui!«

Doch ihr französisches »Ja« paßte dem Gesprächspartner nicht.

»Ich weiß nicht …« Annika drehte den Hörer unschlüssig in der Hand. »Ein komischer téléphone naval … Kein Antwort … Nichts sagt.«

»Das ist Karpik.« Sokolnikow runzelte die Stirn. »Das sind ihre Spielchen. Sie soll bloß herkommen, dann kann sie was erleben!«

Er hatte den Satz noch nicht beendet, als die Tür aufging und Karpik eintrat. Ungerührt lief sie an den verständnislos erstarrten Passagieren vorbei, nahm sich einen sauberen Teller vom Tresen und kippte sich das schon mit einer Haut überzogene restliche Fondue darauf.

»Karpik! Hast du eben angerufen?« Eine ziemlich sinnlose Frage – Annika hatte gerade aufgelegt, als Karpik hereinkam.

»Wo angerufen? Wen?« fragte Karpik und schob sich unbekümmert ein in Fondue getauchtes Stück Brot in den Mund. »Schmeckt sehr gut, Annika. C'est magnifique. Merci beaucoup.«

»Je suis heureuse.«[1]

Alle beobachten konzentriert, wie Karpik aß. So konzentriert, als hinge davon ihr Leben ab.

»Sag die Wahrheit, Kind«, versuchte Sokolnikow es noch einmal. »Sag, von wo hast du angerufen?«

»Laß sie in Ruhe«, sagte Clio. »Laß ...«

Sie brachte den Satz nicht zu Ende. Das Schiff wurde von einem gewaltigen Tuten erschüttert. Zum erstenmal seit Beginn der Reise erklang die Sirene. Die »Excalibur« hatte einen weichen Baß ...

Die Töne folgten kurz aufeinander: kurze und lange, mit unterschiedlichen Pausen.

»Was ist denn das!« schrie Raspopow. »Verdammt, was ist das?«

»Anscheinend Morsezeichen«, vermutete Anton. »Genau! Das sind Morsezeichen – kurz, lang, wieder kurz ...«

»Ja.« Max hob den Kopf, und ich sah, wie seine Halsmuskeln anschwollen.

Das Tuten hörte nicht auf, wieder und wieder dieselbe Kombination: kurz, lang, wieder kurz ...

»Und?!« Anton zupfte Max am Ärmel.

»Nur ein Wort. Nur eins.«

»Welches?«

»Tod.«

1 (franz.) – Freut mich.

»Was?!«

»TOD.«

Alle erstarrten.

»Qu'est-ce que c'est? Qu'est-ce que c'est?« fragte Annika, die einzige, die noch in glücklicher Unwissenheit schwebte.

Das naive, ganz und gar nicht furchteinflößende Französisch, das an Schwäne in Sperrholzhäuschen auf dem Genfer See denken ließ, an dicke Gewürzhändler und Kaffee mit Croissants – dieses Französisch löste die allgemeine Erstarrung.

»Schnell!« rief Max. »Schnell rauf, auf die Brücke!«

Er stürzte als erster hinaus, gefolgt von Anton, Filipp, Vitja, Wadik, Sokolnikow und Lakkai.

Albert Wenediktowitsch ließ sich auf einen Stuhl fallen und holte ein Taschentuch hervor – der Schweiß lief ihm in Strömen herunter. Seine Glatze glühte feuerrot, seine Wangen waren totenbleich.

Mucha setzte eine Kognakflasche an und nahm mehrere große Schlucke. Dann lachte er hysterisch.

»Wahrscheinlich ist der Funker wieder da! Paßt auf, heute abend sind sie alle wieder zurück.«

Raspopow bedachte ihn mit einem Hagel hilfloser Flüche. So hilflos, daß ich es nicht mehr mit anhören und nicht länger in der Messe bleiben konnte. Ich folgte den Männern.

An der Treppe holten Karpik und Clio mich ein. Clio eilte die Treppe hinauf; ich sah nur noch ihre schmalen Fesseln.

»Warte auf mich, Eva!« Natürlich, die hinkende Karpik war nicht so schnell wie Clio. Ich blieb stehen, und Karpik klammerte sich an meinen Arm. »Beschütz mich!« flehten ihre Hände.

Sie standen im Halbkreis um das Brett herum, auf dem sich der Bedienknopf für die Sirene befand.

»Na, und?« rief ich schon an der Schwelle, nach Luft schnappend.

Sie schwiegen. Niemand sagte ein Wort.

»Keiner da, ja?«

»Ja«, bestätigte Anton düster. »Niemand.«

»Das heißt noch gar nichts.« Max pfiff auf jede Mystik. »Bis wir hier oben waren, können sie längst abgehauen sein.«

»Oder er«, sagte Clio plötzlich leise.

»Wer – er?« fragte Anton. Die Frage hätte er lieber nicht stellen sollen. Alle wußten auch so – wer. Aber Anton fragte noch einmal: »Wer – er?«

»Der, der uns die Nachricht geschickt hat. Punkt, Strich, Punkt, was weiß ich. Der Tod. So war's doch, oder?«

Dieses Wort, von Clio herausgelassen wie der Geist aus der Flasche, schwoll an und schwebte wie ein Wolke über uns allen. Sokolnikow legte seinen Arm um Clios Schulter und drückte sie an sich – hab keine Angst, mein Mädchen! Und sein eigenes kleines Mädchen stand neben mir und hatte vor nichts Angst. Oder doch? Ich suchte Karpiks Hand und drückte sie. Dankbar beantwortete sie meinen Händedruck.

»Das ist Quatsch.« Der Neurochirurg klammerte sich an seine alles erklärende Wissenschaft. »Das ist totaler Quatsch und Blödsinn, was Sie da sagen, Clio. Ich bin sicher, wir werden gleich eine ganz reale Erklärung finden.«

»Und wenn nicht?«

»Wir müssen noch einmal das ganze Schiff durchsuchen.« Max stellte sich entschieden auf die Seite des Neurochirurgen.

»Es ist zu groß.« Sokolnikow lachte bitter. »Wir haben keine Chance, jemanden zu finden, selbst wenn sich hier noch jemand rumtreibt.«

»Egal. Wir haben Waffen.«

»Wir haben keine Waffen«, unterbrach Max Arsen Lakkai. »Wir haben die Waffenkammer überprüft. Sie ist abgeschlossen, und sie hat eine Stahltür, da kommen wir nicht rein.«

»Seht mal!« mischte sich Karpik ein, die bislang geschwiegen hatte. »Seht mal!«

Sie ließ meine Hand los und ging zu der großen Glasscheibe der Kommandobrücke. »Seht ihr das?«

Direkt vor der Brücke hing an einem dünnen Seilnetz eine Flagge. Eine einsame Flagge, die früher nicht dagewesen war. Eine plötzliche Bö entfaltete sie: Sie war in vier Teile geteilt und sah aus wie ein Stück von einem Schachbrett – zwei weiße Vierecke, rechts oben und links unten, und zwei rote. Nichts Besonderes, solche Fähnchen wurden bei Kartrennen von Kindern benutzt. Doch als Max sie sah, wurde er noch düsterer.

»Bedeutet das etwas, Max?« fragte Karpik ihren erwachsenen Freund.

»Was soll ich sagen, Karpik. Ja, schon.«

»Und was?« platzte Clio heraus.

»Das ist eine Flagge des internationalen Signalcodes. Eine ganz normale Flagge, solche gibt es auf jedem Schiff. Eine ganze Kollektion …«

»Aber was bedeutet sie, Max?«

»Die hier? In der Seefahrt bedeutet sie: *Ihr begebt euch in Gefahr*.«

»Was?« fragte Clio leise noch einmal.

»Ihr begebt euch in Gefahr«, wiederholte Max.

»Wie denn, wir liegen doch vor Anker?« fragte Karpik. Diese durchaus vernünftige Frage verblüffte uns und löste sogar ein Lächeln aus.

Anton hockte sich vor Karpik und krauste ulkig die Nase.

»Manchmal kann man sich auch in etwas begeben, wenn man auf der Stelle steht, Mädchen«, sagte er.

»Ich für mein Teil habe nicht vor, auf der Stelle zu stehen!« Lakkai trommelte mit den Fingern auf einem der ausgeschalteten Geräte herum.

»Was schlagen Sie vor?«

»Die Waffenkammer zu öffnen. Ich bin so gut wie sicher: die Karabiner bringen so manchen zur Besinnung.«

»Wen denn?« fragte Clio schnell.

»Den, der solche Flaggen hißt.«

»Sie glauben noch immer, daß das alles ganz real ist?«

»Ja, ich versuche, es vom Standpunkt des gesunden Menschenverstands zu erklären. Solange niemand uns das Gegenteil beweist ...«

»Na, dann können wir ja gehen.« Max sah sich noch einmal um. »Aber jemand muß hierbleiben, Wache halten. Damit sich solche Dinge nicht wiederholen.«

»Wer ist denn so verrückt und bleibt hier?« fragte Lakkai spöttisch.

»Der, den ich bestimme«, erklärte Max. »Denn in dieser Situation bin ich verpflichtet, das Kommando auf dem Schiff zu übernehmen.«

»Davon hat der Idiot schon immer geträumt«, scherzte Wadik leise.

»Hat hier jemand was gesagt?« erkundigte sich Max.

»Nun seien wir doch nicht so hitzig.« Lakkai hob beschwichtigend die Hände. »Es ist wohl ganz klar, daß niemand unbewaffnet auf der Brücke bleiben wird. Das ist lächerlich. Wir müssen eingestehen, daß wir alle ein wenig erschreckt und verwirrt sind. Wir müssen alle Für und Wider abwägen. Aber das Erste sind die Waffen. Ich denke, da stimmen mir alle zu.«

»Gut«, willigte auch Max ein. »Gehen wir runter in die Messe und besprechen noch einmal alles in Ruhe. Dann kümmern wir uns um die Waffenkammer. Und danach entscheiden wir das übrige. Nur in der Messe rumsitzen geht sowieso nicht.«

»Warum?« fragte Anton mit vager Hoffnung.

»Schon, damit wir nicht erfrieren. Jemand muß Wache halten und sich um den Motor kümmern. Zum Wachdienst werden reihum alle eingeteilt.«

Ich fing Filipp erst an der Tür ab.

»Entschuldigen Sie, ich muß mit Ihnen sprechen.«

»Mit mir?« Während der ganzen Reise hatte wir noch kein Wort miteinander gewechselt.

»Ja. Ich muß Ihnen etwas zeigen.«

Ich wollte dem professionellen Fotografen das Foto des Kapitäns der »Excalibur« zeigen und wissen, ob er es für echt hielt. Vielmehr die Jahreszahl, die darunter stand: 1929.

»Was denn?« fragte Filipp höflich.

»Ein Foto. Aber nicht hier, nicht vor den anderen.«

In den Augen des Fotografen glomm echtes Interesse auf.

»Dann gehen wir in meine Kabine.«

»Ja. Das wäre wohl das beste.«

Ich war zum erstenmal in der Kabine, die Filipp und Anton bewohnten. Die gleiche Eichenholztäfelung, die gleiche Einrichtung, sogar die gleichen Orchideen auf dem Tisch – der Abschiedsgruß des Reisebüros, das uns auf diese wahnwitzige Kreuzfahrt geschickt hatte. Nur das Bild an der Wand war weniger prophetisch als unsere »Schiffbrüchigen«. Überall lagen Objektive, stapelweise Fotos und Kleidungsstücke herum.

»Entschuldigen Sie die Unordnung«, sagte Filipp, dachte aber nicht daran, etwas wegzuräumen. »Setzen Sie sich bitte.«

Ohne Rahmen paßte das Foto des Kapitäns in meine Hand. Ich reichte es Filipp.

»Was sagen Sie dazu?«

Filipp nahm eine Lupe aus der Tasche und sah sich das

Foto aufmerksam an. Dann hob er den Kopf und sah ebenso aufmerksam mich an.

»Verdammt, das ist doch unser Kapitän! Und auch das Schiff heißt genauso. Aber der Name steht in lateinischen Buchstaben dran ...«

»Mich interessiert die Datierung«, sagte ich. »Dort steht 1929, offenbar eine Jahreszahl.«

»Ja, offenbar.«

»Das Foto scheint ziemlich alt zu sein. Aber ich weiß nicht genau, wie alt. Ob es rein technisch wirklich von 1929 stammen könnte. Sie sind doch Profi, Sie können das sicher bestimmen.«

»Ja, schon.« Filipp kratzte sich den Kopf. »Ja, schon, das kann ich. Das ist gar nicht schwer zu erklären. Wissen Sie, was Daguerreotypie ist?«

»Ich hab mal davon gehört.«

»Also, das war praktisch die erste brauchbare Methode der Fotografie. Als lichtempfindliches Material benutzte man Silberjodid. Diese Technik wurde ab 1839 eingesetzt. Später, im zwanzigsten Jahrhundert, wurden auch andere Technologien entwickelt. Aber dies hier ist eindeutig ein Daguerreotyp. Für 1929 durchaus wahrscheinlich. Ja, das Foto ist echt. Höchstwahrscheinlich.«

»Was denn nun – höchstwahrscheinlich oder sicher?«

»Das kann ich nicht mit Bestimmtheit sagen. Dazu müßte man es genauer untersuchen. Aber auf den ersten Blick sieht es so aus. Natürlich ist auch eine Fälschung möglich. Aber das ist unwahrscheinlich. Und außerdem viel zu aufwendig.«

»Auf den ersten Blick ...« Wieder, schon zum wiederholten Mal an diesem Tag, war ich gereizt. »Alles auf diesem Schiff sieht aus wie nachgemacht. Auch das Schiff selbst. Finden Sie nicht?«

»Wo haben Sie das Foto gefunden?«

»In der Kapitänskajüte. Es hing an der Wand.«

»Sie waren in der Kapitänskajüte?«

»Nicht nur dort. Ich versichere Ihnen, dieses Foto ist nicht die einzige Überraschung, die wir dort erlebt haben.«

»Wir?«

»Ich und das Mädchen, Karpik.«

»Ja, ja, ich weiß.«

»1929 ist nicht mein Jahr, und Francis Scott Fitzgerald ist auch nicht gerade mein Autor, aber dort ist alles – wie soll ich sagen? Alles dort entspricht unseren Vorstellungen von dieser Zeit. Alles dort stammt aus dieser Zeit. Verstehen Sie?«

»Ich versuche es.«

Filipp warf das Foto auf den Tisch, stand auf und lief durch die Kabine. Dann blieb er vor mir stehen. Und lächelte. Es war ein klägliches Lächeln.

»Erst verschwindet die Besatzung. Der Kapitän ist nur ein Foto aus dem Jahr 1929. Dann gibt es keinerlei Funkverbindung. Überhaupt keine. Das rätselhafte Tuten, die seltsame Flagge – wissen Sie, was mir dabei einfällt?«

»Ich ahne es.«

»Nein. Was, wenn wir nicht zwölf Stunden geschlafen haben, sondern mehr? Einen Tag, zwei, drei, einen Monat, ein Jahr, zehn Jahre? Das wäre doch möglich, oder?«

Ich schwieg. Die Zahl »zwölf« traf mich wie ein Hieb. Zwölf. Als ich aufwachte, war es zwölf. Das hatte Karpik bestätigt. Und ich hatte es selbst gesehen. Doch auch der Eishockeystar hatte gesagt, er sei Punkt zwölf aufgewacht! Und als ich mit Mucha sprach, erzählte der, Vitja sei schon seit zwei Stunden im Sportsaal!

»Haben Sie eine Uhr, Filipp?« fragte ich, bemüht, ruhig zu bleiben.

»Ja, natürlich. Auf dem Tisch.«

Der gleiche Wecker wie in unserer Kabine. Ein stilisiertes Steuerruder. Die Zeiger standen auf Punkt zwölf.

»Verdammt! Er ging doch richtig. Das verstehe ich nicht.«

»Aber alles andere verstehen Sie?«

Filipp schob seinen Ärmel hoch. »Gott sei Dank, meine geht noch. Sechs Uhr abends.«

»Offenbar sind nur die Schiffsuhren stehengeblieben. Wie denken Sie darüber?«

»Ich denke, wir sind auf ein Gespensterschiff geraten«, sagte jemand hinter uns. Ich zuckte vor Überraschung zusammen. An der Tür stand Anton.

»Du?« Der Fotograf sah seinen Freund tadelnd an. »Du hast uns ganz schön erschreckt.«

»Entschuldigung. Aber besser ich erschrecke euch als dieses verdammte Schiff.«

»Stehst du schon lange da?«

»Lange genug, um mich zu gruseln, bei dem, was ich gehört habe.«

»Ich glaube nicht an Mystik«, sagte ich fest.

»Ich glaube, dieser Pott hier will Ihnen das Gegenteil beweisen.«

»Trotzdem glaube ich nicht daran. Es muß eine Erklärung geben. Es muß. Wir laufen daran vorbei und sehen sie nicht. Vielleicht müssen wir uns nur bücken ...«

»Und ein Foto von 1929 aufheben«, unterbrach mich Filipp. »Siehst du, wie entschieden unser Gast ist, Anton?«

»Sie ist überhaupt eine bemerkenswerte junge Frau. Und hat vor nichts Angst. Stimmt's, Eva?«

»Nein«, sagte ich bedauernd. »Ich habe Angst. Ich habe wirklich Angst.«

»Ziehen Sie zu uns.« Anton legte seine ganze Liebenswürdigkeit in sein Lächeln. »Ziehen Sie zu uns, Eva! Dann können wir zusammen Angst haben.«

Was für ein Angebot!

»Ich werde es gegebenenfalls überdenken. Aber leider

widerspricht das den Regeln des Gruselfilms, in den wir augenscheinlich geraten sind.«

»Was denn für Regeln?« erkundigte sich Filipp.

»Erstens: Statt sich angesichts des Bösen zusammenzutun und einander nicht aus den Augen zu lassen, trennen sich die Helden und setzen ihre Suche in stolzer Einsamkeit fort.«

»Sehr schön.« Anton lachte. »Und die zweite Regel?«

»Anstatt hinauszulaufen auf die Straße und Ordnungshüter herbeizurufen ... Oder sich ins Auto zu setzen und abzuhauen – also statt dessen wählen sie die hintersten Winkel des Hauses, wo es keinen Ausgang gibt.«

»Verstehe. Gibt es noch eine dritte?«

»Ja. Im unpassendsten Augenblick machen alle hemmungslos Liebe und bieten dem absoluten Bösen den nackten Hintern dar. Der nackte Hintern ist eine ziemlich empfindliche Stelle, oder nicht?«

Lächelnd sah ich Anton an, der rot geworden war.

»Doch«, sagte er. »Aber ich finde, es gibt keinen unpassenden Moment für die Liebe.«

Vielleicht enthielt diese Äußerung mehr, als er hatte sagen wollen. Filipp lachte kurz und stand auf.

»Oh,oh! Kinder, ich glaube, ich gehe lieber!«

»Einen Moment, Filipp, ich komme mit. Wir werden dort sowieso schon erwartet, glaube ich.«

»Eva!« Endlich entschloß er sich, der Neurochirurg.

»Ja?«

»Was halten Sie davon, über ein anderes Genre zu reden? Zum Beispiel über das Melodram?«

»Ein andermal. Und wissen Sie was? Wir sollten niemandem von diesem verdammten Foto erzählen. Wir müssen ja keinen erschrecken.«

Anton lachte. »Ist Ihnen aufgefallen, daß wir die ganze Zeit verabreden, etwas zu verbergen? Diese blöde Flagge zum Beispiel. Das Foto.«

»Wozu die Leute vor der Zeit erschrecken.«

»Vielleicht haben Sie recht.« Anton verschlang noch immer mit den Augen mein Gesicht. »Aber es gibt keine Garantie, daß andere nicht genauso denken wie wir, daß sie auch niemanden erschrecken wollen. Und vielleicht wissen andere etwas, das wir nicht wissen und das womöglich Licht in die Sache bringen könnte. In unserem Fall wäre doch ein möglichst vollständiges Bild von Vorteil, oder?«

»Das ist er, der fundamentalistische Wissenschaftler.« Filipp lachte laut. »Immer alles hübsch analysieren, da lacht das Herz.«

»Halt die Klappe, Filipp«, bat Anton. »Das klingt fast wie ›arabischer Extremist‹. Erschrecke unseren Gast nicht.«

»Mir scheint, sie hat vor nichts Angst.«

»Ich habe Angst«, wiederholte ich zum zigstenmal. »Darum kommen Sie jetzt. Und versprechen Sie mir, nichts von dem Foto zu sagen.«

Doch daraus wurde nichts.

»Was ist das für ein Foto, Eva?« fragte Albert Wenediktowitsch mit sich überschlagender Stimme, kaum hatten wir die Messe betreten. Er war am Boden zerstört vor Angst – ich hätte nie gedacht, daß sich ein Mensch in so kurzer Zeit derart verändern kann. »Was ist das für ein Foto? Warum haben Sie uns das verschwiegen?«

Ich warf einen tadelnden Blick zu Karpik, die hinter Max stand.

»Ein Foto?«

»Das Mädchen hat uns davon erzählt.«

»Was hat das Mädchen noch erzählt?« Ich wandte mich von Karpik ab.

»Genug, um sofort ernsthafte Maßnahmen zu ergreifen.«

»Ach ja, was für Maßnahmen können wir denn ergreifen?«

»Wir müssen uns schützen«, sagte der Anwalt ein wenig unsicher.

»Wovor?«

»Ich ... Ich weiß nicht.«

»Die Variante mit den Waffen entfällt«, sagte Max. »Ein Schweißgerät gibt es auf dem Schiff nicht, wir können die Waffenkammer also nicht aufbrechen. Die einzigen Waffen, die wir haben, sind die Küchenmesser.«

»Na dann! Die werden wir werfen. Auf alles, was sich bewegt«, scherzte Filipp nicht sehr originell.

»Seien Sie still«, kreischte der Anwalt. »Machen Sie, was Sie wollen, ich jedenfalls gehe zurück in meine Kabine und verriegele alle Schlösser. Und da bleibe ich, bis uns ein anderes Schiff aufsammelt.«

»Da können Sie aber lange warten«, bemerkte Max.

»Und dabei schön abnehmen«, ergänzte Karpik.

»Nun, ich habe nicht vor zu hungern.« Der Appetit des Anwalts war trotz allem ungebrochen. »Zu den Mahlzeiten werde ich kommen.«

»Sehr schön. Zum Chefkoch ernennen wir Annika«, sagte Mucha. »Sie hat sich ja schon bewährt. Und ich übernehme gern den Posten des Stewards. Gegen ein angemessenes Entgelt, versteht sich.«

Mein Gott, warum war mir das nicht gleich eingefallen – alle Schlösser verriegeln. Natürlich, der Schlüssel! Mit diesem Schlüssel könnte man die Waffenkammer öffnen. Da ich die mystische Hypothese ablehnte, würden wir Waffen bestimmt gebrauchen können.

»Karpik!« rief ich. »Kann ich dich mal einen Augenblick sprechen?«

Karpik löste sich widerwillig von ihrem Felsen Max und kam zu mir.

»Der Schlüssel!« fragte ich leise. »Wo ist unser Schlüssel?«

»Eva ...« Karpik umschlang meinen Hals und flüsterte

mir ins Ohr: »Ich hab mich nicht getraut, es dir zu sagen – er ist weg, Eva.«

»Was heißt – weg?«

»Ich habe mit Papa gesprochen … Er hat mich angeschrien wegen dieser Zicke. Er hat so furchtbar geschrien. Ich mußte weglaufen. Ich hasse es, wenn er schreit. Und dann ist er gegangen, zu ihr. Und ich bin dageblieben. Ich hab dagesessen, bis ich Hunger kriegte. Dann bin ich gegangen, und den Schlüssel habe ich liegengelassen. Und als ich wiederkam, war er weg.«

»Hast du deinen Vater danach gefragt?«

»Nein. Er hätte sowieso nichts bemerkt. Er hat im Moment für nichts Augen außer für diese …« Karpik schluckte krampfhaft. »Jemand hat ihn weggenommen, Eva.«

»Na, beruhige dich, Kleines. Zum Teufel mit diesem Schlüssel.«

Ganz und gar nicht, aber es war nicht zu ändern: Die Waffenkammer blieb verschlossen. Max hatte recht, wir hatten nur die Küchenmesser.

Die Tür wurde zugeknallt, der Gouverneur Raspopow kam hereingestürmt.

»Nun sehen Sie sich einmal an, was ich in meiner Kabine gefunden habe! Kann jemand Englisch?«

Triumphierend knallte er eine frische, noch nach Druckerschwärze riechende Zeitung auf den Tisch.

»Geben Sie her!« Max streckte seine Pranke nach der Zeitung aus.

Ich ging zu ihm und blickte ihm über die Schulter. Es war eine englische Zeitung, sie hieß »Plymouth Herald« und trug das Datum 27. April 1929.

Auf der ersten Seite, gleich unter dem Titel, prangte das Foto eines Schiffes, der Name war deutlich erkennbar: EXCALIBUR. Direkt darunter stand eine Notiz, die ich nicht lesen konnte. Erstens ließ mein Englisch zu wünschen übrig, und zweitens verschwammen die Buchstaben vor meinen Augen.

»Na, was steht denn da?« fragte der Gouverneur ungeduldig. Er wirkte beherrschter als das letztemal, als ich ihn sah, durchaus wie es sich für einen Gebietschef ziemte: Sorgfältig frisiertes Haar, befehlsgewohnter Blick und schweres Bürokratenkinn.

»Sie regen sich auf, Nikolai Iwanowitsch, als ginge es um Ihre Wahlkampagne. Und als hätte jemand etwas Kompromittierendes über Sie veröffentlicht«, sagte Lakkai, der es sich selbst jetzt nicht versagen konnte, seinen Witz an Raspopow zu trainieren.

»Ich rege mich überhaupt nicht auf. Das Datum gefällt mir nicht! Das Datum.«

»Das Datum – wieso? 27. April. Heute ist der 25. April«, fiel Mucha ein. »Bloß das Jahr ist falsch. Aber andererseits – siebzig Jahre früher oder später ... Ansonsten offenbar die Zeitung von übermorgen.«

»Was steht denn nun drin, Max?«

»Am 21. April lief im Hafen von Plymouth das neue Vergnügungsschiff »Excalibur« mit fünfzehn Passagieren an Bord aus. Sie alle sind Mitglieder des Jagdklubs von Plymouth und möchten an einer neuen, exotischen Robbenjagd teilnehmen. Die Route des Schiffes ...«

Albert Wenediktowitsch schluchzte auf.

»Es reicht. Sie brauchen nicht weiterzulesen. Ich will bei diesem Irrsinn nicht mitmachen. Ich gehe in meine Kabine.«

»Und das Abendessen, Albert Wenediktowitsch?« fragte Mucha.

»Ich bin satt bis obenhin!«

»Das ist doch bloß eine Fälschung!« sagte Filipp unsicher. »Sie wollen uns nur Angst einjagen!«

»Wer – sie?«

Diese Frage schwebte seit dem Morgen über dem Schiff.

»Na schön, ein Schiff ist ausgelaufen. Na schön, mit fünfzehn Passagieren ... Und weiter?«

»Ich denke, wir werden noch erfahren, was weiter. Sieht so aus, als wolle uns jemand auch künftig mit Informationen versorgen.« Antons Worte klangen unheilvoll.

»Bitte lächeln, Albert Wenediktowitsch!« In der Stille surrte plötzlich eine Kamera. Der von allen vergessene Wadik hatte beschlossen, sich auf seinen Auftrag zu besinnen. Während die anderen nach einem Ausweg aus der ausweglosen Situation gesucht hatten, war er seine Kamera holen gegangen.

»Genau die richtige Zeit dafür, junger Mann!« protestierte der Anwalt.

»Nun zappeln Sie nicht so, das kommt nicht gut. Ihre Glatze macht Lichtreflexe!« Wadiks betont muntere Stimme stand in krassem Gegensatz zur allgemeinen Trauerstimmung.

Das war selbst Max zuviel. »Sie sind irgendwie ein bißchen zu fröhlich.«

»Ich sehe auch keinen Anlaß zur Trauer.« Wadik blähte die Nüstern. Schade, daß Clio nicht hier war (Sokolnikow und sie ignorierten die improvisierte Versammlung) – nun hätte er sie beeindrucken können.

»Wadik, man könnte meinen, Sie wären ins Wesen aller Dinge eingedrungen«, sagte Filipp unfreundlich.

»Vielleicht.« Die Kamera ließ vom Anwalt ab und wechselte zum Fotografen.

»Nun sag schon«, forderte Max mürrisch.

»Sie weiß es.« Wadik wandte sich samt Kamera mir zu. »Wir haben darüber gesprochen. Über ein amerikanisches Gefängnis für Touristen. Vielleicht sollen wir auch so was in der Art erleben – Extremtourismus, extremer Jagdsport ... Sie haben alle die Reiseunterlagen gelesen und die Bedingungen akzeptiert. Denken Sie doch mal nach. Genauso ist das. Es ist ein Spiel. Ein simples Spiel. Und die Utensilien dafür sind Schreckgespenster für nervenschwache ›neue Russen‹. Sie würden immer noch zittern, wenn … Wenn ich nicht wäre.«

Alle lachten ungläubig. Selbst der total verschreckte Albert Wenediktowitsch gestattete sich ein Kichern.

Über das Gesicht von Max huschte ein Schatten: Er konnte sich nicht damit abfinden, daß dieser Trottel von Kameramann versucht hatte zu analysieren, was bislang noch niemand hatte analysieren können. Niemand.

»Das wäre auf jeden Fall eine mögliche Erklärung«, sagte Anton nachdenklich. »Eine reale Erklärung. Als Arbeitshypothese durchaus brauchbar. Warum nicht?«

»Na schön. Und weiter?« wandte dich Filipp an Wadik, den nun alle ansahen.

»Ich weiß es nicht«, sagte Wadik schlicht. »Kommt Zeit, kommt Rat. Oder wir lesen es in der Zeitung. Gut, daß einige von uns Fremdsprachen können.« Er sah vielsagend zu Max, der noch immer den englischen Artikel studierte.

»Warten Sie, hier steht noch etwas. Das habe ich nicht gleich verstanden, mein Englisch ist ein bißchen verschüttet …«

»Nun sagen Sie schon, was steht da noch?« fragte Anton ungeduldig.

»Gleich, ich versuche es zu übersetzen. Ja, so: ›Bedauerlicherweise war das Schiff von Anfang an vom Pech verfolgt. Der Funkkontakt brach ab …‹ Hier! ›Und in der Nacht zum 26. verschwand, wie uns der Kapitän mitteilte, Hochwürden Sir Oliver Bailey, Oberhaupt …‹«

»Genug, es reicht!« Albert Wenediktowitsch hielt sich die fleischigen Ohren zu. »Es reicht!«

»Schön.« Max faltete das Blatt seelenruhig zusammen. »Dann reicht es eben.«

»Die Nacht auf den 26.«, bemerkte Mucha, »das ist heute.«

»Ich pfeife auf Ihre ganzen Überlegungen«, sagte Max. »Von mir aus halten Sie es für ein Spiel, wie Sie wollen. Aber ein Schiff, das ist kein Spielzeug. Seine Lebensfähigkeit muß erhalten werden, sonst krepieren wir hier alle. Darum setze ich als einziger Profi unter Ihnen Wachen ein: auf dem Leitstand, bei den Motoren, auf der Brücke. Am Kochtopf haben wir ja schon Freiwillige, wie ich sehe.«

»Das sehen Sie richtig, Herr Kapitän der ›Excalibur‹«, bestätigte Mucha.

»Also, folgendes. Die ersten Wachen zu je zwei Mann, für vier Stunden – auf der Brücke und auf dem Leitstand. Von Mitternacht bis vier Uhr früh, dann von vier bis acht und so weiter. Die Ordnung muß aufrechterhalten werden, sonst ist das Schiff kein Schiff mehr.«

Ich dachte an die Brücke, an den überwältigenden Anblick des zugefrorenen Meeres, an die eingefrorenen Geräte, an die Flagge »Sie begeben sich in Gefahr«. Auf der Brücke würde ich vielleicht schneller in Gefahr geraten. Das war immerhin besser, als auf etwas Ungewisses zu warten.

»Wenn Sie gestatten, Max, übernehme ich die erste Wache auf der Brücke.«

»Wir haben eigentlich genug Männer.«

»Aber wenn sich jemand freiwillig meldet, warum dem leidenschaftlichen Wunsch nicht nachgeben?« Albert Wenediktowitsch zuckte nervös mit dem Bein.

»Ich auch. Wenn Sie nichts dagegen haben.« Das war natürlich Anton. »Ich stehe auch für die Wache auf der Brücke zur Verfügung.«

»Schön. Sie beide.« Max kratzte sich zufrieden seine Narbe. »Um Mitternacht können Sie die Wache antreten.«

»Jetzt das Verantwortungsvollste – die Motoren. Der erste bin ich. Ich brauche noch einen Mann.« Er ließ seinen Blick schweifen und hielt bei Lakkai inne. »Sie, Herr Politiker.«

»Warum ich?«

»Gut, dann nicht Sie. Wer dann?«

»Angst, mein Bester?« Endlich konnte sich Gouverneur Raspopow, der sich in Sicherheit wähnte, rächen. »Ja, das ist etwas anderes, als vor der Wahlurne die Zunge wetzen ...«

»Gut«, kapitulierte Lakkai, um sich nicht weiter die Angriffe seines ideologischen Gegners anhören zu müssen. »Ich bin einverstanden.«

Nur sein Blick erstarrte für einen Moment, und er schien in sich hineinzuschauen.

»Wir lassen das Licht aus, ja?« bat Anton. Darum hätte er mich nicht extra bitten müssen.

Nur von hier, von der Kommandobrücke aus, sah man das Meer in seiner ganzen unbändigen wilden Erhabenheit. Noch am Abend hatte Max auf die dringende Bitte aller die Flagge »Sie begeben sich in Gefahr« entfernt. Die Warnung war verschwunden, und mit der Warnung auch die Gefahr. Der Rest des Tages war mit einer fieberhaften Fröhlichkeit angefüllt gewesen: Alle hatten Wadiks zusammengeschwindelte Theorie mit Freuden geschluckt und kommentierten sie nun nach Kräften.

Am späten Abend kletterte der angetrunkene Mucha auf den Tresen und brachte einen Toast aus auf das leere Schiff und seine Herren. Seine neuen Herren. Laut den Gesetzen auf hoher See gehörte ein Schiff, das von seiner Besatzung verlassen worden war, automatisch dem, der es fand und zum nächsten Hafen brachte.

»Warum nicht?« tönte Mucha. »Japan ist nicht weit, wir bringen das Schiff nach Sapporo und verkaufen es den Japanern als Schrott. Und das Geld teilen wir uns.«

Die Idee wurde begeistert aufgenommen, niemand

dachte mehr an Hochwürden Sir Oliver Bailey, an die Zeitung mit der englischen Namensvetterin der »Excalibur« und an das Foto des Kapitäns aus dem Jahr 1929.

»Daraus wird nichts.« Max, der in einer Stunde mit Arsen Lakkai die Wache übernehmen mußte, war einer der wenigen, die nüchtern blieben. »Das Schiff wurde nicht von der Besatzung verlassen, denn ich bin ein Mitglied der Besatzung. Laut Gesetz gehört das Schiff also mir.«

»Und wieviel könnte man dafür kriegen?« erkundigte sich Mucha.

Max überlegte, dann sagte er: »Mit der ganzen Elektronik, in dem Zustand, wie es jetzt ist – drei Millionen Dollar, mindestens.«

»Herzlich willkommen im Klub der Dollarmillionäre. An die fünf haben wir bestimmt schon an Bord. Was meinen Sie?«

Max meinte gar nichts. Er blieb noch ein paar Minuten mit düsterem Gesicht in der Messe sitzen, dann ging er hinaus, wobei er Lakkai kurz zurief, er erwarte ihn in einer halben Stunde auf dem Leitstand. Nach Max ging auch Karpik, die mir einen Luftkuß zuwarf. Im Flur holte ich sie ein.

»Karpik! Ich bitte dich, geh nicht allein. Bitte. Wer weiß … Noch ist nichts geklärt.«

»Wieso? Jetzt ist alles klar. Dein Blödmann Wadik hat alles prima erklärt.«

»Na, wenn er alles so prima erklärt hat, ist er wohl doch kein Blödmann, oder?«

»Na ja, ich weiß nicht. Ich geh jetzt schlafen.«

Ich stellte mir vor, wie Karpik jetzt gleich zurückkehren würde in ihre Kabine, die ihr Vater verlassen hatte wegen einer Frau, die ihr verhaßt war.

»Wenn du willst, kannst du in meiner Kabine übernachten. Komm, ich bring dich hin und setz mich zu dir, bis du eingeschlafen bist.«

»Nicht nötig. Ich gehe zu mir.«

»Hast du wirklich keine Angst?«

»Ich habe Angst«, sagte sie ernst. »Davor, wovor man wirklich Angst haben muß. Aber ihr, ihr habt davor keine Angst.«

»Ihr?« Ich verstand nicht, was Karpik meinte.

»Ihr Erwachsenen.«

»Erwachsene sind verschieden, Karpik.«

»Ja, ich weiß. Du bist anders. Ich mag dich. Ich will, daß du bei uns bleibst.«

Ich umarmte sie und spürte ihr Herz wie wild schlagen.

»Das ist unmöglich. Ich kann nicht bei euch bleiben. Aber deine Freundin werde ich immer sein, hörst du?«

»Du gefällst ihm, stimmt's?«

»Wem?«

»Diesem blöden Anton.«

»Warum redest du so, Karpik? Der Doktor ist sehr nett.«

»Ja, ich weiß. Entschuldige. Gute Nacht, Eva.«

»Gute Nacht, Karpik. Deck dich gut zu.«

»Ja.« Schweigend löste sie sich aus meiner Umarmung und ging, klein und unglücklich.

Vor der Tür zur Messe drehte ich mich, einem plötzlichen Impuls folgend, noch einmal um. Karpik war an ihrer Kabine vorbeigegangen, Kabine zwölf. Irrte ich mich, oder wollte sie wirklich weiter zu Clios Kabine, wo sich ihr Vater befand? Die beiden schienen tatsächlich von tödlicher Leidenschaft besessen – Sokolnikow war nur einmal kurz aufgetaucht, um ein paar Brote zu holen, und hatte mich verlegen gebeten, auf seine Tochter aufzupassen. Vermutlich hatte er den Bootsmannschlüssel genommen, damit das kleine Biest, ungeniert, wie es war, nicht im unpassendsten Augenblick Clios Kabine aufschloß.

Ich unterdrückte mein Bedürfnis, Karpik hinterherzulaufen. Sie würde mit allem allein fertig werden, das eigensinnige Mädchen.

»Wir lassen das Licht aus, ja?« bat Anton. Darum hätte er mich nicht extra bitten müssen.

»Gut.«

»Das Eismeer sieht romantisch aus, finden Sie nicht?«

»Ja, schon. Wie spät ist es?«

Anton schaute zur Uhr. »Halb zwei. Halb zwei, und wir beide haben noch kein Dutzend Sätze miteinander gewechselt.«

»Wir haben ja noch zweieinhalb Stunden.«

»Ich hoffe, die werden produktiver.«

»Vielleicht.«

»Was denken Sie über das Ganze?«

»Im Moment – gar nichts.«

»Glauben Sie, daß Ihr ... hm, Ihr Freund, dieser Wadik – glauben Sie, er hat recht?«

»Ich weiß es nicht. Aber lieber irgendeine Erklärung, und sei sie noch so unwahrscheinlich, als überhaupt keine.«

»Ja, vielleicht. Aber für ein Spiel ist das Ganze ziemlich teuer. Allein die Evakuierung der Crew – was das kostet!«

Ich lächelte.

»Sehen Sie, Sie sind schon mittendrin, Sie gehen auf die Spielregeln ein.«

»Ach was, ich will gar nicht darüber reden.«

»Worüber wollen Sie denn reden?«

»Über Sie.«

»Über mich?«

»Worüber kann man denn in einer stillen Mondnacht noch reden?«

Nach allen Regeln eines zu nichts verpflichtenden Kreuzfahrtflirts müßte er jetzt ganz nahe an mich heranrücken, versuchen, mir unter den Pullover zu langen, und ...

Aber das tat er nicht. Im Gegenteil, er ging zu den breiten Fenstern. Ich sah seine Silhouette vor dem schwarzen Himmel und dem Eis, das von innen heraus in einem irrealen Licht glitzerte, wie ich es noch nie gesehen hatte. Eine Silhouette, die wenig geeignet war, mein Herz höher schlagen zu lassen. Er war absolut nicht mein Typ: ein fast quadratischer Körper, ein jungenhafter runder Kopf mit wildem Haarschopf, ein kräftiger, kurzer Hals. Er machte seinem Namen alle Ehre – Ulmanis, ein lettischer Bauer. Neurochirurg – wer hätte das gedacht! Er sollte lieber im August Heu einfahren, Anfang September Kartoffeln buddeln und den ganzen Winter Kinder machen. Mit einer ebenso unauffälligen Bäuerin.

Aber warum schlug mein Herz auf einmal trotzdem schneller?

»Ich gefalle Ihnen offenbar nicht besonders«, sagte Anton.

»Wie kommen Sie darauf, daß ich an Sie denke?«

»Sie denken an mich, und ich weiß sogar, was Sie über mich denken.«

»Ach ja? Interessant.«

»Sie denken, daß ich aussehe wie ein lettischer Bauer und mich vor einem Haufen Kuhmist gut machen würde.«

»Na ja, das mit dem Kuhmist, das ist ein bißchen heftig. Aber alles andere – schon möglich. Wie kommen Sie darauf?«

»Frauen, die mir gefallen, denken immer so über mich.« Er drehte sich nicht einmal um, aber ich wußte sein subtiles Eingeständnis zu schätzen. Wenn er in diesem Tempo weitermachte, dann würde ich mich womöglich mit ihm in einem Bett wiederfinden und mich erst hinterher wundern, warum ich nicht an meiner Haltestelle ausgestiegen war.

»Sie schweigen«, sagte Anton traurig.

»Was denn, soll ich etwa kichern, die Augen verdrehen und sagen: ›Ich gefalle Ihnen also, mein Lieber?‹«

»Nein, natürlich nicht, nein. Das heißt, eigentlich ja. Sie gefallen mir.«

»Jetzt weiß ich immerhin, daß zweimal nein bei Ihnen ja bedeutet. Ich hoffe, ich kann dieses Wissen mal gebrauchen.«

»Ich hoffe auch ... Sie schreien schon wieder, diese Robben. Ob sie uns wohl vor etwas warnen wollen, oder rufen sie im Gegenteil alle Dämonen herbei?«

»Sie sind ja nicht nur Mystiker, Sie sind obendrein noch ein Poet, Anton.«

»In diesen Breiten ist wahrscheinlich jeder ein Poet. Hören Sie das?«

»Die Robben? Man gewöhnt sich an sie wie an das Meeresrauschen.«

»Nein, das meine ich nicht. Hören Sie die Schritte?«

Nun hörte ich es auch. Keine Schritte, sondern ein leichtes, kaum wahrnehmbares Laufen. Allzu schwerelos für einen lebendigen Menschen. Es kam nicht näher und entfernte sich nicht, es war überall.

»Ich weiß, Sie werden lachen«, flüsterte Anton, »aber ich habe aus der Messe ein Küchenmesser mitgenommen.«

»Gut gemacht«, flüsterte ich zurück. »Das wird uns zwar kaum helfen, aber trotzdem.«

»Haben Sie keine Angst«, sagte Anton zu mir.

»Ich habe keine Angst.«

Die Schritte wurden hastiger, rissen sich vom Boden los, die Tür öffnete sich einen Spalt – und auf der Schwelle stand Karpik.

Sie war total verschreckt und zitterte. Ihr unschönes Gesicht wirkte im Halbdunkel uralt. Von Kopf bis Fuß in eine Decke gewickelt, glitt sie an der Wand zu Boden. Ich stürzte zu ihr.

»Karpik! Was ist denn passiert?!«

»Ich … Ich bin einfach erschrocken.« Ihre kleinen Augen waren bodenlos, und um ihren Mund lag eine bittere Falte.

»Hat dir jemand was getan? Hast du jemanden gesehen?« Die arme Kleine! Sie war über die schlecht beleuchteten Flure gelaufen, die steilen Treppen hochgestiegen.

»Nein«, flüsterte Karpik. »Ich bin bloß erschrocken, von allein. Ich bin aufgewacht und hatte so ein Gefühl – als ob etwas Schlimmes passiert wäre. Etwas sehr Schlimmes. Ich habe Angst, Eva!«

Der verdammte Vater, dieser verliebte Pinguin, dieser balzende Auerhahn, dieser Bastard – wie konnte er seine Tochter einfach vergessen!

»Ich habe Angst«, wiederholte Karpik klagend.

»Na, beruhige dich, beruhige dich. Ich bin ja bei dir!«

»Darf ich hierbleiben?«

»Natürlich, mein Kleines. Du bleibst bei mir.«

Anton hatte alles begriffen und aus einer hinteren Ecke einen breiten Ledersessel herbeigeschleppt, den er neben unseren großen Kreiselkompaß stellte.

»Du kannst es dir hier gemütlich machen«, sagte er zu Karpik. »Und versuch zu schlafen.«

»Nein«, sagte sie. »Nicht ohne dich.«

»Gut.« Ich setzte mich in den Sessel, und Karpik kletterte wie ein Äffchen auf meinen Schoß.

Anton deckte uns brav mit der Decke zu, die Karpik mitgebracht hatte. Karpik umklammerte sofort meinen Hals, blies mir heißen Atem auf den Pullover und wurde still. Nur ihre Schultern zitterten noch. Ich streichelte sie, und endlich beruhigte sie sich.

»Du verläßt mich nicht, Eva?«

»Nein, natürlich nicht, nein, du Dummchen. Ich bin bei dir.«

»Es wird etwas Schlimmes geschehen. Ich weiß es. Ich spüre es.«

»Es wird nichts Schlimmes mehr passieren. Hörst du?«

»Ja, ja.«

Ich wiegte und schaukelte sie, flüsterte ihr belanglose, beruhigende Worte zu. Nach ein paar Minuten schlief sie ein. Ich hob den Kopf von Karpiks Haar und bemerkte erst jetzt, daß Anton vor unserem Sessel hockte und mich aufmerksam betrachtete. Sein Gesicht leuchtete im Halbdunkel hell und wirkte ganz weich und fast verträumt.

»Die Kleine scheint sehr an Ihnen zu hängen.«

»Ich glaube, ich verstehe sie.«

»Sie ist lieb«, sagte Anton vorsichtig.

»Ja, ihr Papa benimmt sich wie ein Schwein, aber das ändert nichts.«

»Sie mag Sie sehr. Sie muß man einfach mögen. Ich glaube, Sie sind ein außergewöhnlicher Mensch.«

Mein Gott, wie oft war mir das schon gesagt worden! Wegen meiner zweifellosen Schönheit, wegen meiner zweifellosen Häßlichkeit, wegen meiner Kraft, wegen meiner Schwäche; Männer und Frauen hatten das zu mir gesagt, Opfer und Henker … Und ich konnte niemandem sagen, daß ich nur deshalb noch lebte, weil ich nie außergewöhnlich war. Ich war eine ganz normale Frau.

»Ist das Ihre endgültige Diagnose?« fragte ich.

»Sagen wir, es ist die Anamnese. Ich werde Sie weiter beobachten.«

»Aus der Ferne bitte.«

»Ich werde mich bemühen. Aber ich gestehe, das wird mir schwerfallen.«

Noch ehe Anton zu Ende gesprochen hatte, klingelte leise das Telefon. Mir fiel der Anruf vorhin in der Messe ein. Der Anruf, den niemand gemacht hatte. Auch Anton mußte wohl daran denken – jedenfalls nahm er nicht gleich ab. Doch dann wollte er sich in Gegenwart einer Frau, die ihm gefiel, nicht durch Feigheit blamieren, griff nach dem Hörer, preßte ihn ans Ohr und lauschte ein paar Sekunden lang hinein, wobei sich sein Gesicht zusehends verfinsterte. Er brachte nur heraus: »Ja, wir kommen gleich runter. Ich verstehe, sofort.« Dann legte er den Hörer sanft zurück auf die Gabel und sah mich wehmütig an.

»Wer war das?«

»Max.«

»Ist etwas passiert?« fragte ich lautlos, Schlimmes ahnend.

»Ich weiß nicht. Max hat nur gesagt, sie seien überfallen worden. Vom wem, weiß er nicht. Sie haben ihm eins über den Schädel gezogen.«

»Und Lakkai?«

»Lakkai ist verschwunden.«

Nur weil Karpik auf meinem Schoß schlief, schrie ich nicht auf. Da war es, das Zeitloch, das uns mit der Nacht zum 26. April 1929 verband! Die Reinkarnation von Hochwürden Oliver Bailey! Mucha hatte recht gehabt, er wußte nur nicht, wer Oliver Bailey werden sollte. Und Karpik – vor einer halben Stunde hatte sie uns gesagt, daß etwas Schlimmes passiert sei. Das Heulen der Robben draußen kam immer näher und wurde schier unerträglich.

»Ich gehe hin«, sagte Anton.

»Warten Sie, ich komme mit.«

»Und Karpik?«

»Sie schläft. Ich hoffe, sie wird nicht aufwachen.«

»Gut.«

Ich stand vorsichtig auf und bettete den leichten Körper des Mädchens in den Sessel. Dann deckte ich sie zu.

Nach ein paar Minuten erreichten wir den Leitstand. Wir waren den ganzen Weg über die hallenden Schiffstreppen gerannt und dabei völlig außer Atem geraten. Im Gegensatz zu den halbdunklen Fluren und Decks, in denen nur das leichenblasse Notlicht brannte, war der Leitstand hell erleuchtet. Und leer.

Max saß auf dem Fußboden, ein Messer umklammernd, das er ebenfalls aus der Kombüse mitgenommen hatte.

»Was ist passiert?« Anton stürzte zu ihm.

»Weiß der Teufel. Alles war ganz normal. Wir haben hier gesessen und geredet. Au, vorsichtig, Doktor!«

Anton untersuchte rasch den Kopf des Mechanikers und entdeckte auf dem Hinterkopf eine breite Wunde mit ausgefransten Rändern.

»Gott sei Dank, die Wunde ist zwar großflächig, aber nicht tief, sie muß nicht einmal genäht werden. Sie haben großes Glück gehabt, Max. Einen halben Zentimeter tiefer, und die Sache hätte ganz anders ausgesehen. Gibt es hier einen Erste-Hilfe-Kasten?«

»Ja. Da drüben, neben dem Pult, über dem Feuerschild.«

»Die Wunde muß ausgewaschen werden«, sagte Anton geschäftig. »Wir müssen rauf in die Messe, dort gibt es Wodka oder etwas Ähnliches.«

»Geht auch Sprit, Doc? Ich hab welchen.«

»Her damit.« Der Neurochirurg kam mit dem Erste-Hilfe-Kasten zurück und nahm Binden und Wasserstoffperoxid heraus. »Das ist sogar besser.«

Max holte eine flache Flasche aus der Tasche, schraubte den Deckel ab, nahm einen großen Schluck und gab die Flasche Anton, der rasch die Wunde desinfizierte und ebenso rasch einen Verband anlegte.

»Und nun erzählen Sie, Max.«

»Was soll ich da erzählen? Ich bin zweimal runtergegangen in den Maschinenraum, die Diesel kontrollieren. Lakkai blieb hier oben, und alles war in Ordnung. Als ich das letztemal zurückkam, hat das Licht auf einmal so komisch geflackert. Bei Ihnen auch?«

»Nein.« Anton seufzte schuldbewußt. »Wir haben im Dunkeln gesessen.«

»Also, das Licht fing an zu flackern, und Lakkai, er saß mir gegenüber ... Als das Flackern losging, da wurde sein Gesicht ganz – ich hab noch nie bei jemandem solches Entsetzen gesehen, und dabei ist er doch ein erwachsener Mann. Jedenfalls, ich bekam auch einen Schreck. Er wollte noch was sagen, aber dazu kam er nicht mehr – ich kriegte einen Schlag auf den Kopf. So heftig, daß ich Sterne sah und sofort umgekippt bin. Sie können mir glauben, ich verstehe was von Schlägen, kann selber kräftig zulangen und hab auch schon manches abgekriegt, aber einen so mächtigen, so übermenschlichen Schlag noch nie. Glauben Sie mir, noch nie!«

»Übermenschlich«, echote ich.

»Ja, und als ich dann wieder zu mir kam, da war Lakkai weg.«

Anton und ich schwiegen. Und blickten auf die kleine, grellrote Blutpfütze.

»Das ist wahrscheinlich Ihr Blut, Max.« Ich preßte die Fäuste zusammen: nur nicht stöhnen, nur keine überflüssigen Laute, die das unbekannte, unsichtbare Böse anlocken könnten, das sich auf der »Excalibur« eingenistet hatte.

»Ja«, stimmte Max mir hastig zu. »Hoffentlich nur meins. Ehrlich gesagt, ich möchte das, wovor Lakkai so erschrocken ist, nicht unbedingt zu Gesicht kriegen.«

»Am besten, Sie gehen jetzt in Ihre Kajüte und legen sich hin, Max«, sagte Anton leise. »Sie sollten nicht hierbleiben.«

»Ich muß die Diesel überwachen. Ich muß jede Stunde runter.«

»Das kann ich auch tun«, sagte Anton und erschrak über seine eigene Kühnheit.

»Sie hier allein? Nei-in.« Max lachte finster. »Nicht nach dem, was ich hier gesehen habe. Und vor allem nach dem, was ich *nicht gesehen* habe, weil ich nicht auf Lakkais Platz saß.«

»Sie meinen, entscheidend war der Platz, wo Lakkai saß?« fragte ich.

»Ich weiß es nicht. Mir gefällt das alles nicht. Es gefällt mir ganz und gar nicht.«

»Ja, sehr schön ist das alles wirklich nicht«, bestätigte Anton.

»Deshalb kann ich als Kapitän Sie keinem Risiko aussetzen. Zumal Sie unser einziger Arzt sind. Wer weiß, was noch alles passiert. Aber Sie, Eva, gehen bitte zurück zu sich.«

»Ich bleibe bei Ihnen, Max«, sagte Anton fest.

»Gut. Die Wache endet früh um vier, aber ich nehme an, es wird keine Ablösung erscheinen. Wahrscheinlich haben sich alle sinnlos betrunken, um nicht vor Angst durchzudrehen. Was meinen Sie?« Max zwinkerte mir überraschend zu.

»Ja, vermutlich«, sagte ich. »Gut, Anton, wenn Sie wollen, bleiben Sie bei Max.«

»Ich bleibe nicht bei Max. Ich bleibe bei einem Verletzten.«

Anton lächelte mich an – er wäre zu gern mit mir zurückgekehrt auf die Brücke. Aber das ärztliche Pflichtgefühl siegte.

»Dann gehe ich hoch zu Karpik. Ich möchte nicht, daß sie allein ist, schon gar nicht dort. Womöglich wacht sie ja auf.«

»Zu Karpik?« fragte Max besorgt. »Wo ist sie?«

»Auf der Brücke. Sie ist zu uns gekommen. Sie hatte Angst, hat sie gesagt. Und daß sie spürt, daß etwas Schlimmes passieren wird.«

»Man sollte dem Mädchen nicht erlauben, nachts auf dem Schiff herumzulaufen. Wer weiß … Sie sagen, sie hat etwas geahnt?«

»Ja. Karpik war furchtbar verstört.«

»So zarte Naturen wie sie sind sehr sensibel.« Aus Anton sprach der Theoretiker. »Sie spürt eine nahende Gefahr, ihr Unterbewußtsein stellt irgendwie eine Verbindung dazu her. Sie ist eine Art Lackmuspapier …«

»Anton!« Ich hob warnend die Hand. »Hör auf. Wenn du vorhast, Karpik zu deinem Forschungsobjekt zu machen«, vor Aufregung wechselte ich zum Du, ohne es zu bemerken, »also, das lasse ich nicht zu.«

»Schon gut, reg dich nicht auf.« Erfreut nahm er mein Du auf.

»Gut, ich gehe dann.«

»Ich komme mit.« Anton sprang auf. »Max, ich bringe Eva schnell hoch, ich bin sofort zurück.«

»Das ist nicht nötig.« Ich dachte an den albernen Zeitungsartikel über Hochwürden Sir Oliver Bailey: In der Nacht zum 26. April war er als einziger verschwunden. »Ich denke, bis morgen früh wird nichts mehr passieren.«

»Aber ruf gleich an, wenn du oben angekommen bist.« Das klang so vertraut, daß ich unwillkürlich lächeln mußte.

»Gut.«

Alles war unverändert. Karpik schlief noch, in die Decke gehüllt, genauso, wie wir sie verlassen hatten. Ich kniete mich vor sie. Im Schlaf war ihr Gesicht ganz verändert, glatt, nicht mehr so provozierend häßlich, im Gegenteil, es wirkte sogar anziehend. Als wären die Leidenschaften, die an ihrer Seele nagten, gewichen.

»Schlaf, Kleines«, flüsterte ich und küßte sie auf die Stirn. Karpik seufzte süß. Im Traum machte ihr Vater ihr vermutlich keinen Kummer …

Ich stand auf und ging zum breiten Fenster. Ich war müde; die Geräusche des im Dunkeln liegenden Meeres wirkten einschläfernd. Ich preßte meine heiße Stirn gegen die Scheibe, und als sich die Augen nach einigen Sekunden an die Dunkelheit gewöhnt hatten, sah ich direkt vor mir wieder die verdammte Flagge hängen: Ihr begebt euch in Gefahr.

Anscheinend waren Anton und ich die letzte Wache gewesen.

Das wurde mir sofort klar, als ich die Messe betrat, um teilzunehmen an etwas, das man nur mit Mühe als Frühstück bezeichnen konnte. Schlechte Nachrichten verbreiten sich immer schnell – alle wußten bereits Bescheid über den nächtlichen Vorfall, sogar Clio und Karpiks Vater, die sich endlich die Ehre gaben, sich unter die Geiseln des Schiffes zu mischen. Immer wieder berührten sie einander, ließen keinen Augenblick voneinander ab, und bei jeder Berührung schienen blaue Funken zu sprühen.

»Wo ist Karpik?« fragte Sokolnikow, der auf mich zugestürzt kam.

»Beruhigen Sie sich.« Fiel ihm ja ziemlich früh ein – ein schöner Papa! »Beruhigen Sie sich, Valeri. Ich habe sie zu Max gebracht, sie wollte ihn sehen; Sie wissen ja, was heute nacht passiert ist.«

»Ja«, sagte er verzagt. »Ja, ich habe es gehört.«

»Sie sollten Ihren sexuellen Appetit ein wenig zügeln.« Mein Gott, warum sagte ich das? Das ging mich doch einen feuchten Kehricht an.

»Das geht Sie gar nichts an!« knurrte er, besann sich dann aber darauf, daß ich mich ja gewissermaßen um seine Tochter kümmerte. »Entschuldigen Sie.«

»Schon gut«, erwiderte ich verlegen. »Entschuldigen Sie auch. Das Mädchen braucht jetzt Beistand. Sie darf nicht allein sein. Wir sollten jetzt alle zusammen sein.«

»Alle brauchen jetzt Beistand«, sagte Clio, die zu uns getreten war, und Sokolnikow konnte sich nicht enthalten, ihr den Arm um die Hüfte zu legen.

Na, ihr Turteltäubchen, euch hat's ja heftig erwischt,

dachte ich und ging. Sokolnikow sah mir schuldbewußt nach, als wollte er sagen: Ich hoffe auf Sie, Eva, ich hoffe sehr auf Sie, und Sie werden es nicht bereuen, aber seien Sie jetzt nett zu ihr, seien Sie bei ihr …

Na schön, scher dich doch zum Teufel, ich werde bei ihr sein, was bleibt mir übrig.

Ich verließ das verliebte Pärchen, das vermutlich nur schnell etwas essen und dann schleunigst wieder in Clios Kabine verschwinden würde. Mucha polierte am Tresen Gläser und trank schon am Morgen Kognak.

»Na«, sagte er, »wie war die Wache? Einen Aperitif auf Kosten des Hauses für die werktätigen Seeleute?«

»Einen Kaffee, wenn's geht.«

»Ja. Löslicher ist da.« Mucha kannte sich bereits bestens aus in der Kombüse der »Excalibur«.

»Meinetwegen, her damit.«

Mucha goß mir Kaffee ein und musterte mich neugierig, während ich trank. Ich stellte die Tasse ab und lächelte ihn an.

»Was ist?«

»Ich bewundere die mutigste Frau dieses verfluchten Schiffes.«

»Findest du mich attraktiv?«

»Aber ja. Und offenbar nicht nur ich.« Mucha lächelte komplizenhaft und nickte hinüber zu Anton, der sich leise mit Filipp unterhielt.

»Wie kommst du darauf?« fragte ich erstaunt.

»Meine Beste, glaub mir, ich kenn mich aus mit Liebesspielen. Ich weiß zwar nicht, was mit dem tätowierten Seemann ist, aber der da ist auch nicht übel.«

Der tätowierte Seemann – über die jüngsten Ereignisse hatte ich Mitkos Mörder ganz vergessen!

»Aber unsere Abmachung bleibt in Kraft, ja?« sagte ich zu Mucha, eher mechanisch denn aus dem brennenden Wunsch heraus, nach Mitkos Mörder zu suchen.

»Ask!«

Wadik betrat die Messe, heute ausgesprochen düster.

»Es heißt, du warst Zeugin?« Wadik packte den Stier sogleich bei den Hörnern, nachdem er sich zuvor ein Glas Madeira vom Tresen geholt hatte.

»Wobei?«

»Bei dem, was heute nacht passiert ist.«

»Nicht direkt. Zeuge war Max. Wieso, hat deine Theorie nun einen Knacks?«

»Im Gegenteil. Vergiß nicht: Max gehört zur Crew. Warum ist er noch hier? Hast du dir darüber mal Gedanken gemacht? Als Zeuge ist er also keinen Pfifferling wert. Der Politiker dagegen, das ist eine andere Geschichte. Wohin haben sie ihn wohl verfrachtet?«

»Ich möchte dieses Thema nicht erörtern.«

»Er ist irgendwo hier auf dem Schiff. Du siehst doch, es ist riesig. Hier könnte man ein ganzes Regiment verstekken.«

»Hör mal, Wadik, hast du vielleicht in meinem Koffer eine Mappe gesehen?«

»Ich habe keine Mappe gesehen. Was mich im Moment interessiert, ist Lakkai. Wir müssen das ganze Schiff durchkämmen. Wenn sie mit uns spielen wollen, dann müssen wir ihre Spielregeln herausfinden.«

An der Tür raschelte etwas, und dann schwappte eine Woge klebriger Angst herein, die alles hinwegfegte. Auf der Schwelle stand Albert Wenediktowitsch, in der Hand ein vergilbtes Blatt Papier mit ausgefransten Rändern. Der Anwalt bot einen entsetzlichen Anblick: Er glich einer ans Ufer gespülten Qualle.

»Warum ich? Warumichwarumichwarumich?!« kreischte er und warf das Blatt vor Mucha auf den Tresen. »Warum habe ich das bekommen? Warum ausgerechnet ich?!«

Filipp und Anton liefen zu ihm. Schlaff sank er in ihre Arme, und sie schleppten ihn zu einem Ledersofa in der

Ecke. Die Federn quietschten, als der Anwalt darauf niedersank, und er jammerte weiter: »Warum habe ich dieses Papier bekommen? Was wollen sie damit andeuten? Ich mache das nicht mehr mit, tun Sie doch etwas, irgend etwas!«

Anton bespritzte ihn mit Mineralwasser. Das wirkte: Albert Wenediktowitsch hörte auf zu schreien. Unter Schluchzen versuchte er zu erklären, was geschehen war. »Ich wache auf, und da liegt dieses verdammte Blatt auf dem Tisch, obendrauf der Wecker. Ich hatte abgeschlossen, niemand konnte in die Kabine. Und am Abend lag das noch nicht da, ich hatte mir extra ein Glas Wasser und Vitamintabletten bereitgestellt. Ich muß Vitamine nehmen ... Und am Morgen lag das da ...«

Während Anton sich bemühte, den Anwalt zu beruhigen, beugten sich alle über das Papier, das er mitgebracht hatte.

»Sieht aus wie eine Seite aus einem Logbuch«, sagte Mucha.

Das war es tatsächlich – hastig, unsauber herausgerissen, vergilbt und verwittert. Die Tinte war zwar verblaßt, aber der Text noch gut lesbar. Die Aufzeichnungen waren in Englisch verfaßt.

Es war eine Seite aus dem Logbuch der »Excalibur« von 1929.

Ein paar Minuten lang starrten alle auf das Papier.

»Das Datum von heute.« Mucha kicherte nervös. »Bis auf das Jahr natürlich. Wie das so gut erhalten bleiben konnte, ist mir ein Rätsel. Und, irgendwelche Neuigkeiten?« fragte er, als Anton das Blatt aufmerksam studiert hatte.

»Ziemlich beschissene.« Anton schwieg eine Weile. »Laut diesen Aufzeichnungen geschah heute ein tragischer Jagdunfall. Bei einer abendlichen Jagdausfahrt wurde Sir Alan Marshall durch einen Schuß in die Schläfe getötet.

Wer von den Jägern den Schuß abgegeben hatte, konnte nicht ermittelt werden. Die Aufzeichnung stammt von Kapitän Nicolas O'Leary, vom 26. April, 22 Uhr Schiffszeit.«

Filipp sah auf die Uhr.

»Nicht geschah, sondern wird geschehen, um genau zu sein.«

Seine sonst so sanfte Stimme klang unheilverkündend. Das genügte, um Albert Wenediktowitsch erneut in Hysterie zu versetzen.

»Warum habe ausgerechnet ich dieses Blatt bekommen? Warum, warum, warum?«

»Beruhigen Sie sich.«

»Ich habe nichts Böses getan, warum ausgerechnet ich ...«

»Hören Sie, Albert Wenediktowitsch«, Anton versuchte an die Vernunft des Anwalts zu appelieren, »hier steht doch schließlich, daß es ein Unfall war.«

»Ein Unfall, schöne Geschichte!«

»Hier steht, der Unfall geschah während der Jagd. Während der Jagd! Niemand von uns hat vor, heute auf die Jagd zu gehen, und in nächster Zeit vermutlich auch nicht. Also kein Grund, das allzu ernst zu nehmen.«

»Nicht ernst nehmen? Und wie ist das Papier in meine Kabine gelangt? In meine von innen abgeschlossene Kabine? Können Sie mir das mal erklären?«

»Nein. Das kann ich Ihnen nicht erklären.«

»Was soll ich denn tun? Was nur?! Was?!«

»Also gut, folgendes: Sie ziehen heute zu uns. Oder einer von uns bleibt die ganze Zeit bei Ihnen.«

Der Anwalt verstummte. Sein Gesichtsausdruck wurde verständiger – er schien sich an den Gedanken zu klammern wie ein Ertrinkender an einen Strohhalm.

»Einverstanden«, sagte er schließlich. »Aber darf ich Sie um etwas bitten?«

»Ja, natürlich.«

»Nicht einer, sondern mindestens zwei ... Ich ziehe in Ihre Kabine, vorläufig. Wäre Ihnen das recht?«

»Selbstverständlich.«

Der Anwalt setzte sich auf und ließ seinen Blick über die Anwesenden schweifen. Nun, da eine klare Aussicht auf Rettung bestand, schämte er sich sogar für sein nicht eben würdevolles, beinahe weibisches Gebaren.

»Könnten sie mich nicht in die Kabine begleiten?« fragte er Anton sanft. »Ich ... Ich muß mich umziehen. Ich bin völlig durchgeschwitzt.«

Er war tatsächlich klatschnaß. Dunkle Schweißflecke breiteten sich unter seinen Armen und auf seinen Knien aus.

»Mein Lieber, wie können Sie bei Ihrer Kühnheit so einem gefährlichen Gewerbe nachgehen?« erkundigte sich Mucha.

»Das ist nicht Ihre Sache.«

»Nein, allerdings nicht ...«

Begleitet von Anton, verließ der Anwalt die Messe. Wadik, der bislang geschwiegen hatte, sagte traurig: »Schade, daß ich die Kamera nicht dabeihabe. Wenn man ein paar Tage lang solche Highlights filmt, hat man bestimmt eine Chance, Chronist des Jahres zu werden, oder was meinst du, Eva?«

»Laß mich in Ruhe.«

Ich verspürte plötzlich das dringende Bedürfnis, dem Schiffsbauch, diesem stickigen Metallkäfig, zu entfliehen und an Deck zu gehen, an die frische Luft, wo ich den reinen Himmel sah, das reine Meer und das reine, unbefleckte Eis. Vielleicht war das alles gar nicht mehr da, vielleicht war alles um das Schiff herum nur Kulisse, eine Bühne, an einem Apriltag vor siebzig Jahren von den Akteuren verlassen. Wie auch immer – jedenfalls wirkte das Meer draußen realer als die »Excalibur«.

Ich mußte hinauf an Deck, um mich davon zu überzeugen, daß wir alle noch lebten.

»Wo willst du hin?« rief Wadik mir nach.

»An die frische Luft.«

»Sei vorsichtig.«

»Gut.«

Auf dem Bootsdeck wehte eine leichte Brise. Sie streichelte mein erhitztes Gesicht, berührte meine Lippen und mein Haar – noch nie hatte mich jemand so sanft berührt. Die Robben dort irgendwo auf dem Eis schwiegen plötzlich.

Es war still.

Sehr still. Nicht einmal die Stahltrossen summten im Wind.

Einen Augenblick schien mir, wenn ich jetzt den Arm ausstreckte, würde ich unweigerlich an eine Kuppel stoßen, die sich über der »Excalibur« wölbte. Ich tat es – doch nichts geschah. Die Landschaft um mich herum war real. Ich mußte mich zusammenreißen und mich bemühen, nicht verrückt zu werden. Soweit es eben möglich war.

»Hallo«, vernahm ich hinter mir eine ungenierte Bruststimme.

Clio, natürlich Clio, das wußte ich, auch ohne mich umzudrehen. Was hatte sie wohl veranlaßt, das Liebeslager zu verlassen und an Deck zu kriechen?

»Hallo«, sagte Clio noch einmal.

»Hallo.« Nun erst beliebte ich mich umzudrehen. Clio stand direkt vor mir, unglaublich attraktiv, in einer taillenkurzen Pelzjacke mit breiten Schultern und ihrer berühmten Lederhose, eine Brille lässig auf die Stirn geschoben.

»Was gibt's Neues?«

»Noch leben alle«, sagte ich.

»Ich hoffe, das alles klärt sich bald und wir kehren wohlbehalten zurück. Obwohl ... Weißt du, eigentlich will ich gar nicht zurück. Ich würde liebend gern einen ganzen Monat hierbleiben.«

»Das glaube ich.«

»Wirklich?«

»Der Bankier ist wohl erschöpft, ja?« Es machte mir Spaß, sie zu provozieren.

»Er ist eingeschlafen«, bestätigte sie und sah mich erstaunt an. »Woher weißt du das?«

»Sonst hätte er dich nicht weggelassen.«

»Ich vermute, du hast so etwas auch schon mal erlebt. Stimmt's?«

Hatte ich so etwas auch schon einmal erlebt? Kam drauf an, was – Liebe oder Leidenschaft. Doch weder das eine noch das andere hatte mir Glück gebracht.

»Nur theoretisch.«

Clio lachte und sah mich gönnerhaft an.

»Hast du was zu rauchen?« fragte sie.

»Hat sich deine Pfeife nicht wieder angefunden?«

»Nein. Aber egal – Valeri mochte sie sowieso nicht besonders.«

Oho – das hört sich ja vielversprechend an! Wenn das so weitergeht, verzichtest du in drei Tagen sanft lächelnd auf deine Karriere, auf deine Background-Mulattinnen, deine tanzenden Latinos, deine Neger, Philppiner und deinen Sologitarristen vom Stamm der Bantu. Dann verzichtet ihr auf Betten und frönt eurer entfesselten Leidenschaft an den exotischsten Orten: in Schnellzugcoupés, auf Bordtoiletten von Lufthansa-Maschinen, auf der Akropolis, auf der Aussichtsplattform des Eiffelturms … Ja, so ist das nun mal – das Leben ist eine Reise, und das Recht auf alle Reisen der Welt gebührt den leidenschaftlich Liebenden.

»Ich hab nur Gitanes«, sagte ich und klopfte eine Zigarette aus der Schachtel.

»Egal. Gib her.«

Wir rauchten einträchtig, als wären wir Busenfreundinnen. Die Leidenschaft für Sokolnikow, die so unvermittelt über Clio hereingebrochen war, hatte sie wesentlich umgänglicher gemacht. Verschwunden waren ihre zickige Manieriertheit, ihre Starallüren, ihre Arroganz. Clio konnte nett und unkompliziert sein – wer hätte das gedacht.

»Erzähl mir von ihr«, bat sie.

»Von wem?«

»Von seiner Tochter.«

»Was soll ich da erzählen?«

»Euch verbinden doch irgendwie zarte Bande, wenn ich das richtig sehe.«

»Ich weiß nicht. Vielleicht.«

»Warum hat sie sich für dich entschieden und haßt mich?«

»Weil ich nichts von ihrem Vater will.«

Clio sah mich aufmerksam an und fragte: »Willst du wirklich nichts von ihrem Vater?«

»Wirklich nicht. Da kannst du ganz beruhigt sein.«

Clio musterte mich mit einem ironischen Blick: Klar, bei der Konstellation! Sie, die brillante Popsängerin, ein Sexsymbol des ausgehenden Jahrhunderts, und ich – eine zweifelhafte Hilfskraft beim Film, nichts Herausragendes, schminkt sich nicht einmal die Lippen …

»Ich bin ganz ruhig«, sagte Clio, um noch einmal ihre Rechte auf Sokolnikow zu bekräftigen.

»Dann ist ja alles bestens. Was macht dir dann noch Sorgen?«

»Dieses kleine Biest. Wenn ich mit ihr nicht auf einen Nenner komme, dann wird es schwer für uns. Womit kann man sie kriegen?«

»Gar nicht.«

»Ich habe keine Chance?«

»Eine Chance gibt es immer. Du mußt dich für sie interessieren. Und sie muß das spüren.«

»Sie interessiert mich keinen Deut.«

»Tja, so etwas kann man nicht spielen.«

»Vielleicht sollte man sie irgendwie wegschicken?« Ich sah Clio vorwurfsvoll an. »Nein, nein, so meine ich das nicht. Einfach zur Erholung, zur Zerstreuung ...«

»Weißt du, ich glaube, sie ist ihr ganzes Leben lang dauernd irgendwohin geschickt worden. Man sollte sie nicht wegschicken, man sollte bei ihr bleiben.«

»Du nimmst so lebhaft Anteil an ihr.« Clio lachte. »Vielleicht solltest du sie adoptieren?«

»Sie braucht einen Vater, der sie wirklich liebt.«

»Na, ich weiß nicht ... Worüber redest du mit ihr denn so?«

»Über alles.«

»Eine erschöpfende Auskunft. Also gut, ich werde versuchen, mit ihr auszukommen.« Clio lachte wieder. »Na dann, ich gehe jetzt. Du bist in Ordnung, ich würde dich gern näher kennenlernen. Danke für die Zigarette.«

Clio wandte sich leichtfüßig auf dem Absatz um und ging in Richtung Passagierdeck. In ihrer Gesäßtasche steckte ein Briefkuvert. Wer hätte das gedacht – hier wurde Post ausgetragen!

Den anbrechenden Abend verbrachten die Passagiere der »Excalibur« im Billardraum. Die Männer hatten das Schiff mehrfach durchkämmt, sie hofften noch immer, den verschwundenen Lakkai zu finden. Doch niemand kannte das Schiff wirklich genau, und einen Lageplan gab es nicht. Einige Luken waren fest verrammelt, offen waren nur die Zugänge zum Mannschaftsdeck mit einer leerstehenden Mannschaftsmesse und einer Bäckerei; zur kleinen Brücke, zu den beiden Passagierdecks und nach oben, zum Bootsdeck. Und der Maschinenraum. Max, der sich an der Suche nicht beteiligen konnte, lag unter Karpiks Aufsicht in seiner Kajüte im Bett.

Filipp und Anton spielten Billard. Um den Anwesenden ein wenig Optimismus einzuhauchen, schlugen sie eine Art Turnier um Geld vor. Doch der einzige, der sich dafür meldete, war Vitja Meschtscherjakow. Wie sich herausstellte, war er mit dem Queue weit weniger geschickt als mit dem Eishockeyschläger, weshalb er gleich in der ersten Stunde fünfhundert Dollar verlor. Er gab das ruinöse Vergnügen auf und ging in seine Kabine, schlafen, obwohl es noch nicht einmal neun war.

Mit Einbruch der Dämmerung wuchs die Anspannung. Der Tag, in dessen Licht alles harmlos, ja, sogar komisch ausgesehen hatte, war vorbei. Anton, der sich, solange Max nicht da war, für die Passagiere verantwortlich fühlte, verriegelte eigenhändig die Luken zum Vorder- und zum Achterdeck, damit von außen nichts in die »Excalibur« eindringen konnte. Sinnloser Eifer, dachte ich. Wenn es hier etwas Böses gibt, dann nicht draußen, sondern drinnen. Vielleicht in uns selbst. Von diesen Gedanken bekam ich Kopfschmerzen, gegen die auch kein Kognak half, ich verlor beim Bridge, das Annika mir auf die Schnelle beigebracht hatte, und trat meinen Platz an Raspopow ab, der mit Annika, ihrem Mann Andrej und Boris Iwanowitsch weiterspielte.

Raspopow, nun ohne seinen Antagonisten, war ganz geknickt, wirkte trübselig und lamentierte nicht mehr darüber, daß sein Gebiet jetzt der Willkür des Schicksals ausgeliefert sei.

Der ständig schwitzende Albert Wenediktowitsch schlich um den Billardtisch herum, bemüht, Anton nicht von der Seite zu weichen. Auf sein Verlangen hatte Anton die drei Bullaugen des Billardraums mit den eigens dafür vorhandenen Eisenklappen dicht verschlossen.

»Ich habe keine Lust, zur Jagdbeute zu werden«, sagte Albert Wenediktowitsch mit wippendem Bart. »Womöglich kommen sie noch auf die Idee, auf die Bullaugen zu ballern. Wo wollen Sie hin, Anton?«

»Ich muß mal raus«, antwortete Anton und steuerte auf die Tür zu.

»Wie – raus? Sie haben doch versprochen …«

»Sagen Sie das meiner Blase«, erwiderte der Neurochirurg in wütendem Flüsterton, der bis in die letzte Ecke drang.

»Ich komme mit …«

»Ich bin in fünf Minuten wieder da.« Anton winkte ihm und ging hinaus.

Gegen zehn, Anton war bereits wieder zurück, kam Mucha zu Albert Wenediktowitsch geschwebt und hielt ihm das Tablett hin. »Bitte sehr, die Karte, mein Bester!«

Auf dem Tablett lag die unselige Seite aus dem Logbuch – Mucha hatte sie aufgehoben. Bei ihrem Anblick verzerrte sich das Gesicht des Anwalts, sein Bart richtete sich steil auf, und seine Glatze war im Nu schweißbedeckt.

»Sehr witzig, junger Mann!«

»Uns bleibt doch nicht anderes übrig, als uns in Witz zu üben, finden Sie nicht?«

»Ich finde, Sie sind ein taktloser Rüpel.«

»Na, Sie sind auch nicht gerade mein Typ«, sagte Mucha, ließ aber dennoch ab von Albert Wenediktowitsch.

Bis zehn herrschte angespanntes Schweigen. Niemand glaubte an das, was auf der Seite aus dem alten Logbuch stand, aber dennoch, dennoch … Ich verfolgte wie gebannt die Zeiger der großen Uhr (gestern waren sie um zwölf stehengeblieben, doch Mucha hatte sie extra wieder aufgezogen). Dabei begegnete ich ständig anderen Blicken. Besonders dem von Albert Wenediktowitsch – er wich Anton nicht von der Seite und verschlang das Zifferblatt geradezu mit den Augen.

Noch nie waren die Zeiger so langsam vorgerückt.

Endlich schlug es zehn. Mit jedem dumpfen Schlag

wuchs die Spannung, erreichte ihren Höhepunkt bei neun und löste sich bei zehn völlig auf.

Es war nichts geschehen.

Albert Wenediktowitsch betastete sich und lachte freudig.

»Ich lebe, ich lebe, ich lebe«, wiederholte er immer wieder und vollführte eine Art Sarabande um den Billardtisch. »Ich lebe, Gott sei es gedankt! Herrgott, was ich ausgestanden habe! Jetzt weiß ich genau, was ein zum Tode Verurteilter fühlt.«

»Na sehen Sie, Albert Wenediktowitsch, unsere Reise ist ganz nützlich, denn wer würde leugnen, daß Gefahr munter macht und den Körper in ständiger Spannung hält? Ein unvergeßliches Erlebnis, nicht wahr?« meldete sich Wadik. Er hatte offenbar an Anhängern gewonnen.

»Na schön«, sagte der Gouverneur Raspopow finster, »aber wo ist Lakkai? Niemand hat uns sein Verschwinden erklärt. Dabei sind inzwischen schon fast vierundzwanzig Stunden verstrichen.«

»Nanu, ich sehe, Sie vermissen ihn ja direkt, Nikolai Iwanowitsch«, bemerkte der wieder zum Leben erwachte Anwalt. »Ich denke, mit der Zeit wird sich alles aufklären.«

»Aber dieser Matrose …«

»Diesem Matrosen kann man nicht trauen. Es gibt schließlich keine Zeugen. Und das ganze Gefasel von übernatürlichen Kräften – das ist auf seinem Mist gewachsen. Wir müssen abwarten.«

»Wie lange?« fragte Raspopow vollkommen ernst.

»So schnell wird nicht einmal eine Fahndung ausgelöst, Nikolai Iwanowitsch«, glänzte Albert Wenediktowitsch mit seiner Fachkenntnis.

»Ja«, bestätigte Wadik. »Alles zu seiner Zeit!«

Die vergilbte Seite aus dem Logbuch war nur noch ein lächerliches Stück Papier, der Spuk war vorbei, und der

Anwalt, nun wieder ganz mutig, streckte seine mollige Hand danach aus.

»Wenn Sie nichts dagegen haben, würde ich es gern behalten. Als Trophäe sozusagen. Wie einen Granatsplitter, der mich beinahe erledigt hätte.«

»Ja, nehmen Sie es nur, Albert Wenediktowitsch«, willigte Mucha sofort ein. »Und dann sollten wir auf unsere glückliche Erlösung trinken. Darauf, daß wir gesund und wohlbehalten ins Glied zurückgekehrt sind.«

»Ein ausgezeichneter Gedanke, junger Mann!« Der Anwalt war in Fahrt. »Übrigens, ich habe eine glänzende Idee: Gehen wir doch hinauf an Deck, unter den Sternenhimmel, zum Meer, zum Eis! Muchamedshan, mein Lieber, haben wir noch Champagner?«

»So viel, daß Sie darin baden können, wenn Sie es wünschen.« Mucha lächelte.

»Also dann – alle Mann an Deck!«

Die Idee des Anwalts gefiel allen: Warum dieses freudige Ereignis nicht begießen? Nun ist alles wieder im Lot, dachte ich, wirklich eine unvergeßliche Reise.

»Na, wie gefällt dir das traveling?« fragte mich Wadik.

»Das ist kein travelling, das ist eher ein happening«, erwiderte ich.

»Was habe ich dir gesagt!«

Die erste Gruppe von Passagieren strebte bereits zum Ausgang und stieß an der Tür mit Sokolnikow zusammen. Er hatte Jeans an und sich rasch ein Hemd übergeworfen. Eben aus dem Bett gekrochen, dachte ich gereizt.

»Haben Sie vielleicht Clio gesehen?« erkundigte sich Sokolnikow.

»Clio?« fragte Mucha erstaunt. »Sie war gar nicht hier.«

»Sie hat doch gesagt, sie wolle etwas zu trinken holen. Sie hat gesagt …«

Der Anwalt, hinter Antons Rücken versteckt, schnappte

krampfhaft nach Luft und ließ die Champagnerflasche fallen. Im Billardzimmer trat bedrohliche Stille ein.

»Sie hat gesagt, sie kommt gleich wieder«, wiederholte Sokolnikow hilflos. »Bis hier braucht sie doch nur zwei Minuten. Wo ist sie?«

»Beruhigen Sie sich, Valeri Adamowitsch. Sie war nicht hier.«

»Das kann nicht sein. Sie hat doch gesagt ... Und wo ist meine Tochter?«

»Sie ist bei Max. Ihm wurde heute der Schädel eingeschlagen ...«

»Der Schädel von irgendeinem Max ist mir scheißegal ... Wo ist Clio, verdammt noch mal?«

»Ich schlage vor, wir gehen sie suchen«, sagte Filipp unsicher. »Vielleicht ist sie zu dem Mädchen hinuntergegangen?«

»Aber sie können sich doch nicht ausstehen!«

»Ich gehe runter zu Max und hole Karpik«, sagte ich, und meine Zunge gehorchte mir kaum. Sokolnikow würdigte mich keines Blickes.

Alle anderen machten sich auf die Suche nach der Sängerin. Ich weigerte mich kleinmütig, mich daran zu beteiligen. Schon, als Sokolnikow völlig aufgelöst an der Tür stand, hatte meine Intuition, das käufliche Wesen, dessen Dienste ich stets kostenlos nutzte, mir eingeflüstert: Geh nicht mit, geh nicht mit, geh nicht mit. Und ich ging nicht mit.

Weil ich nicht die erste sein wollte, die Clio fand.

Bemüht, nichts zu sehen und zu hören, erreichte ich Max' Kajüte auf dem Matrosendeck und hämmerte wie wahnsinnig gegen die Tür. Nach einigen Sekunden öffnete Karpik.

»Was ist passiert?« Offenbar war es in der Kajüte zu heiß, denn auf Karpiks sonst stets blassem Gesicht lag eine leichte Röte.

»Warum fragst du nicht ›wer da‹? Warum machst du einfach auf?«

»Ich hasse es zu fragen ›wer da?‹, man könnte denken, ich sei feige.«

»Du weißt ja gar nicht … Ist Clio hier?«

Karpik verzog voller Abscheu das Gesicht.

»Warum sollte sie denn hier sein?«

»Sie ist irgendwie verschwunden.«

»Sucht sie doch bei meinem Papa«, sagte das Mädchen haßerfüllt.

»Das ist es ja gerade, dort ist sie nicht. Er sucht sie selbst …«

»Na ja, keine Ahnung. Hier war sie nicht.«

»Und Max?«

»Max schläft.« Karpik trat beiseite, um mich in die Kajüte zu lassen. Erst jetzt fiel mir auf, daß Karpik ein riesiges Matrosenhemd mit aufgekrempelten Ärmeln trug. Vermutlich von Max.

»Komm, wir wecken ihn.«

Karpik schwieg.

»Er ist der einzige, der das Schiff kennt. Der weiß, wo man suchen muß.«

Den Mechaniker zu wecken dauerte einige Minuten. Endlich war er wach, setzte sich auf und schüttelte den Kopf. Dann erst bemerkte er mich.

»Was ist passiert?« fragte er.

»Clio ist weg.«

»Sofort …« Max stand rasch auf und zog sein geliebtes T-Shirt an. »So, nun erklären Sie mir schnell, was los ist.«

»Das weiß ich selber nicht. Wir waren im Billardraum, da kam Sokolnikow rein und sagte, Clio sei weg.«

»Warum denn gleich so hitzig? Woher wissen Sie, daß sie weg ist? Vielleicht wollte sie an Deck ein bißchen frische Luft schnappen, bei Frauen in ihrem Alter kommt so was vor …«

»Ja, aber trotzdem ...«

»Also schön, gehen wir sie suchen, wenn Sie unbedingt darauf bestehen.«

Zu dritt traten wir hinaus in den halbdunklen Flur. Da drang ein wilder, unmenschlicher Schrei an unsere Ohren.

»Nein! Nein!« rief jemand. »Nein!«

»Wo kommt das her?« fragte Karpik mit brüchiger Stimme.

»Von backbord. Vom Bug«, sagte Max. »Los, schnell.«

Mir sprang schier das Herz aus der Brust, so rannte ich. Karpik blieb zurück – ich hatte ganz vergessen, daß sie hinkte und nicht so schnell laufen konnte.

»Und ich?« rief sie uns mit schwacher, erschrockener Stimme hinterher. »Wartet auf mich!«

Max knirschte mit den Zähnen, kehrte um und nahm sie auf den Arm.

»Gehen Sie vor, Eva. Wir kommen gleich nach.«

»Ich weiß nicht, wohin.«

»Gehen Sie hinauf zum Vorderdeck, da ist ein Abgang, die erste Tür auf der rechten Seite. Nur so gelangt man in den Bugteil.«

»Sind Sie ... Sind Sie sicher, daß es ... Daß der Schrei von dort kam?«

»Nein, nicht ganz. Aber es ist zumindest ungefähr die Richtung.«

»Nein«, sagte ich, und ich haßte mich für meine Schwäche, »gehen wir lieber zusammen.«

»Na gut.« Er trug Karpik noch immer. »Laufen wir so schnell, wie Karpik kann. Ist sowieso egal ...«

»Was ist egal?« fragte ich mißtrauisch.

»Wenn etwas passiert ist ... Etwas nicht wieder Gutzumachendes ... Das denken Sie schließlich, nicht wahr? Also, wenn so etwas geschehen sein sollte, dann können wir sowieso nicht mehr helfen.« Max stellte Karpik vorsichtig auf den Boden.

»Ich hab Angst«, sagte Karpik, und wir legten alle beide schützend den Arm um ihre Schulter. Unsere Hände berührten sich und prallten zurück.

Max' Finger waren kalt wie Eis.

Als wir das Vorderdeck erreicht hatten und hinaustraten unter die hohen, gleichgültigen Sterne, war das erste, das wir sahen, der massige Rücken von Albert Wenediktowitsch. Er kniete auf dem Boden, den Kopf zwischen die Stäbe der Reling gepreßt, und stöhnte dumpf. Er erbrach sich.

Ich ging zu ihm und berührte seine nasse Schulter.

»Was ist passiert, Albert Wenediktowitsch?« fragte ich zaghaft und hatte Angst vor der Antwort. »Wer hat da so geschrien?«

Meine Berührung löste eine überraschende Reaktion aus: Der Anwalt zuckte zusammen und schluchzte auf.

»Ach, Sie?« Er drehte sich unbeholfen um, stand jedoch nicht auf. »Da ... Da ...«

»Beruhige dich, Alter.« Max versuchte, den dicken Anwalt hochzuhieven, schaffte es aber nicht. »Schnell und klar: Was ist passiert?«

»Da ...« Der Anwalt drehte sich wieder um zur Reling und steckte erneut den Kopf zwischen die Stäbe. Wieder erbrach er sich. »Da ist sie ...«

»Wer – sie?«

»Die Sängerin.«

»So. Weiter ...«

»Wir haben sie vorm Laderaum gefunden. Sie wurde ermordet.«

»Ermordet?« flüsterte ich lautlos.

»Ein Schuß in die Schläfe ... Wie ... Wie ...«

»Wie es auf der Seite aus dem alten Logbuch stand«, wollte der Anwalt sagen, brachte es aber nicht heraus.

»Karpik, du bleibst hier bei Albert Wenediktowitsch«, sagte Max.

»Nein. Ich komme mit euch mit.«

»Nein. Du bleibst hier. Und paßt auf ihn auf. Keine Widerrede.«

»Gut.« Karpik fügte sich. Ich staunte über soviel Nachgiebigkeit.

»In welche Richtung, Albert Wenediktowitsch?« fragte Max.

»Sie können es gar nicht verfehlen ... Alle sind da.«

Max und ich gingen zum Laderaum. Mir knickten die Beine ein; um nicht hinzufallen, hielt ich mich am T-Shirt des Mechanikers fest. Wir stiegen eine Treppe hinunter, und da sahen wir Clio.

Sie lag neben der Treppe, die Beine unnatürlich angezogen. Eine trübe Lampe beleuchtete ihr totes Gesicht. Der Schuß hatte tatsächlich die Schläfe getroffen und ihre Tätowierung, den schwarzroten Lemur, vollkommen zertrümmert. Den Lemur, der so lüstern den Rücken gewölbt, der so lebhaft auf alles reagiert hatte. Den Lemur, der Zeuge ihres Triumphes auf allen Musiksendern war und ihres trägen Spotts über die Journalisten. Zeuge ihrer Liebe und aller Worte, die Männer je zu ihr gesagt hatten: Wie schön du bist, Clio! Wollen Sie meine Frau werden, Clio? Ich will dich, Clio! Ich liebe die Farbe deiner Augen, Clio! Ich bin verrückt nach Sex mit dir, Clio! Wollen Sie nicht heute mit mir zu Abend essen, Clio? Nun war das kleine schwarzrote Geschöpf tot. Erschossen.

Wie durch einen Schleier sah ich alle um Clio herumstehen: den schlagartig um Jahre gealterten Mucha, Anton, Filipp, Annika und Andrej.

»La tempe! La tempe!«[1] wiederholte Annika wie aufgezogen.

»Sie soll still sein!« schrie Sokolnikow, der vor Clio

1 (franz.) – Die Schläfe.

kniete und mit zitternden Händen ihren Kopf hielt. »Sie soll endlich still sein, kann ihr nicht jemand sagen, daß sie den Mund halten soll, verdammt noch mal …«

Aber niemand sagte etwas.

Sokolnikow ließ den Kopf auf Clios Brust sinken und schluchzte dumpf. Ich sah, wie das Blut der Toten sein Haar verschmierte – ein Abschiedskuß der Leidenschaft. Der Bankier schaute auf und musterte uns alle mit irrem Blick.

»Sagt mir, daß das nicht wahr ist …«

Aber niemand sagte etwas.

Er beugte sich erneut über Clio und umfaßte ihre Schultern.

»Na los, Mädchen, steh auf, jag mir keinen Schreck ein … Steh auf, du hörst mich doch … Du hörst mich doch, nicht wahr? Komm …«

Es war unerträglich. Max hielt es als erster nicht mehr aus. Er riß den Bankier von Clio los, packte ihn bei den Schultern und herrschte ihn an: »Schluß mit der Hysterie. Sie ist tot. Sie kann nicht mehr antworten.«

»Nein. Sagen Sie mir, daß das nicht wahr ist.«

»Sie ist tot! Reißen Sie sich zusammen.«

»Nein …«

»Ja. Es ist nicht mehr zu ändern.«

Max hatte es ausgesprochen: Sie ist tot, es ist nicht mehr zu ändern. Clio wird nie mehr wiederkommen, sie wird nie mehr ihre Pfeife rauchen, nie mehr mit Bankiers Liebe machen. Ich habe noch vor ein paar Stunden mit ihr gesprochen, und nun ist sie tot.

Max lockerte seinen Griff ein wenig, und Sokolnikow sackte erneut vor Clio auf die Knie, umfaßte seinen Kopf mit den Händen und heulte auf.

»Wir müssen versuchen, ihn von hier weg zu bekommen«, sagte der Mechaniker leise zu Anton. »Und den Leichnam zu mir bringen, in den Kühlraum.«

»Ich weiß nicht, wie ich das machen soll.«

»Sie sind Arzt, Sie wissen doch, was man in so einem Fall sagt.«

»Nein. Ich weiß nicht, was man in so einem Fall sagt.«

»Wir müssen ihn von der Leiche losreißen, sonst dreht er noch durch. Los, Doktor. Wenn es sein muß, mit Gewalt.«

»Schön, ich werde es versuchen«, sagte Anton und beugte sich über den Bankier. »Valeri, wir müssen sie wegbringen.«

Sokolnikow blickte Anton an, als sähe er ihn zum erstenmal. Dann umklammerte er seine Knie.

»Mein Gott, wie konnte ich das vergessen, ich Idiot, Sie sind doch Doktor, Anton! Sie können alles, Sie können ihr bestimmt helfen!«

»Ihr kann niemand mehr helfen. Wir können nur noch eines tun.«

»Was denn?!« In der Stimme des Bankiers flammte irrwitzige Hoffnung auf.

»Wir müssen sie wegbringen.«

»Wohin?«

»Dahin, wo es ihr besser gehen wird als hier. Hier darf sie nicht bleiben.«

»Nein, natürlich nicht, Doktor ...«

»Dann kommen Sie.«

»Ich will sie selber tragen. Allein.«

»Gut. Aber wir müssen es so schnell wie möglich tun.«

»Natürlich ...«

Anton nickte Max zu. Sie warteten beide geduldig, bis Sokolnikow Clio aufgehoben hatte. Er umfaßte sie, bettete ihren Kopf vorsichtig auf seine Schulter und lief ebenso vorsichtig zur Treppe. Der Mechaniker und der Neurochirurg folgten ihm. Sonst rührte sich niemand weiter von der Stelle. Alle starrten wie gebannt auf den Blutfleck auf dem Stahlfußboden.

»Warten Sie!« rief ich.

»Was ist?« Max drehte sich um.

Als Sokolnikow Clio hochhob, hatte ich das Briefkuvert aus ihrer hinteren Tasche ragen sehen – offenbar hatte sie es seit dem Morgen nicht herausgenommen.

»In ihrer Tasche steckt ein Brief. Vielleicht hat das ja etwas zu bedeuten ... Könnte uns irgendwie helfen ...«

Max wurde dunkel im Gesicht, hielt den kaum begreifenden Sokolnikow an, zog den Umschlag heraus und gab ihn mir.

»Hier. Vielleicht bringt das ja wirklich was.«

»Danke.«

»Sie sind ein vernünftig denkender Mensch, Eva. Versuchen Sie, mit allen hier fertig zu werden. Und passen Sie auf Karpik auf. Ihr Vater ist im Moment völlig unzurechnungsfähig. Wir sehen zu, daß wir bald wieder zurück sind.«

»Gut, Max.«

Den Umschlag in der Hand, ging ich zu den anderen, die noch immer um den dunklen Blutfleck herumstanden. Dieser Blutfleck war alles, was von dem Sexsymbol des ausgehenden Jahrtausends geblieben war. Nach wie vor schwiegen alle. Mucha hob den Kopf und sah mich mit entzündeten Augen an. Aber nicht mich suchte sein Blick.

»He, du!« rief Mucha Wadik an. «Du meinst also, das Ganze ist ein Spiel, ja?«

Wadik schwieg.

»Du hast uns alle animiert, an den Spaß zu glauben.« Mucha hockte sich vor den Blutfleck und berührte ihn vorsichtig mit der Hand. »Ein Spiel, ja?«

Wadik schwieg.

Da schlug Mucha Wadik ins Gesicht. Die Ohrfeige hinterließ eine Blutspur auf seiner Wange.

»Wenn das ein Spiel ist ...« Muchas Stimme schien jeden Moment zu zerreißen, »wenn das ein Spiel ist, dann sag mir: Wer ist der nächste?«

Wir saßen schon seit einer Stunde im Billardraum. Max, Anton und Sokolnikow hatten sich noch immer nicht blicken lassen. Wir warteten auf sie, als könne ihr Erscheinen irgend etwas ändern. Der vor Angst halb wahnsinnige und vollkommen demoralisierte Albert Wenediktowitsch lag auf dem Sofa und nahm Schweizer Herztropfen, die ihm Annika gebracht hatte. Die übrigen tranken. Wein, Champagner, Gin, Wermut – alles, was man nur trinken konnte. Jeder wollte sich betrinken, um wenigstens für ein paar Stunden diesen Alptraum zu vergessen. Doch das gelang nicht.

Mucha war nach seinem hysterischen Ausbruch völlig in sich zusammengesunken, ebenso Wadik, der sich nicht einmal das Blut von der Wange gewaschen hatte.

»Geh dich waschen«, bat ich ihn.

Wadik nickte, rührte sich aber nicht von der Stelle.

»Wir müssen runter von diesem verfluchten Schiff. Nur weg, egal wohin, sonst bringt es uns noch um, genau wie Clio«, sagte Albert Wenediktowitsch.

»Wohin denn?« Filipp lächelte bitter. »Sie wissen doch, daß wir hier nicht wegkommen.«

»Ja, ja, ich weiß.« Erst jetzt bemerkte ich, daß der Anwalt mit den Zähnen klapperte. »Aber hierzubleiben ist unerträglich. Sagen Sie mir doch, kann mir irgend jemand sagen, wessen Schicksal wir hier nachspielen?«

»Es gibt nur drei Namen.« Mucha sprach bedächtig, er hatte nun nichts mehr von einem leichtsinnigen Gigolo. »Sir Oliver Bailey, Sir Alan Marshall und Kapitän Nicolas O'Leary. Vielleicht kommt morgen noch einer dazu. Bestimmt sogar. Aber eine nützliche Erfahrung haben wir bereits gemacht.«

»So, welche denn?«

»Derjenige, der eine Botschaft bekommt, ist außer Gefahr. So war es beim erstenmal, als der Gouverneur die Zeitung bekam, und auch jetzt, als Sie die Seite aus dem Logbuch gefunden haben.«

»Tatsächlich«, sagte Filipp.

»Also beten Sie zu Gott, die morgige Botschaft möge an Sie adressiert sein. Dann haben Sie die Chance, einen weiteren Tag zu überleben.«

»Was heißt – einen weiteren Tag?« krächzte der Anwalt.

»Ich hoffe, alle hier Anwesenden haben sich nun davon überzeugen können, daß dies kein Spiel ist. Das Gefasel von Extremtourismus ist ein Märchen für Reiche. Wenn dies ein Spiel ist, dann ein tödliches.«

»Tod«, sagte Filipp leise. »Erinnern Sie sich, wie das Schiff getutet hat. ›Tod‹ hat es gesagt.«

»Quatsch.« Endlich meldete sich Andrej zu Wort – der Schokoladenkönig erwies sich als nüchtern denkender Mensch. »Ein Dampfer kann nicht sprechen. Und auch keine Flaggen raushängen oder Seiten aus Logbüchern verteilen. Also steckt irgend jemand dahinter.«

»Ein Dampfer, der vor siebzig Jahren verschwand.« Aus Mucha sprach die Überzeugung des Bekehrten.

»Woher weißt du denn, daß er verschwand? Wir kennen doch noch gar nicht die ganze Geschichte.«

»Mir wäre es lieber, ich wüßte überhaupt nichts darüber«, murmelte der Anwalt.

»Ich glaube nicht an Mystik. Das ist einfach lächerlich«, erklärte Andrej.

»Eine Leiche und ein Verschwundener – das ist lächerlich?!« kreischte der Anwalt.

»Sie glauben doch nicht im Ernst, daß irgendein ES aus der Vergangenheit auftaucht und gezielt Leute umbringt?«

»Woher wissen Sie das? Vielleicht war danach auf dieser

›Excalibur‹ alles in Ordnung, vielleicht ist sie wieder nach Plymouth zurückgekehrt ...«

»Nun vergessen Sie doch mal diese Geschichte. Es ist noch gar nicht raus, ob sie wirkllich stattgefunden hat.«

»Und das Foto des Kapitäns?«

»Heutzutage kann man alles fälschen.«

»Und die Seite aus dem Logbuch?« Der Anwalt gab nicht auf.

»Ebenfalls.«

»Und die Zeitung?«

»Eine druckfrische Zeitung überzeugt mich von gar nichts, selbst wenn sie vom Jahr 508 vor Christi Geburt datiert ist.« Donnerwetter – angriffslustig wie ein Bullterrier, dieser Schokoladenkönig!

»Gut. Aber die Leiche ... Überzeugt die Leiche Sie auch nicht?«

»Nur davon, daß es auf dem Schiff einen Menschen gibt, der fähig ist zu töten. Oder mehrere. Sie kennen doch die alte Weisheit: Frage, wem es nützt.«

»Genau!« Der Anwalt lebte auf. »Einen Bankier umzubringen oder einen Geschäftsmann – das verstehe ich noch. Selbst ein Schokoladenkönig hat Konkurrenten. Oder ein Politiker. Aber wer hat etwas vom Tod einer Sängerin?«

»Ich weiß es nicht.«

»Sehen Sie! Außerdem wissen wir nicht, wohin Lakkai verschwunden ist ...«

»Sie erinnern sich doch, was Max gesagt hat«, mischte Mucha sich ein. » Er hat etwas Schreckliches gesehen .. Max hat von seinem Gesicht gesprochen. Vielleicht ist der englischen ›Excalibur‹ damals etwas Erschreckendes, Unerklärliches begegnet ... Die Hölle ...«

»Eine Hölle, in der sich statt Teufel Robben tummeln, ja?«

»Sie sind doch damals auch ausgelaufen, um Robben zu jagen ... Erinnern Sie sich?«

Andrej verstummte und rieb sich die Nasenwurzel, und ich war beinahe verliebt in ihn: Nur zu, Junge, ich glaube auch nicht an Mystik, und die Kugel in Clios Kopf war schließlich ganz echt. Los, finde Argumente, überzeuge sie alle, daß es nicht das Schiff ist, vor dem sie Angst haben sollten.

»Auch das ist bislang nur eine Hypothese«, sagte Andrej endlich vorsichtig. »Wir können das schließlich in keiner Weise überprüfen. Wir wissen nicht, ob dieses Schiff tatsächlich existiert hat. Und ob die Mitglieder des Jagdklubs von Plymouth sich auf diese Robbenjagd begeben haben. Und ob es in Plymouth überhaupt einen Jagdklub gab.«

»Ja«, sagte Karpik plötzlich, »den gab es.«

Die Erwachsenen hatten das Mädchen ganz vergessen, bis es sich selbst in Erinnerung brachte.

»Wovon redest du, Karpik?« fragte Mucha sanft.

»Ich bin in Brighton zur Schule gegangen, das ist ganz in der Nähe von Plymouth. Wir haben mal einen Ausflug dorthin gemacht. Und da waren wir im Jagdklub – sie haben dort die beste Sammlung ausgestopfter Tiere. Die Taxidermisten von Plymouth gehören zu den besten in ganz England.«

»Taxidermisten?« fragte Andrej.

»Na ja. Taxidermie, so nennt man das Ausstopfen von Tieren.«

»Na schön, meinetwegen. Es gibt also in Plymouth einen Hafen und auch einen Jagdklub. Aber das bedeutet noch gar nichts. Genausowenig wie die Aussage von Max. Er kann uns sonstwas erzählt …«

»Und sich selbst den Schädel eingeschlagen haben«, ergänzte Mucha ironisch.

»Na schön … Einverstanden. Ich sage ja nicht, daß es Max war. Der einzige von der Crew – beachten Sie, der einzige! –, der auf dem Schiff geblieben ist. Die ganze

Crew ist verschwunden, nur er ist noch da. Das ist doch verdächtig.«

»Ganz und gar nicht.«

»Haben Sie eine Erklärung dafür?«

»Nein. Ich will es auch nicht erklären.« Mucha wollte Max verteidigen, war aber damit nicht sehr erfolgreich.

»Wollen Sie ihn etwa beschuldigen?« fragte Karpik, die eigensinnige Stirn gesenkt.

»Aber nein, mein Kind, nicht doch. Es geht gar nicht um Max. Er kann nicht wissen, was der Anlaß war für das Verschwinden von Lakkai – ein Mensch oder ...«

»Oder«, sagte Mucha leise. »Begreifen Sie denn immer noch nicht? Genau das: Oder!«

Der still gewordene Anwalt stöhnte erneut, und die Sofafedern quietschten klagend unter ihm.

»Daran glaube ich nicht, ehe ich ihm begegnet bin.«

»Sie möchten ihm unbedingt begegnen?« Mucha leerte einen großen Kognakschwenker in einem Zug. »Sollte ich der nächste auf der Liste sein, trete ich Ihnen gern meinen Platz ab.«

»Reden Sie bitte nicht von Listen«, jammerte der Anwalt.

»Es gibt keine Mystik. Es gibt hier jemanden, der töten muß. Vielleicht ausgerechnet uns. Wir wissen ja nicht, wer jeder von uns ist, oder?«

»Und Clio?« fragte Mucha.

»Sie wurde ermordet – das ist das einzige, was wir genau wissen.«

»Aber außer uns ist niemand auf dem Schiff.«

»Ziehen Sie Ihre Schlüsse«, sagte Andrej.

»Aber um zehn waren alle im Billardraum!«

»Nicht alle. Max nicht.«

»Ich war bei Max. In seiner Kajüte. Er war den ganzen Tag dort«, sagte Karpik, und ihre Stimme klang gekränkt. »Der Doktor hat angeordnet, daß er liegenbleiben soll, weil er vielleicht eine Gehirnerschütterung hat.«

»Das stimmt«, bestätigte ich. »Karpik und Max waren in seiner Kajüte.«

»Gut.« Andrej wich auf eine andere Position aus. »Meschtscherjakow hat den Billardraum verlassen, eine halbe Stunde, bevor ...«

»Er ist schlafen gegangen«, ergriff Mucha erneut die Rolle des Verteidigers. »Er lebt streng nach Plan, das wissen wir doch alle.«

»Ich weiß nicht ... Ja, einer hat den Billardraum mehrmals verlassen ...«

»Der Arzt«, verriet der Anwalt, ohne zu zögern, seinen Wohltäter.

»Na klar«, bestätigte Mucha. »Ein Neurochirurg mit internationalem Ruf geht raus aufs Klo, aber statt sich zu erleichtern, jagt er Clio eine Kugel in den Kopf. Fragt sich nur – womit? Die Waffenkammer ist doch abgeschlossen, und niemand von uns hat eine Waffe. Deine Argumente sind ziemlich schwach.«

»Ich behaupte ja gar nichts.« Er gab auf, er enttäuschte meine Erwartungen – genau wie der Serienmörder die Erwartungen von Mitko enttäuscht hatte. Auch Mitko war tot. Aber alle redeten nur über den letzten Tod, der erste schien völlig vergessen. »Ich will nur sagen, daß wir uns irgendwie schützen müssen.«

»Wie denn?« Mucha lächelte bitter. »Begreifst du denn nicht, daß man sich davor nicht schützen kann? Clio konnte sich ja auch nicht schützen.«

»Apropos«, fragte Filipp, »was hat sie eigentlich auf dem Vordeck gemacht? Sokolnikow hat doch gesagt, sie sei nur kurz rausgegangen, um was zu trinken zu holen.«

»Warum sollen wir Sokolnikow glauben?« fragte Andrej. »Nur, weil die beiden ein Paar waren? Schließlich hat niemand gesehen, wie Clio die Kabine verlassen hat. Sie kann eine halbe Stunde weg gewesen sein oder zwanzig

Minuten. Sie können auch zusammen rausgegangen sein. Schließlich haben sie sich doch fast nie getrennt.«

»Was wollen Sie damit sagen?« fragte der Anwalt.

»Nichts ...«

»Wage es ja nicht, Papa zu verdächtigen!« Karpik rannte zu Andrej und boxte ihn in den Bauch. »Du ... Scher dich in die Dusche mit deinen Verdächtigungen!«

Die arme Karpik, sie verteidigte ihren Vater, wogegen auch immer, und wenn Andrej noch ein Wort sagte, würde sie ihn verraten.

»Entschuldige, mein Kind.« Andrej wich sacht zurück. »Ich verdächtige ihn gar nicht ...«

»Das ist auch besser so.« Mucha hatte Karpik ohne Worte verstanden. »Gegenseitige Verdächtigungen sind das Letzte. Wenn wir erst damit anfangen, werden wir noch verrückt.«

Die Uhr in der Ecke des Billardraums schlug zwölf.

»Die passende Begleitmusik für einen Skeptiker«, kommentierte Filipp mit Grabesstimme das Schlagen der Uhr. »Nicht wahr, Andrej?«

Noch ehe er seinen Satz beenden konnte, ertönte das Heulen der Schiffssirene: Kurz, lang, kurz ...

Tod.

Nun kreischte der Anwalt nicht mehr – er krächzte nur noch. Mucha lachte nervös.

»Wessen Stunde hat wohl diesmal geschlagen? Was meinst du, Andrej?«

»Seien Sie doch endlich still!« Der Gouverneur konnte sich nicht mehr beherrschen.

»Wieso denn?« Auch Andrej verlor die Kontrolle über sich. »Vielleicht sollten wir uns lieber gegenseitig die Kehle durchschneiden, bevor es jemand anders tut?«

Noch bevor jemand darauf reagieren konnte, wurde mit Fäusten gegen die Tür des Billardraums gehämmert. Mucha, der abgeschlossen hatte, rief: »Wer ist da?«

»Ich bin's, Anton.«

Mucha schloß auf und ließ den Neurochirurgen ein. Anton kam von der vordersten Front des Todes, von dem die Schiffssirene gerade gekündet hatte, und alle sahen ihn voller Angst und Neugier an.

»Wo ist Papa?« fragte Karpik..

»Beruhige dich, Kleine, Papa kommt bald.«

»Und warum nicht jetzt gleich? Ist ihm was passiert?«

»Mach dir keine Sorgen. Max ist bei ihm.«

Sonderbarerweise beruhigte das Karpik sofort.

Anton ging zum Tresen und goß sich ein Wasserglas voll Wodka. Sprechen konnte er nicht.

»Ich gehe zu Papa ...«

»Nein, Karpik, lieber nicht. Papa läßt ausrichten ... Mein Gott, ich habe ganz vergessen, was ich dir ausrichten sollte ...« Anton lächelte bitter. »Kann ich Sie mal kurz sprechen, Eva?«

»Ja, natürlich«, sagte ich, und mir wurde bewußt, wie gern ich den Billardraum verlassen würde, in dem die Atmosphäre aufs äußerste gespannt war.

Wir gingen hinaus in den Flur.

»Es sieht schlecht aus. Wenn er noch ein paar Stunden dort sitzen bleibt, wird er verrückt.«

»Und Max?«

»Wacht an der Schwelle seines Wahnsinns. Er hat mich gebeten, ein paar warme Sachen zu bringen. Einen Pullover oder eine Jacke. Dort ist es sehr kalt.«

»Wo?«

»In der Kühlkammer. Wir haben Clio dorthin gebracht. Wir müssen etwas holen für Sokolnikow.«

»Kommen Sie, wir suchen etwas.«

Wir liefen zur Kabine des Bankiers, aber sie war abgeschlossen. Ich mochte nicht in den Billardraum zurückgehen und Karpik um den Schlüssel bitten.

»Wissen Sie was, er hat seine Sachen vermutlich zu Clio gebracht. Kommen Sie, vielleicht ist dort ja offen.«

Ich hatte recht – Clios Kabine war nicht abgeschlossen. Wir traten ein, Anton schaltete das Licht an und suchte nach Kleidungsstücken für Sokolnikow. Ich stand an der Tür, sah zu und war wie betäubt von dem intensiven Geruch, der die ganze Kabine erfüllte.

Der Geruch wahnsinniger Leidenschaft: Der Geruch ineinander verflochtener Körper, der Geruch nach Sperma, nach explodierendem Frauenleib, nach Schweiß, nach erschöpfter Haut …

»Verdammt, das ist ja das reinste Schlachtfeld.« Auch Anton hatte es bemerkt. »Offenbar haben sie überall Liebe gemacht.«

»Sieht so aus«, sagte ich.

Sie hatten überall Liebe gemacht. Keinen Augenblick hatten sie sich voneinander losreißen können, nur zum Schlafen. Was hatte Clio veranlaßt, hinauszugehen? Mir fiel der Umschlag aus Clios Lederhose wieder ein, der nun in meiner Jeans steckte. Ich zog ihn heraus und sah ihn mir an.

Ich erkannte ihn sofort – ein schmales, längliches Kuvert. Genauso eins hatte uns der Steward Roman vor dem ersten Abendessen in die Kabine gebracht, mit einer Nachricht darin: »Der Kapitän und die Crew der ›Excalibur‹ laden Sie ein zum festlichen Abendessen. Sie sitzen an Tisch Nr. 3.« Diese Zahl hatte auch in der rechten oberen Ecke des Kuverts gestanden.

Auf dem Kuvert, das ich jetzt in der Hand hielt, stand eine 5. Doch das Kuvert war leer.

»Was wollen Sie mit Clios Pelzmantel, Anton?« fragte ich.

Anton hatte zwei Pullover von Sokolnikow und Clios Pelzmantel überm Arm.

»Anton! Sie drehen ja durch … Sie braucht keinen Pelz

mehr. Sie ist tot. Sie sind doch Arzt, Sie sollten das begreifen …«

»Ja, ja.« Er sah mich wehmütig an. »Ich sollte das begreifen. Aber ich will es nicht begreifen! Ich weigere mich, das zu begreifen!«

»Hören Sie, wir gehen zusammen. Sie dürfen jetzt nicht allein sein.«

»Aber nein, das ist nicht nötig.«

»Niemand sollte jetzt allein sein, verstehen Sie …«

Anton war schrecklich anzusehen. »Max und Lakkai, die waren auch zu zweit. Ich glaube, vor dem, was hier passiert, kann man sich nicht schützen, da können wir noch so gut aufeinander aufpassen …«

»Ich weiß nicht. Da bin ich nicht sicher.«

»Gut. Gehen wir«, kapitulierte der Neurochirurg schließlich.

Wir liefen durch die langen, verworrenen Flure der »Excalibur«. Nun wirkte alles unheilvoll, selbst die vergitterten Notleuchten. Unheilvoll war auch die Stille.

»Ist es noch weit?« fragte ich, nur um etwas zu fragen, um diese Stille zu durchbrechen.

»Nein, wir sind gleich am Bug, dann steigen wir hinunter.«

An der Luft, auf dem Vordeck, wurde mir besser.

»Es scheint Tauwetter zu geben«, sagte ich und hob den Kopf zu den Sternen, die wegen der niedrig hängenden Wolken nicht zu sehen waren. Mein Blick fiel auf eine weitere Flagge, die über uns wehte. Sie sah anders aus als die erste.

»Noch so ein Ding«, sagte ich gleichmütig. »Was wollen sie uns wohl diesmal sagen?«

»Max und ich haben sie schon gesehen, als wir vorhin Clio wegbrachten«, erklärte Anton.

»Hat sie irgendwas Ernstes mitzuteilen?«

»Nichts, was wir nicht schon wüßten. Zwei graue Streifen und in der Mitte ein weißer – das bedeutet: Ich habe gefährliche Fracht an Bord, haltet euch von mir fern.«

»Jetzt wird uns garantiert keiner zu nahe kommen.« Das war mir herzlich egal. »Nicht einmal der Fliegende Holländer, wenn er sich zufällig hierher verirren sollte.«

»Hierher verirrt sich niemand. Hier fahren keine Schiffe. Diese Flagge gilt uns.«

»Klar, Anton, natürlich uns. Aber da wir nun gewarnt sind, sollten wir sie vielleicht abnehmen?«

»Wozu? Sie taucht sowieso wieder auf«, sagte Anton hoffnungslos.

»Sie glauben auch ... Sie glauben auch nicht, daß es eine Erklärung für das alles gibt?«

»Ich würde alles dafür geben, eine Erklärung zu finden.«

»Wir müssen uns nur gedulden, dann wird sich alles aufklären.«

»Wann denn? Wenn wir alle ermordet sind?«

»Kommen Sie, Anton, wir dürfen nicht zu lange reden, sonst fangen wir noch an, einander zu hassen. Niemand hier sollte im Moment lange reden ...«

»Ich könnte Sie nicht hassen, selbst, wenn ich wollte. Sie ... Sie gefallen mir sehr, Eva.«

»Tja, das ist der passendste Ort für eine Liebeserklärung. Sollten wir das nicht lieber aufschieben?«

»Aufschieben – wie lange?« Zum erstenmal bekam Antons Stimme einen harten Klang. »Bis wir alle ermordet sind?«

»Das nennt man Dancing in Hitlers Hauptquartier.« Ich sah Anton vorwurfsvoll an.

»Das verstehe ich nicht!« Ein Schatten huschte über sein Gesicht.

»Haben Sie sich mal mit Nazideutschland beschäftigt?«

»Wieso sollte ich mich denn mit Nazideutschland beschäftigen?« Er hob sogar die Stimme. »Ich bin Arzt, kein Historiker.«

»Schon gut, war ja nur eine Frage. Die letzten Tage vor der Kapitulation in Hitlers Hauptquartier. Alle spürten das nahe Ende und machten darum gewaltig einen drauf, in einem Bunker tief unter der Erde. Trinkgelage, unglaubliche Orgien, Selbstmorde ... Das Vorgefühl des Todes, die Unausweichlichkeit des Endes wirkt immer entfesselnd, finden Sie nicht? Dasselbe könnte bei uns geschehen. Jedenfalls sind wir nahe daran.«

»Nein.« Anton warf Clios Pelzmantel und die beiden Pullover von Sokolnikow auf den Boden und griff nach meinen Händen. »Nein! Es gibt ein Gebot der Ethik ...«

»Gehen wir, Anton. Sie warten auf uns. Zumindest zwei von den dreien.«

Zum erstenmal betrat ich die Kühlkammer der »Excalibur«. Der trübe beleuchtete Raum glich einem riesigen Hangar mit einem breiten Fließband in der Mitte. Auf der rechten Seite standen endlose Reihen von Kühltruhen. Es war kühl, aber nicht kalt genug, um alle Gerüche abzutöten. Den Geruch nach rohem Fleisch und nach erstarrtem, gefrorenem Blut registrierte selbst meine von Gitanes verdorbene Nase.

»Max!« rief Anton. »Max, wo seid ihr?«

»Hier.« Max erhob sich vom leeren Fließband, auf dem er gelegen hatte. Er trug noch immer sein schwarzes Lieblingsshirt, die Kälte schien ihm überhaupt nichts auszumachen.

»Wie sieht's aus?« fragte Anton.

»Unverändert. Im Westen nichts Neues. Ich kriege ihn da nicht raus. Noch einmal guten Tag, Eva.«

Ich nickte ihm zu und konnte die Frage nicht unterdrücken: »Ist Ihnen nicht kalt?«

»Kalt ist es nur im Grab«, erwiderte er kurz angebunden. »An alles andere kann man sich gewöhnen.«

»Ist sie .... Ist sie irgendwo hier?« fragte ich mit schwerer Zunge, den Blick unverwandt auf die Kühlkammern gerichtet – das Ganze erinnerte fatal an ein Leichenschauhaus.

»Nein, hier sind nur kleine Kammern, für das Gehackte, hier paßt nicht mal Ihr Kopf rein. Sie ist unten, im Kielraum. Prima, daß Sie Sachen mitgebracht haben, Anton, sonst erfriert er da noch.«

»Vielleicht will er das ja«, murmelte Anton.

»Gut, daß Sie mitgekommen sind, Eva.« Max lächelte mich an und rieb sich die Narbe. »Versuchen Sie ihn zu überreden, daß er raufgeht. Wir beide schaffen es nicht.«

Er kletterte runter vom Fließband und führte Anton und mich in die entlegenste Ecke des Kühlraums, die sich im Dunkel verlor. Mehrmals stolperte ich über Rohre, die direkt auf dem Boden lagen, und wäre beinahe gestürzt.

»Hier kann man sich ja die Nase blutig schlagen«, sagte ich zu Max.

»Was wollen Sie, es ist eben ein schmutziger Job. Wer Tiere tötet und dann Hackfleisch daraus macht, der fragt nicht nach Bequemlichkeit.«

Vor einer Luke in der Wand blieb er stehen. Von dort führte ein schräger Schacht mit einer Art Rutsche hinab in furchteinflößende Dunkelheit. Vermutlich wurden darauf die gefrorenen Hackfleischbriketts in den Kielraum hinunterbefördert.

»Bitte«, sagte Max. »Setzen Sie sich auf die Rutsche, und dann vorwärts.«

Ich kann nicht sagen, daß ich diese Aussicht besonders verlockend gefunden hätte. Als Max mein Zögern sah, erbarmte er sich und ging als erster.

»Na schön, erst Max, als Eingeborener und Alteingesessener.«

Er setzte sich auf die Rutsche und verschwand in der

Dunkelheit des Kielraums. Kurz darauf hörten wir seine gedämpfte Stimme: »Na los.«

»Klingt wie aus der Hölle«, sagte ich zu Anton und zog fröstelnd die Schultern zusammen.

»Natürlich. Denn die Hölle, das sind keine heißen Bratpfannen, nein, die Hölle, das ist kosmische Kälte.«

»Sehr poetisch. Irgendwie reden wir neuerdings viel von der Hölle, finden Sie nicht, Anton?«

»Wir versuchen nur zu beschreiben, was uns umgibt, das ist alles.«

»Ich sehe, Sie sind ein Optimist.«

»Es gibt eine schöne Geschichte, Eva.« Anton mochte ums Verrecken nicht hinunter in den Kielraum, aber eine Frau im Stich lassen konnte er auch nicht. Darum nutzte er jeden Vorwand, um das Unvermeidliche hinauszuzögern. »Ein Optimist und ein Pessimist stehen im Krematorium. Der Pessimist sagt zum Optimisten: ›Verdammt, ich würd jetzt gern eine rauchen, aber ich hab keine Streichhölzer dabei.‹ Darauf der Optimist: ›Warten Sie, wir sind ja gleich dran, dann können Sie sich an mir eine anzünden.‹«

Hier im Kühlraum wirkte dieser Witz so albern, daß ich trotz der tragischen Situation lächeln mußte.

»Na schön. Ich rutsch jetzt runter.«

Ich setzte mich auf die Rutsche und glitt sofort hinunter. Anton folgte mir, die Kleidungsstücke für Sokolnikow an sich gepreßt. Unten fing Max mich auf, damit ich nicht auf den Boden stürzte. Wieder einmal staunte ich über die enorme Kraft seiner Arme.

Clio lag auf großen Bögen Karton. Sokolnikow kniete vor ihr. Uns ignorierte er, vermutlich sah er uns überhaupt nicht. Seine mit Clios Blut beschmierten Haarsträhnen waren verklebt und gefroren – sein Kopf schien von einer Kruste bedeckt. Er war noch immer im offenen Hemd, in Jeans und barfuß – genau so, wie ich ihn im Billardraum gesehen hatte.

Nichts hatte sich verändert, nur daß Clio nun tot war.

Anton ging wortlos zu Sokolnikow und wickelte ihm einen der beiden Pullover um die Beine. Den zweiten warf er ihm um die Schultern. Sokolnikow wandte sich nicht einmal um. Sein Blick war starr auf das Gesicht der Sängerin gerichtet, und auch ich konnte mich nicht davon losreißen: Der Tod hatte es provozierend schön gemacht und ziemlich aristokratisch. Nicht einmal die klaffende Wunde an der Schläfe verdarb diesen Eindruck. Sokolnikow hielt Clios Hand – noch ein paar Stunden, und sie wären endgültig tiefgefroren, Hand in Hand.

Anton wußte nicht, was er mit dem Pelzmantel machen sollte. Er stand hilflos da und wagte nicht, etwas zu sagen.

»Valeri«, ich berührte Sokolnikows Schulter. »Valeri ... Wir müssen hier raus.«

»Gehen Sie weg.« Sokolnikow hatte Mühe, die Lippen zu bewegen. »Ich bleibe hier.«

»Sie bleiben nicht hier«, sagte ich bestimmt.

»Sie können mich nicht zwingen, hier wegzugehen. Weg von ihr ...«

»Ihr ist jetzt alles egal.«

»Mir auch.« Er beugte sich über Clio, und ein irres Lächeln erhellte sein Gesicht. »Keine Angst, ich bleibe bei dir. Wir bleiben hier, wenn du willst.«

Dieser Irrsinn mußte ein Ende haben.

»Sie bleiben nicht hier.«

»Sie können mich nicht zwingen ...«

»Ich nicht. Aber Ihre Tochter.«

Er hob den Kopf. Der Irrsinn war tief in die Pupillen zurückgewichen.

»Sie haben nicht das Recht hierzubleiben. Ihr ... Clio können Sie nicht mehr helfen.«

Er hob abwehrend die Hände vors Gesicht.

»Clio können Sie nicht mehr helfen«, wiederholte ich

starrsinnig. »Aber Karpik ... Karpik braucht Ihre Hilfe. Sie braucht Ihren Schutz. Sie ist hier ganz allein.«

»Karpik«, wiederholte Sokolnikow leise.

»Sie hat Angst, sie hat große Angst. Und nur Sie können sie beschützen. Sie müssen jetzt zu ihr gehen! Sie ist Ihre Tochter.«

»Ja, ja.«

Behutsam zog ich den bleischweren Körper des Bankiers an mich. Er wehrte sich nicht. Zum erstenmal sah er mich bewußt an.

»Es ist kalt hier«, sagte er klagend.

»Kommen Sie, sonst erfrieren Sie noch.«

»Und ... Clio?«

»Sie bleibt hier.«

»Ja, ich verstehe.«

»Wohin, Max?« flüsterte ich dem Mechaniker zu, und der wies mit einem Kopfnicken auf eine Tür an der gegenüberliegenden Wand.

Er half mir, die Tür zu öffnen, und ich zwängte mich mit dem erschlafften Bankier hinaus.

»Jetzt die Treppe hoch. Sie führt aufs Deck, die Tür ist offen«, sagte Max zu mir.

Ich drehte mich noch einmal um und sah, wie Anton Clios Körper mit dem Pelzmantel zudeckte.

Sokolnikow kam langsam zu sich.

»Mein Gott, mir tun die Füße so weh.«

»Kein Wunder, Sie sind ja auch barfuß.«

»Ja, ja. Wo ist denn Karpik?« fiel ihm wieder ein.

»Sie wartet auf Sie. Sie ist nicht schlafen gegangen«, redete ich auf Sokolnikow ein, denn ich fürchtete, er könne seinen klaren Verstand jeden Moment wieder verlieren und erneut in den Irrsinn zurückfallen.

»Bringen Sie mich zu ihr, Eva. Ich bin an allem schuld ... Mein Gott, warum habe ich sie bloß weggelassen ...«

»Nicht doch, ich bitte Sie ...«

»Gut, daß Sie da sind, Eva. Daß Sie jetzt hier sind.«

»Natürlich, Valeri.« Ich hörte gar nicht hin, was er redete – nur schnell hinauf an Deck.

Als ich die schwere Eisentür aufstieß, erblickte ich Karpik. Sie stand in der nächtlichen Finsternis, klein und von allen verlassen, und wartete auf ihren Vater.

»Karpik!« Sokolnikow stürzte zu ihr und fiel auf die Knie. »Karpik, mein Kind, meine liebe Kleine, mein Mädchen, was machst du denn hier?«

»Ich warte auf dich, Papotschka. Ich warte schon ganz lange. Ich habe Angst.«

»Hab keine Angst, meine Liebe.« Sokolnikow bedeckte Kopf und Gesicht seiner Tochter mit hektischen Küssen. »Hab keine Angst, vor nichts, Papa ist bei dir, er geht nicht weg ...«

»Du gehst wirklich nicht weg, Papotschka?!«

»Nein, meine Gute ...«

Karpik sah mich aus tränennassen Augen an.

»Eva!« flüsterte sie zitternd.

»Eva ist auch bei uns«, sagte Sokolnikow. »Alles ist gut, alles ist gut.«

»Geht in die Kabine«, sagte ich zu dem Mädchen. »Er braucht Wärme, Karpik. Und unbedingt Schlaf.«

»Und du?«

»Ich komme auch bald. Geht schon vor, ich komme nach.«

»Komm, meine Kleine!« Der Bankier legte seinen Arm um Karpiks Schultern, und sie schlurften übers Deck, Vater und Tochter, klein und unglücklich unter dem beinahe irrealen Himmel des Nordens. Um nicht loszuheulen, biß ich mir auf die Lippen und warf den Kopf in den Nacken.

Noch immer wehte über dem Schiff, über mir, über uns allen die Flagge: Ich habe gefährliche Fracht an Bord. Haltet euch von mir fern.

Ich ging zurück in den Kühlraum.

Max und Anton saßen auf dem Fließband.

»Alles in Ordnung?« fragte Max.

»Soweit hier überhaupt irgend etwas in Ordnung sein kann ...«

»Sie sind ja schnell wieder zurück.«

»Ich habe den Bankier Karpik übergeben. Ich denke, es ist das beste, wenn seine Tochter bei ihm ist. Das wird ihn zur Besinnung bringen.«

»Karpik?« Max runzelte die Stirn. »Was hat Karpik denn an Deck gemacht?«

»Sie wollte ihren Vater abholen. Nehme ich an.«

»Man darf dem Mädchen nicht erlauben, nachts allein auf diesem Schiff rumzuspazieren. Das müssen Sie ihr sagen, Eva.«

»Man darf niemandem erlauben, auf diesem Schiff herumzuspazieren. Weder am Tag noch in der Nacht.«

»Nun, vorerst können wir nichts ändern«, sagte Max. »Vorläufig beherrschen wir die Lage noch nicht. Vorerst. Die Passagiere drehen vermutlich langsam durch, oder?«

»Na ja, die Stimmung ist nicht gerade rosig.« Ich lächelte traurig. »Womöglich bringen sie sich noch gegenseitig um.«

»Womit denn? Gewehre sind ja Gott sei Dank keine da.«

»Stimmt. Aber Clio wurde durch einen Schuß in die Schläfe getötet«, sagte ich und staunte, wie laut meine Worte in dem leeren Kühlraum klangen.

»Ich sehe, Sie glauben nicht daran, daß hier etwas Übernatürliches passiert.«

»Und Sie?«

»Ich weiß nicht.« Max gähnte plötzlich. »Auf jeden Fall sieht das Ganze verdammt unangenehm aus. Geradezu beschissen. Geb's Gott, daß das die letzte Leiche war.«

»Das werden wir morgen erfahren, Max«, sagte Anton,

der bislang geschwiegen hatte. »Ich denke, wir werden wieder eine Warnung bekommen.«

»Bis morgen müssen wir erst einmal überleben. Aber was machen wir heute nacht mit dem Schiff?«

»Wieso, was sollen wir denn mit ihm machen?« fragte Anton besorgt.

»Auf der Leitstelle und auf der Brücke muß ständig jemand sein. Wache ist Wache, Strom und Wärme müssen aufrechterhalten werden. Ich denke, wir drei sind die Vernünftigsten hier, eine Art harter Kern. Alle anderen sind einfach demoralisiert. Sehe ich das richtig, Eva?«

»Scheint so«, mußte ich ihm zustimmen.

»Das heißt, wir können nur auf uns zählen.« Max rieb sich den verbundenen Kopf. »Wir sind zu dritt, und wir müssen mindestens die Brücke und den Maschinenraum absichern.«

»Ich gehe auf die Brücke«, sagte ich schnell.

»Ich wollte Sie eigentlich schlafen schicken, Eva. Sie hatten schließlich schon letzte Nacht nicht viel Ruhe.«

»Ich bin nicht müde.« Merkwürdig, aber ich hatte das Gefühl, der sicherste Platz auf dem Schiff sei die Brücke mit den stillgelegten Instrumenten. Mit ihrer Hilfe waren wir an dieses Ende der Welt gelangt – vielleicht würden sie uns ja auch helfen, wieder hier wegzukommen?

»Ich denke, Anton und ich schaffen das zu zweit.«

»Ja«, bestätigte Anton unsicher.

»Trotzdem würde ich gern auf der Brücke übernachten, wenn es geht. Und Sie übernehmen den Maschinenraum.« Ich dachte nicht daran, zu kapitulieren.

»Wenn das so ist, bleibt Eva auf der Brücke, und wir beide gehen ... Obwohl, eigentlich kann ich das auch allein ...«

»Dann gehe ich mit Eva auf die Brücke, damit sie da nicht allein ist. Wenn du nichts dagegen hast, Max«, sagte der Doktor hastig. Und wurde rot.

Ich mußte lachen. Wenn Anton jetzt mit mir ging, würde ich mich mit ihm unterhalten müssen. Die plötzliche Sympathie für den Neurochirurgen hatte mir gerade noch gefehlt. Sie wirkte irgendwie unanständig, zumindest vor dem Hintergrund des Alptraums, den wir alle erlebten. Ich mußte allein bleiben und versuchen zu analysieren, was auf dem Schiff vorging. Solange ich noch in der Lage war, mir einen nüchternen Blick auf die Dinge zu bewahren. Ein weiterer Tag solcher aberwitziger Parallelen zur »Excalibur« vor siebzig Jahren, und ich würde wie alle anderen an Vorsehung glauben, an eine mystische Mausefalle, an Fingerzeige des Schicksals.

»Nein, Anton, bleiben Sie lieber bei Max. Und passen Sie auf, daß Ihnen nicht dasselbe widerfährt wie Lakkai.«

Am Aufgang zu den Decks trennten wir uns. Anton und Max gingen zum Leitstand, ich hinauf auf die Brücke.

»Schließen Sie sich ein, Eva, wir rufen Sie an«, sagte Anton und lächelte.

»Ich werde Ihren Anruf ungeduldig erwarten.«

Sobald ich den Navigationsraum erreicht hatte, merkte ich, wie erschöpft ich war. Aus der Analyse wird wohl nichts, meine Liebe, besser, du schläfst dich ordentlich aus, bevor die nächste Nachricht von Kapitän O'Leary kommt.

Ich schloß mich ein und mußte plötzlich daran denken, daß Schlösser noch niemanden auf diesem verdammten Schiff hatten retten können. Innerlich meine eigene Feigheit verspottend, schob ich den Sessel, in dem Karpik letzte Nacht geschlafen hatte, vor die Tür und setzte mich hinein. Sollte jemand einen nächtlichen Ausflug auf die Kommandobrücke unternehmen wollen, hätte ich ein wenig Zeit und müßte ihm mein Leben nicht ohne weiteres ausliefern.

Ich rollte mich im Sessel zusammen, legte den Kopf auf die Armlehne und schloß die Augen.

Warum hatte Clio gesagt, sie wolle nur schnell etwas zu trinken holen, und war im Kielraum gelandet? Was hatte sie veranlaßt, dorthin zu gehen? Was war in dem Umschlag in ihrer Hosentasche? Vielleicht hatte Andrej recht – wie lange Clio weg war, wissen wir nur von Sokolnikow. Nein, er lügt nicht, sein Kummer ist zu aufrichtig, zu tief, zu echt. Das kann man nicht spielen. (Oh, und ob man das kann, Eva, das weißt du am besten, das hättest du gegebenenfalls ebensogut gespielt.) Ich schüttelte den Kopf.

Nein.

Sokolnikow empfand für Clio tatsächlich eine wahnsinnige, alles verschlingende Leidenschaft, ich war doch in der Kabine, in der sie geschlafen haben – sie war buchstäblich durchtränkt von Sex, das kann man nicht nachmachen. Nein, nein, er sagt die Wahrheit. Mein Gott, alle sagen irgend etwas, alles, was wir haben, sind Worte – vom Anwalt, von Max, von Sokolnikow. Kein einziges Indiz. Kein einziger materieller Anhaltspunkt, der etwas eindeutig bestätigt oder widerlegt. Bestätigen … Widerlegen … Sogar die Robben sind nun still. Wollen meinen Schlaf nicht stören. Schlaf … Schlaf …

Ich erwachte von einem hartnäckigen Telefonklingeln.

Der verdammte Doktor, will unbedingt mit mir reden, dabei habe ich gerade so süß geschlafen, zum erstenmal seit Tagen.

Ich stand vom Sessel auf und ging zum Telefon – meine Beine waren ganz steif.

»Ja, ich höre.«

»Hallo!« Es war nicht Anton, sondern Mucha.

»Du spinnst wohl? Wie spät ist es?«

»Kurz vor drei.« Muchas Stimme klang verschwommen, offenbar hatte er in den letzten Stunden einiges getrunken.

»Mein Gott, eine schöne Zeit für Anrufe.«

»Für Anrufe ist immer Zeit. Aber ich sehe, du pennst tief und fest und machst dir keine Sorgen.«

»Ich habe letzte Nacht nicht geschlafen.«

»Niemand hat letzte Nacht geschlafen. Ich kann auch jetzt nicht einschlafen. Dabei hab ich schon so viel Kognak gekippt ...«

»Das merkt man.«

»Mindestens zwei Flaschen. Aber er wirkt nicht, verdammt.«

»Wo bist du eigentlich, Mucha?« Dumme Frage – das Telefon stand schließlich in der Messe.

»An der Bar, wie immer.«

»Warum gehst du nicht in deine Kabine?«

»Ich bin vorübergehend hierhergezogen. Bob gefällt mir irgendwie nicht mehr. Er ist zu nüchtern.« Ich begriff nicht gleich, daß er von seinem Liebhaber Boris Iwanowitsch sprach.

»Hast du vor, endgültig zu dem Schweizer Pantoffelhelden zu wechseln?«

»Nein, das bringt nichts. Außerdem, seit ihr uns beide in einer pikanten Situation erwischt habt, haßt er mich regelrecht. Womöglich erschießt er mich noch, wo hier doch sowieso alle umgebracht werden.« Er war wohl ziemlich betrunken, sonst hätte er nicht in so lockerem Ton von Mord gesprochen.

»Dann schließ dich gut ein.« Ich ging auf Muchas Ton ein. »Andrej ist ein völlig realer Mensch, er kann kaum durch Ritzen dringen.«

»Mehr als real. Hast du seine Reden in der Messe gehört? Ein richtiger Kommissar Maigret, verdammt, aber er sieht toll aus! Was meinst du?«

»Ich weiß nicht. Das mußt du Annika fragen.«

»Er läßt mich ja nicht an sie ran. Hat Angst, ich würde ihn erpressen wollen, der Arme. Darum muß ich mich nun einschließen.«

»Aber man kommt doch rein zu dir, oder bleiben die ganzen schönen Deziliter für die breite Öffentlichkeit unerreichbar?«

»Natürlich. Von mir aus komm jetzt gleich. Ich warte.«

»Nicht doch, Mucha, lieber erst morgen früh.«

»Wieso?« Der Gedanke, daß ich ihn besuchen sollte, schien Mucha zu gefallen – offenbar hatte er die Einsamkeit satt.

»Morgen früh.« Mich jetzt über mehrere Decks zu Mucha zu schleppen, ging über meine Kräfte. »Außerdem stehe ich hier Wache.«

»Ach, hör doch auf! Sie steht Wache! Ich mußte das Telefon zehn Minuten klingeln lassen, bis du rangegangen bist.«

»Woher wußtest du denn, daß ich hier bin?«

»Von Max. Er und der Doktor sind auch Wache schieben gegangen, und Max ist vorbeigekommen, Wodka holen. Er ist süß, nicht?«

»Ich weiß nicht.«

»Dein Geschmack hat offenbar gelitten. Allein seine Narbe! Er macht mich echt an …«

»Na ja, um dich echt anzumachen, braucht es nicht viel.«

»Wirklich, komm her, ein bißchen über Männer quatschen.« Er hoffte noch immer, mich zu sich locken zu können, in die finstere nächtliche Schiffsmesse. »Ich hab Kognak da. Komm doch her, Eva.«

»Nein, wohl kaum …«

»Mir ist übrigens was eingefallen«, spielte Mucha seinen letzten Trumpf aus. »Erinnerst du dich an unser Gespräch über tolle Seeleute mit tollen Tattoos?«

»Klar!« Mir stockte das Herz.

»Ich hab ein hübsches Tattoo gesehen, als ich mit jemandem in der Dusche war. Nein, nein, nicht, was du denkst …«

»Und – wer?« fragte ich mit versagender Stimme.

»Na, du bist ja eine ganz Schlaue.« Mucha kicherte. »Komm runter, dann sag ich's dir.«

»Gut«, entschied ich, obwohl ich wußte, daß es ein Fehler war, Mucha auf den Leim zu gehen.

»Klopf so an!« Mucha trommelte ein Klopfzeichen in den Hörer. Kaum war es verklungen, ertönte es noch einmal, nur weiter entfernt.

»Na bitte, da kommt schon wieder einer und will Schnaps. Warte, leg nicht auf.«

Ich hörte undeutlich, wie Mucha zur Tür ging, öffnete und sagte: »Oh, hallo, was für ein Besuch, freut mich sehr ...«

Nach etwa zehn Sekunden war Mucha wieder am Apparat.

»Hör mal, Eva«, begann er entschuldigend.

»Schon gut, brauchst gar nicht weiterzureden. Alles klar. Ich muß nicht mehr unbedingt kommen, oder?«

»Na ja ...« Er flüsterte hitzig: »Eigentlich ... Du bist doch ein kluges Mädchen ... Ich ruf dich an.«

Ich legte auf und lächelte: Mucha war in seiner Schamlosigkeit so rührend, daß man ihm nicht ernsthaft böse sein konnte. Trotzdem hätte ich gern gewußt, ob das mit dem Tattoo stimmte oder ob es nur ein Trick gewesen war, um mich in die Messe zu locken.

Schlafen mochte ich nun nicht mehr. Ich lief im Navigationsraum auf und ab und trat ans Fenster. An der nächtlichen Landschaft hatte sich nichts geändert, außer, daß sie noch klarer, noch schärfer geworden war. Nach kurzem Überlegen öffnete ich das nächstgelegene Fenster, was einige Mühe kostete – es war lange nicht geöffnet worden. Vielleicht seit die Crew verschwunden war. Dieses Verschwinden konnte ich mir noch immer nicht erklären, ebensowenig wie den Umstand, daß Max geblieben war. Es mußte eine Erklärung geben, zum Teufel mit der englischen »Excalibur« – bestimmt eine ganz simple

Erklärung. Vielleicht war ich schon mehrmals daran vorbeigegangen.

Lakkai ist verschwunden, wenn man Max trauen kann. Kann man ihm trauen, und wem kann man überhaupt trauen? Karpik, Mucha, dem Anwalt … Clio – weil sie tot ist. Ja, genau, den Toten kann man trauen, von ihnen droht keine Gefahr mehr. Doch ein Mörder ist auf jeden Fall auf der »Excalibur« – der Mann, der schuld ist am Tod des Ersten Offiziers Mitko. Mitko starb zwar nicht durch einen Ritualmord, aber das ist erklärlich: Der Täter hat sich verteidigt, er wollte nicht, daß jemand die Wahrheit über ihn erfährt. Bloß warum wurde Clio getötet? Das fällt aus dem Schema – und ein Serienmörder handelt immer nach einem Schema. Oder ist das Böse an Bord doch ein Gespenst von der »Excalibur« vor siebzig Jahren?

Ich steckte den Kopf aus dem Fenster und ließ mir den schwachen Nachtwind ins Gesicht wehen.

Tatsächlich Tauwetter … Verdammt, schon wieder das Telefon. Bestimmt Anton. Oder Mucha – das Rendezvous ist mißglückt. Dann erfahre ich jetzt vielleicht, wer das Tattoo trägt.

Ich nahm ab.

»Na, was ist?«

Am anderen Ende herrschte Schweigen – ich hörte nur ein schwaches Rascheln, als habe jemand ein Tuch über den Hörer geworfen oder so.

»Hallo! Mucha, bist du etwa eingeschlafen? Oder sind Sie es, Anton?«

Ich hatte noch nicht ausgesprochen, als ich eine dumpfe, verstellte, vollkommen körperlose Stimme vernahm. Eine Stimme, die mich zusammenzucken ließ.

»Pellit et attrahit.« Die lateinischen Worte krochen wie eine Schlange in mein Gehirn, das zu explodieren drohte, wanden sich um meinen Hals, und ich bekam keine Luft mehr.

Der Hörer wurde sanft aufgelegt, und wie durch eine dichte Wasserschicht hörte ich kurzes Tuten.

Pellit et attrahit.

Zieht an und stößt ab. Zieht das Gute an und stößt das Böse ab. Zieht das Böse an und stößt das Gute ab. Die Worte, die der knapp dem Tod entronnene Kalju Tamm auf der Brust des Mörders gelesen hatte.

Er hat mir ein Zeichen gegeben. Er ist herausgekommen.

»Nein!« schrie ich. »Nein! Nein! Nein!«

Mein Schrei brach sich an den Wänden des Navigationsraums, wurde zurückgeworfen und prallte gegen meine Magengrube. Er hat mich angerufen – ausgerechnet mich –, er weiß, daß ich hier bin, daß Mucha mit mir gesprochen hat. Er weiß, daß ich über ihn Bescheid weiß.

Die Mappe.

Natürlich, die Mappe. Sie war aus meinem Koffer verschwunden, und ich hatte es für das Beste gehalten, sie einfach zu vergessen. Nun, am Ende der Nacht, würde ich dafür büßen. Ich werde hier sitzen und warten, daß er herkommt, um mit mir ebenso abzurechnen, wie er es mit Mitko getan hat. Oder noch schlimmer – natürlich, viel schlimmer. Krampfhaft sah ich mich im Navigationsraum um – ich hatte nichts, womit ich mich verteidigen konnte, ich Idiotin, Idiotin, Idiotin; sogar der Tölpel Anton hat ein Messer mitgenommen.

Anton hat ein Messer mitgenommen.

Warum habe ich niemandem etwas erzählt? Warum ist er so sicher, daß ich niemandem etwas erzählen werde? Er weiß doch schon seit Tagen, daß ich seine Mappe gelesen habe. Aber wie hat èr sie gefunden? Wie ist er darauf gekommen, sie ausgerechnet bei mir zu suchen? Ich kann nicht hierbleiben.

Ich kann nicht.

Ich stieß den Sessel von der Tür weg und stürzte hinaus

auf die Treppe. Ich rannte hinunter und sah Anton. Er kam unausweichlich auf mich zu, ich erkannte sogar sein entschuldigendes Lächeln. Er hatte genügend Zeit, um von der Messe hierherzugelangen.

Sag bloß – du? Nein, nein, bitte nicht du!

Ich krümmte mich zusammen, gelähmt vor Angst, und konnte mich nicht rühren.

»Was ist mit Ihnen, Eva?« fragte er und kam näher. »Ist etwas passiert?«

Ich schluchzte auf. Ich wußte: Die Abrechnung war nicht abzuwenden. Ich konnte nichts tun, absolut nichts.

»Kommen Sie mir nicht zu nahe! Hören Sie! Wie simpel ...«

»Was ist mit Ihnen?!« Entsetzen huschte über sein Gesicht. »Was ist los mit Ihnen?«

»Ich weiß, daß Sie es sind ...«

»Natürlich ich. Erschrecken Sie mich nicht.«

Nein, er ist ganz ruhig, viel zu ruhig, und außerdem ohne Kampfspuren.

»Was machen Sie hier?« Ich versuchte, mich zu beherrschen; ich klammerte mich an den Rand des Abgrunds, in den ich fiel, ich wollte den festen Grund nicht loslassen.

»Nichts. Ich wollte ... Ich wollte nur zu Ihnen.«

»Warum?«

»Ich wollte wissen, wie es Ihnen geht. Da unten ist irgend etwas mit der Maschine. Mit dem Separator. Max ist runtergegangen, den Schaden beheben. Ich wollte nicht allein bleiben.«

Ich beruhigte mich ein wenig. Das klang nicht sehr überzeugend, aber umbringen wollte er mich offensichtlich nicht.

»Kommen Sie mit, Anton.«

»Wohin?«

»In die Messe.«

»Ich muß wieder in den Maschinenraum; Max kann

jeden Augenblick zurück sein, und dann denkt er womöglich, ich sei verschwunden. Wie Lakkai.«

Du hast doch gerade gesagt, du wolltest zu mir, das heißt, du wolltest eine Weile bleiben. Nicht sehr plausibel, mein Freund. Und warum hast du solche Angst vor der Schiffsmesse?

»Gehen wir«, sagte ich bestimmt. »Ich glaube, dort ist etwas passiert.«

»Wie kommen Sie darauf?«

Zieht an und stößt ab, zieht an und stößt ab …

»Ich habe mit Mucha telefoniert, und dann wurde das Gespräch plötzlich unterbrochen. Wir müssen hin. Haben Sie irgendwas … irgendwas zur Verteidigung dabei?«

»Das wissen Sie doch.« Er lächelte schuldbewußt und zog das Messer hervor. Ich zuckte zusammen.

»Dann schnell!«

Die Tür zur Messe stand halb offen.

»Warten Sie.« Ich packte Antons Ärmel. »Gleich.«

Obwohl – mich innerlich vorzubereiten auf das, was ich vielleicht gleich sehen würde, war sinnlos. Ich wußte genau, was mich erwartete. Aber ich hoffte noch …

»Mucha«, rief ich. »Mucha! Wo bist du, Muchamedshan?«

Bereits von der Tür aus sahen wir Muchas nackte Beine. Halb ohnmächtig ging ich zu dem liegenden Körper.

»Was ist das?« fragte Anton mit belegter Stimme.

Mucha lag neben einem Tisch auf der Seite. Er war vollkommen nackt, aber Kopf und Oberkörper waren von einem nachlässig übergeworfenen Jackett bedeckt. Im grellen Licht der Messe konnte ich die Knöpfe des Jacketts deutlich erkennen: Geldstücke, fünf Reichsmark aus dem Jahr 1938. Einen solchen Knopf hatte Karpik im Maschinenraum gefunden. Anton ging zu Mucha und streckte die Hand nach dem Jackett aus.

»Nein!« rief ich. »Nein, nicht!«

Aber es war zu spät. Anton zog an dem Jackett und wäre beinahe umgefallen. Er drehte sich zu mir um; sein Gesicht war schlagartig gealtert und ganz grau, seine Lippen zitterten, über seine Schläfen rann Schweiß.

»Mein Gott, wie grauenhaft …«

Ich wußte Bescheid. Ich hatte in Mitkos Mappe davon gelesen – aber das waren nur alte, verblaßte Buchstaben gewesen, sie waren zwar erschütternd, lieferten aber keine vollständige Vorstellung vom realen Grauen. Jetzt sah ich alles. Und war darauf nicht vorbereitet.

Das weggezogene Jackett offenbarte eine ungeheuerliche Schändung, die dem Körper des armen Muchamedshan widerfahren war: Die Geschlechtsorgane waren ihm barbarisch abgeschnitten und in den Mund gestopft worden, der in unmenschlicher Qual verzerrt war. Auf dem Rücken war unterm Schulterblatt ein kleines Dreieck aus der Haut herausgeschnitten. Es war mit Blüten bestreut, deren ursprüngliche Farbe nicht mehr auszumachen war – sie waren bereits mit Blut und Wundflüssigkeit getränkt.

»Mein Gott!« Antons belegte Stimme riß mich aus der Betrachtung des Grauens.

»Wir müssen irgendwas holen … Ihn einwickeln … Eine Decke, ein Laken …«

»Ja.«

»Holen Sie … eine Decke.« Ich bedeckte Muchas Körper behutsam mit dem Jackett, um meine Augen vor dem grausigen Anblick zu schützen.

»Ja«, wiederholte Anton wie ein Schlafwandler, ohne sich von der Stelle zu rühren.

»Nehmen Sie sich zusammen!« rief ich. »Sie sind doch Arzt!«

»Ich bin Arzt, kein Abdecker.«

Anton kam langsam zu sich. Er ging zum Telefon (von dem aus Mucha mit mir telefoniert hatte, bevor er getötet wurde) und nahm den Hörer ab. Einen Augenblick später hörte ich ihn sagen: »Max, hier ist Anton. Hier ist etwas passiert, es ist ein Alptraum. Nein, nicht auf der Brücke. In der Messe. Er wurde ermordet. Mucha.« Anton sackte auf dem Tresen zusammen und wandte mir das gequälte Gesicht zu. »Max kommt gleicht.«

»Holen Sie eine Decke, Anton«, sagte ich noch einmal.

»Und Sie?«

»Ich bleibe so lange bei ihm.«

»Ja.« Endlich gehorchte Anton und verließ, ständig gegen Stühle laufend, die Messe.

Mucha und ich blieben allein. Völlig von Sinnen, versuchte ich, Muchas geschändeten Körper mit dem Jackett zu bedecken. Ich hörte nichts und niemanden, bis eine betrunkene Stimme direkt über meinem Ohr lallte: »He, wo gibt's hier was zu trinken, Barkeeper! Wo bist du denn, verdammt noch mal?«

Ich hob den Kopf: Nicht weit von mir entfernt stand der stockbetrunkene Wadik Lebedew.

»Eva?« fragte er mit schwerer Zunge. »Du übernachtest überhaupt nicht mehr zu Hause, treibst dich mit Männern rum, verschwindest einfach ...«

Wadik hatte Muchas Körper noch nicht gesehen, weil ich ihn verdeckte.

»Verschwinde von hier!« sagte ich.

»Wieso, störe ich?«

»Hau ab!« Ich verlor die Beherrschung. »Geh weg, in die Kabine, geh schon, egal, wohin!«

»Was ist denn los?« Wadik wurde langsam nüchtern.

»Geh, ich flehe dich an.«

»Irgendwas ... Ernstes?« Er kam ein paar Schritte auf mich zu und sah Muchas auf dem Boden ausgestreckten Körper.

»Ermordet?!« Wadik kreischte. »Wer ist das?«

»Hau ab, du Mistkerl!« schrie ich.

Wadik fing auf einmal furchtbar an zu lachen.

»Ermordet! Jetzt morden sie schon ohne Vorwarnung.« Er schwankte, fiel aber nicht hin. Er nahm eine Flasche Kognak vom Tresen, noch immer lachend.

»Verschwinde!«

»Das muß begossen werden.« Er wußte nicht mehr, was er redete.

»Hau ab, oder ich bring dich um!«

»Das kannst du gar nicht ...« Er war völlig von Sinnen. Oder betrunken. Oder beides zusammen. »Du kannst gar keinen umbringen. Das ist gegen die Regeln. Nur dieser Dampfer kann morden ...«

Mit der Flasche in der Hand ging er hinaus.

Nein, Wadik, du hast unrecht – jetzt hast du so unrecht wie noch nie: Das Schiff tötet nicht. Wenn ich das zuvor bezweifelt haben mochte, so war ich mir nun ganz sicher. Das Schiff tötet nicht. Der Mörder ist ein Mensch.

Gleich darauf hörte ich Wadik im hallenden Flur des Passagierdecks ohrenbetäubend schreien: »He! Alle rauskommen! Er hat schon wieder getötet!«

Ich zuckte zusammen. Fast im selben Augenblick kam Max in die Messe gestürzt.

»Was ist passiert, Eva?«

»Mucha wurde ermordet«, flüsterte ich.

Max hockte sich neben mich, zog das Jackett von Muchas Leiche und betrachtete sie aufmerksam. Fieberröte verfärbte sein Gesicht, seine Kaumuskeln malmten.

»Ermordet ist gar kein Ausdruck. Mehr als das ... Und jetzt weckt dieser Blödmann alle auf, die doch noch eingeschlafen sind. Verdammte ...« Max fluchte. »Wir müssen den Leichnam irgendwie einwickeln, Eva. Er darf hier nicht so liegenbleiben. So, wie er aussieht.«

»Ja. Ich habe Anton eine Decke holen geschickt.«

»Sehr gut. Haben Sie ihn gefunden?«

»Ja. Ich und Anton.«

»Was sagen Sie dazu?«

»Das Märchen vom Gespensterschiff können wir vergessen. Das hat ein Mensch getan. Das wissen Sie genausogut wie ich. Kein abstraktes Böses würde einen Körper so zurichten.«

»Ja«, sagte Max nach kurzem Überlegen. »Haben Sie einen bestimmten Verdacht?«

»Nicht jetzt, Max, morgen.«

»Wenn Sie jemanden in Verdacht haben, dann sagen Sie es jetzt.« Seine Wange mit der furchteinflößenden Narbe war ganz nah, aber sie erschreckte mich nicht, im Gegenteil, sie wirkte eher beruhigend.

»Das ist nicht so schnell erklärt.«

»Na schön, dann gehen Sie jetzt in Ihre Kabine. Für heute haben Sie genug Erschütterungen erlebt. Wenn der Doktor kommt, kümmern wir uns um den Körper.«

Anton betrat die Messe, eine weiche Kamelhaardecke in der Hand.

»Sie gehen, Eva?«

»Natürlich«, antwortete Max für mich. »Oder meinst du, es macht einer jungen Frau Spaß, sich von morgens bis abends mit Leichen zu beschäftigen?«

Der Doktor wurde rot.

»Ihr bescheuerter Kameramann hat alle aufgeweckt. Gleich kommen sie her.«

»Wenn sie sich trauen.« Max nahm Anton die Decke ab. »Und schließen Sie sich gut ein, Eva.«

»Sie wissen doch, daß das niemandem etwas nützt, Max.«

»Trotzdem ...«

»Haben Sie Ihren Separator repariert?«

Die Frage klang so dumm, daß Max sie gar nicht verstand.

»Welchen Separator?«

»Anton hat gesagt, Sie wollten den Separator reparieren.«

»Ach so. Ja. Alles in Ordnung. Alles in Ordnung, bis

auf die ständig wachsende Zahl von Leichen. Gehen Sie in Ihre Kabine, Eva.«

»Ja.«

Im Flur traf ich auf Wadik, der auf dem Boden saß. Er trank Kognak; die ölige dunkle Flüssigkeit rann ihm übers Kinn. Mich beachtete er gar nicht. Ich half ihm nicht auf. Sollte er doch machen, was er wollte. Mucha aber war tot. Ich schlurfte in Richtung meiner Kabine.

»Eva!« Eine gedämpfte Stimme hielt mich zurück.

Ich drehte mich um – vor mir stand Andrej, vollständig angezogen, obwohl es tief in der Nacht war.

»Ich muß mit Ihnen reden, Eva.«

»Nein. Nicht jetzt.«

»Ihr Kameramann. Er hat gebrüllt wie ein Irrer. Ist wieder etwas passiert?«

»Ja.«

»Sagen Sie, es ist doch nicht Mucha ... Nicht Muchamedshan, oder?«

»Wie kommen Sie darauf? Warum glauben Sie das?«

»Sie wissen doch, unsere Kabine ... Die von mir und meiner Frau ... Sie liegt auf der anderen Seite.« Mein Gott, warum mußte er alles so lang und breit erklären? »Ich habe Sie gesehen, Sie kamen aus der Messe ... Sie sahen aus wie ... Ich hab sofort gewußt, daß etwas Schreckliches passiert ist. Und Sie kamen ja aus der Messe. Er hat meistens dort übernachtet. Das wußte ich einfach ... Alle wußten das ...«

»Was wollen Sie von mir?«

»Sagen Sie nicht, es ist er, dieser Junge!«

»Doch. Er. Er wurde ermordet. Soll ich Ihnen erzählen, wie?« Ich wußte nicht mehr, was ich sagte.

»Nein, nicht nötig«, wehrte Andrej erschrocken ab.

»Ich gehe jetzt, entschuldigen Sie mich.« Ich hielt mich nur noch mit Mühe auf den Beinen. Ein paar Sekunden, und ich würde Andrej in die Arme fallen.

»Hören Sie.« Er packte mich am Ärmel. »Hören Sie, ich weiß, was Sie denken …«

»Ich denke gar nichts.«

»Sie … Sie denken, ich hätte es getan, ist doch so, oder?«

»Warum sollte ich?«

»Sie haben uns beide gesehen, Muchamedshan und mich. In der Dusche, eine unwürdige Szene … Sie könnten denken, ich hätte die Gelegenheit genutzt, um ihn loszuwerden. Na ja, damit Annika nichts erfährt. Ist doch so, oder?«

Mein Gott, wovon redete er?

»Bonne nuit«, sagte ich langsam.

»Was?!«

»Bonne nuit«, wiederholte ich und ging den Flur hinunter, ohne mich noch einmal umzudrehen.

»Hören Sie!« rief Andrej mir nach. »Ich habe ihn nicht ermordet, hören Sie?! Ich war es nicht, ich war es nicht, ich war es nicht …«

Die Tür zu Wadiks und meiner Kabine war offen. Ich war eine Ewigkeit nicht hier gewesen. Die vertraute Kabine mit den »Schiffbrüchigen« gehörte der Vergangenheit an. Nun lagen hier Sachen wild durcheinander – Wadik machte sich nicht mehr die Mühe, Ordnung zu halten; doch das war mir im Augenblick egal. Ich schloß die Tür ab und merkte erst jetzt, wie erschöpft ich war. Max hatte einfach eine eiserne Kondition; gut, daß er auf dem Schiff geblieben war, er hielt den allgemeinen Irrsinn wenigstens ein bißchen im Zaum. Und Anton … Aber warum war Max geblieben? Nein, darüber wollte ich jetzt nicht nachdenken.

Ich ging zum Tisch und stützte mich auf. Gut, daß Wadik darauf nicht Socken oder Unterhosen abgelegt hatte. Aber irgend etwas stimmte nicht, irgend etwas fehlte.

Die Orchideen! Natürlich!

Jemand hatte von den Orchideen gnadenlos sämtliche Blütenblätter abgerissen. Schockiert begriff ich, wo die fehlenden Blütenblätter vermutlich waren ... Ich wußte, wo sie waren, ich wußte es. In der Wunde des toten Mucha.

Und er weiß, daß ich es weiß. Er kann mir gegenüber offen sein – wie nett. Ich klammerte mich an der Tischkante fest, um nicht auf den Boden zu sacken. An den gerupften Orchideen lehnte ein Briefumschlag. Das Kuvert, das Wadik und ich vom Steward Roman bekommen hatten. Genau, rechts oben in der Ecke stand die Nummer unseres Tisches – 3. Das Kuvert war mit Blütenblättern bestreut – wahrscheinlich, damit ich endgültig begriff, daß es für mich bestimmt war.

Ich nahm es in die Hand.

Drohte er mir? Bestellte er mich zu einem Rendezvous? Schluß mit der Rätselei. Mach es einfach auf.

Ich öffnete das Kuvert erst nach einer halben Stunde. So lange blieb ich damit in der Hand sitzen und starrte auf die »Schiffbrüchigen«. Im Kuvert lag ein kleines Blatt Papier, darauf stand nur eine einzige Zeile: »Haben Sie keine Angst, Ihnen droht keine Gefahr.«

So. Mir droht also nichts. Mögen ruhig alle sterben, ich – ich! – bleibe am Leben. Ich und er. Er nimmt mich unter seine Fittiche. Ich habe nichts zu befürchten.

Ich lachte und erschrak – so irrsinnig klang mein Lachen. Ich kann nicht länger hierbleiben – das war das Letzte, was ich dachte, bevor ich in Schlaf sank.

Ich erwachte, als jemand sanft meine Schulter berührte.

Ohne die Augen zu öffnen, wußte ich, zu wem diese zärtliche Hand gehörte.

»Anton?«

»Ja. Woher wissen Sie das?«

»Das ist nicht schwer.« Ich setzte mich auf – ich war angezogen aufs Bett gefallen und sofort eingeschlafen. Augenblicklich fiel mir das Kuvert mit der Nachricht ein. Fehlte nur noch, daß Anton es schon entdeckt und gelesen hatte, bevor ich dazu gekommen war, ihm etwas zu erklären.

Ich legte die Fingerspitzen an die Schläfen und sah mich verstohlen um: Das Kuvert war weg. Verschwunden, genau wie die Mappe. War derjenige, der den Zettel geschrieben hatte, etwa heimlich hier gewesen, um das schlafende Dornröschen Eva zu betrachten?

»Sind Sie schon lange hier, Anton?«

»Ich weiß nicht. Vielleicht eine halbe Stunde. Max hat mich geschickt, nachsehen, wie es Ihnen geht.«

»Ach so, Ihre Fürsorge habe ich also Max zu verdanken?«

»Nein ...«, sagte Anton verlegen. »Nein, ich wäre auch von mir aus gekommen ...«

»Wie ... Wie sieht's dort aus?«

»Panik. Furchtbare Panik. Alle haben Angst.«

»Und ...« Ich wollte nach Mucha fragen, brachte aber kein Wort heraus. Doch Anton verstand mich auch so.

»Wir haben ihn weggebracht. Und neben Clio gelegt.«

Er schwieg eine ganze Weile und dachte vermutlich dasselbe wie ich: Wie viele wir noch neben Clio legen würden. Aber ich ... Ich brauchte keine Angst zu haben.

»Sie müssen zu mir ziehen.«

»Zu Ihnen und Filipp?«

Wieder wurde Anton verlegen, doch dann sah er mich entschlossen an.

»Dann ziehe ich eben zu Ihnen.«

»Pardon, aber wenn Sie es noch nicht wissen sollten: Die zweite Koje in dieser Kabine ist schon besetzt. Hier wohnt Wadik, mein Kameramann.«

»Ich glaube nicht, daß er zurückkommt.«

»Wieso? Ist er etwa auch ...«, fragte ich gleichmütig.

»Nein, nicht doch«, erwiderte Anton erschrocken. »Er ist bloß stockbetrunken, und wenn er aufwacht, trinkt er weiter. Sie haben verabredet, zusammenzubleiben. Diejenigen, die noch in der Lage sind, etwas zu verabreden. Die versuchen, sich einen Rest von gesundem Menschenverstand zu bewahren. Sie stehen also ab jetzt unter meinem Schutz. Und ich bin sehr gewissenhaft.«

»Daran habe ich keinen Zweifel, Anton. Aber trotzdem ...«

»Mit mir brauchen Sie keine Angst zu haben. Mit mir droht Ihnen nichts.«

Er war ganz nah. So nah ... Und er wiederholte fast wortwörtlich den Text der an mich adressierten schriftlichen Nachricht. Ja, genau. Ich sah ihn unverwandt an, als sähe ich ihn zum erstenmal. Warum sagte er das? Oder meinte er, er könne sich zu erkennen geben? Oder wollte er mir das Recht einräumen, mich selbst zu entscheiden? Ein schwerer Bärenschädel, verwirrtes weiches Haar, eine breite Stirn, weiche Lippen; schmale, kurzsichtige Augen, die mein Gesicht spiegelten – er sah mich an, als berühre er jeden Millimeter meiner Haut. Auch jetzt küßten mich seine Augen. Er war schüchtern, er würde nie so leidenschaftlich sein wie Sokolnikow. Sein Duft war sanft, zärtlich.

Zärtlich.

Genau, das ist das Wort. Deshalb die Blütenblätter in der Wunde. Wieso bin ich nicht gleich darauf gekommen? Schon damals, als er lange vor zehn den Billardraum verließ, als ich ihn auf der Treppe zur Brücke traf ... Das Messer, das er mit entschuldigender Miene die ganze Zeit bei sich trägt. Das Kuvert mit dem Brief und die Mappe, die verschwanden, während ich schlief. Dafür war er nun da. Der zärtliche Mörder.

Die Kabine verschwamm vor meinen Augen. Ja, warum eigentlich nicht? Mir drohte schließlich nichts.

Ohne den Blick von Anton zu wenden, zog ich langsam den Pullover aus. Jetzt trug ich nur noch ein Hemd.

»Schließen Sie die Tür, Anton.«

»Was?« Er begriff nicht.

»Schließen Sie die Tür und kommen Sie zu mir.«

Er stand unbeholfen auf und ging rückwärts zur Tür. Er sah mich an. Und ich sah ihn an. Den Blick noch immer auf mich gerichtet, drehte er den Schlüssel um. Und blieb an der Tür stehen.

»Kommen Sie her«, sagte ich noch einmal. »Komm her.« Doch er schien mich gar nicht zu hören. Mir war egal, was mit mir passierte, ich mußte einfach die Wahrheit wissen, wie immer sie aussehen mochte.

»Hast du Angst?«

»Nein. Aber ...«

Er kam näher. Setzte sich vorsichtig auf die Bettkante.

»Zieh dich aus«, sagte ich.

»Wozu?« Das klang so dumm, so unsinnig, so kindlich, daß ich lächelte.

»Du weißt nicht, wozu? Du, ein berühmter Neurochirurg, Jäger und Klinikchef?«

»Vielleicht ist das nicht gerade der passendste Zeitpunkt.«

»Ich gefalle dir doch.«

»Sehr. Sogar mehr als das.«

»Na also! Oder kriegst du Frauen sonst anders rum?«

»Ich kriege Frauen nicht rum ...«

»Du eroberst sie. Nein, du umwirbst sie: Blumen, Champagner und so weiter. Neurochirurgen sind galant, hab ich recht?«

»Nicht ganz.« Er schien froh zu sein über den Aufschub. »Neurochirurgen sind nicht galant. Sie trinken unverdünnten Sprit, gebrauchen obszöne Worte, lassen sich mit französischem Kognak bestechen und machen im Sprechzimmer mit den Schwestern rum.«

»Ein tolles Porträt.«

»Aber nicht meins.«

»Ich verstehe. Du bist ganz anders. Du bist anders, als du scheinst.« Ich versuchte, Anton die Hand zu reichen, ihn zu beruhigen. Wenn er getötet hatte, sollte es ihm leichterfallen, es zu bekennen. Ich hatte keine Angst vor ihm. Ich würde ihn nicht fürchten, egal, wer er war. Diese verdammten Augen, diese breite Stirn – sie beruhigten mich.

Beruhigen. Ja. Ich hatte das Wort gefunden. Zu spät begriff ich nun, daß Liebe nicht Leidenschaft bedeutete, sondern Ruhe. Doch wenn sich herausstellte, daß Anton irgendwie mit den Morden zu tun hatte, würde ich ihn auf jeden Fall ruhig ausliefern. Und gelassen töten. Oder gelassen von seiner Hand sterben.

»Warum?« fragte er langsam. »Ich bin, wie ich bin. Mehr nicht.«

»Soll ich mich zuerst ausziehen?«

Er schwieg, und ich knöpfte mir langsam das Hemd auf. Von oben nach unten. Darunter war ich nackt. Ich knöpfte es auf und ließ es über die Schultern hinabgleiten.

»Na?«

»Du machst mich verrückt«, flüsterte er kaum hörbar.

»Genau das ist meine Absicht. Komm her, hab keine Angst.«

»Ich möchte nicht, daß du es hinterher bereust ...«

»Was denn bereuen? Daß ich mit dir gevögelt habe?« sagte ich grob, um ihn anzuheizen.

»Ich bitte dich ...«

»Nein, ich bitte dich, und zwar schon seit einer Viertelstunde. Willst du nicht mit mir schlafen? Oben auf der Brücke warst du poetischer.«

»Ich will nicht mit dir schlafen«, sagte er, ohne den Blick von meiner Brust zu wenden. Seine Nasenflügel bebten.

Das war's. Mein Gott, wie dumm das aussieht. Wie dumm ich aussehe ... Ich wußte nicht einmal, was ich zu Anton sagen sollte.

»Verstehe. Die Verführungsszene ist mißglückt.«

»Nein. Du hast mich falsch verstanden.« Er rückte ganz nahe an mich heran, und ich spürte das Feuer in ihm lodern. »Du hast mich falsch verstanden.«

Ich war einer Ohnmacht nahe.

»Wieso?«

»Ich will nicht mit dir schlafen. Ich will dich lieben.«

»Entschuldige. Ich auch ... Ich will dich auch lieben.«

Da hielt er es nicht länger aus. Er berührte meine schamlos entblößten Schultern, die so grob versucht hatten, ihn zu verführen. Er rückte noch näher, und ich spürte, daß ich ihn nicht nur begehrte. Ich will ihn lieben, verdammt noch mal! Und ich werde diesen Schritt jetzt tun. Ich werde ihm den Pullover ausziehen und ihm das Hemd aufknöpfen, genauso wie meins eben. Ich werde seine Brust entblößen und sehen – was ich niemals habe sehen wollen.

»Warte«, sagte ich zu ihm, obwohl er sich ohnehin nicht rührte, selbst sein sonst immer zu Berge stehendes Haar hatte sich gelegt. Er schloß die Augen, und mir wurde leichter. Es war weniger schwer, wenn ich mich nicht darin spiegelte. Ich knöpfte sein Hemd auf und schlug es ohne Zögern auseinander.

Und sah nichts.

Seine Brust war vollkommen rein. Kein Muttermal, kein Schildkröten-Tattoo.

Ich begriff plötzlich, wie nah ich am Abgrund gestanden hatte. Ich begriff, in welche Enge ich mich selbst getrieben hatte, in welchen Käfig. Ich sah nicht, was ich erwartet hatte – und empfand auf einmal ein solches Glück, daß ich weinen mußte.

Noch nie hatte ich so süß geweint. Ich preßte mich an

Antons Brust – er hatte mich nicht verraten, er war der Mann, den ich so sehr brauchte. Ich konnte nicht aufhören, ich weinte und weinte. Er wußte nicht, was er mit meinen Tränen anfangen sollte, er konnte sie sich nicht erklären, und darum drückte er nur wortlos meine Schultern.

»Na, na, nun beruhige dich doch. Ich bin bei dir, ich lasse dich nicht im Stich, beruhige dich doch bitte, mein Mädchen, ich bitte dich. Bitte ...«

»Küß mich. Bitte«, bat ich und schloß die Augen.

Sein Kuß war zärtlich. So zärtlich hatte mich noch nie jemand geküßt. Wenn ich jetzt in Ohnmacht falle ... Aber ich fiel nicht in Ohnmacht. Bedauernd riß ich mich von seinen Lippen los. Und er drängte nicht weiter. Schade. Ich nahm mein Hemd und zog mich schweigend wieder an. Er sagte kein Wort.

»Ich muß dir was sagen. Ich wollte, daß du dein Hemd ausziehst. Ich wollte dich sehen. Nein, anders. Ich wollte deinen Körper sehen.«

»Warum?«

Ich erzählte ihm alles. Von Anfang an, auch von dem nächtlichen Gespräch des Ersten Offiziers mit dem unbekannten Mörder, das ich belauscht hatte. Von Mitkos Mappe. Von Muchas Tod, der ihm nun in einem ganz anderen Licht erschien. Und von der Tätowierung und dem glücklich geretteten Kalju Tamm. Nur von dem Brief sagte ich nichts – er sollte sich nicht meinetwegen Sorgen machen. Als ich fertig war und den Kopf hob, blickte ich in seine Augen, die voller Zorn waren.

»Du ... Wie konntest du denken, ich hätte getötet?« Einen Moment lang fürchtete ich, er wolle mich schlagen. »Wie konntest du das denken?«

Tatsächlich – wie konnte ich das denken? Der Gedanke, daß Anton mit den Morden zu tun haben könnte, erschien mir jetzt absurd und gemein. Wie war ich nur darauf gekommen? Er hatte dieselben Worte benutzt, die in der Nachricht des Mörders standen. Aber von dem Brief hatte ich ihm ja nichts erzählt. Darum schien das Ganze nun besonders unsinnig.

»Sei nicht beleidigt. Es gab einfach ein paar kleine Details, bei denen ich nicht ganz sicher war ... Verzeih mir.«

»Eva!« Die Worte fielen ihm schwer. »Wenn ich nun ... Wenn an meiner Stelle wirklich der Mörder gewesen wäre, was dann?«

»Ich weiß nicht«, sagte ich ehrlich. »Zumindest hätte ich dann gewußt, wer das alles getan hat.«

»Und du hättest mit ihm geschlafen?« Oho, wie eifersüchtig und grob du sein kannst, mein lieber Neurochirurg! Bei dir muß man auf der Hut sein.

»Nein«, sagte ich ein wenig unsicher.

»Wie hättest du dich denn aus der Affäre gezogen?«

»Ich hätte schon einen Ausweg gefunden. Ich finde immer einen Ausweg.«

»Und du hättest ... Du hättest jeden Mann so provoziert? Bis du den Richtigen gefunden hättest?«

Ich überlegte kurz, dann beschloß ich, ihm die Wahrheit zu sagen.

»Nein. Ich hätte mir etwas anderes einfallen lassen. Aber bei dir konnte ich einfach nicht warten.«

»Warum?«

»Weil du mir gefällst. Ich konnte nicht länger warten. Wenn sich das Schlimmste bestätigt hätte ... Ich wollte nicht in dir versinken. Das hätte mir zu sehr weh getan.«

»Und jetzt?« fragte er leise.

»Jetzt möchte ich in dir versinken. Das möchte ich wirklich.«

Er beugte sich zu mir und küßte mich. Doch bevor ich in seinem Kuß versank, nahm ich noch einmal meinen ganzen Willen zusammen und wich zurück. Verwirrt saß er vor mir – ein kleiner Bär mit traurigen Augen.

»Wir müssen gehen«, sagte ich bedauernd.

»Versprich mir, daß du dich auf nichts einläßt. Jetzt weiß ich alles. Jetzt wird es leichter.«

»Ja. Jetzt weißt du alles. Außer, wer der Mörder ist und was mit der Crew passiert ist.«

»Wir müssen Max alles erzählen.«

»Warum Max?« fragte ich mißtrauisch.

»Weil Max Nerven hat wie Drahtseile und einen kühlen Kopf – schließlich arbeitet er in der Kühlanlage, nicht wahr.« Anton lächelte.

»Weißt du, wir sollten Max lieber nichts erzählen.«

»Wenn du befürchtest, er könnte der Mörder sein, dann kann ich dich beruhigen.«

»Wie kommst du darauf, daß ich das befürchte?« Er durchschaute mich.

»Ich an deiner Stelle würde das auch befürchten, aber Max ist sauber. Als wir gestern im Maschinenraum saßen, da war es ziemlich heiß, für Max jedenfalls, und da hat er sein berühmtes schwarzes T-Shirt ausgezogen.«

»Und?«

»Ich habe seine Brust gesehen. Sie ist vollkommen in Ordnung, ich meine, deine Schildkröte und die Schrift hätte ich bestimmt bemerkt.«

»Na, ich weiß nicht.«

»Wir brauchen einen Verbündeten. Dann können wir unsere Netze möglichst weit auswerfen, meinst du nicht? Er könnte uns wirklich nützlich sein. Er ist der einzige, der mit bloßen Händen etwas ausrichten kann. Vergiß nicht, wir sind unbewaffnet, im Gegensatz zu dem Mörder. Clio hat er schließlich mit einem Schuß in die Schläfe getötet.«

Die Erwähnung Clios brachte wieder Verwirrung in die logische Kette meiner Überlegungen: Warum sollte der Serienmörder eine Frau töten, noch dazu auf eine für ihn so untypische Weise? Ich teilte Anton meine Bedenken mit, und er überlegte eine ganze Weile.

»Ich weiß nicht. Vielleicht hat sie zufällig von ihm erfahren und versucht, ihn zu erpressen, genau wie Mitko.«

Ich schüttelte zweifelnd den Kopf. Clio, die sich Hals über Kopf in eine Liebesaffäre stürzte, hatte eigentlich nichts von einer Erpresserin. Doch nach kurzem Nachdenken entschied ich, daß das die einzige sinnvolle Erklärung war. Vielleicht hatte sie ihn ja nicht erpreßt, vielleicht war sie nur zufällig Zeugin von irgend etwas geworden und wurde deshalb aus dem Weg geräumt. Nur eines blieb mir ein Rätsel: Warum hatte der Mörder so viel für mich übrig? Das konnte ich nicht einmal mit Anton erörtern – ich wollte ihn nicht erschrecken.

»Gut, weihen wir also Max ein. Aber laß uns noch ein bißchen warten.«

Da fiel mir plötzlich ein, wie sehr Karpik an Max hing: Das Mädchen würde nie einen Unwürdigen zum Freund wählen.

»Wie lange?« fragte Anton. »Wollen wir warten, bis er noch jemanden tötet?«

Er ermordet Homosexuelle, wollte ich sagen, und der wichtigste Schwule an Bord ist schon tot. Aber da ist noch sein älterer Freund ... Der muß gewarnt werden, dachte ich und besann mich sofort: Die letzte Aufzeichnung in Mitkos Heft lautete, daß er den Mörder verdächtigte, selbst latent homosexuell zu sein. Mein Gott, davon konnte einem glatt der Kopf platzen, wirklich.

»Gehen wir, Anton. Wir müssen überprüfen, ob noch alle am Leben sind.«

Auf dem Weg zur Schiffsmesse begegnete uns niemand, was Anton sogleich ausnutzte. Er ließ meine Hand nicht los und küßte mich sogar mehrmals. Auf den Decks des Schiffs, auf dem der Tod umging. Noch nie hatte ich für diesen Weg so lange gebraucht. Am meisten fürchtete ich, auf dem Boden noch Muchas Blut zu entdecken. Doch der Boden war sauber, und ich atmete erleichtert auf.

Max, der Eishockeystar Vitja und der Gouverneur Raspopow waren bereits da. Wadik, seit der letzten Nacht noch immer betrunken, lag auf dem Sofa. Filipp hängte irgend etwas an die Wand.

Fotos.

Perfekt gemachte Fotos von toten Tieren. Hintergrund waren Wüste, Berge oder das Dickicht phantastischer Wälder. Der Tod der Tiere sah aus wie inszeniert, so schön und natürlich wirkten sie selbst an der Schwelle von Verwesung und Vergessen. Er hatte sogar schon einige Fotos von der Robbenjagd entwickelt. Ich verspürte einen Stich ins Herz: Auf diesen Fotos waren alle noch am Leben. Bis auf die Robben.

Unter die tote Fauna hatte Filipp einige Fotos aus seiner täglichen Arbeit gemischt: Ich erkannte ein paar berühmte Schauspieler und Regisseure.

»Was ist denn das für eine Vernissage?« fragte Anton.

»Nur so, zur Aufheiterung ...«

»Ich finde es auch so heiter genug.«

»Wo steckt eigentlich unser verwegener Anwalt?«

»Der ist durchgedreht«, antwortete Vitja düster.

»Was heißt durchgedreht?« fragte Anton.

»Er hat sich in seiner Kabine eingeschlossen, den Schrank vor die Tür geschoben und verlangt, daß man ihm das Essen durchs Bullauge reicht.«

»Na ja, wenn er verlangt, daß man ihm Essen bringt, dann ist er noch nicht ganz durchgedreht.«

»Und gab's noch irgendwelche Nachrichten von Kapitän O'Leary?«

»Vielleicht, das weiß keiner.«

Ich setzte mich zu Max und fing aus den Augenwinkeln einen eifersüchtigen Blick von Anton auf.

»Haben Sie Karpik gesehen, Max?« fragte ich leise. »Was macht Sokolnikow?«

»Er ist noch immer nicht aufgewacht. Karpik war kurz hier, das Frühstück holen.«

»Haben Sie ihr erzählt, was passiert ist?«

»Das brauchte ich gar nicht, verdammt!« Max ballte die Fäuste. »Wadik, das Arschloch ...« Max sah haßerfüllt zu dem betrunkenen Kameramann. »Er hat fast alle aufgeweckt.«

»Und?« fragte ich, und mir wurde ganz kalt.

»Sie ist hergekommen. Anton und ich haben sie nicht gesehen, wir waren im Kielraum. Sie war hier und hat das Blut auf dem Boden entdeckt ...«

»Und dann?«

»Dann hat sie es mit Vitja zusammen aufgewischt. Sie haben den Fußboden gewischt, verstehen Sie?«

Ich stellte mir vor, wie Karpik den Fußboden wischte, wie sie das Blut mit einem Lappen aufnahm – und mir wurde übel.

»Wie geht es ihr?« Eine unsinnige Frage.

»Was glauben Sie wohl? Zumindest hat sie seit heute morgen kein Wort gesagt.«

»Ich gehe zu ihr.«

»Vielleicht taut sie bei Ihnen ja ein bißchen auf.« Max schaute mich an. »Sie haben irgendwie eine ganz besondere Wirkung auf Menschen.«

Auf dem Sofa regte sich der betrunkene Wadik. Er hob den Kopf und ließ seinen Blick durch die Messe schweifen. Er sah scheußlich aus: das Kinn mit dunklen, schütteren Stoppeln bedeckt, die Augen eingefallen, die Kleider schmutzig.

»Ist was zu trinken da?« fragte er mit Grabesstimme.

Niemand reagierte.

»Her mit dem Kognak, ihr Schweine! Kognak für einen verdienten Kulturschaffenden!«

»Scher dich zum Teufel, du Arsch!« sagte Max aus vollem Herzen.

»Gleichfalls«, schluchzte Wadik. »Da landen wir sowieso bald alle. Wir werden alle hier krepieren. Wenn jeden Tag einer krepiert, dann ist genau in zwei Wochen alles vorbei. Und unsere Kreuzfahrt auch. Wer muß wohl heute dran glauben? Ich setze auf den Doktor, den verdammten Hippokrates.«

Das war zuviel.

Max sprang auf, stürzte zum Sofa und packte Wadik beim Schlafittchen. Wadiks Kopf sank sofort willenlos herab wie bei einer Holzpuppe, und er schnappte nach Luft.

»Wenn du noch einmal dein verdammtes Maul aufreißt, dann schmeiß ich dich eigenhändig über die Reling. Nein, dann dreh ich dich zweimal durch den Fleischwolf und stecke dich in kleinen Portionen in die Kühltruhe, dann können dich die Nerze fressen. Hast du mich verstanden, du Arsch?«

Wadik schüttelte weiter den Kopf.

»Und jetzt scherst du dich unter die Dusche und bleibst so lange drunter stehen, bis du wieder nüchtern bist, du Vieh, du verdammter Hornochse. Hast du mich verstanden?«

Wadik nickte.

»Also dann, raus mit dir.«

Max ließ Wadik los, und der wankte auf unsicheren Beinen zum Ausgang. Als sich die Tür hinter ihm geschlossen hatte, sagte Max: »Wir müssen ein Alkoholverbot verhängen. Prohibition. Sind damit alle einverstanden?«

»Ohne Alkohol gehen wir hier ein, da drehen wir völlig durch.« Filipp duckte sich.

»Wir gehen hier auch so ein.« Vitjas Kinn zitterte. »Es gibt keinen Ausweg.«

Ich konnte das nicht mehr mit anhören. Ich stand auf und rannte hinaus.

»Wo willst du hin?« Anton holte mich auf dem Flur ein.

»Reg dich nicht auf. Ich gehe Karpik besuchen.«

»Ich komme mit.«

»Red keinen Unsinn. Es ist hellichter Tag, kaum die geeignete Zeit für einen Mord. Und ich glaube nicht, daß Karpik sehr erfreut wäre, dich zu sehen.«

»Ich bring dich hin.«

»Bleib hier.«

»Versprich mir, daß du vorsichtig bist.«

»Mach dich nicht verrückt.«

»Das bin ich schon, habe ich dir das nicht gesagt? Ich bin verrückt nach dir.«

»Also, daß das von Anfang an klar ist: Einen Verrückten brauche ich nicht ...«

»Wen brauchst du denn?«

»Dich. So, Schluß, ich gehe jetzt.«

Ich klopfte an die Kabine der Sokolnikows, und Karpik öffnete sofort, als habe sie an der Tür gestanden und auf jemanden gewartet.

»Kann ich reinkommen?« fragte ich.

»Natürlich.« Karpik machte die Tür weit auf und legte den Finger auf die Lippen. »Aber ganz leise, Papa schläft.«

Ich betrat die ordentlich aufgeräumte Kabine – was für ein Kontrast zu meiner eigenen, die Wadik so unglaublich hatte verdrecken lassen! Sokolnikow schlief, fürsorglich mit einer Decke zugedeckt. Ich betrachtete ihn eine Weile: Was für ein ruhiges Gesicht, wie gut, daß er schlief und der Kummer an den Grenzen seines Traums blieb und sie nicht zu überschreiten wagte.

»Er ist schön, nicht wahr, Eva?«

»Natürlich, Karpik.«

»Gefällt er dir?«

»Ja«, antwortete ich ein wenig unsicher. »Er ist nett.

Du mußt ihm helfen, mit diesem Kummer fertig zu werden.«

»Kummer?« Karpik schob die Unterlippe vor.

»Clios Tod«, sagte ich und verfluchte mich dafür, daß ich sie erwähnte.

»Er wird schnell drüber wegkommen.«

»Woher weißt du das?«

»Ich weiß es eben. Das ist bei ihm immer so, er hat oft solche Wahnsinnsaffären, kommt wochenlang nicht aus dem Bett.« Karpik redete wie eine Erwachsene, aber das war kein Wunder bei einem Mädchen, das jahrelang mit ihrem Vater allein lebte. Er hatte offenbar keine besondere Rücksicht auf sie genommen.

»Es ist sein Leben, Karpik. Du darfst ihn nicht verurteilen. Männer sind überhaupt anders als Frauen ...«

»Ja, ja, ich weiß, das hatten wir in Bio.« Karpik lächelte.

»Das meine ich nicht.« Ich war verlegen.

»Ich auch nicht ...«

Ich setzte mich in einen Sessel, und sie kletterte auf meinen Schoß. Ein paar Minuten lang schwiegen wir.

»Mucha tut mir leid«, sagte Karpik und blickte vor sich hin. Tränen traten ihr in die Augen. Natürlich wußte sie Bescheid. Ich betete nur zu Gott, daß man ihr die Einzelheiten vorenthalten hatte.

»Uns wird doch nichts passieren, oder?«

»Nein.«

»Ich weiß, daß alles gut wird. Wir kommen von hier wieder weg. Mit unserem Flugzeug. Kommst du mit uns?«

»Natürlich.«

»Und Max ... Gefällt dir Max?«

»Ich glaube, man kann sich auf ihn verlassen«, sagte ich vorsichtig.

»Und wie!« Karpik lachte und küßte mich auf die Wange. »Und wie man sich auf ihn verlassen kann.«

»Aber du mußt mir versprechen, nicht allein auf dem Schiff herumzulaufen. Wo haben wir dich gestern gefunden, na? Auf dem Deck, wo sich nicht einmal die Erwachsenen hintrauen.«

»Ich habe auf Papa gewartet.« Ich drückte Karpik an mich. »Trotzdem. Dies ist ein eigenartiges Schiff, und wir müssen sehr vorsichtig sein.«

»Es ist ein ganz normales Schiff.« Karpik schaute mich an, und ich entdeckte in ihren Augen ein mir unbekanntes Wissen. »Du wirst sehen. Wollen wir wetten – ich kann spazierengehen, wo immer ich will, und machen, was ich will, ohne daß mir was passiert.«

»Das glaube ich dir, aber wir wollen auf solche Experimente lieber verzichten.«

»Nein, wirklich!« Karpik erwärmte sich so für diesen Gedanken, daß ich erschrak. »Das Schlimmste passiert nur, weil die Leute Angst haben. Aber ich habe vor nichts Angst.«

»Das gibt es nicht. Jeder Mensch hat vor irgend etwas Angst.

»Ich habe Angst davor, daß du wegfährst, und Papa und ich bleiben allein.«

»Na, darüber brauchst du dir keine Sorgen zu machen.«

»Ich wollte nicht, daß er stirbt ...«

»Wer?«

»Mucha. Ich wollte, daß alle am Leben bleiben.«

»Wenn wir vorsichtig sind, dann wird uns nichts geschehen.«

»Sein Blut ist so dick ...«

Ich drückte Karpiks Schultern und preßte mein Gesicht auf ihren Kopf. Die Ärmste, was hatte sie durchmachen müssen! Damit wurde nicht einmal jeder Erwachsene fertig, manch einer zerbrach daran (leicht angewidert dachte ich an Wadik und Albert Wenediktowitsch), und sie war ein dreizehnjähriges Mädchen!

»Ich habe noch nie so dickes Blut gesehen.«

Wo hast du denn überhaupt schon Blut gesehen, Kind. Höchstens beim Arzt, wenn man dir welches aus dem Finger abgenommen hat. Nicht einmal das Knie hast du dir je aufgeschlagen, denn du kannst ja nicht rennen oder Fahrrad fahren.

Jemand klopfte an die Tür, und ich zuckte zusammen: Das Klopfen klang sehr hartnäckig, und das verhieß nichts Gutes.

»Ich mache auf«, sagte Karpik ruhig; im Gegensatz zu mir rechnete sie nicht bei jedem Klopfen mit schlechten Nachrichten.

»Laß mich lieber aufmachen, Kleines.«

Ich öffnete die Tür. Vor mir stand Anton: Sein Gesicht war starr vor Entsetzen, das er nicht zu verbergen vermochte.

»Wer?!« hauchte ich.

»Andrej«, konnte er nur sagen.

Andrej, der Mann von Annika; Karpik und ich auf dem Weg in ihre Kabine, die halboffene Tür zur Dusche, Lachen, der schamlose Mucha, der verlegene Schokoladenkönig, seine kläglichen Versuche, alles zu erklären – damals und heute nacht. Heute nacht, als er mir aufgelauert hatte, um mir etwas zu beweisen. Er wollte mir etwas beweisen, und das hatte er nun getan. Um seine Unschuld zu beweisen, mußte man getötet werden.

Karpik näherte sich der Tür, aber ich biß die Zähne zusammen und verscheuchte sie, sprang aus der Kabine und lehnte mich mit meinem ganzen Gewicht gegen die Tür; wenn das Mädchen nur nicht auf die Idee kam, uns jetzt zu folgen!

Karpik hämmerte mit den Fäusten gegen die Tür; ich spürte ihre Schläge, als kralle sie sich mit scharfen Nägeln in meinen Rücken.

»Laß mich raus, Eva! Das ist unfair, Eva!«

Jeder Schlag tat mir weh, doch vor mir stand der völlig deprimierte Anton.

»Wie?« fragte ich flüsternd und wagte mich noch immer nicht von der Tür weg. »Dasselbe wie bei Mucha?«

»Nein. Wadik hat ihn gefunden. Als Max ihn in die Dusche geschickt hat.«

Mein Gott, dieselbe Dusche, in der er und Mucha sich heimlich geküßt hatten.

»Als Max ihn in die Dusche geschickt hat, fand Wadik ihn dort, nackt. In einer der Kabinen, an einem Eisenträger. Er hat sich aufgehängt, Eva.«

Als Anton und ich in der Dusche ankamen, sahen wir Max an der Tür stehen. Er war klitschnaß – vom Wasser oder vor Anspannung – und versperrte Annika den Weg, hielt sie an den Schultern fest und versuchte, ihr etwas zu erklären.

»Sie sollten jetzt nicht hier rein, Annika. Wirklich nicht. Später, nicht jetzt.«

»Ich schlecht spreche Russisch«, sagte sie immer wieder. »Ich will André. Ich nicht ihn gesehen. Er weggegangen. Nuit ... Nacht, oui?«

»Sie sollten nicht ... Andrej ist nicht mehr da, er ist tot.«

»Je ne comprends pas ...«[1]

»Bringt sie weg!« stöhnte Max. »Bringt sie doch endlich weg!«

Merkwürdig, Max schien ganz vergessen zu haben, daß er Französisch sprach. Oder wollte er nicht der erste sein, der Annika den Tod ihres Mannes mitteilte? Oder wollte sie selbst es gar nicht hören? Sie verstanden einander nicht, wollten einander nicht verstehen. Endlich konnte Anton Annika von der Tür losreißen, und er brachte sie behutsam über den Flur in Richtung Messe.

1 (franz.) – Ich verstehe nicht ...

»Wo ist er?« fragte ich Max.

»Da drin, in der Dusche. Ich hab ihn schon abgenommen. Scheiße, Scheiße, Scheiße ...« Zusammen mit Max' Schimpfen vernahm ich ein dünnes Schluchzen. In einer Ecke des Vorraums saß der nackte Wadik auf dem Boden. Er hatte die Arme über den Kopf gelegt und heulte leise. Richtig, er hatte Andrej ja gefunden.

Ich ging hinein. Nein, ich wollte nicht den toten Andrej sehen, aber ich mußte meinen Kameramann dort rausholen.

»Max, helfen Sie mir! Wir müssen ihn aus seiner Trance holen, sonst haben wir bald noch einen leblosen Körper.«

Max war wieder ganz beherrscht. Zu zweit hoben wir den sich kaum widersetzenden Wadik hoch, ich zog ihm mühsam die Hose an, und erst, als ich versuchte, sie zuzuknöpfen, kam er endlich zu sich. Er zappelte in unseren Armen wie ein Vogel im Netz.

»Das ist nicht meine, das ist nicht meine!« schrie er so entsetzlich, daß mir die Ohren gellten.

»Wie – nicht deine?« Ich hätte ihn beinahe geschlagen, riß mich aber zusammen.

»Das ist nicht meine Hose. Warum ziehst du mir seine Hose an? Du willst, daß ich sterbe, ja? Ich sterbe sowieso. Aber du mußt meinen Tod nicht vor der Zeit herbeilocken, das ist nicht nötig, ich sterbe von ganz allein ... Laß mich los!«

Natürlich, ich hatte sie verwechselt, sie lagen nebeneinander: Andrejs teure Hose und Wadiks speckige Jeans. Wie hatte mir das nur passieren können? Wadik schlüpfte wie eine Schlange aus Andrejs Hose und schleuderte sie weit von sich. Hastig zog er seine Jeans an und rannte aus der Dusche. Max setzte sich auf die Bank und lehnte sich an die Wand.

»Nun«, fragte er mich, »wer ist der nächste? Auf wen tippen Sie, Eva?«

Ich antwortete nicht. Schweigend sammelte ich Andrejs Kleidungsstücke ein: die teure Hose mit Krokodilledergürtel, ein weiches, pastellfarbenes Hemd, ein weißes Seidenunterhemd ... Ich legte die Sachen ordentlich neben Max auf die Bank – bloß um mich irgendwie zu beschäftigen.

»Vielleicht ist es Ihr Freund, was?«

Ich zuckte zusammen: Wen meinte er?

»Der Kameramann, den Sie in die Hosen des Toten gesteckt haben.«

»Reden Sie keinen Blödsinn, Max. Reden wenigstens Sie keinen Blödsinn.«

»Ich sehe, Sie haben Nerven wie Drahtseile. Oder wissen Sie etwas, das ich nicht weiß?«

(Haben Sie keine Angst. Ihnen droht keine Gefahr.) Ja, ich bemühe mich, keine Angst zu haben. Ich brauche Mut und einen klaren Kopf für die Begegnung mit dir.

»Gleich kommt der Doktor.« Ich war mir nicht sicher, zu wem Max das sagte, zu mir oder zu sich selbst. »Gleich kommt der Doktor, und dann bringen wir noch einen Leichnam in die Kälte ... Wofür konservieren wir sie eigentlich? Und wer wird der letzte sein, der am Leben bleibt? Vielleicht sollte er dann gleich in den Kühlraum ziehen, was meinen Sie, Eva?«

»Ich meine, schwarzer Humor ist immer noch besser als gar kein Humor.«

»Irgendwann wird jemand dieses verdammte Schiff finden. In vielen Jahren wird sich das Klima auf der Erde verändern, die Robben werden vor Hitze krepieren, und unser Schiff wird im Meer treiben. Es wird im Meer treiben mit sechzehn Leichen an Bord.«

»Fünfzehn«, korrigierte ich.

»Wieso fünfzehn? Wir sind sechzehn.«

»Was mit Lakkai passiert ist, wissen wir nicht. Oder wissen Sie es, Max?«

»Ich weiß nicht mehr als Sie, Eva. Na schön, dann eben fünfzehn plus einer in Reserve. Alle werden sich wundern im Jahr soundso. In rund siebzig Jahren. Auf einer anderen ›Excalibur‹. Was meinen Sie, Eva?«

»Ich meine, das wird wesentlich früher geschehen.« Ich warf Andrejs Socken auf den Kleiderstapel und stellte die Schuhe ordentlich davor. »Ziehen Sie ihn an, Max?«

»Wen?«

»Andrej.«

»Ach so ... Ja, natürlich.«

Da sah ich das weiße Stück Papier, das in einem Schuh des Schokoladenkönigs steckte. Es war zu dick, um zufällig dorthin gelangt zu sein. Gut, daß Max die Augen geschlossen hatte. So unbefangen wie möglich hob ich es auf und steckte es in die Tasche.

»Ich gehe dann, Max.«

»Ja, natürlich, gehen Sie.«

Ich ließ Max im Duschraum auf Anton warten und rannte über den Flur zu meiner Kabine.

Wadik war nicht da.

Er war sich wieder besaufen gegangen. Nun würde ihn nichts mehr davon abhalten können.

Mit klopfendem Herzen holte ich das Stück Papier aus der Tasche und faltete es auseinander. Es war wieder ein Kuvert: Die Todespost auf der »Excalibur« funktionierte reibungslos. In der rechten oberen Ecke stand dieselbe Zahl wie auf meinem Kuvert: 3. Und im Kuvert lag ein ebenso unordentlicher Fetzen Papier wie in meinem. Andrej – falls er der Adressat war – wurde noch knapper abgefertigt als ich. Keine Ermahnungen, keine Warnung: »Dusche. Fünf Uhr früh. Sie müssen kommen.«

Dieselbe Schrift wie in meinem Brief. Aber warum war Andrej nicht genauso gestorben wie Mucha? Oder hatte er seinen Tod selbst wählen dürfen?

Die Sonne schien unerträglich grell, so hell wie noch nie, seit wir auf der »Excalibur« waren. Frost hatte das nächtliche Tauwetter abgelöst. Ein seltsames Klima herrschte hier in diesem Zeitloch, in dem wir steckten, zusammen mit der englischen »Excalibur«. Vielleicht würde sie bald am Horizont auftauchen, am Mast die Flagge: Ich möchte Verbindung mit euch aufnehmen – ein vertikal unterteiltes Viereck, gelb und grau. Das Schiff wird näher kommen und uns unter dem Geheul der Robben rammen. Dann erst werden wir verschwinden, uns gegenseitig verschlingend. In unserer Schiffsmesse wird Kapitän Nikolas O'Leary thronen, an einem gesonderten Tisch werden Clio, Lakkai, Ehrwürden Sir Oliver Bailey und Sir Alan Marshall sitzen, deren Schicksale sich glichen wie Spiegelbilder.

Das war alles möglich, alles war möglich …

»Sie sollten sich das noch einmal überlegen, Vitja«, sagte ich sanft zu Meschtscherjakow.

»Nein«, antwortete er bestimmt. »Ich bleibe keine Minute länger auf diesem Schiff.«

Wir standen an der Reling auf dem Vorderdeck, und der Wind zauste das Haar des Eishockeystars. Max, Anton und Filipp ließen ein Beiboot herunter. Max saß in der Kabine des Bootskrans, Anton und Filipp standen an Deck. Gleich würde Vitja einsteigen, ausgebootet werden und uns für immer verlassen. Im Boot lag ein schwerer Rucksack, den Vitja selbst gepackt hatte: Schokolade, Sprit, Seile, Kekse und ein paar belegte Brote – nichts wirkte so erheiternd und so traurig wie diese Brote.

»Bleiben Sie hier«, bat ich hoffnungslos. »Das ist doch der sichere Tod.«

»Nein. Ich habe es beschlossen – und ich werde es tun.«

Ich war verzweifelt, ich wußte nicht, welche Argumente ich anführen sollte.

»Angenommen, Sie erreichen das Ufer, mal angenommen. Das ist ja nicht weit, vier Kilometer sind keine Entfernung ...«

»Natürlich erreiche ich es, auf jeden Fall.« Vitja lächelte mich aufmunternd an.

»Und wie dann weiter?«

»Dann fahre ich immer am Ufer lang.« Das klang gar nicht so sicher, wie mir lieb gewesen wäre. Und wie er selbst es gern gewollt hätte.

»Am Ufer – an den Felsen entlang, ja? Im Umkreis von vierhundert Kilometern ist hier absolut nichts. Sie haben nicht einmal ein Gewehr.«

»Ich habe ein Messer«, sagte er starrköpfig.

»Ein Messer! Damit kann man höchstens Brot schneiden.«

»Zumindest kann ich hoffen.«

»Hoffen? Worauf denn?«

»Darauf, daß ich von selbst sterben werde. Ich will nicht auf diesem verfluchten Schiff auf den Tod warten. So oder so bleiben Ihnen nur noch wenige Tage. Ich werde versuchen, länger durchzuhalten. Ich werde nicht abwarten, bis man mich holt. Irgend etwas oder irgendwer. Ich gehe.«

»Sie werden nicht ankommen.«

»Irgendwohin werde ich schon kommen. Und wenn auch nur bis zu meinem Ende. Aber das wird mein eigenes Ende sein. Weil ich es selbst gewählt habe. Ich selbst.«

»Ich ... Ich weiß nicht, wie ich Sie daran hindern kann.«

»Gar nicht. Ich habe es beschlossen. Vielleicht« – seine Augen leuchteten kurz auf, erloschen aber gleich wieder –, »vielleicht kommen Sie mit? Sie alle?«

»Nein.« Ich drückte verzweifelt Vitjas Hand.

»Warten Sie! Warten Sie!« Karpik kam an Deck gelaufen. Sie trug einen Plüschpelz und hatte sich einen Schal um den Kopf gewickelt.

Sie lief mit voller Wucht gegen Vitjas Halbpelz – den

hatte Anton ihm gegeben. Vitja umarmte Karpik fest, dann beugte er sich hinunter und küßte sie auf die Wange.

»Auf Wiedersehen, Karpik. Du bist ein sehr nettes Mädchen. Es war sehr schön, dich kennenzulernen.«

»Gehst du für immer?«

»Ich gehe Hilfe suchen. Vielleicht hab ich ja Glück.«

»Aber Max ... Max sagt, von hier kommt man nicht weg.«

»Ich werde sehen. Man kann nicht immer auf Max vertrauen, Karpik.«

»Kann man nicht, sollte man aber«, verteidigte Karpik ihren geliebten Max. »Du mußt hierbleiben.«

»Nein. Ich habe mich entschieden.«

»Und wenn ... Wenn ich dir verspreche, daß dir nichts passieren wird? Bleibst du dann hier?«

»Nein.«

»Wirklich, ich verspreche es dir!«

»Nein, Karpik. Auf Wiedersehen.«

Vitja küßte Karpik noch einmal auf die Wange und ging zum Boot. Als er eingestiegen war, setzte Max den Bootskran in Bewegung, und das Boot glitt sanft in freies Fahrwasser. Von Deck wirkte das Boot ganz und gar wie ein Spielzeug. Vitja hob die Hand und winkte uns zum Abschied. Dann ließ er den Motor an, und das kleine Boot glitt zwischen den Eisschollen hindurch.

Wir standen an Deck und blickten dem Eishockeystar Vitja Meschtscherjakow nach. Dem einzigen, der es wagte, gegen das Schiff zu rebellieren. Wir konnten das Boot noch immer sehen, obwohl es längst hätte verschwunden sein müssen. Es schien nicht von der Stelle zu kommen, weder vorwärts noch rückwärts, und das bestätigte alles, was man uns so hartnäckig einzureden versuchte: Die »Excalibur« steckte in einem Zeitloch, in einer Art Bermudadreieck. Falls Vitja sich nicht vom Schiff entfernen konnte ... Falls er wieder zurückkam, hieß das, daß wir alle Gefangene waren. Daß wir alle verloren waren – Sünder wie Gerechte, Tote wie Lebende, Mörder wie Ermordete …

»Na los, nun mach schon, fahr weg«, flüsterte ich.

Endlich bog das Boot um einen Eisberg und verschwand.

»Das bringt alles nichts«, sagte Max düster. »Er ist verloren. Mit dem Boot besiedeltes Gebiet erreichen zu wollen, ist aussichtslos. Bald ist sein Proviant alle, und die Nächte an der Küste … Nein, er wird es nicht schaffen …«

»Warum sagst du das, Max?« Aus Karpiks Stimme klangen Tränen.

»Ich sage die Wahrheit.«

»Warum hast du ihn nicht davon abgebracht?«

»Jeder wählt, was ihm am meisten zusagt. Vitja hat sein ganzes Leben auf dem Eis verbracht, vielleicht hat er auf dem Eis Glück.«

»Daran glaubst du ja selber nicht«, überführte ihn Karpik – sie hatte ein feines Gespür für Intonationen.

»Na und, ist doch egal, daß ich nicht daran glaube. Hauptsache, er glaubt daran. Gehen wir.«

Er verschwand als erster im Schiffsbauch, gefolgt von Filipp. Nun standen wir zu dritt an Deck: Anton, Karpik und ich. Jeder wartete darauf, daß ein anderer zuerst verschwand. Was für eine blöde Situation!

»Komm, wir gehen zu Papa, Eva«, entschied Karpik schließlich. »Er darf nicht allein sein. Das bringt ihn um.« Das klang so erwachsen, daß ich direkt zusammenzuckte.

»Dann solltest lieber du bei ihm sein. Ich bin doch im Grunde eine Fremde.«

»Nein«, widersprach Karpik hitzig und packte meine Hand. »Du bist keine Fremde.«

»Ich komme später zu euch.«

»Nicht jetzt gleich?«

»Nein. Geh in die Kabine, Karpik. Es ist kalt hier, du könntest dich erkälten.«

»Max sagt, man soll nie Angst haben vor Kälte.«

»Max ist sein Leben lang auf dem Eis, er ist daran gewöhnt.«

»Gut«, fügte sich Karpik überraschend. »Ich werde auf dich warten.«

Sie ging, und Anton und ich blieben noch an Deck. Sofort griff er nach meiner Hand und führte sie an seine Lippen.

»Du frierst auch.«

»Egal. Anton, ich habe in der Dusche einen Brief gefunden.«

»Was für einen Brief?« Er sah mich verständnislos an.

»Einen Brief, den Andrej kurz vor seinem Tod erhalten hat. Ich nehme an, der Mörder hat ihn geschrieben.«

»Wie kommst du darauf?«

Weil ich selbst auch einen Brief gekriegt habe, in derselben Handschrift abgefaßt, Liebster. Wie schade, daß ich dir das nicht erzählen kann.

»Jemand hat ihn zu einem Rendezvous in die Dusche bestellt.«

»Ein komischer Ort, findest du nicht? Da wirkte die Stelle, wo wir Clio gefunden haben, irgendwie überzeugender.«

»Ich weiß nicht ... Ich weiß nur, daß Andrej sich nach diesem Rendezvous das Leben genommen hat.«

»Du denkst, er wollte sich nicht mehr die Hände schmutzig machen?«

»Nein, ich denke etwas anderes.« Dieser Gedanke war mir erst jetzt in den Sinn gekommen, in der grellen Sonne. »Ich denke, wir stehen kurz vor der Lösung.«

»Vor der Lösung? Mir scheint, der Mörder kommt erst richtig in Fahrt.« Der seltsame Zynismus, der in diesen

Worten lag, wirkte so kalt, daß Anton schrecklich verlegen wurde. »Entschuldige ...«

»Ich denke, wir stehen kurz vor der Lösung«, wiederholte ich unbeirrt. »Siehst du, was hier abläuft?«

»Was denn? Eine Kette von Morden, das läuft hier ab.«

»Nein, das meine ich nicht. Das Schiff hat keine Lust mehr, mit uns zu spielen. Es gibt kein Sirene mehr, keine Flaggen, keine neuen Seiten aus dem Logbuch von 1929. Nichts Neues.«

»Na und? Es ist ja nicht so sehr viel Zeit vergangen.«

»Das Schiff hat es satt ... Oder vielleicht der Mörder?«

»Mörder haben das Töten nie satt, das weißt du doch.«

»Theoretisch. Aber ... Entweder er ist erschöpft, oder er hat ein bestimmtes Zeitlimit. Erinnerst du dich, ich hab dir doch erzählt, wenn der Serienmörder auf die Jagd ging, dann immer nur für achtundvierzig Stunden. Zwei Tage. Verstehst du? Vielleicht sind wir jetzt außer Gefahr, vielleicht ist seine Zeit um. Zwei Tage, achtundvierzig Stunden. Merkwürdig, er hat immer an einem ganz bestimmten Tag gemordet, am 30. Juni. Vier Jahre hintereinander. Jetzt ist April. Vielleicht hat ihn etwas provoziert. Womöglich das Robbenblut.«

»Hast du nie versucht, Horrorgeschichten zu schreiben?« fragte Anton lächelnd.

»Nein, aber vielleicht versuche ich es mal in meiner Freizeit, wenn alles vorbei ist.«

»Wenn alles vorbei ist, nehme ich dich mit zu mir. Ich kaufe dir einen Schreibtisch.« Er umarmte mich, er konnte nicht mehr an sich halten. »Du schreibst, und ich bringe dir Kaffee und Zigaretten.«

»Gitanes bitte.« Ich preßte mich an ihn und schloß die Augen.

»Ausgezeichnet, Gitanes. Aber nur unter einer Bedingung.«

»Die wäre?«

»Du mußt mich heiraten.«

»So ernst?«

»Nein, das war unernst.« Er holte seine Brille aus der Tasche. Die Brille, die ich so mochte. Die Brille, die ihm so gut stand. Er setzte sie auf und drückte sie mit dem Finger auf die Nasenwurzel. »So, jetzt ganz im Ernst: Ich bitte dich um deine Hand.«

»Ich werde drüber nachdenken.«

»Ich bitte dich um deine Hand.«

»Nein. Nein.«

Augenblicklich fiel sein Gesicht ein, und er ließ mich los. Ich fühlte mich so verlassen, daß ich mich wieder an ihn schmiegte und das Gesicht gegen seine Brust preßte.

»Liebster ... Du hast doch selber gesagt: Zweimal nein heißt ja.«

»Warum hast du Filipp rausgeschmissen?« fragte ich und küßte Antons nasses Haar.

»Sollte er etwa hier rumhängen und zusehen, wie wir beide uns lieben?« Er preßte mich so fest an sich, daß mir das Herz weh tat. »Das ist pervers.«

»Und jemanden zwingen, sich den ganzen Tag und die halbe Nacht wer weiß wo rumzutreiben, das ist einfach eine Schweinerei.«

»Wir haben uns den ganzen Tag und die halbe Nacht geliebt.«

»Bist du müde?«

»Nein. Ich werde nie müde, dich zu lieben.« Er bedeckte mein Gesicht mit Küssen. »Verdammt, ich könnte dich ewig küssen.«

»Ewig geht nicht. Ich werde alt, und dann stößt du auf meine Falten.«

»Das ist mir ganz egal. Ich werde dich immer lieben, egal, wie du aussiehst. Selbst wenn du ein Kind gekriegt hast und hinterher in kein einziges Kleid mehr paßt.«

»Sogar daran denkst du?«

»Ich denke nur daran. Ich will ein Kind von dir.«

»Nein, nein.« Ich legte ihm die Hand auf die Lippen. »Solche Dinge sagt normalerweise die Frau.«

»Ach ja? Männer wollen doch genauso gern Kinder. Ich jedenfalls.«

»Du willst natürlich einen Sohn.«

»Wenn es ein Mädchen wird – um so besser. Es wird dir ähnlich sehen.«

»Und wenn das Kind nach dir kommt?«

»Dann lieber ein Junge.« Anton lachte leise. »Wenn er groß ist, erzähle ich ihm, wo seine Eltern ihre erste Nacht verbracht haben.«

»Nein. Ich verbiete dir, jemals davon zu erzählen. Sobald das hier vorbei ist, will ich dieses Schiff für immer vergessen.«

»Schon gut, beruhige dich, es wird alles sein, wie du willst.«

Wieder bedeckte er mein Gesicht mit Küssen, rutschte tiefer ... Ruhige Wellen überrollten mich. Endlich hatte ich gefunden, wonach ich immer gesucht, was mir immer gefehlt hatte: Ruhe. Jetzt kannst du dich ausruhen, Eva, jetzt wirst du dich endlich ausruhen.

Er verbarg mich in seinem großen Körper wie in einem großen Haus mit Kamin, hohen Fenstern, Holzfußboden und zwei in der Diele schlafenden Dalmatinern. Dies war mein Haus. Hier würde ich Kinder haben und schwere Vorhänge an den Fenstern, einen Schluck Kognak vorm Schlafengehen und ein riesiges Schlafzimmer. Ja, ja, sagte ich zu ihm; ja, ja, sagte er zu mir, alles wird sein, wie du willst.

Gegen seinen Willen schlief er doch als erster ein. Aber selbst im Schlaf ließ er mich nicht los. Mit jeder Zelle meines Körpers spürte ich den seinen und konnte unsere Körper kaum noch unterscheiden. Er schlief, doch ich lag noch immer wach. Er schlief, und das war, als sei er kurz hinausgegangen, auf einen Spaziergang mit unseren Kindern und unseren Hunden – die Eichhörnchen im Wald füttern, Tannenzapfen von den hohen Föhren herunterschlagen, im Regen naß werden –, um dann wieder nach Hause zu kommen, sich abzutrocknen und mich erneut zu lieben ...

Ich löste mich vorsichtig aus seinen Armen und setzte mich auf. Die Wirklichkeit kehrte zu mir zurück. Wie ein greller Blitz, der urplötzlich mein Bewußtsein erhellte, war sie wieder da gewesen, als ich das Datum erwähnt hatte: der 30. Juni. Der 30. Juni 1934. Die Nacht der langen Messer. Die Hinrichtung der SA-Leute des Homosexuellen Röhm, die achtundvierzig Stunden gedauert hatte. Diese Erkenntnis brachte mir gar nichts, höchstens moralische Befriedigung. Dem Mörder kam ich damit keinen Schritt näher. Die genaue Einhaltung des Datums und der Zeit für die Morde waren nichts als ein Ritual.

Viel mehr interessierten mich im Moment die Briefe. Drei Briefe: Einer an mich, einer an Andrej und einer an Clio. Zwei davon kannte ich. Aber wie und warum war Clio herausgelockt worden? Mein Gott, warum hatte ich nicht darauf bestanden, daß Max ihre Taschen durchsuchte, warum hatte ich selbst es nicht getan? Vielleicht war der Brief ja noch da? Ich mußte bis zum Morgen warten und hinuntergehen in den Kielraum. Clio wäre nicht auf ein paar nichtssagende Worte hereingefallen. Um die hochmütige Clio zu einem Rendezvous zu bewegen, waren gewichtige Argumente nötig gewesen. Und die standen ja vielleicht in dem Brief.

Halt.

Der Mörder war schließlich nicht blöd, er konnte die Leiche längst durchsucht und den Brief an sich genommen haben. Aber den Brief an Andrej hatte ich ja auch gefunden. Vermutlich war er doch nicht so gründlich, nicht so beklemmend korrekt wie seine geliebten Deutschen. Also hatte ich noch eine Chance.

Und wenn ich eine Chance hatte, sollte ich sie nicht bis zum Morgen aufschieben.

Ich zog mich rasch an, küßte den schlafenden Anton und glitt aus der Kabine, wobei ich niemandem begegnete. Kein Wunder – alle hatten sich in ihren kleinen, noch nicht vom Tod okkupierten Kabinen verbarrikadiert und warteten, bis sie an der Reihe waren. Nur einmal hatte ich das Gefühl, daß jemand mich verfolgte – am Ausgang zum Vorderdeck. Ich blieb sogar stehen und kontrollierte, ob vielleicht ein Schatten an mir hing, drehte eine zusätzliche Runde.

Nein. Deine Phantasie geht mit dir durch, Eva.

Ich beschloß, nicht durch die Kühlkammern in den Kielraum zu gehen – wer weiß, vielleicht schloß Max sie ja nachts ab –, sondern den direkten Zugang zu benutzen. Ich erinnerte mich noch gut an die Treppen, über die ich Sokolnikow hinausgeführt hatte. Die untere Tür des Kielraums wurde nie abgeschlossen, das wußte ich genau.

Vor der Tür blieb ich eine Weile stehen, um mich zu sammeln. Dort oben, neben dem schlafenden Anton, hatte alles ganz einfach ausgesehen. Doch hier, an der Schwelle des Todes … Aber ich mußte ja nicht hineingehen, ich konnte auch bis zum Morgen warten und mit Anton und Max herkommen. Dann würde ich nicht diese kosmische Leere empfinden, die mich jetzt von allen Seiten umschloß.

Ich verfluchte meinen Kleinmut, öffnete die Tür zum Kielraum ein Stück und ging hinein, wobei ich beinahe über die Schwelle gestolpert wäre.

Es hatte sich nichts verändert, seit ich das erstemal hier gewesen war. Die rote Notleuchte brannte. Nur, daß jetzt mehr Tote hier lagen, nebeneinander aufgereiht: Andrej,

Mucha und in der Mitte Clio. Eine gewisse düstere Galanterie war Max nicht abzusprechen – die tote Dame wurde von zwei toten Buben flankiert. Mucha lag genau so da, wie ich ihn gefunden hatte, auf der Seite. Sein durch die Kälte gläsern wirkender Kopf ruhte auf Clios Schulter. Nur Clio war bekleidet. Andrej war nackt hergebracht und so liegengelassen worden. Anziehen würde man Mucha und Andrej später, später, wenn alles vorbei war. Falls es je vorbei war. Die Körper waren mit Segeltuch bedeckt, das so hart war wie Blech. Das matte rote Licht ließ sie noch toter wirken. Die absolute Inkarnation des Todes. Bestrebt, nicht in ihre Gesichter zu sehen, und mit Mühe meine Übelkeit unterdrückend, durchsuchte ich Clios Taschen.

Nichts.

Du kannst dich wieder nach oben begeben, Eva. Dein Gewissen ist rein.

Ich war beinahe sicher gewesen, daß die Sache so ausgehen würde. Dennoch verspürte ich einen leichten Stich der Enttäuschung. Den Brief konnte ich wohl vergessen, ich mußte also andere Wege suchen. Morgen, nein, schon heute würde Anton Max alles erzählen (komisch, daß er es bislang noch nicht getan hatte); er hatte recht – ein Kopf ist gut, aber zwei sind besser ...

Doch jetzt mußt du hier raus, sonst kriecht die Kälte dir in alle Knochen.

Ich wollte schon nach der Türklinke greifen, als ein dumpfes Geräusch hinten im Kielraum mich innehalten ließ. Ich pfiff auf meine Angst und ging, meine Neugier verfluchend, in die Richtung, aus der das Geräusch gekommen war. Als ich in der hintersten, nahezu unbeleuchteten Ecke angekommen war, hätte ich vor Ärger beinahe auf den Fußboden gespuckt.

Ein verdammter Pappkarton. Er war von der Spitze einer Kartonpyramide gefallen und mehrmals auf den Boden aufgeschlagen – und dieses Geräusch hatte mich so erschreckt. Ich wandte mich um und wollte gehen, als ich plötzlich unter einem der unteren Kartons etwas bemerkte, das mich beinahe laut aufschreien ließ vor Entsetzen. Deutlich erkannte ich eine Schuhspitze. Ohne recht zu wissen, was ich tat, riß ich die Kartons herunter, die bedrohlich polternd auf den Boden fielen; der Lärm erfüllte den ganzen Kielraum. Doch als ich endlich den Fuß der Pyramide erreicht hatte …

Als ich den Fuß der Pyramide errreicht hatte, erblickte ich einen weiteren Leichnam.

Es war Lakkai.

Lakkai, tiefgefroren, den Bauch schwarz von Blut.

Ich sank vor ihm auf die Knie und konnte mich ein paar Minuten lang nicht rühren. Dann nahm ich mein Feuerzeug aus der Tasche und leuchtete den Körper an. Auf Lakkais Gesicht war der Ausdruck ungläubigen Entsetzens erstarrt – womöglich der, von dem Max gesprochen hatte.

Lakkais Hemd war auf der Brust aufgeknöpft, ich leuchtete mit dem Feuerzeug – und erblickte, wonach ich so lange erfolglos gesucht hatte.

Eine Tätowierung, die ein großes Muttermal umschloß. Eine Schildkröte.

Die Tätowierung sah genauso aus, wie ich sie mir vorgestellt hatte. Der Kielraum verschwamm vor meinen Augen. Ich verstand absolut nichts. Der Serienmörder, der erst heute nacht sein letztes Opfer getötet hatte, war selbst bereits seit Tagen tot. Doch Tote konnten nicht morden. Also hatte jemand anders – wie hatte Andrej gesagt? – die Gelegenheit genutzt. Sein Verbrechen einem anderen unterzujubeln war eine glänzende Idee. Aber dann …

Wessen Idee war das?

Das hatte ich wohl laut gesagt.

Jedenfalls ertönte gleich darauf langsames Händeklatschen, dessen Echo durch den Kielraum rollte. Von ohnmächtigem Entsetzen gelähmt, drehte ich mich um.

Vor mir stand Max.

Max in seinem geliebten schwarzen T-Shirt. Er sah mich an und lächelte sanft. Selbst die Narbe auf seiner Wange lächelte.

»Nun haben Sie Ihren Mörder gefunden, Eva«, sagte Max.

»Max ...«

»Jetzt kannst du zufrieden sein. Für eine Weile.« Max' Lächeln wurde noch perfekter, geradezu absurd. »Eine sehr kurze Weile. Das versichere ich dir.«

»Max ... Ich verstehe nicht ...«

»Was soll das Spiel, Mädchen? Du verstehst sehr gut.«

Jetzt war mir alles klar. Max hatte die Mappe gefunden, als er mich an jenem Abend zur Kabine brachte. Er war an der Tür stehengeblieben und hatte gewartet, bis ich eingeschlafen war. Vielleicht hatte er gar nicht direkt danach gesucht, sondern einfach nur in meinen Sachen herumgewühlt. Aber als die Mappe in seine Hände gelangte ... Er war denselben Weg gegangen wie ich. In der Dusche den Mörder ausfindig zu machen war kein Problem. Aber warum hatte er sie alle getötet – gerade diese Personen? Warum Mucha? Doch das war mehr oder weniger klar, er war die Visitenkarte des Mörders, eine direkte Spur. Aber die anderen? Ich werde auf keine Frage mehr eine Antwort bekommen. Nie werde ich das Haus betreten, das Anton für mich baut, nie werde ich seinen Namen tragen, auch Kinder werden wir beide nie haben. Ich habe ihn verloren, noch ehe ich ihn richtig gefunden habe.

»Warum haben Sie das getan, Max?«

»Sagen wir, aus Erwägungen höherer Zweckmäßigkeit.«

Mein Gott, warum lächelt er so gräßlich?

»Warum haben Sie sie getötet, Max? Das ist doch sinnloser Mord.«

»Mord ist nie sinnlos. Das wird das erste sein, was du dem lieben Gott sagst, wenn du vor ihn trittst. Sehr bald, das kann ich dir versichern. Und grüße ihn von mir. Ich denke, ich werde ihn nie zu sehen kriegen.«

»Warum haben Sie sie getötet?«

»Wer sagt denn, daß ich gerade sie töten wollte? Sie sind nur die Luschen im Blatt. Bis zu den Assen bin ich noch nicht vorgedrungen.«

Jetzt begriff ich. Er konnte einen nach dem anderen töten und alles auf das verrückte Schiff schieben. Oder auf den Serienmörder. Je nachdem, welche Version er bevorzugte. Das wichtigste Wild aber, um dessentwillen er die ganze Jagd begonnen hatte, das wichtigste Wild war noch am Leben. Nun durchschaute ich das Schema, doch ich würde niemandem mehr davon erzählen können.

»Sie wollen einen ganz bestimmten Mord begehen, und den verstecken Sie unter den anderen Morden, wie einen Vogel unter Vögeln. Oder eine Katze unter Katzen. Oder ...«

»Eine Robbe unter Robben«, ergänzte Max lachend. »Kluges Mädchen. Schade, daß wir uns so trennen müssen. Du hast mir gefallen. Eine robuste Psyche. Und deine Nerven sind auch okay.«

»Wo ist die Crew geblieben?« fragte ich, nur um etwas Zeit zu gewinnen. Ich hatte auf dem Boden etwas entdeckt, das mich zwar vermutlich nicht retten würde, mir aber zumindest eine kleine Chance gab.

»Du würdest dich sehr wundern, wenn du wüßtest, wo sie geblieben ist. Und wärst begeistert von der schönen Idee.«

»Trotzdem ...«

»Das sage ich dir nicht. Darüber kannst du dir im Paradies den Kopf zerbrechen. Dann hast du was zu tun. Du hast die ganze Ewigkeit vor dir.« Es machte ihm Spaß, mir Angst zu machen. Wie lange würde er das wohl durchhalten?

Nicht sehr lange.

»Schluß jetzt, ich hab mich hier mit dir schon festgequatscht. Ich hab bis morgen früh noch eine Menge zu tun.«

Er zog eine Pistole hervor und entsicherte sie. Jetzt mußte ich es versuchen, wenigstens versuchen! Ich trat mit der Fußspitze gegen den nächstgelegenen Pappkarton, ließ mich auf den Boden fallen und hob blitzschnell den langen Schraubenschlüssel für die Ventile auf. Ein Schuß krachte.

Daneben. Ich war noch am Leben. Der Bruchteil einer Sekunde genügte, um Max den Schraubenschlüssel mit voller Wucht in den Bauch zu rammen. Damit hatte er nicht gerechnet. Er krümmte sich zusammen und ließ die Pistole fallen. Doch auch ich verpaßte meine Chance, ich konnte die Waffe nicht erreichen. Nun war alles aus.

Vorbei.

Ich kann mich verteidigen, ich erinnere mich noch gut an die Griffe, die ich mal gelernt habe. Aber er ist ein Kämpfer, ein Dämon der Hafenkneipen, er ist viel stärker als ich und doppelt so schwer. Ich werde mich nicht lange halten können, nein, nicht mehr lange ... Max und ich verkrallten uns ineinander wie zwei Kampfhunde, wir rollten über den eiskalten Boden und krächzten. Ich fühlte meine Kräfte schwinden, gleich würde er mich endgültig überwältigen. Ich kann nicht mehr ... Lieber ein schnelles Ende.

Ich ließ Max los und verspürte eine ungeheure Erleichterung.

Als seine eiskalten Finger sich um meinen Hals preßten, krachte ein Schuß. Vor Überraschung lockerte Max seinen Griff, ließ mich fast los. Wir drehten uns beide um.

Vor uns stand Karpik. Sie hielt Max' Pistole in der Hand. Die Mündung rauchte noch. Sie hatte offenbar in die Luft geschossen.

»Karpik!« hauchte ich. Meine Stimme vermischte sich mit der von Max, der sie ebenfalls beim Namen rief. Und darin lag eine solche Zärtlichkeit, eine solche Wehmut, daß ich innerlich zusammenzuckte.

Sie sah von mir zu Max, dann wieder von Max zu mir. Wir lagen auf dem eiskalten Boden und schwiegen. Wir lösten uns sogar voneinander, um ihre Entscheidung nicht zu behindern. Und sie traf eine Entscheidung, das war eindeutig.

Max, der immer recht hat; Max, der ihr so ein tolles Tattoo gemacht hat; Max, der sie immer beschützt; der Held ihrer Lieblingsbücher, die Inkarnation der Kraft, hinter der man sich immer verkriechen kann ...

Und Eva – die liebe Eva, die sie versteht; Eva, die mit ihr und ihrem Vater zusammen zurückfliegen soll; Eva, deren Finger sie mit einer Nadel durchstochen hat, zum Zeichen ewiger Freundschaft; Eva, deren Hals man so schön umarmen kann und die ohne Umschweife zu ihr sagt: »Karpik, du benimmst dich wie ein richtiges Beast.«

Sie konnte sich noch immer nicht entscheiden. Tränen rannen ihr übers Gesicht. Minute um Minute tropfte auf den eiskalten Boden, doch sie konnte sich nicht entscheiden.

»Na los!« Ich hielt es nicht mehr aus.

Und sie entschied sich. Sie sah mich an. Noch nie waren ihre Augen so riesig gewesen. Ich kniff die Augen zusammen – ich hätte nie gedacht, daß mein Tod ein dreizehnjähriges Mädchen sein würde. »Das Todesmädchen« – kein schlechter Titel für ein Horrorbuch, das ich nun nie schreiben würde.

»Verzeih mir«, sagte Karpik.

Ich nickte, ohne die Augen zu öffnen, und im selben Augenblick fiel ein Schuß.

Mein Gott, ich lebe.

Ich lebe, mein Gott!

Ich öffnete die Augen. Karpik stand dicht neben mir, die Pistole gesenkt, vor Kummer ganz versteinert. Sie weinte nicht mehr. Ich wandte langsam den Kopf. Max lag auf dem Bauch – tot. Die Kugel hatte das Herz getroffen, das schwarze T-Shirt sog sich voll mit Blut, gleich würde es auf den kalten Boden tropfen und dort für immer erstarren.

Ich kroch auf den Knien zu Karpik. Umarmte ihre starren Schultern und schluchzte. Ich drückte sie fest an mich und sagte immer wieder: »Verzeih mir, mein Mädchen, verzeih mir, bitte, verzeih mir, aber er ... Max ist ein Mörder, er hat vier Menschen getötet, und er hätte weiter getötet ...« Etwas Hartes drückte gegen meine Brust – der Bootsmannschlüssel, der an ihrem Hals hing. Aber sie hatte ihn doch verloren? Ach, zum Teufel mit dem Schlüssel!

»Verzeih mir, Karpik.«

»Nein, verzeih du mir«, brachte sie mühsam heraus.

»Wieso bist du hier?«

»Ich ... Ich hab gesehen, wie du aus seiner Kabine gekommen bist.«

»Aus der Kabine?«

»Aus der Kabine von diesem Anton.«

»Ach so, ich verstehe.«

»Ich bin dir gefolgt.

»Du hast mir das Leben gerettet, Kleines.«

»Eva ...« Ihre Stimme klang gealtert und dumpf, sie traf mich mitten ins Herz. »Wir müssen ihn hier rausbringen, Eva. Wir dürfen Max nicht hierlassen. Wir müssen ihn in die Kajüte bringen, sonst erfriert er. Er erfriert, ich will nicht, daß er erfriert. Das will ich nicht.«

»Ich verstehe«, sagte ich sanft. »Gib mir die Pistole.«

»Hier.« Sie gab sie mir ohne Zögern, erstaunt, wie dieses Spielzeug in ihre Hand geraten war.

»Laß uns hier verschwinden. Wir müssen so schnell wie möglich hier raus.«

»Und Max? Wir können ihn nicht hierlassen.«

»Das verspreche ich dir. Wir lassen ihn nicht hier. Aber erst mal müssen wir hier raus.«

»Gut.«

Sie sträubte sich nicht, als ich sie an die Hand nahm, und gemeinsam verließen wir den Kielraum.

Hell schien die Sonne durch das Bullauge.

Anton hielt mich auf den Armen, in eine Decke gewickelt. Die Ereignisse der vergangenen Nacht erschienen mir nun völlig irreal, sie hatten mich erschöpft, innerlich verbrannt.

»Ich lasse dich nie mehr weg. Nie mehr, nirgendwohin. Mein Gott, wie leicht hätte ich dich verlieren können.«

Er drückte mich an sich und bedeckte mein Gesicht mit Küssen.

Zum erstenmal seit Tagen war die furchtbare Anspannung von mir abgefallen. Trotz aller Tragödien, die sich auf der »Excalibur« zugetragen hatten, empfand ich eine ungeheure Erleichterung. Nun mochte geschehen, was wollte. Aber es würde keinen Mord mehr geben.

Das Schiff schwieg ebenfalls. Es hatte es satt, ständig für Überraschungen zu sorgen. Es war wieder ein ganz normaler Robbenfänger. »Ein alter Pott«, wie Clio sagen würde. Sie lag nun unten in der eisigen Kälte des Kielraums, dort, wo auch die Mörder lagen – Max und Lakkai. Gräßlich: Mörder und Ermordete nebeneinander. Anton und ich liefen über das Deck und stießen nur selten auf andere Passagiere. Niemand wollte mit jemanden reden. Niemand mochte einem anderen in die Augen schauen.

Wir gingen auf das Bootsdeck, von wo aus man den Horizont sah und die fetten Rücken der Robben, die wir hatten jagen wollen. Ich versetzte einem Rettungsboot einen Stoß – dem Boot, in dem ich mit Karpik gesessen hatte. Dem Boot, in dem ich Mitkos Mappe gefunden hatte. Auf einmal verspürte ich das heftige Verlangen, allein zu sein. Selbst Anton war jetzt weit weg, selbst er störte mich jetzt.

»Geh bitte«, bat ich ihn.

»Was?«

»Geh, sei mir nicht böse. Ich liebe dich. Aber ich muß eine Weile allein sein.«

»Gut. Ich verstehe.« Er sah aus wie ein beleidigter kleiner Junge, und ich küßte seine kalte, vom Frost ganz rosige Nase.

»Gut. Aber sei vorsichtig.«

»Sei nicht albern. Mir droht keine Gefahr mehr. Niemandem droht mehr Gefahr. Ich liebe dich.« Ich küßte ihn noch einmal. »Aber jetzt geh.«

Anton ging hinunter und verschwand im Schatten der Steuerbordwand. Ich schloß die Augen und seufzte tief. Es war wirklich alles vorbei. Und nun fing alles erst an. Mit ihm wirst du glücklich werden, Eva. Aber wen wollte Max eigentlich wirklich töten? Und warum? Das würde ich wohl nie erfahren. Ich öffnete die Augen und sah tief unten auf dem Vorderdeck Karpik. Sie ging langsam an den Deckaufbauten vorbei und blickte sich die ganze Zeit um. Plötzlich fiel mir der Schlüssel wieder ein. Warum hatte sie gesagt, sie habe ihn verloren? Warum hatte sie mich angelogen?

Ich rannte die Treppen hinunter und war in wenigen Augenblicken auf dem Vorderdeck. Ich versteckte mich hinter der Kabine des Bootskrans und beobachtete Karpik. Sie blieb neben der Tür zum Kielraum stehen, wo wir Clio gefunden hatten. Sie sah sich noch einmal aufmerksam um und schlüpfte hinein. Ich wartete einen Moment, dann folgte ich ihr.

Wir – erst sie, dann ich – passierten die Stelle, an der Clio ermordet worden war. Aber Karpik ging weiter. Sie schien sich in den verworrenen Fluren gut auszukennen. Bemüht, sie nicht aus den Augen zu verlieren (hier konnte man sich leicht verirren) und in sicherer Entfernung zu bleiben, lief ich hinterher, ohne zu begreifen, was Karpik hier wollte. Schließlich blieb sie stehen, drehte sich mit dem Gesicht zur Wand und drückte auf irgendeine Taste. Leise quietschend hob sich eine Tür, Karpik verschwand dahinter, dann fiel die Tür wieder zu. Vor Neugier vergehend, suchte ich nach der Taste, auf die Karpik gedrückt hatte, legte mein Ohr an die Wand und vernahm entferntes Schlüsselklappern: Karpik schloß eine Tür auf. Ich wartete kurz, dann drückte ich auf die kleine Erhebung in der holzgetäfelten Wand.

Sesam öffnete sich auch für mich.

Ich stand in einem kleinen Vorraum vor einer Stahltür. Sie war nur angelehnt, Karpik hatte sich nicht einmal die Mühe gemacht, sie hinter sich zuzumachen. Der offene Spalt war verlockend, aber ich konnte mich nicht entschließen, hineinzugehen – die Erlebnisse der letzten Nacht waren noch zu frisch. Doch schließlich siegte die Neugier. Ich stieß die Tür auf und trat ein.

Was ich nun erblickte, erschütterte mich bis ins Mark.

Es war ein riesiger, an die hundert Quadratmeter großer schallisolierter Raum. Das einzige, was darin an eine Schiffskabine erinnerte, waren die verrammelten Bullaugen. An der gegenüberliegenden Wand hingen lauter Monitore. Sie waren auch jetzt in Betrieb. Ich erkannte darauf die Messe, den Billardraum, den Navigationsraum, den Maschinenraum, den Kühlraum, jede einzelne Passagierkabine und viele weitere Räume, die ich nie betreten hatte. Vor den Monitoren stand ein Tisch mit einem ausgeschalteten Computer und einem Berg Papiere. Hinter der halboffenen Tür zum Nebenraum lag eine kleine Küche. In einer Ecke befanden sich neben Fernseher und Videorecorder ein teures Ledersofa, ein Tisch, mehrere tiefe Sessel und ein paar Stühle.

Auf dem Sofa saß Karpik.

Die Hände auf dem Schoß, saß sie da und starrte vor sich hin. Ihre Rechte hielt den Schlüssel umklammert.

An einen der Stühle, den unbequemsten, war der Steward Roman gefesselt, sein Mund war mit Pflaster zugeklebt.

»Karpik!« rief ich mit schwacher Stimme. »Was ... Was hat das ...«

Als sie mich erblickte, sprang sie auf und lief aus dem Raum. Aber ich vergaß sie sofort.

Ich mußte mich um Roman kümmern.

In den paar Tagen, die ich ihn nicht gesehen hatte, war er zu einem Greis mit eingefallenen Augen geworden. Ich kniete mich vor ihn und riß ihm das Pflaster vom Mund. Er reagierte gar nicht. Nur seine Augen füllten sich mit Tränen.

Hektisch löste ich seine Fesseln. Der vor kurzem noch so gepflegte Steward strömte einen beißenden Geruch aus. Selbst als ich ihn vollkommen befreit hatte, rührte er sich nicht von der Stelle.

Erst nach einer halben Stunde konnte er sprechen, mühsam und stockend.

»Ich habe nicht mehr geglaubt, daß Sie mich finden. Ich weiß alles. Ich habe jeden Mord beobachtet. Alles wurde auf Video gefilmt, Sie sehen ja ...«

»Sie haben die Leute auf das Schiff gebracht, um sie alle der Reihe nach zu töten?«

»Nein.« Entsetzen verzerrte sein Gesicht. »Nein, wie können Sie nur so etwas denken? Niemand wollte jemanden töten. Wir haben ein ganzes Jahr lang an dem Plan dieser Kreuzfahrt gearbeitet. Sie wußten, daß es eine Extremtour sein würde. Ein Jahr lang haben wir an der Geschichte gefeilt, jeder Tag war bis ins kleinste geplant. Jeder Tag der Reise, Minute für Minute. Ein bißchen Angst, ein bißchen Mystik – Dinge, die für Nervenkitzel sorgen. Die das Leben spannend machen. Ein bißchen Gefahr, aber im vernünftigen Rahmen. Wir waren zehn Mann – Programmierer, Historiker, Psychologen. Wir haben uns die Geschichte mit dem englischen Schiff ausgedacht. Wenn Sie wüßten, was für eine Geschichte das war ... Was für unglaubliche Dinge Sie erleben sollten ...«

»Das heißt, die Crew ...«

»Die Crew hat das Schiff genau zum vorgesehenen Zeitpunkt verlassen. Das war von Anfang an im Vertrag verankert. Sie wurde mit einem Hubschrauber abgeholt ...«

»Und damit niemand den Hubschrauber hörte und niemand beobachtete, wie die Crew das Schiff verläßt, haben Sie ein Schlafmittel in unsere Drinks gemixt.«

»In schonenden, individuell bemessenen Dosen, glauben Sie mir. Wir wußten ja, wer an Bord war. Wir wußten einiges über die individuellen Besonderheiten jedes einzelnen Passagiers. Nicht über jeden natürlich. Aber für jeden gab es einen Köder, verstehen Sie?«

Der arme Wadik hat recht gehabt, das mußte ich ihm lassen.

»Einen Köder? Und dafür haben Sie die Videokameras installiert. Wissen Sie, daß die Verletzung der Privatsphäre strafbar ist?«

»Die Bänder wären nie an die Öffentlichkeit gelangt, sie wären vernichtet worden. Von dieser Seite drohte den Passagieren keinerlei Gefahr. Sie hätten es nie erfahren. Am Ende der Kreuzfahrt wäre die Crew zurückgekehrt, und alles wäre vorbei gewesen. Und Sie alle hätten ein Leben lang von diesen Erlebnissen gezehrt. Das ist doch eine millionenschwere Idee. Ein tolles Know-how.«

»Ja«, sagte ich hart. »Fünf Leichen. Ein tolles Know-how.«

Romans Kinn zitterte.

»Dafür kann doch keiner, daß die Sache außer Kontrolle geraten ist.«

»So? Und wenn alles nicht ganz so gelaufen wäre wie geplant?«

»Ich hätte jeden Augenblick Verbindung mit der Basis aufnehmen können.«

»Was ist denn dann passiert?«

»Max«, sagte Roman, und ein Krampf verzerrte sein Gesicht. »Max sollte alles machen. Ich war der Kopf der Kreuzfahrt, sein Auge, und Max – seine Arme und Beine.«

»Wie konnten Sie ihn so falsch einschätzen?« fragte ich ungehalten.

»Max ist ein professioneller Seemann. Ein kluger Kopf, begreift sehr schnell. Der Leiter des Projekts hat ihn aufgetrieben. Max hat ihm mal das Leben gerettet, bei einem gefährlichen Geschäft. Einen besseren Kandidaten konnten wir gar nicht finden.«

»Nein. Einen besseren Kandidaten konnten Sie nicht finden«, wiederholte ich. »Also, was ist mit ihm passiert?«

»Schauen Sie sich die Kassette an, die mit dem gelben Etikett, ja, die. Ich hab zufällig alles aufgenommen, aber als ich begriff, wohin das führen konnte, war es schon zu spät. Sehen Sie es sich an, dann werden Sie verstehen ...«

Nun wußte ich wirklich alles. Die Wahrheit war so ungeheuerlich, daß sie sogar die fünf Leichen im Kielraum übertraf.

Nun wußte ich alles, und ich wußte, wo ich sie suchen mußte.

Ich hatte den Bootsmannschlüssel an mich genommen. Damit würde ich jetzt die Tür öffnen. Ich wußte, daß sie dort war. Nirgendwo sonst konnte sie sich verstecken.

Anton wich keinen Schritt von meiner Seite. Ich wollte nicht, daß er das alles sah, aber er folgte mir trotzdem, mit zusammengebissenen Zähnen, er fürchtete, mich auch nur eine Sekunde aus den Augen zu lassen.

»Aber komm bitte nicht mit rein. Ich bitte dich!«

Ich atmete tief durch und schloß Max' Kajüte auf.

»Karpik!« rief ich. »Wo bist du, Karpik?«

Sie antwortete nicht.

»Ich weiß, daß du hier bist. Ich möchte nur mit dir reden.«

Keine Reaktion.

Ich ließ meine Blicke durch die Kajüte gleiten, aus der jedes Leben gewichen war, dann bückte ich mich und schaute unter die Koje. Natürlich, da war sie. Zusammengekrümmt saß sie in der Ecke, ein winziges hinkendes Tier, das gekränkte kleine Mädchen, das so gern geliebt werden wollte. Mir zerriß es das Herz vor Mitleid.

»Komm vor, Karpik. Hab keine Angst.«

Schließlich kroch sie leise jaulend hervor. Ein paar Minuten lang sahen wir uns schweigend an. Ich verlor fast das Bewußtsein, ich mußte meinen ganzen Willen zusammennehmen, um standzuhalten. Dann trat ich auf sie zu und berührte mit den Fingerspitzen ihre Wange. Sofort griff sie nach meiner Hand. Sie bat nicht um Verzeihung, sie hoffte auf nichts mehr.

»WARUM HAST DU DAS GETAN, KARPIK? WARUM HAST DU DAS GETAN?«

»Ich wollte niemandem weh tun. Ich ... Ich wollte nur, daß wir drei glücklich sind. Du, ich und Papotschka. Ich wollte, daß du bei uns bleibst. Daß ich Mama zu dir sagen kann.«

Nun erst fing sie an zu weinen – als sei ein Damm geborsten, brachen nun die Trümmer ihrer gescheiterten Hoffnungen aus ihr hervor. Und nun erst begann sie zu reden.

Anton und ich standen an Deck und warteten auf den Hubschrauber.

Im Geheimraum des Stewards hatten wir die automatische GPS-Boje gefunden, durch die man uns in Kürze finden würde. Wo Max das Satellitentelefon versteckt hatte, wußte Roman nicht.

Ich spürte Antons weiche Lippen auf meinem Kopf und seine ruhigen, sicheren Hände auf meinen Schultern. Noch immer versuchte ich, zu analysieren, was eigentlich geschehen war – vergebens.

»Hörst du mir zu, Anton?«

»Ja. Obwohl es mir lieber wäre, ich hätte das alles nie erfahren.«

»Mir auch. Ich habe das Video gesehen. Ein paar Minuten haben mir gereicht. Roman hat alles aufgenommen, was in jedem Winkel des Schiffes passiert ist. Noch bevor die Crew verschwunden ist. Ich weiß nicht, wann sie ein Paar geworden sind, Karpik und Max. Vielleicht gleich nach der ersten Begegnung, vielleicht etwas später. Was ich da gesehen habe … Sie ist eine richtige kleine Frau, voller Leidenschaft. Ich weiß nicht, wer den ersten Schritt gemacht hat, womöglich sogar Karpik. Wahrscheinlich. Aber das Erstaunlichste – er hat sich auch in sie verliebt. Das hat man gesehen. Ihr Hinken, ihre Häßlichkeit – das hat ihm alles nichts ausgemacht. Oder vielleicht hat gerade das ihn angezogen. Sie hatte etwas, das alle seine tollen Schlampen bestimmt nicht hatten: Verstand, Leidenschaft, Schutzbedürftigkeit. Sie war ganz Kind und zugleich ganz Frau. Sie war ihm mehr wert als Tausende Lolitas. Er hätte alles für sie getan. Und das hat er schließlich auch. Erinnerst du dich an den Knopf, den sie im Maschinenraum gefunden hat? Er stammte von Lakkais Jackett. Lakkai, der erfolgreiche Politiker – er war der Serienmörder. Er hatte eine Weile ausgesetzt, er hatte aufgehört zu töten. Vielleicht war er in Behandlung. Oder er hatte seine Zerstörungswut ganz auf den Aufbau einer Partei gerichtet, aus der er vielleicht mit der Zeit so etwas gemacht hätte wie Röhms SA. Röhm war sein liebster Held oder sein liebster Antiheld. Denn ob er nun homophob war oder aber latent homosexuell, werden wir nicht mehr erfahren. Klar ist nur eines: Das Deutschland der dreißiger Jahre war sein Mekka. Ich vermute, in seinem Gepäck wird sich bestimmt einiges darüber finden. Mitko hat ihn an der Tätowierung auf der Brust erkannt und versucht, ihn zu erpressen. Wie das endete, weißt du: Lakkai warf ihn den Schacht des Maschinenraums hinunter. Ich hab dir doch erzählt, daß Karpik dem Bootsmann den Schlüssel geklaut hat – damals hatten wir gerade angefangen, Privatdetektiv zu spielen. Sie fand das Jackett in Lakkais Kabine und die Mappe bei mir. Sie mußte ihre Nase hineinstecken. Aber sie hat mir nichts davon gesagt, vielleicht, weil sie es Max erzählt hat. Da war sie schon seine Geliebte.«

»Geliebte.« Anton küßte mich sanft auf den Kopf.

»Nein, anders. Sie haben sich geliebt, das ist richtiger. Karpik bekam, was sie sich wünschte: Sie wurde geliebt. Und sie liebte ihren Papa irrsinnig und wollte, daß auch er glücklich ist. Und zwar so, wie Karpik es sich in ihrer Phantasie ausmalte. Er sollte unbedingt mit mir glücklich werden. Ich weiß nicht, warum Karpik sich das in den Kopf gesetzt hatte. Ich nehme an, ohne die Affäre des Bankiers mit Clio wäre es nie zu der Tragödie gekommen. Sie machte Karpiks Pläne zunichte. Sie brachte sie zur Verzweiflung. Ihr kostbarer Papa verliebt sich leidenschaftlich in eine Frau, die sie ebenso leidenschaftlich haßt. Der unbewußte Haß des häßlichen Entleins auf Sexbomben. Ich dagegen … In Karpiks Vorstellung war ich die ideale Partie für ihren Vater. Verstehst du, Anton … Diese Leidenschaftlichkeit hat Karpik von ihrem Vater geerbt. Offenbar verlor Sokolnikow bei Frauen wie Clio einfach total den Kopf und vergaß alles um sich herum. Auch Karpik. Karpik mußte jedesmal um die Liebe ihres Vaters kämpfen, er bemerkte es nicht einmal. Mit den früheren Passionen ihres Vaters ist sie mehr oder weniger mühelos fertig geworden. Aber Clio – Clio war die ausgeprägteste Verkörperung all dessen, was Sokolnikow anbetete. Eine zu harte Nuß für Karpik. Ich dagegen war ganz anders: besonnen, klug, vernünftig, in jeder Hinsicht angenehm. Und Karpik hielt es für völlig undenkbar, daß jemand sich unsterblich in mich verliebt.«

»Sie ist ein kleines Dummchen!« protestierte Anton. »Eine Idiotin!«

Ich legte ihm die Hand auf den Mund und fuhr fort: »Vermutlich hat sie furchtbar geheult, wenn sie in Max' Armen lag – schließlich vergnügte sich ihr Papotschka mit Clio und scherte sich einen Dreck um seine Tochter. Und zwischendurch tauschten sie ihr Wissen aus: Max erzählte ihr, was während der Kreuzfahrt passieren sollte, und Karpik erzählte ihm von Lakkai. Ich weiß nicht, wer zuerst auf die Idee kam, Clio zu töten. Wahrscheinlich hat Karpik zu Max gesagt: Ich will, daß sie krepiert, dieses Beast. Ich will, daß sie krepiert! Warum sie nicht umbringen, aber so, daß niemand den wahren Grund ahnt? Eine Robbe versteckt man am besten unter anderen Robben, einen Mord unter anderen Morden. Mystik war gut, aber nur auf einem Schiff ohne Verbindung zum Festland. Mit Mystik Angst verbreiten und in ihrem Namen töten konnte man nur, solange die Crew nicht da war. Die wäre zurückgekehrt, wenn Roman sich nicht gemeldet hätte. Darum haben sie ihn vermutlich festgehalten, damit er irgend etwas in den Hörer blökte. Wenn es nötig sein sollte. Irgendwann hätte Max ihn sowieso getötet und einen Weg gefunden, seine Leiche loszuwerden – er war ja ein kluger Bursche. Außerdem wußte Roman zuviel. Er saß Tag und Nacht vor den Monitoren, er hat jeden Mord gesehen, in allen Einzelheiten. Max begann das Spiel mit der ›Excalibur‹ von 1929, als Roman schon sein Gefangener war. Ein paar Tage lang hielt er sich dabei sogar an das vorgesehene Programm. Den ersten Trick mit der Zeitung und dem Verschwinden eines Passagiers brauchte er, um Lakkai zu neutralisieren und für eine Weile selbst den Serienmörder zu spielen. Ihm war ja klar, daß noch jemand an Bord von den Sexualmorden wußte.«

»Du.«

»Ja. Aber Max hatte keine Ahnung, wem ich von dem Triebtäter erzählen würde und wann. Und nach welchem Mord. Offenbar konnte Karpik es nicht abwarten, Clio loszuwerden, darum setzten die beiden sie an die Spitze der Liste – diesen Mord konnte man der mystischen Aura des Schiffes zuschreiben.«

»Wie haben sie sie denn rausgelockt?«

»Ganz einfach. Karpik hat ihr einen Brief geschickt, sie zu einem Treffen gebeten. Sie hat geschrieben, sie wolle sich mit ihr vertragen und daß Clio niemandem von dem Brief erzählen solle. Clio war verliebt wie ein Maikätzchen, sie hätte sonst was getan, um Karpik zu erobern und mit ihr Frieden zu schließen.«

»Sie ist hingegangen und wurde ermordet«, sagte Anton leise.

»Ja, Max hat sie mit der Pistole erschossen, mit der er dann selbst erschossen wurde. Aber sie brauchten eine glaubwürdige Geschichte. Also tötete Max Mucha, und zwar genau so, wie Lakkai seine Opfer getötet hatte.«

»Und Lakkai selber?«

»Das war am einfachsten. Sie schoben doch zusammen Wache im Maschinenraum. Ich nehme an, Max hat ihn einfach erstochen. Und Karpik hat Max einen Schlag auf den Kopf versetzt. Der Glaubhaftigkeit halber ... Nun konnten sie ungehindert handeln, unter dem Deckmantel des Serienmörders.«

»Entschuldige bitte, ich bin natürlich kein Kriminalist, aber jeder Experte kann den Todeszeitpunkt auf die Stunde genau bestimmen. Dann wäre doch sofort klar geworden, daß dieser Mann längst tot war, als die Personen starben, die er angeblich ermordet haben soll … Max war ein kluger Bursche, hat Roman gesagt. Daran muß er schließlich gedacht haben.«

»Natürlich. Ich vermute, er hatte nicht geplant, daß die Kriminalisten, die früher oder später auf der ›Excalibur‹ auftauchen würden, Lakkais Leiche finden sollten. Er hätte sie bei der erstbesten Gelegenheit beseitigt. Schließlich hatte er mindestens zwei Wochen Zeit. Zwei Wochen unumschränkter Macht über das Schiff und die Menschen darauf.«

»Warum hat er Lakkai dann überhaupt getötet?«

»Um ungestört nach dessen Muster töten zu können. Um einen potentiellen Konkurrenten aus dem Weg zu räumen. Die psychologischen Mechanismen, die einen Serienmörder zum Töten zwingen, kannte er ebensowenig wie ich. Womöglich wäre in Lakkai, besonders bei der gefährlichen Nähe von Mucha und seinem Partner, plötzlich wieder die Mordlust erwacht? Max mußte jeden Zufall ausschließen, das Spielfeld mußte sauber sein.«

»Na schön. Clio wurde aus Liebe getötet, Lakkai aus Selbsterhaltungstrieb. Aber wieso Andrej?«

»Andrej hatte gewagt, Karpiks Vater zu verdächtigen. Und sich abfällig über ihn zu äußern. Das hat Karpik ihm nicht verziehen. Vergiß nicht, überall hingen Videokameras, auch in der Dusche. Das habe ich dir gar nicht erzählt: Karpik und ich haben Mucha und Andrej einmal in einer – nun ja, ehebrecherischen Situation erwischt. Die Kamera hat vermutlich noch mehr festgehalten, als Karpik und ich gesehen haben. Eine prima Gelegenheit für eine Erpressung, findest du nicht? Schließlich ist Andrejs Frau Ausländerin, und ihr Kapital ist die Grundlage für seine

Firma. Er bekam einen Brief und ging in die Dusche. Ich nehme an, Max wollte ihn gar nicht töten, er dachte eher an eine kleine Erpressung, aus der er eine Menge Geld holen konnte. Doch zu der Verabredung mit Andrej ging Karpik allein, Max mußte in diesem Zusammenhang nicht unbedingt auftauchen. Zuerst hielt sie sich strikt an Max' Plan, aber dann überspannte sie den Bogen, ihr Haß trieb sie zu Eigenmächtigkeiten … Andrej war psychisch sehr instabil. Das ganze Grauen, das sich seit Tagen auf der ›Excalibur‹ abspielte, dazu die drohende Entlarvung … Das war zuviel für ihn. Ich habe es dir gar nicht erzählt, Liebster – aber auch ich habe einen Brief von Karpik bekommen.«

»Einen Brief?« Antons Armmuskeln spannten sich.

»Sie hat geschrieben, mir drohe keine Gefahr. Sie wollte mir signalisieren, daß ich mir keine Sorgen machen solle. Mir könne nichts passieren. Vermutlich war ich von allen auf der ›Excalibur‹ am besten geschützt. Nach Papotschka, versteht sich. Und weißt du, wer das nächste Opfer gewesen wäre, wenn … wenn nicht alles herausgekommen wäre?«

»Wer denn?«

»Du. Du hast dich schließlich um mich bemüht. Du hast mit mir geschlafen. Und darum wärst du aus dem Weg geräumt worden, wenn alles nach Plan gelaufen wäre. Schließlich hat Karpik mich in jener Nacht beobachtet, und nur darum bin ich noch am Leben …«

Anton drückte mich erneut fest an sich.

»Aber wie hätten sie die Geschichte beendet? Und dann – wie konnte Max, ein so kluger, berechnender Mensch, sich darauf einlassen?«

»Ich denke, ihre Interessen haben sich einfach gedeckt. Max befriedigte folgsam alle Launen seiner kleinen Geliebten, doch parallel dazu spielte er sein eigenes Spiel. Durch die gefährliche Idee mit den Videokameras hatte er alle Möglichkeiten. Der erste Versuch mit der Erpressung Andrejs ging zwar schief, aber das hieß ja nicht, daß weitere Versuche ebenso scheitern würden. Überleg doch selbst: Boris Iwanowitsch, ein bedeutender Geschäftsmann, ist homosexuell. Ein erfolgreicher Anwalt, der in seiner maßlosen Feigheit so unappetitlich aussieht, daß es sich ein Klient hundertmal überlegen wird, ob er ihm seinen Fall anvertraut. Ein Gouverneur in einem Anfall hysterischer Angst. Wenn man jemanden vierundzwanzig Stunden am Tag unentwegt beobachtet, dann erwischt man auf jeden Fall ein paar Momente, in denen er, gelinde gesagt, nicht gerade vorteilhaft aussieht. Kannst du dir vorstellen, wieviel diese Videobänder wert gewesen wären? Aber ich glaube, das eigentliche Ziel von Max war Sokolnikow. Schließlich war dessen Tochter die Initiatorin der Verbrechen, und die Videoaufnahmen belegen das. Außerdem war sie die Geliebte eines Mörders. Wieviel hätte der Bankier wohl für diese Informationen über seine Tochter rausgerückt? Seine einzige Tochter. Um diese Informationen geheimzuhalten? Der Bankier behandelte Karpik wie einen völlig erwachsenen Menschen, er hatte sogar ein wenig Angst vor ihr. Aber er hat sie sehr geliebt. Ich nehme an, Max hätte Karpik auch in Zukunft nicht verlassen – vergiß nicht, sie waren ein beinahe ideales Paar, und außerdem konnte er durch Karpik viel mehr bekommen als nur Geld. Eine Perspektive für sich. Nicht übel für einen einfachen Matrosen mit Ausreiseverbot, oder? Begonnen hat alles mit der Befriedigung der Launen des geliebten Mädchens, doch dann wurde daraus ein Spiel im großen Stil. Offenbar hat er seinen Plan im Verlauf der Dinge geändert. Außerdem – ja, er fand Geschmack am Töten.«

»Als Triebtäter?«

»Als Vollstrecker des Schicksals. Der Triebtäter wäre nie gefunden worden. Von seiner Existenz wußte ja nur ich, und auch das nur hypothetisch: Ich hatte die Mappe nicht mehr, ich besaß keinerlei Beweise. In den nächsten zwei Wochen hätte er zwei, drei Einschüchterungsaktionen unternommen und die noch am Leben gebliebenen wichtigen Leute zum Wahnsinn getrieben. Sie wären vernehmungsunfähig gewesen. Er hätte das Spiel mit der ›Excalibur‹ beendet, um sich dann davon loszusagen: Die Verantwortung für alles habe Roman getragen, er, Max, sei nur der Handlanger gewesen. Irgendwann ist Roman verschwunden, hätte Max gesagt, und ich wußte nicht, was ich tun sollte, ich bin ja nur ein Matrose, Arme und Beine, nicht der Kopf. Lakkai ist ebenfalls verschwunden, und der Verdacht fällt immer auf die Verschwundenen. Meine Ermordung hatte Max nicht vorgesehen, das verdarb ihm seinen Plan, denn ich war ja die Hauptzeugin im Fall des Sexualtäters. Ich vermute, er war verärgert, als er mich im Kielraum zwischen den Kartons entdeckte. Darum erzählte er mir von den Morden, die er begehen müsse, und zwar sehr überzeugend, das muß ich sagen. Vielleicht arbeitete er auch an einem neuen Tatmuster, aber das werden wir nicht mehr erfahren. Das Mädchen, das ihn geliebt hat und das er liebte, hat das Ungeheuer in ihm geweckt.«

»Tja ... Aber warum hat Karpik sich für dich entschieden und den Mann erschossen, den sie, wie du sagst, liebte und mit dem sie alles verband, was zwei Menschen nur verbinden kann?«

»Ich weiß es nicht. Vielleicht, weil sie nicht Max am meisten auf der Welt liebte, sondern ihren Vater. Und wollte, daß er glücklich wird. Sie dachte, nur mit mir könne er glücklich werden. Bis zuletzt gab sie die Hoffnung nicht auf: Wir drei hätten glücklich werden können.«

»Hättet ihr drei denn glücklich werden können?«

»Nein.«

»Warum nicht?«

»So eine dumme Frage. Weil ich dich liebe.«

Er küßte mich erneut.

»Aber wie hast du Roman gefunden?«

»Verstehst du … Als Max tot war, brach ihr ganzes erwachsenes, so ganz weibliches Leben zusammen, und sie wurde wieder ein Kind, ein dreizehnjähriges kleines Mädchen. Und dieses dreizehnjährige, wenn auch sehr kluge Mädchen wußte nicht, was es mit Roman machen sollte. Ich nehme an, instinktiv wollte sie, daß jemand ihn möglichst bald fand und ihr alle Entscheidungen abnahm. Darum ist sie so langsam gelaufen. Vielleicht hat sie mich sogar gesehen und mich bewußt zu ihm geführt.«

»Weißt du, Eva, Sokolnikow hat mich um die Pistole gebeten. Ich habe sie ihm gegeben.«

In der Ferne, ganz weit am Horizont ertönte das Brummen eines Hubschraubers. Der Alptraum ging zu Ende. Der Alptraum, der nur ein Gutes hatte: Ich hatte den Mann gefunden, bei dem ich für immer bleiben würde.

»Ich hoffe, er schießt nicht. Weder auf sich noch auf sie. Es waren schon genug Opfer.«

»Weißt du, woran ich gerade gedacht habe?«

»Woran denn?«

»Daran, daß ich doch lieber ein Mädchen will. Eins, das dir ähnlich ist.«

Das Dröhnen des Hubschraubers wurde immer lauter, die Rettung kam immer näher. Bald steht der Hubschrauber über dem Deck, und dann, Eva, kannst du dir sagen: Das war's. Jetzt fängt alles erst an, alles fängt erst an.

Nino Filastò:
»... molto italiano« WDR

Der Irrtum des Dottore Gambassi
Ein Avvocato Scalzi Roman
Unter den lieblichen Hügeln der Toskana entdeckt der ägyptische Etruskologe Fami ein sakrales Gewölbe, das Unbekannte für gar nicht heilige Zwecke nutzen. Doch bevor er den vermuteten Schatz heben kann, wird sein Fund ihm zum Verhängnis.
»Ein atemberaubender, erstklassig geschriebener Mafiaroman.« BUCHMARKT
Aus dem Italienischen von Julia Schade. 414 Seiten. AtV 1601

Alptraum mit Signora
Ein Avvocato Scalzi Roman
Florenz – lichte Stadt der Kunst und Stadt düsterer Geheimnisse. Zwei brutale Morde sind an Menschen geschehen, die einem Maler Modell gesessen haben, einem Fälscher, der malt wie die großen Künstler des Quattrocento.
»Ein scharfsinnig komponierter Krimi, in dem alles lebensecht italienisch wirkt – die raffiniert gefälschten Bilder inbegriffen.« BRIGITTE
Aus dem Italienischen von Bianca Röhle. 380 Seiten. AtV 1600

Die Nacht der schwarzen Rosen
Ein Avvocato Scalzi Roman
Im Hafenbecken von Livorno, der Geburtsstadt Modiglianis, wird die Leiche eines Kunstkritikers geborgen. Auf welch tödliches Geheimnis mag er bei seiner Recherche über die Echtheit einiger Skulpturen des Künstlers gestoßen sein? »Italien-Bilder voll authentischer ›Italianità‹: Filastò beschert uns einen überdurchschnittlichen Kriminalroman.« F.A.Z.
Aus dem Italienischen von Barbara Neeb. 352 Seiten. AtV 1602

Forza Maggiore
Ein Avvocato Scalzi Roman
Der Wirt einer heruntergekommenen Trattoria wird ermordet aufgefunden. Die Schuldigen sind schnell ausgemacht: Witwe und Tochter des Opfers. Doch Scalzi ist von der Unschuld der beiden Frauen überzeugt. Ihr angeblicher »Mord aus Leidenschaft« dient nur dazu, kriminelle Machenschaften weit größeren Ausmaßes zu vertuschen.
»Ein hervorragender Krimi, der nicht nur auf Spannung, sondern auch auf der psychologischen Wetterlage der urigen Hauptfiguren aufgebaut ist.« EX LIBRIS
Aus dem Italienischen von Esther Hansen. 352 Seiten. AtV 1604

Mehr Informationen über die Bücher von Nino Filastò erhalten Sie unter www.aufbau-verlag.de oder bei Ihrem Buchhändler

AtV